Amélie Duval
Wenn der Wind mit den Wolken tanzt

AF177923

Das Buch

Kelly Dooney ist Journalistin und träumt davon, für eine große Tageszeitung zu arbeiten. Aber leider lässt die ersehnte Chance auf sich warten. Um finanziell über die Runden zu kommen, springt sie bei Brendan Hegarty als Sprechstundenhilfe ein – und verflucht bald darauf ihre Entscheidung. Denn der smarte, gutaussehendeTierarzt, für den sie jahrelang geschwärmt hat, ist ein überaus anspruchsvoller, wenn nicht sogar pedantischer Chef, und die beiden gehen sich gehörig auf die Nerven. Aber dann kommt Kelly einer unglaublichen Story auf die Spur und lernt ihn von einer ganz anderen, ziemlich aufregenden Seite kennen …

Die Autorin

Amélie Duval ist gebürtige Französin. Sie studierte in Deutschland Sprach- und Literaturwissenschaften und arbeitete in einem Frankfurter Verlag sowie in der Werbebranche.

Seit 2008 ist sie als Autorin tätig und schreibt hauptsächlich im romantischen Genre. In ihren Liebesromanen erzählt sie gefühlvolle, spannende und prickelnde Geschichten. Mit ihren Bestsellerreihen »L.A. Guards« und »New Orleans Blues« begeisterte sie bereits über zweihunderttausend Leser.

Amélie Duval

Wenn der Wind mit den Wolken tanzt

Roman

 Montlake

Umschlaggestaltung: zero-media.net, München
Umschlagmotiv: © plainpicture / Willing-Holtz; © Maremagnum / Getty
Images; © Mihai_Tamasila / Shutterstock;
Lektorat: Gisa Marehn
Lektorat und Korrektorat: VLG Verlag & Agentur, Haar bei München,
www.vlg.de
Gedruckt durch:
Amazon Distribution GmbH, Amazonstraße 1, 04347 Leipzig /
Canon Deutschland Business Services GmbH, Ferdinand-Jühlke-Straße 7,
99095 Erfurt /
CPI books GmbH, Birkstraße 10, 25917 Leck

ISBN 978-2-49670-674-1

www.montlake.de

Die neue Kelly

Der farbige Fleck, der sich von dem bleiernen Grau des Himmels abhob, näherte sich rasch. Während er die schmale Straße entlangglitt, vorbei an sanft abfallenden Wiesen und vereinzelten Bäumen, nahm er immer mehr Kontur an. Schon bald erkannte Kelly die wild flatternde Kapuze von Mary O'Reillys bunt gemustertem Anorak, gleich darauf ihr erhitztes Gesicht, das von kastanienbraunen Haaren eingerahmt war, zuletzt ihr Winken. Kelly erwiderte den Gruß und trat vor die Tür ihres Elternhauses – eines zweigeschossigen Gebäudes mit weiß gerahmten Fenstern, an dem der Zahn der Zeit genagt hatte. Hier und da blätterte der Putz von der schmutzig gelben Fassade ab, dennoch verliehen die kräftigen Orange- und Rottöne der Begonien im Vorgarten dem Gesamtbild einen fröhlichen Anstrich. Mit bangem Herzen sah Kelly der Postbotin auf ihrem Fahrrad entgegen, die wenig später vor ihr anhielt und in einer ihrer Hängetaschen wühlte.

»Guten Morgen, Kelly!«, grüßte Mary freundlich. »Heute ist ein Brief für dich dabei.« Sie warf einen Blick auf den Umschlag, ehe sie ihn Kelly überreichte. »Von einer Corker Zeitung«, fügte sie hinzu.

»Schön!«, antwortete Kelly, die das Logo bereits erkannt hatte. Obwohl es sie große Überwindung kostete, den Brief nicht sofort aufzureißen, setzte sie ein Lächeln auf und erkundigte sich nach Marys Befinden und dem ihrer Familie.

»Leo hat die Grippe«, gab die Postbotin bereitwillig Auskunft. »Und wie alle Männer benimmt er sich wie ein Baby.« Sie lachte lauthals. »Kaum zu glauben, dass er uns vor den bösen Jungs beschützen soll!«

Eigentlich bestand die Aufgabe von Constable O'Reilly eher darin, entlaufene Schafe wieder einzufangen oder Streithähne im Pub zu trennen, doch Kelly verkniff sich eine Bemerkung.

Die beiden Frauen redeten kurz über das herannahende Tief, das Dauerregen mit sich bringen würde, ehe Mary wieder losfuhr, nicht ohne Kelly ein aufmunterndes »Daumen sind gedrückt!« zuzurufen. Dabei bezog sie sich auf den Brief in Kellys zitternder Hand. Es gab nur wenig, was der Postbotin entging.

Kaum hatte Kelly die Haustür hinter sich geschlossen, als sie den Umschlag aufriss, der halb zerfleddert zu Boden segelte. Ungeduldig zog sie das Schreiben heraus und faltete es auseinander.

»Liebe Miss Dooney …«

Kellys Puls beschleunigte sich, während ihr getriebener Blick bereits in die nächste Zeile sprang. »Wir danken Ihnen für das Interesse, das Sie unserem Hause entgegenbringen. Umso mehr bedauern wir, Ihnen mitteilen zu müssen, dass …« Kelly sackte das Herz in die Kniekehlen, sie ließ die Hand mit dem Brief sinken und holte tief Luft, doch dann zwang sie sich, weiterzulesen. Welches Argument würden sie diesmal vorbringen? Ein gekürztes Personalbudget? Einen Einstellungsstopp? Einen fähigeren Mitbewerber? »… Ihr Schreibstil nicht zu unserer Redaktion passt, was nicht heißt, dass Sie keine vielversprechende journalistische Zukunft vor sich haben. Wir sind überzeugt, dass Sie bei einer anderen Zeitung viel bewegen werden und wünschen Ihnen alles Gute. Hochachtungsvoll …«

Mit einem gequälten Seufzer ließ Kelly die Hand mit dem Brief erneut sinken. Die Sache mit der stilistischen Diskrepanz war zumindest neu und etwas, das leichter zu verdauen war, zumal dieser Punkt wohl ausschlaggebend gewesen war. Gute Zeitungen definierten sich nicht nur über die Art ihrer Berichterstattung, sondern auch über den Schreibstil ihrer Journalisten. Trotzdem gab es nichts zu beschönigen: Der schonend formulierte Brief in ihrer Hand war und blieb eine Absage. Die fünfte in diesem Monat. Ein lauter Fluch aus der Küche veranlasste Kelly, aufzublicken. Seit Jahren lieferte sich ihre Mutter einen erbitterten Kampf mit den Wasserhähnen im Haus, aus denen oft genug nur ein müdes Tröpfeln kam. Allerdings war das hierzulande keine Seltenheit, wurde Wasserdruck doch in der Regel dadurch erzeugt, dass das Wasser aus der oben im Haus befindlichen Zisterne nach unten floss. Die Druckstärke hing also vom Höhenunterschied zwischen Zisterne einerseits und Küche sowie Badezimmer andererseits ab. In Kellys Zuhause setzte das Duschen jedenfalls viel Geduld voraus, vor allem beim Abspülen von Seife und Shampoo.

»Ärger mit dem Wasser?«, rief Kelly und begab sich in die Küche.

»Die Rohre sind marode«, antwortete ihre Mutter, die ihren Kopf in den Schrank unter der Spüle gesteckt hatte.

»Das sind sie schon seit fünfzehn Jahren, Mum.«

»Ja, aber jetzt haben sie endgültig ausgedient.« Elizabeth Dooney erhob sich und strich ihren knielangen karierten Rock glatt, zu dem sie einen dünnen grünen Pullover trug. Ihre blonden Haare, die um einige Nuancen dunkler waren als die ihrer Tochter, hatte sie zu einem Zopf geflochten. »Ich fürchte, ich muss sie ersetzen lassen.«

»Wird das nicht schrecklich teuer?«

Ihre Mutter schloss den Unterschrank. »Pat O'Brien meinte, dass er mir einen guten Preis machen kann.«

»Und was heißt das?«

»Um die dreitausendfünfhundert Euro.«

Kelly schnappte nach Luft. »Das ist eine Menge Geld.«

Und das gerade jetzt, wo der Laden nicht mehr so viel abwarf, seit die meisten Touristen abgereist waren! Kelly überkam das schlechte Gewissen. Seit Wochen stellte sie für ihre Mutter eine zusätzliche finanzielle Belastung dar, und umso dringender brauchte sie einen Job. Noch ehe sie etwas sagen konnte, hatte ihre Mutter den Brief in ihrer Hand bemerkt. Sie brauchte die Frage nicht zu stellen, denn die Antwort stand ihrer Tochter auf die Stirn geschrieben.

»Du solltest deinen Vater um Hilfe bitten«, erklärte sie sanft.

»Auf keinen Fall!«

Ihre Mutter atmete tief durch. »Dein Stolz in Ehren, Schatz, aber …«

»Nein, Mum!« Kelly warf den Brief auf die Anrichte. »Ich muss es allein schaffen!«

»Ich verstehe das, wirklich. Aber es tut mir weh, dich so unglücklich zu sehen.«

Kelly rang sich ein Lächeln ab, das sich so falsch anfühlte wie die Fröhlichkeit in ihrer Stimme. »Ich bin nicht unglücklich, Mum! Nur frustriert.« Sie verzog das Gesicht. »Du kennst mich doch und meine Ungeduld! Ich habe meinen Abschluss erst seit zwei Monaten in der Tasche, ich finde schon noch was.«

»Aber …«

»Und wehe, du sprichst Dad darauf an!«

Ein schuldbewusster Ausdruck trat in das Gesicht ihrer Mutter. »Das muss ich gar nicht. Er hat schon nachgefragt. Er meinte, beim Evening Herald könnte er ein gutes Wort für dich einlegen.«

Kelly schüttelte so heftig den Kopf, dass ihre leuchtend gelbe Mütze beinahe heruntergepurzelt wäre. »Nein!«

»Er meint es doch nur gut.«

»Klar meint er es gut«, erwiderte Kelly. »Aber gerade im Journalismus ist es verpönt, sich Berufschancen durch Vitamin B zu verschaffen.«

»Schon. Aber es geht doch auch darum, Kontakte geschickt zu nutzen, um dein Ziel zu erreichen«, ergänzte ihre Mutter.

Als Kelly ihr Lächeln erwiderte, kam es diesmal von Herzen. »Ich muss es allein schaffen, Mum«, wiederholte sie sanft. »So wie Dad es auch aus eigener Kraft geschafft hat.«

Oliver Dooney, Kellys Vater, war als Kriegsberichterstatter in den gefährlichsten Krisenregionen der Welt wie Afghanistan, Syrien oder Somalia unterwegs und ihr großes Vorbild. Er war ein Vollblutjournalist mit einer Mission, hinter der alles andere zurückstehen musste. Letztlich hatte dieser an Besessenheit grenzende Eifer seine Ehe zerstört. Elizabeth Dooney, die es leid gewesen war, ihren Mann nur vier Wochen im Jahr zu sehen, hatte ihn eines Tages vor die Wahl gestellt. Sein Beruf oder seine Familie. Es wäre unfair, zu behaupten, dass ihm die Entscheidung leichtgefallen sei, aber seine Berufung hatte am Ende obsiegt. Vor neun Jahren, kurz vor Kellys sechzehntem Geburtstag, ließen sich ihre Eltern scheiden. Der Pubertät und deren verwirrenden Nebenwirkungen zum Trotz verarbeitete sie die Trennung gut, was auch daran lag, dass sie ihren Vater eh nur selten sah. Ihre Mutter dagegen litt Höllenqualen. Erst nachdem sie der alten O'Hara den kleinen Lebensmittelladen in Cruinn abgekauft hatte, der nun Dooney's Irish Food and More hieß, war es wieder aufwärtsgegangen.

Glücklicherweise geriet die Scheidung nicht zu einer Schlammschlacht. Beide Partner gingen respektvoll miteinander um, und Oliver Dooney unterstützte seine Familie, so gut er konnte. Doch obwohl er bereits mehrere Journalistenpreise erhalten hatte und in der Branche einen herausragenden Ruf genoss, schwamm er nicht in Geld. Wer sich eine goldene Nase verdienen wollte, wurde Finanzberater oder IT-Spezialist, aber nicht Journalist. Also hatte Kelly ihr Studium selbst finanziert. Dreitausend Euro Studiengebühr im Jahr, die Studentenbude in Dublin und die Lebenshaltungskosten dort waren kein Pappenstiel. Um das Geld aufzubringen, jobbte sie an vier Abenden in der Woche als Pizzabotin, was ihr viel Zeit abverlangte. Am Ende bestand sie zwar ihren Abschluss, aber nicht unbedingt mit summa cum laude. Was die Jobsuche auch nicht leichter machte.

Die Worte ihrer Mutter rissen sie aus ihren Gedanken. »In deinem Vater und dir lodert das gleiche Feuer. Wie er wirst du dir einen Namen machen, das weiß ich, und dann werden die Zeitungen dich anflehen, damit du für sie arbeitest.«

Kelly lachte leise. »Lieb von dir, das zu sagen, Mum. Es wäre nur schön, würde dieser Tag nicht erst dann kommen, wenn ich alt und grau bin!« Dann wurde sie wieder ernst. »Bis ich eine Anstellung gefunden habe, suche ich mir einen Aushilfsjob. Ich liege dir schon viel zu lange auf der Tasche.«

»Unsinn!« Ihre Mutter hatte den Mund missbilligend verzogen. »Du hilfst doch im Laden aus.«

»Mag sein, aber es muss zusätzlich Geld reinkommen. Jetzt mehr denn je!«, sagte Kelly. »Du solltest die neuen Rohre verlegen lassen, bevor der Winter kommt.«

Ihre Mutter seufzte, widersprach aber nicht. »Einen Aushilfsjob zu finden, wird nicht einfach sein. Es ist Mitte September. Die Tourismussaison geht zu Ende.«

»Ich weiß.« Kelly rieb sich nachdenklich das Kinn. »Notfalls fahre ich nach Donegal. Irgendwas wird sich schon ergeben. Ich hasse es, deine Gutmütigkeit auszunutzen.«

»Tust du nicht.«

»Tue ich wohl!«

Gerührt sah ihre Mutter sie an, dann drückte sie ihre Tochter an sich. Beide waren mit ihren ein Meter sechzig gleich groß oder, besser gesagt, klein.

»Du bist ein gutes Kind«, murmelte Elizabeth Dooney.

»Und du bist die beste Mum der Welt«, antwortete Kelly voller Wärme.

»Lust auf ein Stück Schokoladenkuchen?«, fragte ihre Mutter unvermittelt, was Kelly zum Lachen brachte. Die Dooney-Frauen neigten nicht zu Gefühlsduseleien.

»Klingt verlockend!«, antwortete Kelly. »Aber ich will zur alten Mühle rüberradeln. Ich bin auch rechtzeitig zurück, um dich nach der Mittagspause im Laden abzulösen.«

»Jetzt willst du fahren?«, wunderte sich ihre Mutter, und als Kelly nickte, tätschelte sie ihre Wange. »Mach dir nicht zu viele Gedanken, Schatz. Das wird schon.«

»Mir geht's gut!«, versicherte Kelly wider besseres Wissen. »Ich brauche nur etwas Bewegung, sonst setze ich Rost an.«

Elizabeth Dooney lächelte nachsichtig, weil sie wusste, dass der kleine Ausflug ihrer Tochter nicht zwangsläufig etwas mit Fitness zu tun hatte.

Kelly tauschte ihre gelbe Mütze gegen eine Baseballkappe, zog eine warme Jacke über und schlüpfte in robuste Schnürschuhe, dann begab sie sich zum großen Schuppen hinterm Haus. Dort stand ein zwanzig Jahre alter knallroter Mini Cooper mit weißem Dach, weißen Streifen auf der Motorhaube und der Angewohnheit, wie ein Traktor zu röhren, wenn er einen steilen Hügel hinauffuhr. Kellys ganzer Stolz. Er mochte nicht mehr der Jüngste sein und auch nicht wirklich bequem, aber zum einen hatte er einmal ihrem Vater gehört, und zum anderen hatte er sie noch nie im Stich gelassen. Trotz aller Zuneigung zu der alten Rostlaube schwang sie sich auf ihr Fahrrad, das daneben an der Wand lehnte. Den sieben Meilen langen Küstenweg zu ihrem ganz persönlichen Zufluchtsort legte sie mit Vorliebe radelnd zurück. Für sie gab es nichts Besseres, um ihren Frust loszuwerden! Der Kampf gegen die Elemente half ihr, wieder klar zu denken und die Bodenhaftung nicht zu verlieren – so widersprüchlich das auch klingen mochte, wenn der Wind seine ganze Kraft aufbot, um genau das zu erreichen. Zur Belohnung gab es später bei ihrer Mutter meistens noch ein Stück Kuchen, das sie ohne schlechtes Gewissen vertilgen konnte.

Auf der abschüssigen Schotterstraße Richtung Süden trat Kelly kräftig in die Pedale, weshalb sie die Schafe auf der Weide nur als wiederkäuende Schemen wahrnahm, und erreichte so die Küste in wenigen Minuten. Ihr Elternhaus stand am Ortsrand des Städtchens Cruinn im Nordwesten Irlands – dort, wo entfesselte Naturgeister die Landschaft in eine raue, zerklüftete Welt mit turmhohen Klippen, malerischen Buchten und mystischen Inseln geformt hatten. Wie um ihrem Ruf gerecht zu werden, zerrten prompt heftige Böen an ihr, und das Meer bewarf sie mit Gischt, doch Kelly biss die Zähne zusammen. Dass Steinchen hochschossen und sie an Beinen und Handgelenken trafen, nahm sie kaum wahr. Dafür spürte sie umso deutlicher den Schweiß, der ihr die Wirbelsäule hinunterlief.

»Hallo, Mr Byrne!«, keuchte sie, als sie an einem alten Mann vorbeifuhr, der gemächlich die Küstenstraße entlangging.

Der pensionierte Geschichtslehrer, der bereits ihre Mum unterrichtet hatte, wirkte mit seinen funkelnden blauen Augen und dem Bäuchlein unter der zu engen Tweedjacke wie eine gutmütige Bulldogge, die auf Diät gesetzt werden musste.

»Was ist los, Mädchen? Ist die Banshee hinter dir her?«, rief er ihr in Anspielung auf die Todesbotin aus der Feenwelt fröhlich hinterher.

»Nein!«, konterte sie laut. »Die Truppen Oliver Cromwells!«

Ihre Antwort bezog sich auf die Tatsache, dass sie in der siebten Klasse bei einem Test über den verhassten englischen Lordprotektor mit Pauken und Trompeten durchgefallen war.

Das Lachen des alten Mannes, das sich bereits nach wenigen Sekunden im Wind verlor, bewies, dass er sich noch genau an den Vorfall erinnerte. Mr Byrne war dafür berüchtigt, Verfehlungen seiner einstigen Schüler niemals zu vergessen.

Ohne langsamer zu werden, bog Kelly auf einen unbefestigten Weg ab, der sie noch näher an die Steilküste brachte. So zügig, wie sie vorwärtskam, rasten auch ihre Gedanken. Sie hatte die Zeitungen des Landes in drei Kategorien eingeteilt. Renommierte Blätter wie die Irish Times oder der Evening Herald gehörten selbstverständlich zur ersten Kategorie, und so sehr sie ihre urwüchsige Heimat auch liebte, eines Tages in Dublin zu arbeiten, war ihr anvisiertes Ziel. Als ernstzunehmende Journalistin konnte sie schließlich nicht ihr ganzes Leben in Cruinn bleiben. Auch wenn man in der heutigen Zeit im Homeoffice arbeiten konnte, war das Flair einer Zeitungsredaktion mitsamt hitzigen Diskussionen, blutunterlaufenen Augen, Schweißrändern unter den Achseln und vor einigen Jahren noch dem Geruch kalten Zigarettenrauchs mit nichts zu vergleichen. Sie hatte es während eines dreimonatigen Praktikums erleben dürfen und wollte es wieder erleben, am liebsten jeden Tag! In Kellys Schnaufen mischte sich ein Seufzer. Inzwischen war sie mit ihren Bewerbungen fast am Ende der zweiten Kategorie angelangt, und sollte sich der negative Trend fortsetzen, würde sie sich ihre Sporen bei einem lokalen Käseblatt verdienen müssen. Kelly hatte nichts gegen Käseblätter – gerade auf dem Land hatten sie ihre Berechtigung, und von einer solch treuen Leserschaft konnten große überregionale Zeitungen nur träumen –, nur war es von dort aus ungleich schwerer, den Sprung in die Oberliga zu schaffen.

Einige Schafe, die beschlossen hatten, den Weg nach Grasbüscheln abzusuchen, rissen Kelly unsanft aus ihren Gedanken. Sie bremste scharf ab und nutzte die unfreiwillige Pause, um sich einige ihrer kurzen blonden Locken aus dem verschwitzten Gesicht zu streichen. Wenn sie ehrlich war, hatte sie sich die Jobsuche einfacher vorgestellt. Ihr Abschluss mochte keinen Chefredakteur vom Hocker reißen, aber ihre Bewerbungen waren leidenschaftlich verfasst, mit humorvollen, aber auch nachdenklich stimmenden Passagen. Außerdem war sie von Natur aus neugierig, beherzt und nicht auf den Mund gefallen. Das musste doch etwas wert sein! Schließlich waren das alles Eigenschaften, die von einer angehenden Journalistin erwartet wurden.

Während sie ihr Fahrrad an den Schafen vorbeischob, dachte sie an die gut gemeinten Ratschläge von Freunden, die ihr prophezeit hatten, dass es angesichts der riesigen Konkurrenz schwierig werden könnte, in der Branche Fuß zu fassen. Zumal sich jeder, der über ein Handy und ein Textprogramm verfügte, inzwischen Journalist schimpfen konnte. Dennoch hatte es für Kelly nie den Hauch eines Zweifels gegeben, dass sie eines Tages in die Fußstapfen ihres Vaters treten würde. Die Schafe hinter sich lassend stieg sie wieder aufs Fahrrad und setzte ihren Weg fort.

Als keine zehn Minuten später die moosbewachsene, verfallene Mühle in einer Talsenke auftauchte, huschte ein Lächeln über ihr Gesicht. Ihre geheime Zuflucht. Hierher kam sie, wenn sie in Ruhe nachdenken musste. Sie stieg vom Rad, ließ es ins Gras fallen und lief den Hügel hinunter zur Rückseite der Ruine, wo der Bach gemächlich vorbeifloss. Wie viele Male hatte sie schon neben dem verwitterten Mühlrad auf der Steinbank gesessen und dem Murmeln des Wassers gelauscht, den Duft von wildem Salbei in der Nase? Mit sechzehn hatte sie diesen magischen Ort entdeckt, an dem selbst der Wind ausgesperrt war. Magisch deshalb, weil sie hier – wie sonst nirgendwo – eine tiefe Zuversicht verspürte, sobald sie das Murmeln vernahm. Als würde der Bach ein Geheimnis mit ihr teilen, das so alt war wie die Welt.

Sie hatte schon häufiger darüber sinniert, was aus der Müllerfamilie geworden war, die hier einst gelebt hatte. Vielleicht war sie der großen Hungersnot im neunzehnten Jahrhundert zum Opfer gefallen, oder aber sie war nach Übersee ausgewandert, in der Hoffnung auf ein besseres Leben. Kelly tröstete sich mit dem Gedanken an Letzteres.

Eine gute Stunde blieb sie auf der alten Steinbank sitzen, selbst als es zu nieseln begann, um über ihre Situation nachzudenken und sich eine Strategie zurechtzulegen. Am Ende machte sie sich frohen Mutes auf den Rückweg. Sie hatte das Zeug dazu, eine gute Journalistin zu werden, daran bestand kein Zweifel. Aber bevor es so weit war, würde sie auf der Suche nach einem einträglichen Aushilfsjob touristische Stätten und Fischereizentren in der Region abklappern.

Nach der schweißtreibenden Rückfahrt belohnte sich Kelly mit einem Stück Schokoladenkuchen und übernahm anschließend die Nachmittagsschicht im Laden ihrer Mutter. Dieser befand sich im Zentrum von Cruinn, keine siebenhundert Meter von ihrem Elternhaus entfernt. Er war nicht sehr groß, hatte aber das Nötigste im Sortiment, von frischen Eiern über Tiefkühlpizza bis hin zu Duschgel und Klopapier. In der Hochsaison gab es hier auch Postkarten und Souvenirs zu kaufen. In einem Ort mit gerade einmal dreihundertzweiundachtzig Einwohnern eine echte Institution! Trotz seiner bescheidenen Größe wartete Cruinn mit einer Kirche auf, einem Postamt, drei Pubs, einer Schule und einem Gaelic Football Team – wie neunzig Prozent aller irischen Ortschaften mit mehr als zwölf Einwohnern. Das Sahnehäubchen war ein chinesisches Restaurant mit Speisen zum Mitnehmen.

Bis vor Kurzem hatte es auf der Hauptstraße zwei Coffeeshops gegeben, doch zu Kellys Leidwesen hatte das neuere, hippere schließen müssen. Ein schickes Ambiente, unzählige Kaffeesorten, dazu Chimichangas und Quesadillas für den kleinen Hunger waren den Einheimischen doch zu exotisch gewesen. Es fing bereits damit an, dass man sich fein anziehen musste, nur um eine Tasse Kaffee zu trinken, wo man sowieso Tee bevorzugte. Also ging man gleich zu Valery's Cafè, wie man es bereits seit zwanzig Jahren tat. Der falsch gesetzte Akzent auf dem »e« war übrigens Programm. Valerys Coffeeshop war ein ungemütlicher Laden mit einer Handvoll billiger Tische auf schwarz-weißem Kachelboden, zwei verschiedenen Kaffeezubereitungen – nämlich mit und ohne Milch –, dafür aber mit einem Dutzend Teesorten. Hier konnte man in Regenjacke und Gummistiefeln einkehren und bekam ein wohltuendes Heißgetränk ohne überflüssigen Schnickschnack serviert. Dafür musste man lediglich Valerys miese Laune über sich ergehen lassen, aber daran war man gewöhnt. Viele fragten sich, wie ihre Ehe mit Marwan Connelly so lange hatte halten können. Die beiden hätten unterschiedlicher nicht sein können. Der Besitzer des Pubs The Thatch Inn war ein kugelrunder, fröhlicher Typ mit leichtem Überbiss, dem nichts die Laune verderben konnte, während seine spindeldürre Frau ständig auf Krawall gebürstet war. In Irland gab es viele unerklärliche Phänomene. Die Connellys waren nur eines davon.

Jedenfalls war der schicke Coffeeshop inzwischen einem Laden für Werkzeug gewichen, der auch einen Reparaturservice für Maschinen und Elektrogeräte anbot. Die Eröffnung war bei den Einheimischen auf breite Zustimmung gestoßen.

Im Dooney's Irish Food and More gab es an diesem Tag nur wenige Kunden, und so nutzte Kelly die Zeit, das Internet nach Jobs zu durchforsten. Zwischendurch tratschte sie mit Francine, die in der hiesigen Brennerei arbeitete und, wie Kelly auch, ein glühender Fan des Gaelic-Football-Teams war und grundsätzlich nie ein Spiel der Cruinn Shamrocks verpasste.

Der Nachmittag verlief ruhig und ereignislos – bis zu dem Moment, als Audrey Nolan den Laden betrat. Kellys Erzfeindin aus der Schulzeit war das, was man gemeinhin als auffallend hübsch bezeichnete, vorausgesetzt natürlich, man mochte blutleere Babypuppen in pastellfarbenen Kostümchen mit Zähnen wie aus einer Achtzigerjahre-Zahnpastawerbung und glatt geföhnten rotblonden Haaren. Am schlimmsten aber, so befand Kelly, waren die Grübchen. Es zuckte ihr jedes Mal in den Fingern, wenn diese sich in Audreys Wangen zeigten. Hinzu kam, dass die dumme Schnepfe sie um einen Kopf überragte. Schon in der Schule hatte sie auf Kelly herabgeblickt.

»Hey, Gürkchen!«, begrüßte Audrey sie mit falscher Fröhlichkeit, was der einzigen Kundin im Laden, Mrs Murphy, der Frau des Apothekers, ein Giggeln entlockte.

Die Packung Spaghetti, die Kelly der Frau eben in den Einkaufskorb legte, knirschte unheilvoll in ihrer Hand. Den Spitznamen Gürkchen hatte Audrey ihr in der vierten Klasse verpasst, als Kelly nach einer Lebensmittelallergie das Gesicht voller Pusteln gehabt hatte. Hätte Audrey sie nicht Erdbeerchen nennen können, zumal die Pusteln rot gewesen waren? In Kelly rumorte es. In einer idealen Welt hätte sie lediglich eine Augenbraue hochgezogen und gönnerhaft gelächelt, stattdessen bedachte sie die hochgewachsene Gestalt mit einem grimmigen Blick. Audrey Nolan war und blieb für sie ein rotes Tuch. Schon als Kind war die Tochter des Besitzers der größten Ferienanlage der Gegend gemein und hochnäsig gewesen. Daran hatte sich bis zum heutigen Tag nichts geändert.

»Ich habe gehört, du hast wieder eine Absage bekommen?«, ertönte auch prompt Audreys Stimme. Ihr mitleidiger Tonfall wollte nicht recht zu ihren Grübchen passen, die bei jedem Wort ausgelassen tanzten. »Ich möchte wirklich kein Salz in die Wunde streuen«, fügte sie hinzu und tat natürlich genau das. »Aber hättest du Medizin oder Betriebswirtschaft studiert, müsstest du jetzt nicht wieder bei deiner Mutter wohnen.«

Kelly, die kurz in Erwägung zog, ihr die Registrierkasse an den Kopf zu werfen, holte tief Luft. »Was genau ist dein Problem, Audrey?«

Die stieß ein überraschtes Lachen aus. »Ich? Ich habe doch kein Problem.«

»Ach wirklich?« Aus dem Augenwinkel sah Kelly, dass Mrs Murphy den Laden verließ, und verschärfte daraufhin den Ton. »Warum musst du mir immer auf den Geist gehen?«

»Ich dir?« Audrey war eine wahre Meisterin, wenn es darum ging, auf Fragen mit Gegenfragen zu reagieren. »Ich mache mir doch nur Sorgen.«

Kelly schnaubte verächtlich. Sie wollte schon antworten, als hinter ihnen eine tiefe männliche Stimme erklang, die zu ihrem Leidwesen ihren Herzschlag immer noch ein wenig aus dem Takt brachte.

»Worüber machst du dir Sorgen, Audrey?«

Brendan Hegarty.

Kelly hatte bei seinem Eintreten die Türglocke nicht gehört, vermutlich weil Mrs Murphy die Ladentür nicht richtig geschlossen hatte. Da stand er nun. Groß, athletisch und von der tief stehenden Nachmittagssonne angeleuchtet. Der Stachel in ihrem Mädchenherzen. Brendan war Anfang zwanzig gewesen, als er nach Cruinn gekommen war, um die Praxis des pensionierten Tierarztes zu übernehmen. Kelly erinnerte sich daran, als wäre es erst gestern gewesen. Das war kurz vor ihrem fünfzehnten Geburtstag. Auf dem Nachhauseweg von der Schule sah sie ihn aus dem Bus steigen. Natürlich war ihr sofort klar, um wen es sich handelte, schließlich sprachen sich solche Neuigkeiten im Ort schnell herum. Ein junger Tierarzt, frisch von der Universität und wie man hörte smart, gut aussehend und ledig, sorgte für Aufregung, vor allem unter der holden Weiblichkeit. Sein kurz geschnittenes Haar schimmerte unter der irischen Sonne wie poliertes Kupfer, und ein Blick in seine grünen Augen, so atemberaubend wie das Farbenspiel des Meeres kurz vor einem Gewitter, reichte aus. Die Liebe traf

Kelly wie ein Blitz, und für sie war klar, dass sie nie wieder für einen anderen Mann etwas Vergleichbares empfinden würde.

Heute wusste sie nicht, ob sie über ihre Naivität lachen oder weinen sollte. Vermutlich ein wenig von beidem. Sie hatte daraus die bittere Lehre ziehen müssen, dass die Gefühle eines Menschen, so stark sie auch waren, nicht für zwei ausreichten. Es war ja nicht so, dass Brendan sie nicht mochte, nur sah er in ihr selbst nach all den Jahren immer noch die Göre, die ihn an seinem ersten Tag in Cruinn mit offenem Mund angestarrt hatte. Statt nur der weibliche Kumpel zu sein, hätte sie als erwachsene Frau schwere Geschütze auffahren müssen, um ihn für sich zu gewinnen. Doch sie hatte an der romantischen Vorstellung festgehalten, dass ihr Charme und ihre Loyalität genügen würden, um ihn davon zu überzeugen, dass sie die Eine für ihn war. In Filmen und Romanen klappte das schließlich auch.

Sie war eines Besseren belehrt worden.

Glücklicherweise gehörte diese Geschmacksverirrung der Vergangenheit an. Die Wende hatte ein braun gebrannter kalifornischer Student namens Pete eingeläutet, den sie Ende letzten Jahres auf dem Campus ihrer Universität kennengelernt hatte. Mit seiner wilden blonden Mähne und den Tattoos war er das genaue Gegenteil von Brendan gewesen. Damit nahm eine heiße Affäre ihren Anfang, die ihr nicht nur im Bett neue Horizonte eröffnete. Wie ahnungslos und rückständig sie bis dahin gewesen war! Auch wenn sich letztendlich herausstellte, dass Pete es mit der Treue nicht so genau nahm, wollte Kelly diese Erfahrung nicht missen. Sicher, ihr Stolz hatte einen ziemlichen Dämpfer bekommen, doch war sie gern bereit, diesen Preis zu zahlen, wenn das hieß, dass ihre alberne Schwärmerei für Brendan endlich ein Ende hatte.

Wenn sie ehrlich zu sich war, musste sie sich eingestehen, dass Brendan trotz seines attraktiven Äußeren nicht annähernd so aufregend war wie Pete. Meist trug er Jeans und diese langweiligen Poloshirts, für die er wahrscheinlich einen eigenen Schrank besaß, außerdem war er auf eine unverbindliche Art freundlich zu jedermann. Selbst als Torwart der Cruinn Shamrocks sah er am Ende eines Spiels nicht annähernd so derangiert aus wie seine Teamkameraden. Keine aufgeschürften Knie, keine blutende Wange, so als würde er eine unsichtbare Rüstung tragen. Früher einmal hatte sie ihn dafür bewundert, heute rief es bei ihr höchstens ein Gähnen hervor. Im Bett war er sicherlich tüchtig, aber Kelly sprach ihm jegliche Fantasie ab. Brendan war für sie schon lange kein Objekt der Begierde mehr. Dass sie bei seinem Anblick immer noch einen kleinen Stich verspürte, war nicht mehr als das ferne Echo einer ersten großen Liebe. Ein nostalgischer Reflex, mehr nicht.

Dessen ungeachtet war er nach wie vor der begehrteste Junggeselle zwischen Slieve League und Donegal Town, wie Audreys perfekte Pirouette und gerötete Wangen bei seinem Erscheinen eindrucksvoll belegten.

»Brendan!«, rief sie entzückt. »Was machst du denn hier?«

»Hallo, Kelly, hallo, Audrey!«, grüßte er lächelnd. »Ich komme gerade von einem Patienten und wollte schnell ein paar Sachen besorgen, bevor der Laden schließt. In meinem Kühlschrank herrscht wieder einmal gähnende Leere.«

»In solchen Fällen kannst du jederzeit bei mir vorbeischauen. Ich koche gern für dich«, gurrte Audrey, während Kelly innerlich die Augen verdrehte.

Brendan winkte ab. »Ich will keine Umstände machen. Notfalls haue ich mir ein paar Eier in die Pfanne.« Er milderte seine Abfuhr mit einem gewinnenden Lächeln ab, das jede Frau in die Knie zwingen musste.

Außer Kelly, die sich dafür im Stillen gratulierte.

»Also, worüber machst du dir Sorgen?«, nahm Brendan den Faden wieder auf.

Audreys Augenbrauen zogen sich salbungsvoll zusammen, und ihre Stimme zitterte unter der Last der Emotionen. »Kelly hat wieder eine Absage bekommen.«

Was für eine heuchlerische Kuh!

»Ist das wahr?«, fragte Brendan nun an Kelly gewandt.

Sie nickte, und als sie die Anteilnahme in seinen Augen sah, blinzelte sie unbehaglich. Ehe sie etwas sagen konnte, hatte er bereits ihre Hand ergriffen.

»Es tut mir leid, Kel«, sagte er ernst. »Aber lass den Kopf nicht hängen! Du packst das, ich weiß es.«

Brendan nannte sie nicht oft Kel. Meistens sagte er Kelly oder Zwerg, was sie wie die Pest hasste, noch mehr als Gürkchen. Warum fühlten sich die Leute immer berufen, ihr irgendwelche Spitznamen zu verpassen? Womöglich lag es daran, dass sie nicht besonders groß geraten war und mit ihren hellblauen Augen und der Stupsnase an eine Elfe erinnerte, wie eine Freundin einmal gemeint hatte. Das beflügelte offensichtlich die Fantasie ihrer Mitmenschen. Kelly jedenfalls nervte es. Sanft, aber bestimmt entzog sie Brendan ihre Hand, während sie gegen einen Kloß der Rührung ankämpfte, der sich ihren Hals hinaufschob.

Nur das ferne Echo einer ersten großen Liebe.

»Genau«, warf Audrey in zuckersüßem Ton ein. »Kelly packt das.«

»Kann ich dir bei der Sache irgendwie helfen?«, fragte Brendan, wie immer die Freundlichkeit selbst.

»Nein, danke«, antwortete Kelly. »Ich komme klar.«

Brendan nickte. »Okay, dann kümmere ich mich jetzt mal um meinen Kühlschrank.« Er tippte nachdenklich an seine Unterlippe. Sie war so voll und fest, dass die alte Kelly vermutlich gern hineingebissen hätte, während die neue Kelly bei dem Anblick völlig cool blieb. »Ich mache mir heute Abend ein

Omelett. Ein paar Eier wären nicht schlecht, etwas Speck und auf jeden Fall jede Menge Cheddar.«

»Hast du noch Zwiebeln?«, wollte Kelly wissen.

Brendan hob die Augenbrauen. »Nein, wieso?«

»Na hör mal! Die bringen da Würze rein.«

»Dafür habe ich doch den Cheddar!«

Kelly lachte. »Ich hatte vergessen, was für ein Käse-Junkie du bist!« Eine glatte Lüge, was aber nur daran lag, dass sie über ein hervorragendes Gedächtnis verfügte.

Nachdem Brendan seine Einkäufe – von den »pikant-rahmigen« Cheddarscheiben packte er gleich drei Packungen ein – erledigt und Audrey fettarmen Joghurt und eine Flasche Wasser gekauft hatte, verließen die beiden gemeinsam den Laden. Als sich Audrey bei Brendan unterhakte, schloss Kelly ab und machte sich daran, den Boden kräftig durchzuwischen. Die Frau war einfach nur peinlich! Nicht zum ersten Mal gab sich Kelly dem Tagtraum hin, dass sie in Audreys Familie einen Riesenskandal aufdecken würde, der meteoritengleich einschlagen und die durch und durch verdorbene Nolan-Sippe zu Fall bringen würde. Herrlich! Ohne sich dessen bewusst zu sein, begann Kelly leise vor sich hin zu summen. Der Gedanke war zwar ziemlich rachsüchtig, wenn nicht gar psychopathisch, aber er hatte auch etwas Tröstendes und versüßte ihr den Feierabend.

Brendan lehnte sich in seinem Sitz zurück, eine Hand lässig am Lenkrad. Nachdem er Audrey vor ihrer Haustür abgesetzt und ihre nochmalige Einladung freundlich, aber bestimmt abgelehnt hatte, fuhr er auf direktem Weg nach Hause. Er freute sich auf einen ruhigen Abend. Nur er, sein Käse-Omelett und die aktuelle Ausgabe eines Fachmagazins für Tiermedizin, in dem es um neue physiotherapeutische Techniken ging. Hinterher würde er vielleicht noch eine Runde Azkend 2 zocken, das ähnlich wie Candy Crush funktionierte, nur dass nicht in einer quietschbunten, zuckersüßen Welt gespielt wurde, sondern in einem Kosmos, der an die Romane von Jules Verne erinnerte. Manche mochten Match-3-Games für langweilig halten, doch für Brendan gab es nach einem arbeitsreichen Tag nichts Entspannenderes als durch Sortieren, Verschieben oder Anordnen von drei und mehr gleichen Symbolen eine Reihe zu zerlegen! Diese Momente des Alleinseins in seinen eigenen vier Wänden genoss er sehr. Sein Zuhause war für ihn so etwas wie ein Heiligtum. Womöglich empfing er deshalb selten Besuch, und obwohl er in seinem Haus über ein Gästezimmer verfügte, hatte in all den Jahren dort niemand übernachtet. Warum auch? Attraktive Frauen wie Audrey luden ihn in der Regel zu sich ein.

Er schmunzelte, als er daran dachte, wie im Laden die Luft zwischen ihr und Kelly vor Anspannung gesirrt hatte. Was war es vor neun Jahren für ein Skandal gewesen, als Kelly aus Vergeltung für einen zerstochenen Fahrradreifen sich über Audreys lange blonde Locken hergemacht hatte! Kelly hatte im Unterricht hinter dem zwei Jahre älteren und deutlich größeren Mädchen gesessen und ihre strategische Position dazu genutzt, die Friseurschere ihrer Mutter zu zücken. Der Spuk hatte zwar nur wenige Sekunden gedauert, denn natürlich sprang Audrey sofort entsetzt auf, doch der Schaden war schon angerichtet gewesen. Brendan lachte leise. Auf Außenstehende mochte Kelly süß und harmlos wirken, doch in Wirklichkeit hatte sie es faustdick hinter den Ohren! Nicht die schlechteste Eigenschaft für eine Journalistin. Brendan hegte nicht den geringsten Zweifel, dass sie es in ihrem Beruf weit bringen würde. Vorausgesetzt, sie legte etwas mehr Sorgfalt und Geduld an den Tag, aber mit der Zeit würde sie das schon noch lernen.

Er war so tief in Gedanken versunken, dass er sein Haus erst bemerkte, als er beinahe davorstand. Innerlich rieb er sich die Hände. Level 13 in Azkend 2 war besonders knifflig, und er liebte Herausforderungen. Blieb nur zu hoffen, dass ihm kein Notfall dazwischenkam!

Ein Lichtblick

Die geschlossenen Fensterläden der Bäckerei Little Ruby's erinnerten an das Drama, das vor gut einem Jahr die kleine Welt von Cruinn erschüttert hatte. Kelly dachte daran zurück, als sie wenige Tage später an dem verwaisten Haus vorbei die unbefestigte Straße hinauffuhr, wo eine ihrer mittlerweile engsten Freundinnen lebte, Grace Cavanaugh. Die junge Londonerin war im Frühsommer letzten Jahres in das Cottage auf dem Hügel gezogen, um über den viel zu frühen Tod ihres Mannes hinwegzukommen. Ihre Liebe zu Colm McCunnigan, dem Betreiber der gleichnamigen Whiskey-Brennerei, hatte damals die schrecklichen Ereignisse ausgelöst, die sie beinahe das Leben gekostet hatten. Glücklicherweise war die Sache glimpflich ausgegangen.

Am Ende der Straße hielt Kelly vor dem weiß gestrichenen Häuschen mit den blauen Fensterrahmen, das alle Klischees eines romantischen irischen Cottages erfüllte und eine wundervolle Aussicht über die Donegal Bay bis zur Landzunge von Tullymore bot.

»Hey, Einstein, alles klar?«, rief sie, als ein schwarz-weißer Terriermischling sie schwanzwedelnd begrüßte, kaum dass sie ausgestiegen war.

Ihm auf dem Fuße folgte Grace in einem gelben Kleid, unter dem klobige Gummistiefel hervorlugten. Aus ihr würde noch eine waschechte Irin werden, dachte Kelly amüsiert.

»Du kommst wie gerufen!«, sagte Grace freudestrahlend und zog ihre Gartenhandschuhe aus. »Ich bin gerade dabei, die Rosen zurückzuschneiden. Eine Pause ist genau das, was ich jetzt brauche.«

Grinsend schwenkte Kelly eine weiße Papiertüte. »Ich habe Cookies mitgebracht!«

»Und wo sind Einsteins Futter und die Getränke, die ich bestellt habe?«, fragte Grace mit gespielter Strenge.

Kelly griff sich theatralisch an die Kehle. »Welche Bestellung?«

Grace grinste. »Also gut, lass uns den Krempel ausladen.« Nachdenklich blickte sie in den Himmel. »Sieht aus, als würde sich das gute Wetter halten. Wir können hinterher den Tee auf der Terrasse trinken.«

Kelly prustete los. »Als ob sich das irische Wetter je halten würde!«

Grace warf ihre braunen Haare, die sie inzwischen lang trug, mit einer energischen Kopfbewegung zurück. »Für eine Tasse Tee und ein paar Knabbereien wird es allemal reichen.«

»Hast du eine neue Mütze?«, fragte sie wenig später, als sie am Gartentisch saßen.

Kelly berührte ihr himmelblaues Barett. »Nein, die Kappe ist ein Klassiker von mir. Eine meiner ersten Errungenschaften. Ich habe sie wieder aus der Versenkung geholt. Sie soll mir Glück bringen.«

»Steht dir«, sagte Grace. »Passt gut zu deinen Augen.«

Kelly grinste frech. »Ich weiß.«

»Und? Gibt's was Neues?«

Obwohl Kelly wusste, worauf die Frage abzielte, nämlich auf ihre Bewerbungen, war sie froh, dass Grace das Thema nicht direkt ansprach. Sie wollte den schönen Nachmittag nicht durch ihr Gejammer verderben, also verneinte sie. Aber Grace war nicht dumm. Statt einer Erwiderung, die womöglich wie eine leere Floskel geklungen hätte, schenkte sie Kelly Tee nach, begleitet wurde die Geste von einem warmen Lächeln.

»Und wie läuft's bei dir?«, fragte Kelly.

»Gut«, lautete die Antwort. »Der Direktor von News FM, dem meine letzte Arbeit gefallen hat, möchte, dass ich eine neue Erkennungsmelodie für den Sender komponiere.«

»Das ist ja toll! Glückwunsch!«, rief Kelly, dennoch versetzte ihr die Neuigkeit einen Stich. Wie lange würde es wohl dauern, bis sie jemanden von ihrem Können überzeugen konnte?

Grace musterte sie eindringlich. »Verträgst du eine weitere Erfolgsgeschichte?«

»Nur her damit!«, antwortete Kelly.

»Also gut.« Grace beugte sich vor. »›Spirit of Grace‹ ist auf dem Kontinent ein echter Verkaufsschlager, vor allem in Deutschland und Italien«, erzählte sie, und Kelly konnte den Stolz in ihrer Stimme hören. Kein Wunder, schließlich hatte Colm McCunnigan seinen edelsten Tropfen nach ihr, seiner Liebsten, benannt.

Kelly, die sich für ihre Freundin ehrlich freute, grinste breit. »Es läuft bei euch, würde ich sagen.«

In einer spontanen Geste, die für Grace eher untypisch war, drückte sie Kellys Hand. »Ja«, sagte sie leise und beinahe ehrfürchtig.

»Und?«, fragte Kelly. »Wann ziehst du zu Colm?«

»In ein paar Wochen, denke ich.« Grace' Augen funkelten. »Nach dem verheerenden Brand im letzten Jahr hat er weitreichende Renovierungen vorgenommen.«

Kelly kicherte. »Renovierungen ist gut. Der neue Anbau ist recht geräumig, um nicht zu sagen gigantisch!«

In ihren Gedanken tauchte das Bild von Colms Brennerei auf, die mit ihren diversen Gebäuden aus grauem Backstein und dem riesigen Schlot sowieso schon einen imposanten Anblick geboten hatte. Doch nun verlieh der neue zweistöckige Flügel, der im rechten Winkel zum Wohnhaus errichtet worden war, dem Ganzen eine geradezu herrschaftliche Note. Fehlte nur noch das schmiedeeiserne Portal!

»Wie wahr! Darin wäre Platz für ein Dutzend Kinder, mindestens«, sagte Grace mit einem ungläubigen Kopfschütteln.

»Colm ist halt schwer verliebt«, erwiderte Kelly lachend.

Nun war es an Grace, zu schmunzeln. »Stimmt.« Sie blickte sich um. »Es wird mir nicht leicht fallen, zu gehen. Ich hab das Cottage liebgewonnen. Auch wenn das Leben darin am Anfang nicht so einfach war.« Sie seufzte. »Hier hat mich Colm zum ersten Mal geküsst.«

»Nur geküsst?«, fragte Kelly mit einem vielsagenden Blick.

Prompt schoss Grace das Blut in die Wangen, doch Kellys herzhaftes Lachen war so ansteckend, dass sie schließlich einstimmte.

»Tante Ruby macht übrigens gute Fortschritte«, sagte Grace gleich darauf mit ernster Miene. »Die Ärzte meinen, sie könnte in einigen Monaten entlassen werden.«

Kelly stieß einen freudigen Laut aus. Sie wusste, wie sehr sich Grace um ihre gesundheitlich angeschlagene mütterliche Freundin sorgte, die ihr den Neuanfang in Irland ermöglicht hatte. »Das sind ja tolle Neuigkeiten! Übrigens nicht nur für dich, sondern für uns alle.« Sie zwinkerte. »Niemand backt so gutes *Soda Bread*!«

Grace nickte. »Sie macht bereits Pläne, das Little Ruby's wiederzueröffnen, und denkt sich neue Rezepte aus.«

»Das ist ja wunderbar.«

Versonnen streichelte Grace Einstein, der den Kopf auf ihren Schoß gebettet hatte. »Schon. Aber wie es aussieht, wird sie ihre Medikamente lebenslang einnehmen müssen.«

»Ist sie denn dazu bereit?«, fragte Kelly behutsam.

»Sieht so aus.«

»Gut.«

Beide nippten an ihrem Tee und lauschten dem ewigen Lied der tosenden Brandung, bis Grace das Schweigen brach. »Hast du eigentlich schon gehört? Simone hatte gestern einen Surfunfall. Sie hat einen Mehrfachbruch im rechten Ellenbogen.«

»Meinst du etwa Brendans Tierarzthelferin?«

»Ja.«

Kelly verzog das Gesicht. »Wie furchtbar! Die Arme …«

Grace nickte mitfühlend. »Simone ist hart im Nehmen, trotzdem wird sie wohl ein paar Wochen ausfallen.« Sie zögerte kurz. »Der Doc ist auf der Suche nach einem Ersatz. Ihm ist klar, dass er auf die Schnelle keine qualifizierte Kraft bekommt, schon gar nicht für eine so kurze Zeit, deshalb sucht er jemanden, der ihm einfach nur etwas Arbeit abnimmt.«

Kelly biss in ihr Cookie. »Woher weißt du das?«, fragte sie herzhaft kauend.

»Er hat es Colm gestern Abend im Pub erzählt. Er will morgen eine Anzeige aufgeben.« Kurzes Schweigen. »Vielleicht wäre der Job ja was für dich.«

»Für mich?«, entgegnete Kelly verblüfft und hätte sich beinahe an ihrem Cookie verschluckt. »Ich habe null Ahnung von Tieranatomie und so was. Ich weiß nur, dass vorne etwas reinkommt, was hinten hoffentlich wieder rauskommt.«

Grace schmunzelte. »Und wenn schon? In seiner Notlage ist Brendan bereit, jeden einzustellen, hat er zumindest gesagt. Hauptsache, die Person hat Freude am Umgang mit Tieren.« Sie dachte kurz nach. »Er sucht jemanden … wie hat es Colm noch mal formuliert? … ach ja, für Rezeptionstätigkeiten, Betreuung der Patienten sowie Arbeiten des allgemeinen Praxisalltags.«

»Mhm«, bemerkte Kelly wenig überzeugt.

»Wahrscheinlich braucht er jemanden, der die Rechnungen ausdruckt, Termine festlegt, die Viecher festhält, wenn er ihnen eine Spritze reinjagt. Solche Dinge eben.«

Kelly schnaubte amüsiert. »Mir scheint, du hast genauso wenig Ahnung wie ich!«

Grace feixte, ehe sie wieder ernst wurde. »Es wäre ja nur für ein paar Wochen. Hast du nicht erst vorgestern am Telefon erzählt, du wärst auf der Suche?«

Kelly verzog das Gesicht. »Ja, schon.«

»Und? Hast du schon etwas in Aussicht?«

»Zwischendurch hat es ausgesehen, als würde sich im Freilichtmuseum von Glencolumbkille etwas ergeben, aber leider ist nichts daraus geworden.«

»Na, siehst du«, bemerkte Grace sichtlich zufrieden und trank von ihrem Tee. »Der Job beim Doc wäre perfekt!«

Kelly dachte angestrengt nach. Am Morgen erst hatte sie zehn Minuten mit shampoonierten Haaren in der Dusche ausgeharrt, bevor sich das launische Wasser dazu herabgelassen hatte, wieder zu fließen. Es wurde allerhöchste Zeit, den Klempner zu rufen! Der Job konnte helfen. Was aber, wenn sie einen emotionalen Rückfall erlitt? Auch wenn Brendan zu der betulichen Sorte Mann gehörte, konnte die Zusammenarbeit mit ihm ernste Konsequenzen haben. Andererseits war er dafür bekannt, ein Ordnungsfanatiker zu sein. Gab es etwas Abtörnenderes? Eben. Vielleicht war es ihre Chance, das Echo in ihrem Herzen ein für alle Mal auszumerzen.

Dieser Gedanke war es, der sie schließlich dazu brachte, ihre Tasse mit einem Klirren abzusetzen und auszurufen: »Also gut, ich tu's!«

Dann strich sie mit feierlicher Miene dreimal über ihr Barett.

»Und du glaubst wirklich, das hilft?«, fragte Grace und zeigte auf die himmelblaue Kopfbedeckung. Ihr liebevoller Spott war unüberhörbar.

Kelly, die ihrer Freundin die Wortwahl nicht krummnahm, grinste breit. »Schaden kann es jedenfalls nicht.«

»Ich werde zu Brendan fahren und ihm anbieten, die Vertretung für Simone zu übernehmen«, ließ Kelly beim Abendessen feierlich verlauten.

Sie saß mit ihrer Mutter in der Küche am runden Eichentisch, der bereits seit vier Generationen den Dooneys als wichtigster Ort der Zusammenkunft diente, wo gelacht, geweint und weitreichende Entscheidungen getroffen wurden. Aus den Zwanzigerjahren des letzten Jahrhunderts stammte auch der Büfettschrank, in dem aufwendig verzierte Teller mit Goldrand zur Schau gestellt waren, die niemals benutzt wurden. Relativ neu waren hingegen die Elektrogeräte und die Plastikblumen auf der Fensterbank. In einer Ecke stand eine altehrwürdige Nähmaschine mit Tretpedal, von der sich die Familie wohl niemals trennen würde.

Elizabeth Dooney, die gerade dabei war, ein Stück vom Lachsgratin, frisch aus dem Ofen, herunterzuschneiden, sah ihre Tochter ungläubig an. »Aber Schatz, du hast doch eine Katzenallergie!«

»Nur eine ganz kleine«, erwiderte Kelly unbeeindruckt. »Außerdem gibt es Medikamente dagegen.«

»Also, ich weiß nicht …« Ihre Mutter schenkte ihr einen strengen, aber liebevollen Blick, wie nur Mütter ihn zustande brachten. »Hängt es vielleicht damit zusammen, dass es um deinen großen Schwarm geht?«

Kelly winkte ab. »Das ist endgültig vorbei! Die Jobs in der Gegend sind nun mal dünn gesät, und es wäre ja nur für ein paar Wochen, bis Simone wieder auf dem Damm ist.«

Die Skepsis in den Augen ihrer Mutter war unübersehbar. »Sie hat mir mal erzählt, dass Brendan als Chef wenig mit dem Mann gemein hat, den wir alle kennen. Er stellt hohe Anforderungen. Das erfordert Disziplin.«

»Willst du etwa damit sagen, dass ich das nicht hinbekomme?«, entfuhr es Kelly.

Ihre Mutter lächelte. »Du bekommst alles hin, was du willst, Schatz. Aber mit der Disziplin hast du so deine Probleme. Das gilt auch für Autoritäten.«

Kelly schnaubte, wohl wissend, dass ihre Mutter auf ihre regelmäßigen Besuche bei der Schuldirektorin anspielte. »Das ist schon eine Ewigkeit her, Mum! Außerdem ist Brendan keine Miss Sweeney!«

»Aber ein anspruchsvoller Boss.«

»Ach was! Wir kommen schon klar.«

»Okay.« Ihre Mutter nickte, wenn auch ein wenig zaghaft. »Dann versuch mal dein Glück!«

Kelly stach mit der Gabel in einen herrlich krossen Kartoffelpuffer, den nur ihre Mutter so gut hinbekam, und beförderte ihn auf ihren Teller. »Brendan ist verzweifelt. Er wird mich mit Kusshand nehmen!«

Tags darauf zuckelte sie in ihrem Mini über die schmale asphaltierte Straße nach Straleel, einem Örtchen, das aus einer Handvoll verstreuter Häuser bestand. Sie parkte ihren Wagen vor Brendans weißem eingeschossigem Haus mit dem grauen Mansardendach und lief zur Eingangstür, vorbei am penibel gestutzten Rasen. Der Chevy im Carport verriet ihr, dass er daheim war. Gut. Sie strich ihr Kleid glatt und klingelte. Keine Minute später öffnete er die Tür. Er trug Jeans und – o Wunder! – kein Poloshirt, sondern ein blau-weiß gestreiftes Hemd, das allerdings aussah, als käme es frisch aus der

Verpackung. »Kelly! Was für eine nette Überraschung!«, rief er lächelnd. »Was kann ich für dich tun?«

Zufrieden stellte sie fest, dass sich trotz der ausgeprägten Lachfältchen um seine Augen ihr Herzschlag kein bisschen beschleunigt hatte. Sie war auf einem guten Weg.

»Du hast doch gesagt, sollte ich Hilfe brauchen, könnte ich mich an dich wenden«, sagte sie.

Brendan nickte. »Klar. Ich habe zwar nur ein paar Minuten Zeit, aber komm doch rein!«, antwortete er und machte eine einladende Geste.

Kelly bedankte sich und kam der Aufforderung nach. Als er in der Diele die rechte Tür zu seinen Privaträumen öffnete, die gegenüberliegende führte zur Praxis, wuchs ihre Neugier. Schließlich war sie noch nie hier gewesen. Auf der Schwelle stockte sie jedoch mitten im Gehen und starrte verblüfft auf die Einrichtung. Im Wohnzimmer war zwar alles vorhanden, was eben so ein Wohnzimmer ausmachte – Esstisch, Stühle, Sofa, Kommode, Regale, TV-Schrank –, aber so etwas wie Gemütlichkeit suchte man vergebens. Was auch der Farbigkeit geschuldet war, die aus Eierschalenweiß, Bleiweiß, Muschelweiß und dem Hellgrau des Teppichbodens bestand. Selbst die Bücher in den Regalen schienen zu lange der Sonne ausgesetzt worden zu sein. Ein paar Zimmerpflanzen oder zumindest bunte Bilder an den Wänden hätten Wunder gewirkt.

»Nett«, bemerkte Kelly trocken.

»Nimm doch Platz!«, sagte Brendan und zeigte auf das Sofa. »Möchtest du was trinken? Einen Tee oder einen Kaffee vielleicht?«

Kelly schüttelte den Kopf. »Nein, danke.«

Als sie sich setzte, entfuhr ihr ein gequälter Seufzer. Das Sofa war in etwa so bequem wie eine Betonpritsche. Sie sah sich nach einem Kissen um, aber offenbar existierte so etwas in Brendans Universum nicht. Musste er wegen irgendwas Buße tun, oder warum quälte sich jemand auf diese Weise freiwillig? Während Kelly auf der Suche nach einer bequemen Position auf ihrem Hintern hin und her rutschte, quietschte das Leder hörbar. Sie fluchte innerlich. Nicht nur, dass sie sich in dieser monochromen Welt wie ein Clown vorkam, in ihrem orangefarbenen Kleid und den gelben Stiefeletten, zu allem Überfluss gab sie auch noch seltsame Laute von sich. Doch Brendan schien das alles gar nicht zu bemerken. Er setzte sich in den Sessel gegenüber und sah sie mit einem erwartungsvollen Blick an.

»Simone hatte einen Unfall, habe ich gehört«, begann Kelly.

Brendan nickte betrübt. »Ja, ein komplizierter Bruch des Ellenbogens. Schlimme Sache.«

»Außerdem habe ich gehört, dass du einen Ersatz suchst, bis sie wieder auf dem Damm ist.«

Ein lauernder Ausdruck trat in Brendans Augen. »Ja?«

Kelly setzte ihr schönstes Lächeln auf. »Ich dachte, ich könnte den Job übernehmen.«

»Du?«, entfuhr es Brendan, worauf sie ihn mit einem bösen Blick bedachte.

»Ja, ich! Wieso überrascht dich das?«

»Nichts für ungut, Kelly, aber du bist nicht gerade das, was ich als gut organisiert bezeichnen würde«, sagte er ruhig, wobei er sich auf den Text seiner Anzeige bezog, die am Morgen erschienen war.

*Tierarztpraxis sucht zuverlässige und gut
organisierte Aushilfe*

hatte da unter anderem gestanden.

Demonstrativ blickte Kelly um sich. »Meinst du mit ›gut organisiert‹ die Einrichtung hier, die an ein Labor zur Analyse von Oberflächenmaterialien erinnert?«

33

Brendan schnalzte tadelnd mit der Zunge. »Willst du mich so von deinen Qualifikationen überzeugen, Kelly?« Er schüttelte langsam den Kopf. »Im Ernst, das Letzte, was ich jetzt brauche, ist kreatives Chaos. Ich schätze dich sehr, und ich mag dich, wirklich. Aber ich denke nicht, dass du die Richtige für den Job bist.«

Kelly schluckte ihre Enttäuschung hinunter. So leicht würde sie sich nicht geschlagen geben! »Wie stellst du dir die Arbeit einer Journalistin denn vor?«, entgegnete sie energisch. »Gerade wenn es um Recherchen geht, ist es existenziell, den Überblick zu behalten! Da darf nichts durcheinandergeraten, schließlich geht es um das höchste Gut.« Sie legte eine pathetische Pause ein, den Blick gen Decke gerichtet. »Die Wahrheit.« Den überquellenden Schreibtisch in ihrer Studentenbude, den ihre Mitbewohnerin gern als Granatenwurfstand bezeichnet hatte, erwähnte sie wohlweislich nicht.

Schenkte man seiner skeptischen Miene Glauben, war ihr Gegenüber wenig beeindruckt, deshalb beschloss Kelly, ihre Taktik zu ändern. »Komm schon, Brendan, gib mir eine Chance! Solltest du nicht mit mir zufrieden sein, kannst du mich nach einer Woche feuern.« Sie beugte sich ein wenig vor, auch um ihren steifen Rücken zu dehnen. »Ich verspreche auch, akkurat zu arbeiten und kein bisschen kreativ zu sein!«, schloss sie und klimperte mit den Wimpern.

Brendan sah sie einige Momente lang an, und es gelang ihr erfolgreich, seinem forschenden Blick standzuhalten. Schließlich entspannten sich seine Züge. »Also gut, du Nervensäge! Aber ich erwarte, dass du tust, was ich dir sage, ohne rumzudiskutieren.«

Kelly verzog innerlich das Gesicht. Nur weil sie sich seiner Warnung zum Trotz einmal ein Handy gekauft hatte, das bereits nach zwei Tagen den Geist aufgegeben hatte, musste er nicht den Besserwisser raushängen lassen!

Sie schluckte die bissige Bemerkung hinunter, die ihr auf der Zunge lag. »Wie du wünschst, mein Herr und Meister«, entgegnete sie stattdessen mit gespielter Unterwürfigkeit.

Sie hatte damit gerechnet, dass er über ihre kleine Bemerkung schmunzeln würde, stattdessen bedachte er sie mit einem schwer zu deutenden Blick, worauf sich ihr Magen zusammenkrampfte.

Ist nur Muffensausen, beruhigte sie sich.

»In Ordnung«, sagte er. »Es sieht folgendermaßen aus: Du kommst dreimal die Woche von acht Uhr morgens bis vier Uhr nachmittags, dafür zahle ich dir zweihundert Euro die Woche. Bist du damit einverstanden?«

Kelly nickte. Der Verdienst würde ausreichen, um ihre Mutter zu entlasten, außerdem bliebe noch genügend Zeit, um im Laden auszuhelfen und natürlich ihre Stellensuche fortzusetzen.

»Bekomme ich einen Vorschuss?«, fragte sie.

Verblüffung legte sich auf Brendans Gesicht. »Wie bitte?«

»Für den ersten Monat.«

»Dass ich das richtig verstehe«, sagte Brendan gedehnt. »Du hast noch keine Minute gearbeitet und willst schon Geld?«

Kelly setzte ihren Welpenblick auf. Sie mochte keine aufregende Verführerin sein, verfügte aber zum Glück über andere Qualitäten. »Die Rohre in unserem Haus sind total marode, Brendan, wir müssen sie noch vor dem Winter erneuern. Außerhalb der Saison sind die Umsätze im Laden eher mau, und Mums Frisierkünste gleichen das nur bedingt aus.«

Wann immer es sich ergab, verdiente sich ihre Mutter ein Zubrot als mobile Friseurin. Das Handwerk hatte sie in der Abendschule erlernt.

Kellys Appell an sein Gewissen schien Brendan wenig zu beeindrucken, denn er sagte nichts, sondern sah sie nur mit hochgezogenen Augenbrauen an.

»Ach komm«, flehte sie. »Und sieh es mal so: Wenn das Wasser wieder normal läuft, kannst du sicher sein, dass ich morgens pünktlich zur Arbeit erscheine.«

Brendans Augenbrauen ruckten weiter in die Höhe. »Heißt das im Umkehrschluss, dass du ansonsten unpünktlich sein wirst?«

»Nein! Natürlich nicht, aber ...« Kelly setzte ein engelhaftes Lächeln auf. »Sicher ist sicher.«

Wieder musterte Brendan sie, ohne zu blinzeln, während die Sekunden quälend langsam verstrichen. Im Niederstarren war er wirklich gut! Kelly hingegen war gespannt wie ein Flitzebogen und hielt es auf ihrem Betonsofa kaum aus.

»Okay«, sagte er schließlich. »Morgen bekommst du einen Vorschuss für drei Wochen, aber enttäusche mich nicht.«

»Klasse!« Kelly atmete erleichtert auf. »Danke! Und worin genau bestehen meine Aufgaben?«, fragte sie mit einiger Verspätung, wie sie sich selbst eingestehen musste.

»Sei einfach das Mädchen für alles«, erklärte Brendan. »Du nimmst die Anrufe entgegen, koordinierst die Termine. Sprechstunde ist Montag bis Freitag von acht bis zehn Uhr, samstags von zehn bis zwölf Uhr und natürlich nach Vereinbarung. Abgesehen davon schreibst du die Rechnungen und lässt sie den Kunden zukommen, du sorgst dafür, dass es im Wartezimmer ordentlich aussieht, und wenn ich mal Hilfe mit einem Tier brauche, stehst du mir zur Seite.«

»Hauptsache, ich muss nicht bis zum Ellenbogen in einem Bullenhintern stochern«, scherzte Kelly.

Jetzt musste Brendan doch schmunzeln. »Ich dachte eher an Dinge wie das Tier beruhigend zu streicheln, während ich es behandele.«

»Klingt gut«, gab Kelly freudig zurück und reichte Brendan die Hand. »Deal?«

»Deal.«

Obwohl ihr Herz schneller schlug, bemühte sich Kelly um ein freches Grinsen, als sich seine warme, kräftige Hand um ihre viel kleinere legte. »Wann soll ich anfangen?«

»Komm morgen früh um halb sieben«, antwortete Brendan mit einem amüsierten Funkeln in den Augen. Er wusste, dass Kelly keine Frühaufsteherin war. »Dann habe ich genügend Zeit, dir alles zu zeigen, bevor die ersten Anrufe eintrudeln. Ungefähr um diese Uhrzeit gehen die Bauern in ihre Ställe und merken, wenn mit ihren Tieren etwas nicht stimmt.«

»Schön, dass du mich nicht absichtlich quälen willst«, murmelte Kelly mehr zu sich selbst.

Brendan legte die Stirn in Falten. »In dem Job muss man manchmal mit unchristlichen Arbeitszeiten rechnen. Ist das ein Problem?«

»Natürlich nicht!«

»Gut.« Als Brendan sich vorbeugte, kitzelte sein Duft nach Seife und warmer Haut ihre Nase. »Lass mich meine Entscheidung nicht bereuen, Kel.«

»Keine Sorge. Wir haben schließlich einen Deal«, erwiderte Kelly, der es erfolgreich gelang, durch den Mund zu atmen.

Brendan nickte. »Den haben wir.«.

So lächerlich das auch anmuten mochte, aber in Kellys Ohren klang seine Antwort beinahe wie eine Drohung.

WOLF IM SCHAFSPELZ

Dass die Arbeit mit Brendan kein Zuckerschlecken werden würde, ahnte Kelly bereits, als sie am nächsten Morgen um sechs Uhr sechsunddreißig an seine Tür klopfte, worauf er sie mit einem kühlen Blick und der Frage »Die maroden Rohre?« begrüßte. In der Annahme, dass ihn die Hintergründe nicht interessieren würden, ersparte sich Kelly eine Antwort. Auf die maroden Rohre war ihre Verspätung jedenfalls nicht zurückzuführen. Vor Aufregung hatte sie die halbe Nacht kein Auge zugetan und war erst gegen halb vier eingeschlafen. Sie hatte den Wecker schlichtweg überhört, und dass aus einer sechsminütigen keine dreißigminütige Verspätung geworden war, lag daran, dass sie sich mit einer Katzenwäsche begnügt und den Kaffee komplett ausgelassen hatte. Ihr hektischer Aufbruch hatte etwas von einer Flucht gehabt.

Brendan führte sie herum. Zu Beginn ließen sie den Empfang links liegen und begaben sich ins Behandlungszimmer, das nebst Schreibtisch mit einem Bürostuhl, einer alten Couch und einem verstellbaren Metalltisch ausgestattet war. Im Medikamentenschrank stapelten sich Fläschchen, Pulver und Schachteln mit Namen, die mit »vyl«, »itum«, »cur« und »line« endeten und Kelly gar nichts sagten. Um Längen interessanter war das Foto eines lachenden Jungen auf dem Schreibtisch, der einen Esel am Zügel hielt und Brendan wie aus dem Gesicht geschnitten war. Der bisher einzige Hinweis im Haus, dass ihr neuer Boss so etwas wie eine Vorgeschichte besaß.

»Bist du das auf dem Foto?«, fragte Kelly.

»Ja.«

»Wie alt warst du da?«

»Elf oder zwölf«, antwortete Brendan und machte Anstalten, weiterzugehen.

Kelly rührte sich jedoch nicht von der Stelle, sondern betrachtete das Foto eingehend. »Wo wurde das aufgenommen?«

»Weiß ich nicht mehr.«

»Wirklich?«, wunderte sich Kelly. »Du siehst da so glücklich aus. Komisch, dass du dich nicht erinnerst.« Sie kniff die Augen zusammen. »Sieht aus wie ein Jahrmarkt oder ein Vergnügungspark.«

»Glaube ich kaum!« Brendan klang angespannt. »Können wir weitergehen? Bald rufen die ersten Leute an.«

Zwar wurde Kelly das Gefühl nicht los, dass Brendan bezüglich des Bildes log, dennoch hakte sie nicht weiter nach, schließlich wollte sie ihn nicht gleich am ersten Tag verärgern.

»Süß, der Esel«, bemerkte sie nur, als sie den Raum verließen.

»Sie war eine Eselin und hieß Agatha.« Die Wärme in Brendans Stimme war nicht zu überhören. »Zumindest stand das auf ihrem Namensschild.«

Also erinnerte er sich sehr wohl!

Kelly suchte seinen Blick. »Hast du damals beschlossen, Tierarzt zu werden?«

Überrascht sah er sie an. »Ja. Wie hast du das erraten?«

Sie grinste. »Intuition.«

Ein Kompliment murmelnd öffnete er die Tür zu einem kleinen fensterlosen Raum und machte sie mit seiner tierärztlichen Ausstattung vertraut – Injektionsnadeln,

Sonden, Kastrationszangen, Tierthermometer, Geburtshaken, Absaugpumpen, Schweinebremsen und andere Dinge, die Kelly eine Gänsehaut bescherten. Das angrenzende Labor, in dem Brendan unter anderem parasitologische Kotuntersuchungen durchführte und Ohrabstriche sowie Harnproben analysierte, durfte natürlich auch nicht fehlen.

Anschließend begaben sie sich ins Operationszimmer mit seinen kahlen weißen Wänden, dem hohen Tisch, dem modernen Monitoring, der Sauerstoff- und Narkoseausstattung und diversen anderen, wichtig aussehenden Geräten. Hinter der Glastür eines Eckschranks entdeckte Kelly Skalpelle, Klammern, Nähnadeln und Faden, medizinischen Kleber und weitere chirurgische Utensilien. Ihr schwirrte der Kopf, während Brendan ihr von Sonografie für Trächtigkeitsuntersuchungen und Fruchtbarkeitsdiagnostik erzählte, von digitalem Röntgen und Kotsieben zur Auswertung der Verdaulichkeit von Futter. Lauter sexy Dinge eben. Und genau das Richtige, um die Gefühlswallungen der alten Kelly endgültig ad acta zu legen!

Wie Brendan strammen Schrittes von Raum zu Raum ging, erinnerte er Kelly an einen Sergeant bei der britischen Armee, und in ihr machte sich ein ungutes Gefühl breit. Er erwartete doch nicht, dass sie alles auswendig lernte, oder? Angesichts seiner zuweilen strengen Miene traute sie ihm zu, dass er sie irgendwann abfragen würde.

Diese Seite von Brendan Hegarty war ihr völlig neu und zugegebenermaßen ein wenig furchterregend. Prinzipiell war es gut, seinen Job ernst zu nehmen – sie war die Letzte, die das beanstandet hätte –, aber Brendan haftete eine Verbissenheit an, die in ihren Augen beinahe etwas Zwanghaftes hatte. Am Ende kehrten sie zum Empfang zurück, der gleichzeitig das Büro und damit ihr zukünftiger Arbeitsplatz war. Hier fühlte sich alles wieder so vertraut an, dass ihre Gelassenheit zurückkehrte. Fast auf den Moment genau, als Brendan wissen wollte, ob sie noch

Fragen habe, klingelte das Telefon. Perfektes Timing! Obwohl Brendan ihr anbot, frühstücken zu gehen oder Besorgungen zu machen und um acht Uhr wiederzukommen, lehnte Kelly ab.

So begann ihr erster Arbeitstag bei Brendan Hegarty, Tierarzt für Groß- und Kleintiere in Straleel, an einem Dienstag um 7.35 Uhr morgens.

Nach einer Woche als Aushilfe in der Praxis gelangte Kelly zu einer wichtigen Erkenntnis: Ihre Katzenallergie war ihr geringstes Problem, zumal das Gros der Patienten eher der Huftierfraktion angehörte. Ihr größtes Problem war Brendan selbst! Ganz gleich, was sie tat, immer hatte er etwas auszusetzen. Mal war ihre Handschrift zu unleserlich, mal waren ihre Telefonprotokolle unvollständig, dann gefiel ihm ihr Tonfall nicht – zu schnippisch! –, oder ihr Schreibtisch war zu unaufgeräumt. Zumindest an ihrem Äußeren hatte er nichts zu beanstanden, was Kelly ehrlich überraschte, hüllte sie es doch vorzugsweise in farbenfrohe Stoffe, die ihm die Netzhaut verätzen mussten. Würde er sie in der zweiten Woche feuern, wäre es keine wirkliche Überraschung. In dem Fall müsste sie ihm allerdings den Vorschuss anteilig zurückzahlen, was einer kleinen Katastrophe gleichkäme. Positiv war nur, dass sie auf dem besten Weg war, für alle Zeiten gegen die brendansche Krankheit immun zu werden.

»Er ist ein Korinthenkacker!«, schimpfte Kelly am Ende ihres vierten Arbeitstages und warf ihre Mütze auf die Kommode, um sich anschließend gewohnheitsmäßig durch die Haare zu fahren. »Heute hat er mich angemotzt, weil ich eine Harnprobe falsch beschriftet habe! Dazu muss ich sagen, dass es mir kurz danach aufgefallen ist. Es ist also nichts Schlimmeres passiert.«

»Was heißt kurz danach?«, wollte ihre Mutter wissen, während sie den Tisch fürs Abendessen deckte.

»Nachdem Brendan den Tierbesitzer angerufen und ihm eine falsche Diagnose durchgegeben hatte.«

»Autsch!«

»Ich habe mich entschuldigt!«, warf Kelly ein. »Hat aber nicht viel gebracht.«

Ihre Mutter konnte sich ein Schmunzeln nicht verkneifen. »Brendan hat doch sicher auch ein paar gute Eigenschaften.«

»Ist mir nicht aufgefallen«, brummte Kelly, die den Suppentopf vom Herd nahm und ihn auf den Tisch stellte.

»Klingt so, als hättest du dich endlich von deiner kindlichen Schwärmerei verabschiedet.« Ihre Mutter glitt auf den Stuhl ihr gegenüber. »Es wurde aber auch Zeit.«

»Das habe ich vor einem Jahr schon, als ich was mit Pete hatte ...«

»Aber?«

Kelly seufzte theatralisch. »Brendan riecht immer noch so verflucht gut – trotz Kotsieben und Absaugpumpen.«

Als ihre Mutter aus vollem Hals lachte, stimmte sie widerwillig ein.

Nur eine Woche später konnte nicht einmal mehr Brendans Duft Kelly beschwichtigen. Stein des Anstoßes war ein Stiftbehälter mit Garfield-Aufdruck gewesen, den sie auf der Empfangstheke platziert hatte. Am Ende hatte sie den Becher wieder entfernen müssen.

»Nicht zu glauben, dass ich die ganzen Jahre über in ihn verschossen gewesen bin!«, empörte sich Kelly lautstark am Küchentisch. »Selbst wenn er der letzte Mann auf der Welt wäre, würde ich ihn nicht haben wollen.«

»Du warst in ein Abbild verliebt, Schatz«, entgegnete ihre Mutter sanft. »Jetzt lernst du den Menschen dahinter erkennen. Sei nicht wütend auf ihn. Es ist nicht seine Schuld.«

»Mag sein! Aber nach außen hin tut Brendan freundlich, pflegt dieses Everybody's-Darling-Image, aber in Wahrheit ist er ein Wolf im Schafspelz!«, ereiferte sich Kelly. »Und er ist rechthaberisch.«

»Das bist du manchmal auch.«

»Und stur!«

Ihre Mutter sah sie vielsagend an.

»Und kleinkariert!«, fügte Kelly triumphierend hinzu, wohl wissend, dass das auf keinen Fall zu ihren Eigenschaften zählte.

Als ihre Mutter schmunzelnd auf Kellys Modeschmuck zeigte, der mit winzigen rot-weißen Karos gemustert war, verdrehte sie die Augen.

»Das ist etwas völlig anderes!«, sagte sie gereizt.

»Du bist von Natur aus ein fröhlicher Mensch, Schatz, und steckst alle mit deiner guten Laune an«, bemerkte ihre Mutter ruhig. »Du findest einen Weg, mit Brendan klarzukommen.«

Kelly stieß einen tiefen Seufzer aus. »Das würde ich gern, wirklich, aber seine Art macht mich kirre.«

»Es ist ja nur für eine begrenzte Zeit.« Ihre Mutter berührte kurz ihre Hand. »Aber wenn es zu schlimm wird, überleg dir, ob du dir nicht etwas anderes suchen willst. Du weißt ja, wegen mir musst du das nicht machen.«

»Ich will aber!«, betonte Kelly. »Nicht nur wegen des Geldes. Wenn ich Däumchen drehe und nur darauf warte, dass die Antworten auf meine Bewerbungen eintrudeln, flippe ich aus.«

Ihre Mutter griff nach ihrem Glas und trank einen Schluck Guinness, bevor sie antwortete: »Schreib doch etwas über die Menschen hier oder über die Gegend und versuch, den Artikel bei einer Zeitung einzureichen.«

»Glaubst du vielleicht, ich hätte mir das nicht schon überlegt?«, entgegnete Kelly, und es klang ein wenig resigniert. »Eine Geschichte über die irische Idylle reißt niemanden vom Hocker, dann müsste schon etwas Aufsehenerregendes passieren. Aber außer über einen verschwundenen Traktor oder einen Einbruch in einem Getränkemarkt gibt's wenig zu berichten.«

»Wie hat meine Oma immer gesagt? Wenn du lange genug gräbst, gelangt früher oder später jede Scheiße an die Oberfläche.«

Kelly grinste. »Möge sie in Frieden ruhen.«

Ihre Mutter nickte. »Versprich mir, dass du versuchst, mit Brendan ein wenig diplomatischer umzugehen, okay?«

»Versprochen!«, sagte Kelly und meinte es auch so.

Am nachfolgenden Mittwoch bot sich Kelly die Chance, ihr diplomatisches Geschick unter Beweis zu stellen. »Hast du Bernie schon angerufen?«, wollte Brendan am Nachmittag wissen, kaum dass er über die Schwelle der Praxis getreten war. Er kam von einem Hausbesuch zurück und trug seine übliche Arbeitskluft: Cargohose, Poloshirt und Gummistiefel. Wie sie diese spießigen Poloshirts inzwischen hasste!

»Ich bin noch nicht dazu gekommen«, antwortete Kelly. Bernie war der Medikamentenlieferant, und die Praxis benötigte dringend Nachschub an Antibiotika. »Aber ich wollte das gerade erledigen.«

Brendans Blick verfinsterte sich. »Und warum erst jetzt?«

»Percy geht es nicht gut«, erklärte Kelly und mahnte sich zur Ruhe. »Sein Frauchen war mit ihm hier. Sie ist ganz aufgelöst. Er hat die ganze Nacht Blut erbrochen.«

»In Ordnung.« Er griff bereits wieder nach seiner Arzttasche. »Ich fahre sofort rüber. Und ruf Bernie an, ja?«

Sie nickte.

»War sonst noch was?«

»Nein.«

Er runzelte die Stirn. »Sicher?«

»Ich bin sicher«, antwortete Kelly ruhig, obwohl sie innerlich die Fäuste ballte. Glücklicherweise klingelte ihr Handy, ehe sie etwas Unüberlegtes hinzufügen konnte. »Darf ich drangehen?«, fragte sie mit einem falschen Lächeln.

Brendan nickte. »Solange deine Arbeit nicht darunter leidet.«

Die wütenden Blitze, die Kellys Augen in seine Richtung schleuderten, trafen leider nur seinen Rücken, da er sich bereits abgewandt hatte, um das Haus wieder zu verlassen.

»Mum?«, meldete sich Kelly, nachdem sie aufs Display geschaut hatte. »Alles okay?«

Es war kurz nach eins, und ihre Mutter machte gerade Mittagspause.

»Ein Ethan Woods vom Letterkenny Mirror hat heute Morgen angerufen«, antwortete ihre Mutter hörbar aufgeregt. »Er hat eine Nachricht auf dem Anrufbeantworter hinterlassen. Er will dich kennenlernen.«

Kellys Herz machte einen Satz. »Wirklich?«

»Ja. Ich habe seine Nummer. Hast du etwas zu schreiben?«

»Natürlich.« Als Kelly nach ihrem Stift griff, zitterte ihre Hand ein wenig. »Leg los!«

Nachdem sie Bernie ordnungsgemäß die Antibiotika-Bestellung durchgegeben hatte, rief sie Ethan Woods an, den Chefredakteur vom Letterkenny Mirror. Sie vereinbarten einen Termin für den nächsten Tag, an dem sie nicht in der Praxis gearbeitet, sondern ihrer Mutter im Laden ausgeholfen hätte. Unnötig zu sagen, dass diese ihr liebend gern freigab.

Der Letterkenny Mirror war zwar nicht die Evening Times, jedoch das, was man gemeinhin als klein, aber fein bezeichnete. Aufgrund ihrer kritischen und hervorragend recherchierten Artikel genoss die Zeitung ein gutes Renommee und gehörte zu den Spitzenreitern in Kellys zweiter Kategorie. Entsprechend aufgeregt war sie. Bei der Auswahl ihrer Garderobe ging sie deshalb mit Bedacht vor. Nicht zu flippig sollte ihre Erscheinung sein, aber auch nicht zu bieder, dafür sprühend vor gesundem Selbstbewusstsein. Am Ende entschied sie sich für einen eng sitzenden, schwarzen Rollkragenpullover mit Zierknopfleiste an den Ärmelsäumen und einen knielangen, gerade geschnittenen Jeansrock, der zu ihrer Ballonmütze, ebenfalls aus Jeansstoff, passte. Dazu trug sie eine blickdichte Strumpfhose und rote Stiefeletten.

Mit ihrem Mini Cooper benötigte sie knapp eineinhalb Stunden, um die rund siebzig Meilen nach Norden durch endlos anmutende Heideflächen zurückzulegen, die über weite Strecken ohne einen einzigen Baum auskamen und wo sich die menschliche Zivilisation nur in oberirdischen Stromleitungen manifestierte. Nach einer guten Stunde schien sich die Landschaft in Falten zu legen, wurde hügelig, während links und rechts immer mehr Häuser wie Pilze aus dem Boden schossen. Dann verbreiterte sich die Straße deutlich, wurde an manchen Stellen sogar zweispurig, die ersten Tankstellen und Restaurants tauchten auf. Letterkenny war nicht mehr weit.

Kellys Ziel befand sich in der Upper Main Street im Zentrum, in der sich hinter farbenfrohen Fassaden Geschäfte, Cafés und Restaurants aneinanderreihten. Hängegeranien und anderer Blumenschmuck an Hauswänden und Straßenlaternen setzten weitere fröhliche Akzente. Ein schönes Arbeitsumfeld, befand Kelly. Die Zeitung selbst war in einem königsblauen mehrgeschossigen Gebäude untergebracht, das von einem Schuhgeschäft und einem Blumenladen flankiert wurde, was Kelly ein Schmunzeln entlockte. Ein wirklich *sehr* schönes Arbeitsumfeld!

Die Holzstufen knarzten leise, als sie die Treppe in den ersten Stock nahm, und schon galoppierte ihre Fantasie mit ihr davon. Sie sah sich in einer hübschen Mietwohnung mit Blick auf das quirlige Stadtleben; sah sich auf dem Weg zur Arbeit einen Kaffee trinken und geschäftig mit einer geheimen Quelle telefonieren; sah sich nach Feierabend frische Blumen nebenan kaufen, die sie in eine Vase in ihrer kleinen Küche stellen würde. *Ruhig Blut!*, ermahnte sie sich, *noch hast du den Job nicht in der Tasche.* Dennoch war sie zuversichtlich, dass sie Ethan Woods, den Chefredakteur, von ihrem Können überzeugen würde.

Dieser stellte sich als etwas verlottert aussehender Mann in einem schlecht sitzenden Anzug und mit nikotingelben Fingern heraus, der seinem schmeichelhaften Foto auf der Website des Mirror nur entfernt ähnelte. Kelly störte es nicht, ganz im Gegenteil, passte es doch zu ihrer romantischen Vorstellung eines beharrlichen, kettenrauchenden Journalisten. Während der Chefredakteur sie in sein Büro führte, blickte sie sich um. Die Redaktion bestand aus zwei Räumen, auf die sich eine Handvoll Mitarbeiter verteilte, die entweder telefonierten oder etwas in ihren Computer tippten. An sich nichts Aufsehenerregendes, doch Kelly wusste, wie schnell sich die Büroluft bei einem Nachrichtenknüller elektrisch aufladen konnte.

»Schön, dass Sie es einrichten konnten, Miss Dooney«, sagte Ethan Woods freundlich und wies auf den Besucherstuhl. »Bitte setzen Sie sich!«

Nachdem Kelly der Aufforderung nachgekommen war, ließ sie erneut den Blick schweifen. Das Büro mit seinem alten Schreibtisch, dem Computer und den Regalen hätte genauso gut in eine Behörde oder Bank gepasst. Was nichts zu bedeuten hatte, da es bekanntlich nicht auf die Verpackung, sondern auf den Inhalt ankam.

Ethan Woods öffnete die Mappe vor sich auf dem Tisch und warf einen kurzen Blick hinein. Kellys Hände wurden feucht.

»Nun, das alles sieht doch ganz gut aus«, bemerkte er und lächelte sie an, als erwartete er eine Reaktion, also bejahte sie.

Zufrieden schloss Ethan Woods die Mappe wieder. »Sie haben Glück, Miss Dooney. In unserer Anzeigenabteilung ist eine Stelle frei geworden.«

47

»Anzeigenabteilung?«, wiederholte Kelly für den Fall, dass sie den Chefredakteur falsch verstanden hatte.

Er nickte. »Sie wären dafür genau die Richtige. Wir suchen jemanden, der eigenständig arbeitet und kreativ denkt. Ihre Arbeit bestünde darin, die Anzeigen unserer Kunden zu lektorieren und wenn nötig umzuformulieren. Dazu gehören auch Todesanzeigen, Heiratsanzeigen und öffentliche Bekanntmachungen. Aber das ist nicht alles«, fügte er triumphierend hinzu, als zöge er ein Ass aus dem Ärmel. »Zu Ihren Aufgaben wird es auch gehören, neue Anzeigenkunden zu akquirieren. Eine abwechslungsreiche Aufgabe, wie Sie sehen.«

Kundenakquise?

Während Kelly versuchte, sich ihre Gefühle – eine Mischung aus Entrüstung, Wut und Enttäuschung – nicht zu sehr anmerken zu lassen, strahlte Ethan Woods sie an, als hätte er ihr eben seinen Chefsessel angeboten.

»Also? Was sagen Sie?«

»Nun, Mr Woods«, begann Kelly, während sie nach den richtigen Worten suchte. *Sei diplomatisch!* »Das klingt in der Tat interessant, und ich danke Ihnen, dass Sie mich dafür in Betracht ziehen. Aber ich will journalistisch arbeiten. Was die Menschen umtreibt, das ist es, worüber ich berichten möchte.« *Und wenn es nur ein Nachbarschaftsstreit ist!*, fügte sie verzweifelt im Stillen hinzu.

Ethan Woods lehnte sich in seinem Stuhl zurück. »Das verstehe ich natürlich gut«, antwortete er mit einem jovialen Lächeln, das ihm Kelly am liebsten mit der flachen Hand aus dem Gesicht gewischt hätte. »Jeder fängt mal klein an, Miss Dooney«, sagte er und klang dabei beinahe väterlich.

Aber doch nicht mit Todesanzeigen!

»Und wie lange würde es dauern, bis ich in Ihrer Redaktion arbeiten könnte?«

»Ich will ehrlich zu Ihnen sein. Die Mitarbeiterfluktuation ist bei uns eher gering.« Was für eine Überraschung! »Aber wer weiß …«

Also nie, dachte Kelly resigniert.

Sie rang sich ein Lächeln ab. »Tut mir leid, Mr Woods, aber ich möchte als investigative Journalistin arbeiten, nichts anderes kommt für mich infrage«, sagte sie freundlich, aber bestimmt. Niemals verbrannte Erde hinterlassen, lautete ihre Devise, denn wie heißt es so schön: Im Leben begegnet man sich immer zweimal. »Trotzdem danke ich Ihnen für das nette Gespräch.«

»Auch wenn ich Ihren Standpunkt verstehe, Miss Dooney, ist es bedauerlich. Ich glaube, dass Sie sehr gut in unser Team gepasst hätten.« Weil sich der Chefredakteur von seinem Sitz erhob, stand Kelly ebenfalls auf. »Nun, ich wünsche Ihnen viel Glück!«

»Danke, Mr Woods. Das wünsche ich Ihnen auch.«

Er brachte sie zur Tür, und sie schüttelten sich zum Abschied die Hände. Als Kelly diesmal die Treppe nahm, fühlten sich ihre Beine taub an. Sie hatte so viel Hoffnung in dieses Gespräch gesetzt. Sie biss sich auf die Unterlippe. Es sollte wohl nicht sein!

Trotz des erlittenen Rückschlags ließ sie es sich nicht nehmen, das nahe gelegene Einkaufscenter aufzusuchen, um in der Schreibwarenabteilung zu stöbern und sich neue Stifte und Schreibblöcke zu kaufen. Und weil sich in Letterkenny eine ungewöhnlich hohe Zahl an asiatischen Restaurants angesiedelt hatte, nutzte sie die Gelegenheit und ging hinterher indisch essen. Sie ließ sich ein köstliches Chicken Biryani schmecken, das mit Curry, Safran und Koriander gewürzt und mit Nüssen und Linsen garniert war. So hatte ihr Trip zumindest auch eine positive Seite.

Satt und einigermaßen beherrscht rief sie auf dem Rückweg ihre Mutter an und fasste das Gespräch knapp zusammen. »Ich werde den Job nicht annehmen«, sagte sie abschließend. »Da kann ich genauso gut weiter Rechnungen für Brendan schreiben. Ich bin gern bereit, ganz unten anzufangen, aber in dem Fall würde sich das in die völlig falsche Richtung entwickeln. Wäre das eine große Zeitung, hätte ich zumindest einen Fuß in der Tür, aber so …«

Wie meistens fand ihre Mutter die richtigen Worte. »Diese Schlappe, falls man es so nennen kann, dient nur dazu, einen größeren Anlauf zu nehmen, um dorthin zu gelangen, wo dein Platz ist, Schatz.«

Kelly lächelte gerührt. »Danke, Mum.«

Sie würde den Aushilfsjob bei Brendan wohl bis zum bitteren Ende machen müssen. Und bis dahin hatte sie genügend Zeit, diesen besonderen Platz zu finden, von dem ihre Mutter gesprochen hatte.

Brendan unterdrückte ein Frösteln, während er das gelbgrün-blauweiße Gerangel um den vierhundert Gramm schweren Ball beobachtete, das sich in der Mitte des Feldes abspielte. Als Torwart war er im Moment zur Unbeweglichkeit verdammt und spürte jeden kalten Tropfen, der auf ihn niederprasselte. Es goss wie aus Kübeln, was die Spielfreude im Stadion von Dungloe jedoch in keiner Weise trübte. Die Beteiligten auf dem Rasen, die ohne Rücksicht auf Verluste um jeden Zentimeter Ballbesitz kämpften, wurden von den rund vierhundert Zuschauern lautstark angefeuert. Die zweite Halbzeit war fast vorüber, und es stand 4:6 für die Gäste. Sein Team, die Cruinn Shamrocks, würde also mit großer Wahrscheinlichkeit als Sieger vom Platz gehen. Endlich wieder etwas Positives! Derzeit durchlebte er einige Turbulenzen, was ihm ganz und gar nicht schmeckte. Erst kürzlich hatte ihn seine Schwester Fiora angerufen, um ihm mitzuteilen, dass die Familie Ende des Monats nach Donegal komme und sein Vater ihn sehen wolle. Brendan, der bis auf die obligatorischen Anrufe an Weihnachten und Geburtstagen keinen Kontakt zu seiner Familie pflegte, war – um es milde auszudrücken – nicht gerade begeistert. Er hatte keine Ahnung, wie er sich aus der Sache herauswinden sollte! Eine Gestalt im Zuschauerrang erregte seine Aufmerksamkeit. Kelly Dooney. Der gelb-grüne Federbusch an ihrem breitkrempigen Hut hing schwer und nass herunter, das Gleiche galt für ihre Locken, was sie jedoch nicht davon abhielt, die Partie mit leuchtenden Augen zu verfolgen und jeden Spielzug grölend zu kommentieren. Kel war schon eine Marke! Brendan gefror das Lächeln im Gesicht. Womöglich war es ein Fehler gewesen, sie einzustellen. In seinem Job ging es oft um Leben und Tod, und zwar buchstäblich. Weil er sich keine Fehler leisten durfte, musste er sich blind darauf verlassen, dass seine Praxis wie ein Uhrwerk funktionierte. Kelly aber brachte die bewährten Abläufe im Office häufig durcheinander. Ob er sich nach einem fähigeren Ersatz umsehen sollte? Sogleich überkam ihn das schlechte Gewissen. Einerseits brauchte ihre Mutter die neuen Rohre, andererseits musste er sich eingestehen, dass Kellys fröhliches Wesen selbst den besorgtesten Tierbesitzern ein kleines Lächeln abrang. Und mit den tierischen Patienten ging sie sanft und liebevoll um.

War das letzten Endes nicht mehr wert als ein bisschen Chaos?

Aber dann war da noch ihre schreckliche Angewohnheit, seine Praxis »verschönern« zu wollen! Gut, bisher waren es nur Kleinigkeiten gewesen, die sie ihm hatte unterschieben wollen, wie dieser alberne Garfield-Stiftbehälter. Wenn er ihr allerdings keinen Einhalt gebot, würde sie die Theke vermutlich bald mit Plüschtieren, Porzellanfigürchen und noch Schlimmerem verschandeln. Und wenn es etwas gab, worauf er allergisch reagierte, dann war das Nippes!

Seufzend richtete er den Blick nach vorn, direkt auf den Ball, der mit rasender Geschwindigkeit auf ihn zuflog. Laut fluchend vollführte er einen Hechtsprung nach links, streckte die Arme aus – und verfehlte den Ball um Haaresbreite.

Am Sonntag hatten die Shamrocks durch Brendans Nachlässigkeit 7:6 verloren, und so war Kelly alarmiert, als sie am nächsten Morgen in der Praxis auftauchte. Zu ihrer Überraschung begrüßte Brendan sie freundlich und erkundigte sich sogar nach ihrer Hutkreation, die sie anlässlich des Spiels am Vortag getragen hatte.

»Ich fürchte, die Federn sind hinüber«, antwortete sie mit einem schiefen Lächeln. »Aber ich kann sie problemlos austauschen.«

»Schön.«

Sie legte ihre Tasche ab und nahm auf dem Stuhl hinter dem Empfang Platz. »Tut mir echt leid wegen gestern.«

Brendan, der bereits auf dem Weg ins Behandlungszimmer war, stockte mitten im Gehen. »Solche Dinge passieren, wenn man sich ablenken lässt«, sagte er, ohne sich umzudrehen.

»Wie unprofessionell!«, neckte Kelly ihn. »Was hat dich denn abgelenkt?«

Kurz schien er zu zögern. »Die Sonne«, antwortete er dann unerwartet brummig.

Ehe Kelly ihre Verwunderung zum Ausdruck bringen konnte, da der Himmel am gestrigen Tag vieles, nur keinen Sonnenschein entsandt hatte, war er hinter der Tür verschwunden. Achselzuckend griff sie nach ihrer Tasche und zog ein Objekt heraus, das sie auf die Theke stellte. Sie nickte zufrieden. Genau das hatte hier gefehlt!

Bald tauchten die ersten Patienten auf, darunter ein Beagle, der kastriert werden sollte und Kellys vollstes Mitgefühl besaß, sowie ein Truthahn, der das Futter verweigerte. Die Zeit verging wie im Flug, und nachdem die Sprechstunde später als geplant geendet hatte, weil in letzter Minute ein Kaninchen mit heftigen Niesattacken aufgetaucht war, kam Brendan aus dem Behandlungszimmer. Er hatte den weißen Kittel und seine Lederschuhe gegen eine dunkelgrüne Outdoorjacke und wetterfeste Stiefel getauscht, um seine üblichen Hausbesuche zu machen. In der Hand hielt er seine Arzttasche.

»Irgendetwas Neues, wovon ich wissen sollte?«, stellte er seine übliche Frage.

Kelly schüttelte den Kopf.

»Gut.«

Gerade wandte er sich zum Gehen, als sein Blick auf die Theke fiel.

»Was ist das?«, fragte er hörbar entrüstet.

Ohne hinzuschauen, wusste Kelly, worauf er anspielte. »Ein Welpenkalender.«

»Das Jahr ist in drei Monaten zu Ende.«

»Und wenn schon!« Sie sah ihn herausfordernd an. »Jeder mag süße Welpenbilder.«

»Wir sind hier kein Scheiß-Strickklub, Kelly!«

»*Shocking!*«, entgegnete sie spöttisch. »Ein solcher Ausdruck aus dem Mund des makellosen Doc Hegarty. Abgesehen davon ist er politisch ganz schön unkorrekt!«

Mit finsterer Miene umrundete Brendan die Theke und baute sich vor ihr auf. »Überspann den Bogen nicht, Kel!«

Als er seine Augen auf sie richtete, las Kelly darin Wut, was sie mehr verblüffte, denn erschreckte. »Meine Güte!«, entfuhr es ihr. »Du führst dich auf, als hätte ich dort ein Päckchen Koks deponiert!«

»Würde mich auch nicht wundern.«

Erbost sprang Kelly von ihrem Stuhl auf. »Wofür hältst du mich eigentlich?« Jetzt war endgültig Schluss mit der Diplomatie! »Keine Ahnung, wie Simone das mit dir aushält. Du bist ein grauenhafter Chef!«

Aufgebracht standen sie sich gegenüber, nicht unbedingt auf Augenhöhe, denn Brendan war einen ganzen Kopf größer. Ein Manko, das Kelly mit vorgerecktem Kinn und blitzenden Augen wettzumachen versuchte.

»Und du bist eine grauenhafte Mitarbeiterin«, konterte er, jedes einzelne Wort betonend. »Das hier ist meine Praxis, Kelly, und du tust gefälligst, was ich dir sage, sonst …«

Sie stemmte die Hände in die Hüften. »Sonst was? Willst du mich feuern?«

Für einen Moment verhakten sich ihre Blicke ineinander. Kelly wurde es heiß und kalt, als sich Brendans Augen in ihre bohrten und wie mit einer Sense darin wüteten. Die Zeit schien stillzustehen, sie war nicht einmal fähig, zu blinzeln. Das Klingeln des Telefons brach schließlich den Bann. Wie eine Warnung blieb Brendans Blick einige Sekunden auf ihrem Gesicht haften, erst dann beugte er sich zum Telefon und nahm das Gespräch entgegen.

»Ja?«, meldete er sich ungewohnt forsch, um dann im besonnenen Ton hinzuzufügen: »Nein, Irene, du hast dich nicht verwählt. Entschuldige, ich war abgelenkt. Mal wieder.«

Während er den Worten lauschte, die daraufhin aus dem Hörer sprudelten, ging Kellys Puls auf Normalmaß zurück. Verstohlen betrachtete sie Brendan. Warum war ihr die Strenge in seinem Gesicht zuvor nie aufgefallen? Die tiefen Falten um seinen Mund, die Schärfe in seinem Blick, das kalte Feuer unter der vermeintlich ruhigen Oberfläche?

»Ich muss los!«, erklärte er, nachdem er aufgelegt hatte. »Ein Lamm der McCarthys hat sich ein Bein gebrochen, wahrscheinlich ist es mit dem Fuß in ein Loch geraten.« Er wies auf den Kalender. »Aber die Sache ist noch nicht vom Tisch.«

»Du bist so was von borniert!«, entfuhr es Kelly. Dabei klang sie so unverblümt feindselig, dass sie innerlich erschrak.

Solche Dinge geschahen wohl, wenn das Bild des Traumprinzen endgültig zu Bruch ging.

Brendan sah sie an. *Das war's. Jetzt kündigt er mir*, dachte Kelly, als sie den schwer zu deutenden Ausdruck in seinen Augen sah.

»Weißt du was? Irene McCarthy ist allein auf dem Hof, ihr Mann ist in der Stadt. Du kannst dich nützlich machen.« Er wies auf den Schrank hinter ihr, in dem sie für den Notfall Gummistiefel und eine robuste Regenjacke deponiert hatte. »Mitkommen!«

»Was? Jetzt?«, wunderte sich Kelly, die ihn bisher noch nie bei einem Hausbesuch begleitet hatte.

»Ja. So behalte ich dich im Auge, und du kannst keinen Unsinn anstellen, wie zum Beispiel eine Fußmatte mit Katzenmotiven bestellen«, fügte Brendan trocken hinzu.

Sie atmete auf. Fürs Erste würde er sie nicht feuern.

Rasch zog sie Jacke und Stiefel an, dann folgte sie ihm nach draußen. Auf der Fahrt zur Farm der McCarthys sprachen sie kaum ein Wort, nicht aus Groll, sondern weil sie ihren Gedanken nachhingen. Als Kelly Brendan einen Seitenblick zuwarf, bemerkte sie, dass sich seine Züge entspannt und seine Schultern entkrampft hatten. Nachtragend schien er nicht zu sein, und mit etwas Glück würde er die Kalendersache auf sich beruhen lassen, so ihre stille Hoffnung. Der Hof der McCarthys befand sich nordöstlich von Cruinn, auf einer malerischen, von grünen Hügeln gesäumten Lichtung. Der Stall, in dem das verletzte Tier lag, stand in Sichtweite des Wohnhauses. Irene McCarthy, eine stämmige Frau in den Vierzigern, die laut Brendan nach zwei oder drei Guinness gern schmutzige Witze erzählte, führte sie zu dem kleinen Patienten und kehrte anschließend in ihre Küche zurück, um weiter Äpfel einzukochen. Die Luft im Stall war schwer vom Duft des Heus, das sich bis unters Dach stapelte. Das Lamm lag in einer Ecke und wirkte winzig. Beim Anblick seines baumelnden Vorderbeins zog sich Kellys Herz vor Mitleid zusammen.

Brendan stellte seine Tasche ab und hockte sich neben das Tier. »Halte bitte seinen Kopf fest, während ich es untersuche«, sagte er.

Kelly, die einige Male Zeugin eines solchen Prozedere gewesen war, was in einer ländlichen Gegend wie dieser nicht wirklich überraschte, schob eine Hand unter das Kinn des Lamms und packte es mit der anderen am Ohr. Währenddessen tastete Brendan das Bein vorsichtig ab, was das Tier zitternd über sich ergehen ließ.

»Es handelt sich um eine Fraktur von Speiche und Elle«, erklärte er ruhig. »Glücklicherweise ist die Verschiebung minimal, ein Gipsverband wird genügen.«

Er öffnete seine Tasche, holte eine Wasserflasche und einige Gipsbandagen heraus, die er benetzte und um das gebrochene Bein wickelte, sodass eine vom Ellenbogen bis zur Klaue reichende, schnell hart werdende weiße Hülle entstand. Jede seiner Bewegungen saß, was Kelly ein Gefühl der Bewunderung abrang.

»Wir warten, bis der Gipsverband hart ist«, sagte Brendan. »Dann lassen wir das Lamm laufen.«

Kelly erwiderte sein Lächeln, und einige Lidschläge lang schien das Heu noch intensiver zu duften, schienen die Vögel draußen noch fröhlicher zu singen.

In den nächsten Minuten klopfte Brendan mehrmals an den Verband, dann nickte er zufrieden. »Ich denke, jetzt können wir es riskieren.«

Kellys Puls beschleunigte sich, als sie das Köpfchen losließ, stockte kurz, doch das Lamm trabte munter davon. Sie stieß einen hörbaren Seufzer der Erleichterung aus, der Brendan ein leises Lachen entlockte.

»Es war nur ein gebrochenes Bein, Kel«, sagte er sanft und half ihr auf.

Dabei hielt er ihre Hand einen Wimpernschlag länger fest als nötig, was ein irritierendes Ziehen in ihrem Bauch erzeugte. Gemeinsam gingen sie zum Wohnhaus, aus dem Irene soeben trat. Sie hatte sie offenbar durch das Fenster gesehen.

»Und? Wie schaut's aus?«, fragte sie.

Nachdem Brendan ihr die Situation erläutert hatte, wich die Anspannung aus Irenes Gesicht.

»Der Gips muss einen Monat lang draufbleiben«, erklärte Brendan, wobei sich Kelly sicher war, dass er Irene damit nichts Neues erzählte. Sie und ihr Mann besaßen jede Menge Schafe, und es war sicher nicht das erste Mal, dass sich eines ihrer Tiere ein Bein brach. Dennoch nickte Irene. »Ruf mich an, damit ich kommen und den Verband abnehmen kann«, sagte Brendan weiter. »Behalt das Tier im Auge und achte darauf, dass sich das Bein an der Bandagenkante nicht wund reibt.«

Als Brendan und Kelly vom Hof gingen, brach die Sonne durch die Wolken und umfing sie mit Licht und Wärme, daher beschlossen sie, sich kurz am Hang ins Gras zu setzen und sich einen der Äpfel zu teilen, die Irene ihnen zugesteckt hatte. Eine sanfte Brise bewegte die Köpfe der Blumen, irgendwo trillerte ein Zaunkönig. Für einen Moment herrschte zwischen ihnen eine Eintracht wie schon lange nicht mehr.

»Ich liebe dieses Land«, murmelte Kelly versonnen, einen Arm hatte sie um die Beine geschlungen. »Ich würde nirgendwo anders leben wollen.«

»Das verstehe ich sehr gut«, antwortete Brendan. »Geht mir genauso.«

Eine friedliche Stille senkte sich über sie, während sich der Zaunkönig richtig ins Zeug legte.

Der perfekte Moment.

»Das hast du übrigens gut gemacht da drinnen«, brach Brendan schließlich das Schweigen. Ein warmer Ausdruck trat in seine Augen. »Vielleicht bist du doch keine so grauenhafte Mitarbeiterin.«

»Und du nicht so ein grauenhafter Chef. Außerhalb des Büros jedenfalls«, fügte sie hinzu.

Er ließ das unkommentiert, hob lediglich die Augenbrauen.

Kelly räusperte sich. »Sind wir wieder Freunde?«

Brendan lächelte und ließ seinen Blick über ihr Gesicht schweifen, ehe er ihn in ihre Augen senkte. »Wir waren nie etwas anderes, Kel«, antwortete er und biss in seine Apfelhälfte. »Von mir aus kann der Kalender bleiben, aber übertreib es nicht!«, fügte er mit vollem Mund hinzu.

In dieser Nacht wurde Kelly von einem bizarren Traum heimgesucht. Dass sie sich dabei mit einem nackten Mann im Heu wälzte, war nicht sonderlich originell. Bedenklich war allerdings die Tatsache, dass überall Körbe mit Äpfeln herumstanden und der Mann eine frappierende Ähnlichkeit mit Brendan aufwies. Entsprechend schlecht aufgelegt war sie an diesem Morgen, was ihrer Mutter sofort ins Auge stach, da Kelly eine Frohnatur war. Und zwar von jeher. Wenn sie als Kleinkind auf die Nase gefallen war, erstarrte ihr Gesicht für einen kurzen Moment vor Schreck, doch bevor sie losweinen konnte, war es ihrer Mutter in den meisten Fällen gelungen, sie abzulenken und zum Lachen zu bringen. Auf die neugierige Frage ihrer Mutter reagierte Kelly ausweichend, erzählte etwas von einem Albtraum – was von der Wahrheit nicht weit entfernt war.

Später im Laden spielte Kelly mit dem Gedanken, ihren Job bei Brendan hinzuwerfen, da sie offenbar nicht vollständig über den Berg war. Dann schalt sie sich eine Idiotin. Da war nichts, rein gar nichts! Das Lämmchen mit dem gebrochenen Bein war es gewesen, das sie aus der Bahn geworfen hatte, und nicht Brendans warmes Lächeln! In voraussichtlich sechs Wochen würde Simone zurückkommen. Kelly würde also noch achtzehn Tage in der Praxis arbeiten, wovon Brendan die meiste Zeit außer Haus verbrachte. Kein Grund, in Hysterie zu verfallen. Außerdem war die Liste der Dinge, die ihr an ihm missfielen, lang genug, um bei klarem Verstand zu bleiben. Auch wenn sie zugeben musste, dass er sehr gut war in dem, was er tat. Nie verlor er die Geduld gegenüber den Tieren und ihren Besitzern, fertigte sie nicht einfach so ab, sondern ging ruhig und feinfühlig vor. Dass in seinem Leben der Beruf an erster Stelle stand, war offensichtlich.

Ein grünblauer Transporter, der rangierte, um rückwärts in die Seitengasse neben dem Laden zu fahren, erregte Kellys Aufmerksamkeit. Der Lieferant. Endlich!

»Mr Talbot! Ich gehe kurz nach hinten«, informierte sie den Kunden, der sich vor den Keksregalen herumdrückte. »Und denken Sie an Ihren Diabetes!«

Das mürrische »Jaja«, das daraufhin ertönte, entlockte Kelly ein Schmunzeln. Wie an jedem Tag der Woche würde der Schlossermeister seine Zeitung und zuckerfreie Kaugummis kaufen und das Geld passend auf die Theke legen. Natürlich nicht ohne vorher mit den Schoko-Cookies in Gang 2 zu liebäugeln, obgleich sein Arzt ihm Exzesse dieser Art streng verboten hatte.

Kelly verschwand durch die Tür hinter der Kasse, durchquerte das kleine Büro und ging zum Lagerraum.

»Morgen, Jeff!«, begrüßte sie den Lieferanten, nachdem sie ihm die Hintertür aufgeschlossen hatte. »Was machen deine Kinder?«

»Nichts als Ärger«, antwortete er breit grinsend. Jeff war rothaarig und von schmächtiger Statur, die darüber hinwegtäuschte, dass er Bärenkräfte besaß. »Gestern hat unser Jüngster gemeint, er müsste den Küchenschrank komplett ausräumen. Meine Frau war fuchsteufelswild.«

Jeffs sechsköpfige Familie bot jede Menge Stoff für Anekdoten, die das männliche Oberhaupt Woche für Woche bereitwillig zum Besten gab. Während er Stapel von Kartons ins Lager trug, als wären sie mit Luft gefüllt, erzählte er ohne Punkt und Komma. Seine Worte sprühten vor Lebensfreude, und Kelly wurde niemals müde, ihm zuzuhören und bei Bedarf nachzuhaken. Nachdem sie die Annahme quittiert und Jeff eine gute Woche gewünscht hatte, kehrte sie mit zwei Kartons Dosenfrüchten und Marmeladengläsern in den Laden zurück. Inzwischen war Mr Talbot verschwunden, und neben der Kasse lag wie erwartet eine Handvoll Münzen. Kelly war gerade dabei, sie einzusammeln, als die Türglocke ertönte und zwei Männer eintraten, die sie noch nie zuvor gesehen hatte. Der ältere von ihnen war brünett, drahtig und trug einen Pferdeschwanz, der andere war groß, blond und vierschrötig. Beide waren leger und der Jahreszeit entsprechend warm angezogen.

»Hallo«, begrüßte Kelly die Neuankömmlinge freundlich.

Die Männer nickten ihr zu und steuerten den Kühlschrank mit den Getränken an. Kelly vermutete, dass sie auf der Durchreise waren. Vielleicht konnte sie ihnen die übrig gebliebenen Schinkensandwiches schmackhaft machen. Sie hörte, wie der Kühlschrank geöffnet und wieder geschlossen wurde, dann vernahm sie Schritte, die sich Richtung Gang 4 bewegten, in dem unter anderem Nudeln und Frühstücksflocken standen. Kelly wartete einen Augenblick, ehe sie sich zu ihnen gesellte.

»Suchen Sie etwas Bestimmtes?«, fragte sie lächelnd. »Vielleicht kann ich helfen.«

Der Braunhaarige mit dem Pferdeschwanz schüttelte den Kopf. »Das ist nicht nötig, danke. Wir schauen uns um.« Seinem Akzent nach zu urteilen, stammte er aus der Gegend um Dundalk. »Mal sehen, was uns anspricht«, fügte er mit einem Lächeln hinzu, das sein hartes Gesicht unverhofft attraktiv erscheinen ließ.

Kelly spürte, wie ihr die Röte ins Gesicht stieg. Du lieber Himmel! Der Mann war bestimmt schon Ende dreißig. Ob sie wohl unter einem Vaterkomplex litt?

»Natürlich«, antwortete sie hastig. »Sie sind auf der Durchreise?«

»Könnte man so sagen«, antwortete ihr Gegenüber, der offenbar der Wortführer war.

Währenddessen sah sich sein blonder Begleiter in den Regalen um. Als er nach einer Cornflakes-Packung griff, schob sich der rechte Ärmel seiner Jacke hoch und enthüllte eine Tätowierung oberhalb seines Handgelenks. Kelly erspähte einen dreidimensionalen Kompass auf einer Weltkarte. Eine schöne und aufwendige Arbeit. Weil die Männer sich nicht weiter um sie kümmerten, nickte Kelly und entfernte sich wieder. Ihre Kunden waren offensichtlich nicht auf Plaudern aus. Also beschloss sie, die Zeit sinnvoll zu nutzen und einige der frisch gelieferten Dosenfrüchte und Marmeladengläser in die Regale zu räumen. Dazu holte sie die dreistufige Trittleiter aus dem Lager. Als sie zurückkam, knallte die Bürotür ungewöhnlich laut zu, was die beiden Männer im Laden wohl zu der Vermutung veranlasste, sie sei hinausgegangen, denn prompt erhoben sie ihre Stimmen. Kelly, die mit einem Karton Gang 3 betrat, wurde so unfreiwillig Zeugin ihres Gesprächs. Sie wollte sich schon bemerkbar machen, als einige Worte fielen, die sie erstarren ließen.

»Wo sollen wir sie deponieren?« Es war der Ältere, der sprach.

»An der üblichen Stelle«, antwortete der andere. Es war das erste Mal, dass Kelly ihn sprechen hörte.

»Was, wenn jemand sie zufällig findet?«

»Ach was! Niemand verirrt sich hinter Cliodhnas Schleier.«

»Wenn die Sache schiefläuft, reiße ich dir persönlich den Arsch auf, Josh!«, entgegnete der Ältere mit einer Schärfe, die Kelly einen kalten Schauer über den Rücken jagte. Der Kerl mit dem gewinnenden Lächeln klang mit einem Mal gar nicht mehr so charmant.

Sachte legte sie den Karton ab, ehe sie auf Zehenspitzen den Gang Richtung Kasse hinunterlief. Das Herz klopfte ihr bis zum Hals. Hinterm Tresen angekommen hantierte sie übertrieben laut mit der Registrierkasse, um die Männer in dem Glauben zu lassen, dass sie sich außer Hörweite befand. Als hätten sie sich eben wieder an ihre Existenz erinnert, kamen sie prompt um die Ecke. Bei ihrem Anblick fühlte Kelly Panik in sich aufsteigen, doch dann rief sie sich zur Ordnung. Als Journalistin musste sie Mut beweisen und durfte sich nicht so leicht einschüchtern lassen, schließlich würde sie mehr als einmal in prekäre Situationen geraten. Ihr Vater riskierte jeden Tag sein Leben! Sie nahm Haltung an und setzte ein Lächeln auf, von dem sie hoffte, dass es nicht zu übertrieben war.

»Sind Sie fündig geworden?«, fragte sie.

Halunke Nummer zwei blieb erwartungsgemäß stumm, während Halunke Nummer eins lächelte und dabei wieder so verflucht attraktiv aussah.

»Ja«, antwortete dieser und hielt ein Glas mit Heringen hoch, während sein Begleiter ein Sixpack Bier und die Cornflakes-Packung auf den Tresen stellte.

»Eine gute Wahl«, kommentierte Kelly und verzichtete darauf, den beiden Männern die übrig gebliebenen Schinkensandwiches anzubieten. Je schneller sie verschwanden, umso besser!

»Können Sie uns eine Unterkunft empfehlen, wo wir die Nacht verbringen können?«, fragte der Wortführer, nachdem Kelly abkassiert hatte. »Preiswert sollte es sein, aber auch sauber und ordentlich.«

Kelly kämpfte mit sich, ob sie ihnen Ashleys Bed & Breakfast empfehlen sollte. Auf der einen Seite wollte sie Ashley Walsh und ihrem Mann nicht irgendwelche zwielichtigen Gestalten und damit vielleicht Unannehmlichkeiten ins Haus bringen, andererseits waren die beiden, gerade in der Nebensaison, für jeden Gast dankbar.

»Nun?«, hakte der Typ mit dem Pferdeschwanz nach.

»Ich fürchte, die Pensionen in der Gegend haben schon alle dichtgemacht«, antwortete Kelly schließlich. »Tut mir leid.«

»Okay. Schade.« Der Ältere lächelte ein letztes Mal, dann gingen die beiden hinaus.

Als die Tür hinter ihnen ins Schloss fiel, atmete Kelly auf. Hatte sie richtig gehandelt? Natürlich hatte sie die Walshs um ihr Geld gebracht, aber wahrscheinlich wären die Männer nur eine Nacht geblieben, also hätte es sich nur um ein paar Euro gehandelt. Sich für die sichere Variante zu entscheiden, war angemessen gewesen, befand Kelly schließlich.

Während sie die neue Ware einräumte, gingen ihr die Worte, die sie belauscht hatte, nicht aus dem Kopf. Was wollten die Männer hinter Cliodhnas Schleier deponieren? Eine Leiche? Giftfässer? Oder vielleicht nur Haushaltsabfälle? Sie versuchte, sich einzureden, dass es sie nichts anging, doch ihre Neugier war geweckt. Worum handelte es sich bei Cliodhnas Schleier? Cliodhna war der Name oder vielmehr einer der vielen Namen der Feenkönigin, aber von einem Schleier hatte Kelly bis zum heutigen Tag noch nie gehört. Je länger sie grübelte, desto klarer wurde ihr, dass sie am Haken hing. Sie nahm sich vor, dem Mysterium auf den Grund zu gehen. Denn wie hatte der berühmte Journalist Alfred Charles William Harmsworth, Erster Viscount Northcliffe, vor hundertfünfzig Jahren gesagt? »Nachrichten sind etwas, von dem irgendjemand irgendwo nicht möchte, dass es publiziert wird. Alles andere ist Werbung.« Und dass die beiden Männer etwas zu verbergen hatten, das war für Kelly so sicher wie das Amen in der Kirche.

Ein nächtlicher Notfall

Kelly arbeitete bereits die vierte Woche für Brendan, und inzwischen herrschte zwischen ihnen eine Art Waffenstillstand, was daran liegen mochte, dass ihr Boss nachsichtiger geworden war oder daran, dass Kelly sich immer besser im Praxisalltag zurechtfand und ihren Gestaltungsdrang mäßigte. Wahrscheinlich war es eine Mischung aus beidem. Zu ihrer Erleichterung war sie von keinem weiteren bizarren Traum heimgesucht worden. In Sachen Bewerbung gab es einen Hoffnungsschimmer. Das Galway Journal, immerhin eine nicht ganz unbedeutende Zeitung, hatte ihr mittelfristig einen Job in Aussicht gestellt. Im Sommer nächsten Jahres würde altersbedingt eine Position in der Lokalredaktion frei werden, und sie sollte, wenn es so weit war, erneut beim Chefredakteur vorstellig werden. Zwar hatte Kelly nicht vor, so lange untätig zu bleiben, dennoch war es eine vielversprechende Option, sollten alle Stricke reißen. Wer wusste schon, was die nächsten Monate für sie bereithielten?

Indessen ging ihr Cliodhnas Schleier nicht mehr aus dem Sinn. Die zwanghafte Verbissenheit, die sie Brendan zu Beginn angelastet hatte, legte sie nun selbst an den Tag. Weil sie zu dem Thema im Internet nichts fand, beschloss sie, ihrem ehemaligen Geschichtslehrer einen Besuch abzustatten. Nachdem ihre Mutter sie im Laden abgelöst hatte, schwang sie sich aufs

Fahrrad und fuhr die vier Meilen zu Mr Byrne. Es war früher Nachmittag, und trotz des Nieselregens und des grau marmorierten Himmels erzeugte mancherorts das leuchtend gelbe Laubwerk die Illusion von Sonnenschein. Der unverwechselbare Duft nach Pilzen, Fallobst und feuchter Erde erfüllte die Luft. Es war ein Duft, den Kelly mochte und der ihre Sinne belebte. So dauerte es nur zehn Minuten, bis sie ihr Ziel erreichte. Mr Byrne bewohnte ein kleines Haus am westlichen Ortsrand von Teelin, mit zwei Schornsteinen und dunkelroten Chrysanthemen auf der Fensterbank.

Nachdem Kelly ihr Fahrrad abgestellt hatte, klopfte sie.

»Moment!«, erklang es dumpf, dann vernahm Kelly sich nähernde Schritte, und die Tür wurde geöffnet.

Mr Byrne wirkte in seiner braunen Cordhose und dem grünen Cardigan wie der Prototyp eines pensionierten Lehrers. Seine Füße steckten in karierten Pantoffeln, auf seiner Nase saß eine Lesebrille.

»Kelly! Welch nette Überraschung!«, rief er, während er sie über den Rand seiner Brille hinweg betrachtete. »Du bist Cromwells Schergen entkommen, wie ich sehe.«

Kelly lachte. »Gerade so.«

Der alte Mann trat einen Schritt zur Seite. »Komm doch rein! Lust auf einen Cappuccino? Meine Tochter und ihr Mann haben mir vor zwei Jahren so eine Maschine geschenkt.« Er zwinkerte. »Seitdem bin ich richtig süchtig nach dem Zeug.«

»Gern.«

Unwillkürlich rieb sich Kelly die Hände. Gab es etwas Schöneres als einen leckeren, cremigen Cappuccino an einem nasskalten Herbsttag? Sie schloss die Tür, zog ihre Schuhe aus und folgte Mr Byrne in die kleine Bibliothek, in der er Generationen von Schülern Nachhilfe erteilt hatte. Im Haus roch es nach Torf, Wärme und Kaffee. Mr Byrne, der es sich offenkundig mit einem Cappuccino und einem Buch am

Fenster gemütlich gemacht hatte, bevor Kelly unangemeldet aufgetaucht war, holte eine zweite Tasse samt Untertasse aus einer antik aussehenden Vitrine. Dann wies er auf den zweiten Sessel am Fenster.

»Setz dich schon mal! Ich bin gleich wieder da.«

Nach diesen Worten huschte er hinaus, und bald darauf ertönte das Mahlen, Ächzen und Zischen einer Espressomaschine. Den Cappuccino, der eine perfekte Schaumkrone aufwies, stellte Mr Byrne auf den kleinen runden Tisch zwischen den beiden Sesseln, worauf sich Kelly mit einem Lächeln bedankte. Ein Lächeln, das noch breiter wurde, nachdem sie am Kaffee genippt hatte. Köstlich!

»Also, was kann ich für dich tun?«, fragte ihr zuvorkommender Gastgeber, nachdem er ebenfalls Platz genommen hatte.

»Ich bin einem Mysterium auf der Spur und brauche Ihre Hilfe, um es zu lüften«, antwortete Kelly in verschwörerischem Ton, worauf die Augen des alten Mannes prompt aufleuchteten.

»Was für ein Mysterium?«

»Was wissen Sie über Cliodhnas Schleier?«, fragte Kelly und betrachtete ihr Gegenüber voller Erwartung.

Mr Byrne runzelte die Stirn, dann nahm er seine Brille ab, um sie mit einem Taschentuch zu putzen, das er aus seiner Hosentasche gezogen hatte. Dabei ging er gemächlich zu Werke. Hinterher gab er ein zufriedenes Brummen von sich und setzte sie wieder auf. Als er nach seinem Cappuccino griff und daran nippte, presste Kelly die Lippen zusammen. Geduld gehörte nicht zu ihren Stärken. Endlich stellte Mr Byrne seine Tasse wieder ab und bedachte sie mit einem milden Lächeln.

»Ich habe keinen blassen Schimmer«, bekannte er schließlich, worauf Kelly ein Stöhnen unterdrückte.

Die Enttäuschung war ihr offenbar anzusehen, denn Mr Byrne nickte ihr aufmunternd zu. »Kein Grund, so trüb dreinzuschauen.« Er zeigte auf die Bücherwand hinter ihr. »Siehst du das hellgrüne Buch im vorletzten Regal? Hol es bitte!«

Kelly, die sowieso schon auf Kohlen saß, sprang förmlich aus ihrem Sessel. Sie hatte das Werk von Weitem erkannt. Jedes Kind in Irland kannte »Fairy and Folk Tales of the Irish Peasantry« des berühmten irischen Dichters William Butler Yeats.

»Unser Land ist voller Mythen und Legenden«, sagte Mr Byrne, während er das Werk entgegennahm. »Es gibt kaum einen Stein, auf dem nicht schon einmal ein Kobold gesessen hat, keinen geheimnisumwitterten Pfad, auf dem nicht eine Fee oder Elfe gewandelt ist. Es könnte also einiges an Recherche kosten, bis wir fündig werden.« Er lächelte Kelly zu. »Aber wenn dieser Schleier existiert, werden wir ihn lüften.«

Zwei Stunden lang steckten Kelly und er die Nasen in die einschlägigen Bücher und tranken jede Menge Kaffee. Am Ende des Tages war ihnen kein Erfolg beschieden, doch Mr Byrne, der Blut geleckt hatte, versprach Kelly, weiterzugraben und sie zu informieren, sobald er etwas in Erfahrung gebracht hätte. Nicht zuletzt werde er einen alten Freund kontaktieren, der früher im Donegal County Museum gearbeitet hatte. Im Großen und Ganzen war Kelly recht zuversichtlich, dass Mr Byrne bei seinen Nachforschungen etwas rauskriegen würde. Sollten die beiden Männer aus dem Laden etwas Ungesetzliches getan haben, würde sie es mit seiner Hilfe aufdecken. Schließlich war genau das die Arbeit eines guten Journalisten. Möglicherweise bot sich hier die Chance, durch fundierte investigative Arbeit eine seriöse Zeitung wie den Herald oder die Times von ihrem Können zu überzeugen.

Mr Byrnes Engagement hinderte Kelly natürlich nicht daran, auf eigene Faust weiterzuforschen, und so nahm sie sich für den nächsten Tag vor, nach Feierabend Museen und andere Institutionen anzurufen.

Aber es kam anders.

Shorty, der zwei Jahre alte Kater der Murphys, machte ihr einen Strich durch die Rechnung. Der abenteuerlustige Stubentiger saß verängstigt und verletzt in einem Baum hinter der Apotheke. Die Bergung gestaltete sich schwierig, da Shorty in seiner Panik immer höher geklettert war und sich im dichten Geäst der Baumkrone versteckt hielt. Zu allem Übel hatte sich ein abgebrochener spitzer Ast in sein linkes Hinterbein gebohrt. Bald wurden wegen der einbrechenden Dunkelheit Scheinwerfer herbeigeholt. Wäre Shorty nicht verletzt gewesen, hätte die Feuerwehr die Bergung abgebrochen und am nächsten Tag fortgesetzt, so aber musste sie ihn retten, bevor er zu viel Blut verlor und starb.

Weil die maximale Länge der Feuerwehrleiter erreicht worden war, hatte man jemanden hinzugeholt, der in Höhenrettung ausgebildet war. Gesichert kletterte der Mann in den Baum, während halb Cruinn jede seiner Bewegungen gebannt verfolgte. Eine erwartungsvolle Stille hatte sich über die Menschen gelegt, einzig vom leisen Schluchzen des elfjährigen Sohns der Murphys unterbrochen. Auch Kelly schaute mit klopfendem Herzen nach oben. Neben ihr stand Brendan, bereit, das verletzte Tier zu versorgen, sobald es geborgen war. Er würde Shortys Verletzung notdürftig behandeln und anschließend mit ihm in die Praxis fahren, um ihn zu operieren. Im grellen Scheinwerferlicht sah Kelly, wie der Mann in schwindelnder Höhe vorsichtig auf einem Ast balancierte, um zu Shorty zu gelangen. Ein kollektives Einatmen war zu hören, als er sich vorbeugte, um das Tier zu packen – gefolgt von einem hörbaren Ausatmen. Offensichtlich durch den Blutverlust geschwächt, leistete Shorty keinen Widerstand, als der Mann ihn packte und unter begeistertem Applaus sicher nach unten brachte.

Bereitwillig machten die Leute Platz, damit der Kater ohne Umwege zu Brendan gelangte. Rasch legte dieser dem Tier einen Druckverband an, um den Blutfluss zu stoppen, dann gab er ihm eine Spritze zur Beruhigung und gegen die Schmerzen.

»Wird er es schaffen?«, fragte eine zittrige Kinderstimme.

Der Murphy-Junge stand zwischen seinen Eltern und sah zu ihnen herüber. Seine Augen waren vor Angst geweitet.

Brendan schenkte ihm ein beruhigendes Lächeln, ohne seine Arbeit zu unterbrechen. »Mach dir keine Sorgen, Dermot. Es sieht schlimmer aus, als es ist. Shorty wird wieder.«

Der Junge trat einen Schritt vor. »Kann ich nachher mit Ihnen mitfahren, Doc Hegarty?«

»Das geht nicht«, warf Dermots Vater sanft ein, ein hagerer Mann mit schütterem Haar und auffallend blauen Augen, und legte eine Hand auf die Schulter seines Sohnes.

»Dein Vater hat recht«, sagte Brendan und hob den Kater vorsichtig hoch. »Aber morgen früh kannst du kommen und Shorty besuchen. Mit etwas Glück darf er in ein, zwei Tagen wieder nach Hause. Wunden heilen bei Tieren schneller als bei Menschen.«

Dermots Gesicht hellte sich daraufhin ein wenig auf. »Danke, Doc Hegarty.«

»Mir musst du nicht danken«, sagte Brendan und wies mit dem Kopf auf den Höhenrettungsspezialisten, der gerade dabei war, sein Equipment einzusammeln. »Sondern dem netten Mann da drüben.«

»Das mache ich!«

»Gut.« Brendan nickte den Murphys zum Abschied zu und wandte sich an Kelly, die sich seine Arzttasche gegriffen hatte. »Du wirst mir bei der OP assistieren.«

Entsetzt starrte Kelly ihn an. »Was soll ich?«

Als Brendan sich schnellen Schrittes zu seinem Wagen begab, blieb ihr nichts anderes übrig, als ihm zu folgen. »Warum dachtest du, wollte ich, dass du bleibst?«, fragte er über seine Schulter hinweg.

»Zur moralischen Unterstützung?«, keuchte Kelly. Der Mann hatte ein Mordstempo drauf. »Und damit ich deine Tasche tragen kann?«

Brendan warf ihr einen raschen Blick zu. »Ein bisschen mehr darf es schon sein.«

Beim Wagen angekommen bettete er Shorty vorsichtig auf die Rückbank und Kelly nahm neben dem verletzten Tier Platz.

»Also, ich weiß nicht«, sagte sie, nachdem Brendan eingestiegen war und den Wagen gestartet hatte. Inzwischen hatte es zu regnen begonnen, und Kelly sah, dass sich die Menschenmenge aufzulösen begann, während die Feuerwehrleute immer noch zusammenpackten. Einige Männer aus dem Ort gingen ihnen dabei zur Hand. Hinterher würden vermutlich alle im Pub landen, um die erfolgreiche Rettungsaktion zu feiern.

»Du willst mir doch nicht erzählen, dass eine unerschrockene Nachwuchsjournalistin wie du Angst vor einem bisschen Blut hat?«, fragte Brendan in diesem Moment, und sie konnte den leisen Spott in seiner Stimme hören.

»Natürlich nicht!« Kelly strich dem Kater über den Kopf. Wie weich sich sein Fell anfühlte! »Aber Brendan, was, wenn ich etwas falsch mache und der arme Shorty wegen mir stirbt? Das würde ich mir niemals verzeihen!«

Ihre Blicke trafen sich im Rückspiegel, und sie konnte sehen, dass er lächelte. »Keine Angst, nichts dergleichen wird passieren.«

Kelly, die ein jähes Jucken in der Nase verspürte, hätte beinahe laut geflucht. Sie hatte nichts gegen ihre Allergie eingenommen! Katzen wurden in der Praxis so selten behandelt, dass sie ihre Überempfindlichkeit schlichtweg vergessen hatte.

»Okay, ich bin dabei«, sagte sie matt und hoffte, dass sie nicht ausgerechnet dann einen Niesanfall bekäme, wenn sie Brendan das Skalpell reichte. Wieder einmal ging die Fantasie mit ihr durch, und sie stellte sich vor, wie ihr das Instrument aus der Hand fiel – und auf oder noch schlimmer in Shorty landete!

O Gott! Kelly wurde schlecht bei dem Gedanken.

»So kenne ich dich«, antwortete Brendan. »Ein echter Haudegen!«

»Sehr witzig«, murmelte Kelly. »Brendan?«

»Was ist?«

»Ich muss dir etwas beichten.«

»Oje, sind wir etwa um einen Snoopy-Briefbeschwerer reicher?« Lachen hatte sich in Brendans Stimme geschlichen. »Nein, warte, ich weiß es! Du hast diese Fußmatte gekauft, die mit den Katzen.«

»Katzen … Also, was das betrifft«, stammelte Kelly. »Ich habe nichts gekauft. Ich …«

Ein Niesanfall unterbrach sie.

»Ja?«, fragte Brendan geduldig.

»Es ist so …«

Wieder ein Niesen.

»Scheiße, Kel! Hast du etwa eine Katzenallergie?« Nun klang Brendan gar nicht mehr amüsiert.

Als sich ihre Blicke erneut im Rückspiegel trafen, nickte Kelly beschämt.

»Wann wollest du mir das sagen?«, grollte er.

»Gar nicht«, entgegnete Kelly kleinlaut.

Schweigen breitete sich zwischen ihnen aus, das Brendan schließlich brach. »Irgendwie wundert mich das nicht. Wenn es jemanden gibt, der sich für einen Job in einer Tierarztpraxis bewirbt, obwohl er eine Tierallergie hat, bist du das. Mir fällt sonst niemand ein, der so etwas Verrücktes tun würde.«

Kelly konnte sehen, dass Brendan den Kopf schüttelte, trotzdem klang er nicht sauer, eher fassungslos.

»Tut mir leid. Ich wollte den Job unbedingt haben.«

Brendan seufzte. »Ist ja nichts passiert. Nimmst du denn keine Medikamente?«

»Am Anfang habe ich was genommen, aber da wir so wenig mit Katzen zu tun haben, habe ich's vernachlässigt.«

»Brennen die Augen?«

Kelly verneinte.

»Gut«, antwortete Brendan. »Zu Hause habe ich ein Nasenspray, das helfen wird.« Dann stieß er zu Kellys Überraschung ein kleines Lachen aus. »Du bist wirklich unglaublich!«

Kelly, die nicht wusste, wie sie Brendans Bemerkung auffassen sollte, zog es vor, zu schweigen.

Am Ende verlief die OP nicht so furchterregend wie gedacht, zumal das Nasenspray wirkte und sich Kellys Aufgaben darauf beschränkten, Shorty zu streicheln, bis die Narkose wirkte, und Brendan die chirurgischen Instrumente zu reichen. Zum Glück hatte er sie schon bereitgelegt, und immerhin war sie clever genug, ein Skalpell von einer Nadel zu unterscheiden. Er holte einige Holzsplitter aus der Wunde, die er anschließend säuberte und zunähte. Kelly kam wieder einmal nicht umhin, seine Fingerfertigkeit zu bewundern sowie die Schönheit seiner Hände. Sie waren stark und elegant zugleich, mit langen Fingern und sauberen kurzen Nägeln. Klavierhände war der Ausdruck, der Kelly spontan dazu einfiel. Sie ertappte sich bei der Vorstellung, was er damit noch alles hätte anstellen können – und tröstete sich mit dem Gedanken, dass solche Fantasien bei einer gesunden jungen Frau völlig normal waren.

Nach der Operation rief Brendan die Murphys an, um ihnen mitzuteilen, dass sie gut verlaufen war. Er stellte den Lautsprecher an, damit Kelly mithören konnte. Während der Vater mit wenigen, aber aufrichtigen Worten seiner Dankbarkeit Ausdruck verlieh, schluchzte Dermot vor Freude in den Hörer.

»Das ist der Grund, warum ich Tierarzt werden wollte«, sagte Brendan, nachdem er aufgelegt hatte.

»Aber leider verläuft es nicht immer so, richtig?«, bemerkte Kelly behutsam.

»Richtig.« Brendans Tonfall klang nachdenklich. »Aber selbst wenn, habe ich mein Bestes getan, und darauf kommt es an. Keine halben Sachen machen, sondern seine Möglichkeiten immer voll ausschöpfen, um …«

Unvermittelt brach er ab.

»Ja?«, hakte Kelly nach. Unerklärlicherweise klopfte ihr das Herz plötzlich bis zum Hals.

Brendan zögerte, ehe er antwortete. »Um die Welt besser zu machen.«

Kelly starrte ihn mit großen Augen an. »Wow, ein Idealist!«

Zu ihrer Überraschung errötete Brendan. »Und wenn schon!«, erwiderte er forsch. »Die Menschheit könnte mehr davon gebrauchen.«

»Ich wollte mich nicht darüber lustig machen«, beeilte sie sich zu sagen. Offenbar hatte sie einen wunden Punkt getroffen. »Im Gegenteil, ich habe große Ehrfurcht davor.«

Brendan gab nur ein leises Brummen von sich, dennoch hatten sich seine Züge entspannt. »Dafür gibt es keinen Grund. Jeder ist dazu imstande, selbst wenn es im Kleinen ist.«

In diesem Moment schwor sich Kelly feierlich, ihre Arbeit als Journalistin in den Dienst der Gerechtigkeit zu stellen. Bei dem zugegebenermaßen etwas schmalzigen Gedanken hätte sie beinahe gelacht, gleichzeitig breitete sich in ihr ein warmes Gefühl der Euphorie aus.

Die Welt etwas besser machen, war etwas, wofür es sich zu leben lohnte.

»Wenn du mich nicht mehr brauchst, fahre ich jetzt«, sagte sie, nachdem sie seine Wohnung betreten hatten. Sie unterdrückte ein Gähnen. Schließlich war es schon nach elf Uhr, und hinter ihr lag ein aufregender Tag. Als sie nach ihrem Autoschlüssel griff, der in ihrer Umhängetasche in einem separaten Fach steckte, entglitt er ihren zittrigen Fingern und fiel klirrend zu Boden. Mit einem »Ups« wollte sie sich bücken, um ihn aufzuheben, doch Brendan war schneller.

»In diesem erschöpften Zustand fährst du nirgendwohin!«, sagte er energisch.

»Bis nach Hause sind es keine zehn Meilen«, entgegnete Kelly.

»Mag sein, aber es ist spät, und es schüttet. Die Strecke kann nachts tückisch sein, vor allem wenn man unkonzentriert ist. Ich weiß, wovon ich rede. Einmal wäre ich um Haaresbreite gegen die Natursteinmauer auf der Brücke geknallt.«

Die Vorstellung, unter demselben Dach wie Brendan zu übernachten, jagte Kelly plötzlich eine größere Angst ein als ein Frontalzusammenstoß, der ihrem Mini vermutlich den Rest gegeben hätte. »Brendan, ehrlich, das bisschen Regen macht mir nichts aus«, sagte sie.

Seine Lippen verzogen sich zu einem amüsierten Lächeln. »Was ist los, Kel? Hast du Angst, dass ich über dich herfalle?«

»Wohl kaum!«, platzte es aus ihr heraus. Sie lief rot an, fühlte sich ertappt und wies deshalb auf das hässliche Betonsofa. »Aber auf dem da schlafe ich nicht! Da kann ich gleich auf dem Boden pennen.«

Brendan verschränkte die Arme. »Hätte nicht gedacht, dass du das P.-a.-d.-E.-Gen hast.«

»Das was?«, fragte Kelly verblüfft.

»Das Prinzessin-auf-der-Erbse-Gen.«

»Sehr witzig.«

Auf Brendans Gesicht lag immer noch ein Grinsen, das für Kellys Geschmack viel zu anmaßend war. »Keine Sorge, meine bescheidene Bleibe verfügt über ein Gästezimmer«, erklärte er.

»Wirklich?« Kellys Miene drückte Skepsis aus. »Das Zimmer will ich sehen! Ich bin gespannt, ob es genauso überschaubar eingerichtet ist wie der Rest des Hauses.«

Der Schalk verschwand aus Brendans Gesicht. »Was gefällt dir daran nicht?«

»Soll ich ehrlich sein?«

»Ich bitte darum.«

Kelly zögerte. »Versprich, dass du nicht sauer wirst.«

Er zuckte mit den Achseln. »Ich würde sonst nicht fragen.«

Sie holte tief Luft. »Sagen wir es mal so: Im Knast von Dublin ist es vermutlich kuscheliger als hier.«

Brendan verzog das Gesicht. »Autsch!«

»Yep.«

»Jetzt übertreibst du aber«, platzte er heraus, nun doch ein wenig pikiert. »Es muss ja nicht immer gleich rosa Plüsch sein!«

»Also bitte!«, konterte Kelly. »Zwischen dem da und rosa Plüsch gibt es noch ein paar Abstufungen. Und was ist mit Fotos?«

»Fotos?«

»Ja. Fotos und andere persönliche Dinge!« Kelly machte eine allumfassende Geste. »Hier gibt es nichts dergleichen, ganz so, als ob du keine Vergangenheit hättest.« Sie musterte ihn kritisch. »Warst du vielleicht mal ein Spion oder so was?«

Brendan brach in Lachen aus. »Du hast wirklich eine blühende Fantasie, Kel! Ich kann dir versichern, ich war kein Spion *oder so was.*«

»Was ist mit Familie?«

Brendans Grinsen erlosch. »Was soll damit sein?«

»Sag du es mir! Nichts weist auf sie hin, auch hast du nie etwas über sie erzählt.«

»Warum sollte ich?« Brendan sah sie beinahe böse an. »Ich habe keine Familie.«

»Quatsch! Jeder hat eine Familie.«

Er schnaubte gereizt. »Wenn du es genau wissen willst: Meine Eltern sind tot, und ich habe keine Geschwister.«

»Oh.« Kelly lief rot an. »Das tut mir sehr leid.«

»Schon gut.« Brendan setzte sich in Bewegung. »Komm, ich zeige dir das Gästezimmer.«

Beschämt über ihren Fauxpas folgte Kelly ihm nur zögernd. Ihr Nachtquartier im hinteren Teil des Hauses erwies sich als nicht ganz so katastrophal wie befürchtet. Zwar besaß es den Charme einer Klause, aber die Matratze sah bequem aus, und es hing immerhin ein Landschaftsbild an der Wand – wenn auch Marke »Nullachtfünfzehn« –, das vermutlich bereits bei Brendans Einzug dort gehangen hatte.

»In Ordnung«, tat sie schließlich kund, nachdem sie sich kurz aufs Bett gesetzt hatte, um den Härtegrad der Matratze zu prüfen.

»Schön, das zu hören, Mylady!«, entgegnete Brendan und holte frische Bettwäsche aus dem Schrank. »Das Bett machst du aber selbst, oder soll ich vielleicht die Dienerschaft rufen?«

»Das wäre wohl das Mindeste. Was bist du nur für ein lausiger Gastgeber!«, warf ihm Kelly entgegen, konnte sich ein Schmunzeln aber nicht verkneifen.

Während sie das Bett bezog, verließ Brendan das Zimmer und erschien kurze Zeit später mit einem weißen T-Shirt, das er ihr zuwarf. »So lausig dann doch nicht«, sagte er mit spitzbübischer Miene.

Die Vorstellung, Brendans T-Shirt anzuziehen, selbst wenn es nach Weichspüler roch, brachte Kelly kurz aus dem Konzept. Sie errötete und wandte den Kopf ab, täuschte Interesse für das langweilige Bild an der Wand vor, in der Hoffnung, Brendan werde ihr die Befangenheit nicht anmerken.

»Sonst noch etwas, Mylady?«, riss er sie aus ihrer versonnenen Betrachtung.

»Danke, nein«, ging sie auf sein Spielchen ein. »Das wäre alles, James.«

Er machte eine huldvolle Miene, dann lächelte er. »Gute Nacht.«

»Gute Nacht.« Nun lächelte auch sie. »Danke noch mal. Ach, und Brendan?«

»Ja?«

»Bitte entschuldige wegen vorhin. Ich hätte nicht nach deiner Familie fragen sollen.«

»Schon vergessen«, versicherte er, dann nickte er ein letztes Mal und zog die Tür sachte hinter sich zu.

Der aufregende Tag forderte seinen Tribut, denn trotz der fremden Umgebung und Brendans T-Shirt auf ihrer nackten Haut schlief Kelly ein, kaum dass ihr Kopf das Kissen berührt hatte.

Ein Geräusch weckte Brendan aus einem sehr leichten Schlaf, den er immer hatte, wenn in der Praxis ein krankes Tier lag. Stirnrunzelnd blickte er auf die grün blinkenden Ziffern seines Weckers. 02:54 Uhr.

Er lauschte. Wieder hörte er das Geräusch, das aus der Küche zu kommen schien. Leise glitt er aus dem Bett und begab sich barfuß dorthin. Schon von Weitem erkannte er das typische weiße Leuchten des offenen Kühlschranks und grinste amüsiert. Als er den dämmrigen Raum betrat, sah er, dass sich Kelly dort zu schaffen machte, und musterte sie interessiert. Die strubbeligen blonden Haare, der kleine Hintern, der sich unter dem T-Shirt abdrückte, die hübschen nackten Beine.

»Ziehst du dir noch einen Mitternachtssnack rein?«, fragte er.

Erschrocken zog Kelly den Kopf aus dem Kühlschrank, dabei schwappte die Milch aus der Packung, die sie an ihren Mund geführt hatte, und benetzte ihr T-Shirt.

»Die Packung war so gut wie leer«, stammelte sie. »Deshalb habe ich direkt daraus getrunken.« Erst da schien sie ihr Missgeschick zu bemerken. »Oje, tut mir leid wegen des T-Shirts!«

Ihre Bemerkung zog Brendans Aufmerksamkeit auf ihre Brüste, die sich unter dem feuchten Stoff ein wenig abzeichneten. Kelly hatte einen flippigen Kleidungsstil, bunt und fröhlich, aber nicht unbedingt körperbetont, und so war Brendan überrascht, wie üppig ihre Brüste waren. Und mit den aufgerichteten Brustwarzen im höchsten Maße verwirrend! Als er rasch den Blick abwandte, bemerkte er, dass sie ein Milchbärtchen hatte und ein Tropfen in ihrem Mundwinkel hing. Sein Puls schnellte in die Höhe, und er schluckte.

»Du hast da was«, sagte er und wies auf seinen eigenen Mund.

»Oh!« Hastig nahm sie Handrücken und Zunge zur Hilfe, um sich zu säubern, wobei gerade Letztere ein heftiges Zucken in seiner Hose hervorrief.

Wie leicht wäre es gewesen, sie hochzuheben und sie auf seine Erektion zu setzen, so zierlich, wie sie war!

Der Gedanke ließ ihn erschrocken zusammenfahren. Das hier war Kelly, verdammt! Eine Freundin – die dazu noch deutlich jünger war als er, was seit jeher seinen Beschützerinstinkt geweckt hatte. Obwohl sie süß und tough zugleich war und dieses absolut entwaffnende Lächeln besaß, vor allem, wenn sie ihm ein Zugeständnis entlocken wollte, hatte er nie mehr als Freundschaft im Sinn gehabt. Dennoch musste er sich eingestehen, dass es in den letzten Wochen trotz aller Differenzen den einen oder anderen besonderen Moment zwischen ihnen gegeben hatte. Und seit heute Nacht wusste er mit Sicherheit, dass sie zu einer durch und durch begehrenswerten Frau herangereift war. Was seine heftige körperliche Reaktion trotzdem nicht rechtfertigte!

»Im Kühlschrank sind zwei Sandwiches«, drang Kellys Stimme zu ihm durch. »Darf ich eins stibitzen?« Sie lächelte verlegen. »Wir haben das Abendessen ausfallen lassen, und ich habe einen Mordshunger.«

»Tu dir keinen Zwang an!«, gab er heiser zurück und fügte in einem fast groben Ton hinzu: »Denk daran, den Kühlschrank richtig zuzumachen!«

Mit diesen Worten wandte er sich rasch ab, damit Kelly die Latte in seinen Boxershorts nicht sehen konnte. Wütend über seine mangelnde Selbstbeherrschung verließ er die Küche, um nach Shorty zu sehen. Kelly verdiente einen netten, unkomplizierten Kerl ohne Altlasten – was er definitiv nicht war. Zu seiner eigenen Sicherheit, schließlich war er auch nur ein Mann aus Fleisch und Blut, beschloss er, ab sofort einen angemessenen Abstand zu ihr zu wahren. Was dann auch der Grund war, warum er so lange an Shortys Seite blieb, bis er hörte, wie die Tür des Gästezimmers endlich ins Schloss fiel. Auf dem Weg zurück unternahm er einen spontanen Abstecher zum Kühlschrank, um sich das zweite Sandwich zu genehmigen. Nicht dass er sonderlich hungrig gewesen wäre, zumindest nicht nach Schinken und Käse, aber es entschädigte ihn bis zu einem gewissen Grad. Um die Milch machte er allerdings einen Bogen.

CLIODHNAS SCHLEIER

»Nanu?«, entfuhr es Kelly nur zwei Tage später, als Brendan im anthrazitfarbenen Anzug und schwarzen Hemd um die Ecke bog. Die kurzen Haare saßen perfekt, er war glatt rasiert, und seine Augen leuchteten unternehmungslustig. Es war Freitagnachmittag, und obwohl Kelly schon Feierabend hatte, saß sie noch am Empfang und erledigte etwas Papierkram. »Was hast du denn vor?«

Ihre leichthin formulierte Frage sollte darüber hinwegtäuschen, dass sein Anblick ihren Herzschlag kurz aus dem Takt gebracht hatte. Besonders verwirrend fand sie die lässig geöffneten oberen Knöpfe seines Hemdes, die freie Sicht auf seinen Hals und einen Teil seiner Brust boten. Korinthenkacker hatten blass und schmächtig auszusehen, so, als wären sie alt auf die Welt gekommen, und nicht breitschultrig und sexy! Ihr Hals wurde trocken wie die Wüste, wenn sie an vorletzte Nacht zurückdachte, als er plötzlich nur in Boxershorts vor ihr gestanden hatte. Zwar war das Licht schummrig gewesen, dennoch hatte es gereicht, um zu bemerken, dass Brendan zum einen über die verschüttete Milch nicht gerade erfreut gewesen war und zum anderen über perfekt modellierte Muskeln verfügte.

»Ich gehe mit Audrey aus«, antwortete er in diesem Moment.

Kelly beglückwünschte sich im Stillen dafür, dass ihre Züge nicht entgleisten. »Audrey Nolan?«

Er nickte.

»Cool! Und was habt ihr vor?«, fragte Kelly beiläufig, während sie so tat, als würde sie Rechnungen sortieren.

Warum ausgerechnet mit dieser blöden Kuh?

»Im Central Hotel Donegal findet ein Céline-Dion-Tribute statt, anschließend gehen wir ins Chez Suzette.«

»Wusste gar nicht, dass du ein Céline-Dion-Fan bist!«, ätzte Kelly.

»Bin ich auch nicht, aber Audrey.«

Kelly schluckte die bittere Galle herunter. »Ist das Chez Suzette nicht dieses schrecklich teure französische Restaurant?«

»Ja. Audrey wollte unbedingt da hin.« Brendans Lippen verzogen sich zu einem kleinen Lächeln. »Wie könnte ich da Nein sagen? Das Essen soll exquisit sein.«

Das wurde ja immer besser!

»Richtig!« Versehentlich riss Kelly eine Ecke aus der Rechnung für die Murphys heraus. »Ist es nicht furchtbar schwierig, dort einen Tisch zu bekommen?«

»Ist es! Aber wir hatten Glück.« Brendan zog seinen Mantel über. »Jemand hat kurzfristig abgesagt.«

»Klasse!«, bemerkte Kelly trocken. »Dann wünsche ich euch viel Spaß – und *bon appétit!*«, setzte sie mit einem falschen Lachen hinzu.

Übertreib's nicht, ermahnte sie sich selbst.

»Danke dir. Den werden wir sicher haben.«

Den letzten Satz hättest du dir sparen können, du dämlicher Trottel!

Ihrem Ärger zum Trotz hielt sie ihn auf, als er sich zum Gehen wandte. »Warte!« Sie erhob sich von ihrem Stuhl. »Du hast einen Fussel auf deinem Hemdkragen.«

Als sie direkt vor ihm stand und ihr sein frisches, maskulines Aftershave in die Nase stieg, wurde sie von einem leichten Schwindel gepackt. Sie hob langsam die Hand, um den Fussel zu entfernen, dabei strich ihr kleiner Finger versehentlich über seine nackte Haut. *So warm und weich.* Daraufhin wich Brendan derart ruckartig zurück, dass es Kelly die Schamesröte ins Gesicht trieb. Er murmelte ein Danke, dann war er auch schon verschwunden. Während Kelly wütend auf die geschlossene Tür starrte und ihr die wildesten Gedanken durch den Kopf schossen, hing sein Duft noch in der Luft, wie um sie zu verhöhnen. Was bitte war das eben gewesen? Hatte sie vielleicht die Krätze? War ihre Berührung wirklich so abstoßend?

Nachdem die Motorengeräusche des Chevy nicht mehr zu hören waren, eilte sie mit zusammengepressten Lippen an ihren Arbeitsplatz, suchte im Internet eine Nummer heraus und griff nach dem Handy. Hinterher hätte man ihr keine verminderte Schuldfähigkeit bescheinigen können, denn sie wusste genau, was sie tat – und zögerte keine Sekunde lang.

»Willkommen im Chez Suzette«, meldete sich eine Frauenstimme. »Was kann ich für Sie tun?«

»Hallo?«, antwortete Kelly und bemühte sich um einen weinerlichen Tonfall. »Mein Name ist Audrey Nolan. Mein Begleiter Brendan Hegarty hat für heute Abend einen Tisch bei Ihnen reserviert. Leider hatte er einen Unfall, deshalb müssen wir die Reservierung canceln.« Beim letzten Wort gelang es ihr, einen herzzerreißenden Schluchzer einzubauen, wozu sie sich insgeheim gratulierte.

»Oh! Es tut mir leid. Nichts Schlimmes, hoffe ich.«

»Brendan hat sich den Arm gebrochen«, antwortete Kelly. »Aber er hatte Glück im Unglück. Diese Airbags sind Gold wert, wissen Sie.«

»Natürlich.« Kurzes Zögern. »Nun, wegen Ihres Begleiters tut es mir natürlich leid, aber das von Ihnen bestellte

Gourmetmenü ist mit Aufwand verbunden, einiges wurde bereits vorab zubereitet. Wir sind ein exklusives Etablissement, wir kochen nur auf Bestellung, wie Sie wissen.« Kelly wusste es, schließlich hatte es prominent auf der Website gestanden. »Denken Sie nur an die glasierte Ente mit Ingwer und Mandeln, den Zitronenzander oder die in Hummersud eingelegten Spargelspitzen …«

Erst mit einiger Verspätung stellte Kelly fest, dass sie die Zähne schmerzhaft zusammenbiss. Glasierte Ente? Zitronenzander? In Hummersud eingelegte Spargelspitzen? Erst Céline Dion und dann das! Brendan musste es verflucht ernst damit sein, Audrey ins Bett zu kriegen!

»Nicht zu vergessen die Zwergorangen in Mousse au Chocolat«, trieb die Frau ihr Küchenmesser tiefer in Kellys Fleisch.

»Natürlich nicht«, brummte Kelly.

»Nun, ich möchte nicht herzlos erscheinen, aber vielleicht finden Sie eine andere Begleitung für den Abend …«

»Auf keinen Fall!«, widersprach Kelly ehrlich empört. »Ich werde Brendan selbstverständlich beistehen.«

»Das verstehe ich natürlich«, beeilte sich die Frau zu sagen. Ihre Taktlosigkeit war ihr hörbar unangenehm. »Kennen Sie vielleicht ein befreundetes Paar, das statt Ihnen …«

»Nicht so kurzfristig!«, warf Kelly ein. »Tut mir leid.«

»Hmm.«

In Kellys Magen kribbelte es verheißungsvoll. Der Gedanke, der ihr soeben durch den Kopf geschossen war, würde ihren Plan perfekt machen. »Wir werden den Aufwand selbstverständlich begleichen. Schicken Sie die Rechnung an Doktor Brendan Hegarty.« Sie nannte die Adresse. »Und was das Menü betrifft …« Kelly tat so, als würde sie überlegen. »Wissen Sie was? Bereiten Sie es zu und spenden Sie es dem Kinderheim.

Wenn ich richtig informiert bin, befindet es sich nur fünf Minuten entfernt.«

»Was für eine wundervolle Idee, Miss Nolan!« Die Frau am anderen Ende überschlug sich beinahe vor Begeisterung. »Wir legen einfach noch ein paar Portionen Mousse au Chocolat obendrauf. Die kleinen Racker werden sich so freuen!«

»Wie großzügig von Ihnen!«, entgegnete Kelly trocken. Sie vermutete, dass das Restaurant die Spende, so klein sie auch sein mochte, PR-technisch ausschlachten würde. »Aber bitte lassen Sie unsere Namen außen vor. Sagen Sie einfach, die Spende komme von einem anonymen Gast«, fügte sie hinzu, während sie sich alle Mühe gab, nicht allzu schadenfreudig zu klingen.

Ein breites Lächeln lag auf Kellys Gesicht, nachdem sie das Gespräch beendet hatte. War sie ein schlechter Mensch? Aber nein! Heute Abend würden sich einige Kinder mit sündhaft teurem klebrigem Schokodessert die Wampen vollschlagen und glücklich ins Bett gehen, außerdem hatte sie Audrey buchstäblich in die Suppe gespuckt. Brendan war nur zufällig in den Kugelhagel geraten. Sie hatte ein absolut reines Gewissen.

Wenn Brendan nur ein Kollateralschaden ist, warum soll er und nicht Audrey die Rechnung begleichen?, insistierte ihre innere Stimme.

Das Klingeln ihres Handys rettete sie vor der möglicherweise unbequemen Antwort.

»Ja?«, meldete sie sich.

»Miss Dooney?«, fragte eine Männerstimme.

»Am Apparat.«

»Ethan Woods vom Letterkenny. Sie waren vorletzte Woche bei uns in der Redaktion.«

Kellys Herzschlag setzte eine Sekunde aus, um in der nächsten wild und unkontrolliert zu pochen. »Hallo, Mr Woods! Was verschafft mir die Ehre Ihres Anrufs?«, sagte sie, um einen lässigen Tonfall bemüht.

»Nun, ich habe mir noch einmal Ihre Bewerbung durch den Kopf gehen lassen …«

»Ja?«, fragte Kelly ein wenig atemlos und ermahnte sich gleichzeitig, Coolness zu bewahren.

»Übernächsten Monat geht unser Newsportal ›factum.ie‹ online«, erklärte der Chefredakteur geschäftig. »Aber nicht die Sorte, die Nachrichten aus Presseportalen und Agenturen zusammensucht und eins zu eins übernimmt. Nein, wir veröffentlichen unsere eigenen Artikel. Es ist unser Bestreben, interessanten Vorfällen in der Region nachzugehen. Decken wir dabei Missstände auf, umso besser! Themen können zum Beispiel unsere vorsintflutliche Infrastruktur sein, ein Verstoß gegen Umweltauflagen, soziale Ungerechtigkeiten oder ein Korruptionsskandal.« Ethan Woods räusperte sich. »Ich habe es bei unserem Gespräch nicht erwähnt, weil das Projekt noch nicht in trockenen Tüchern war. Für dieses Portal suchen wir Redakteure. Allerdings …«, fügte er eindringlich hinzu, ehe Kelly in Freudenjubel ausbrechen konnte. »… bevorzugen wir Leute mit Erfahrung. Was nicht bedeutet, dass ich einer Anfängerin keine Chance geben will. In dem Job ist der Sprung ins kalte Wasser eh die beste Methode, um sich zu bewähren. Mein Vorschlag lautet folgendermaßen …«

Kelly hielt die Luft an.

»Liefern Sie mir eine gute Story, fundiert recherchiert und packend geschrieben, aber nicht reißerisch. Wird sie unseren Ansprüchen gerecht, veröffentlichen wir sie, und ich nehme Sie ins Redaktionsteam von factum.ie auf. Und Sie erhalten ein regelmäßiges Gehalt. Wie klingt das für Sie?«

»Fair«, antwortete Kelly, die ihr Glück kaum fassen konnte. Trotzdem war sie auf der Hut. »Bekomme ich von Ihnen eine schriftliche Bestätigung unserer Vereinbarung?«.

Eine Probearbeit für lau abzuliefern, war eine Sache. Eine ganz andere, übers Ohr gehauen zu werden, indem der

Auftraggeber den Artikel zwar veröffentlichte, sich danach aber nie wieder meldete.

»Selbstverständlich.« Ethan Woods klang weder überrascht noch brüskiert.

»Gut. Wie ist die Deadline?«

»Es gibt keine Deadline. Nehmen Sie sich die Zeit, die Sie brauchen. Wichtig ist, dass Ihre Recherchen fundiert sind.«

Kelly nickte zufrieden. »Und wie lang soll der Artikel werden?« Ein melodisches Pling schmuggelte sich in ihre Frage ein. Soeben war eine Textnachricht auf ihrem Handy eingegangen.

»Zwischen tausend und dreitausend Wörter«, antwortete Ethan Woods. »Es kommt auf den Content an. Wie gesagt, je fundierter, desto besser.«

»Ich verstehe.« Kelly erlaubte sich endlich ein Lächeln. »Ich danke Ihnen für diese Chance, Mr Woods.«

»Gern geschehen. Ich erkenne eine vielversprechende Nachwuchsjournalistin, wenn ich eine sehe.« Ethan Woods' Stimme klang warm und freundlich. »Ich bin auf Ihre Geschichte gespannt.«

Kaum war das Gespräch beendet, als Kelly einen Freudenschrei ausstieß. Heute Abend würde sie eine Flasche Wein köpfen, um mit ihrer Mutter anzustoßen! Zwar hatte sie die Stelle noch nicht in der Tasche, aber sie zweifelte keine Sekunde lang, dass es ihr gelingen würde, Ethan Woods von ihrem Können zu überzeugen. Da fiel ihr das melodische Pling wieder ein, das sie kurz zuvor vernommen hatte. Sie blickte aufs Handydisplay.

»Ich habe was«, lautete Mr Byrnes kryptische Nachricht.

Ungläubig lachte Kelly auf. Heute war anscheinend ihr Glückstag. Sollte noch jemand behaupten, kleine Sünden strafe der liebe Gott sofort!

Keine Stunde später saß Kelly wie beim letzten Mal in der Bibliothek ihres ehemaligen Lehrers und erfreute sich erneut am Geschmack eines perfekt zubereiteten Cappuccinos. Diesmal gab es dazu Scones mit Erdbeermarmelade.

»Ich weiß, was es mit Cliodhnas Schleier auf sich hat«, verkündete Mr Byrne mit triumphierender Miene.

Kelly schlug begeistert die Hände zusammen. »Erzählen Sie!«

»Es ist eine etwas längere Geschichte.«

»Ich liebe lange Geschichten«, antwortete Kelly lächelnd. Wie die meisten ihrer Landsleute hatte sie ein Faible für Mythen und Legenden.

»Also gut«, antwortete Mr Byrne und verschränkte die Finger. »Vor langer Zeit lebten ein Fischer und seine Frau«, begann er in geheimnisvollem Ton. »Obwohl sie ein hartes, entbehrungsreiches Leben führten, waren sie glücklich, denn sie waren einander sehr zugetan. Eines Tages aber, als die junge Fischersfrau in einem nahe gelegenen Bach ihre Wäsche wusch, erblickte der Feenkönig sie und verliebte sich auf der Stelle. Kein Wunder, denn die Frau war sehr schön. Ihre langen Haare glänzten wie Rabenfedern in der Sonne, und ihre Augen waren so grün wie frische Minze. Feen kümmert das Leid der Menschen wenig, und so zögerte der König keine Sekunde, sie in sein Reich tief unter der Erde zu entführen.

Dem jungen Fischer brach vor Verzweiflung fast das Herz. Er suchte seine über alles geliebte Frau überall, doch es war vergebens. So vergingen Wochen und Monate, er war schon ganz krank vor Kummer, als er eines Nachts im Traum das Bild eines sonnenbeschienenen Hügels sah. Gleichzeitig hörte er eine Stimme in seinem Kopf, so schön und klar wie der Morgentau.

›Grabe bis zum Mittelpunkt der Erde‹, befahl die Stimme. ›Dort, im Reich des Feenkönigs, findest du, was du suchst.‹

Der Fischer, der die Gegend wie seine Westentasche kannte, machte sich mit einem Spaten über der Schulter auf den Weg. Beim Hügel angekommen, der weder besonders groß noch besonders hoch oder schön war, begann er augenblicklich zu graben. Er grub wie der Teufel, und weil er jung und stark war, schuf er bis zum Abend einen Gang, der viele Meter lang war. Selbst als die Dunkelheit hereingebrochen war, grub er weiter, bis seine Arme zitterten und er den Spaten kaum mehr halten konnte. Dann aber überkam ihn eine so große Müdigkeit, dass er beschloss, sich ein wenig auszuruhen. Mit letzter Kraft schleppte er sich nach draußen und legte sich unter einer großen Esche zum Schlafen hin.

Als er am anderen Morgen aufwachte und voller Tatendrang sein Werk fortsetzen wollte, stellte er mit Schrecken fest, dass der Gang, den er freigeschaufelt hatte, verschwunden war. Der Hügel vor ihm war so unberührt wie bei seiner Ankunft. Seine Mühe war vergeblich gewesen, doch die Liebe zu seiner Frau war sehr stark, und so ließ er sich nicht entmutigen, schnappte sich den Spaten und begann von vorn. Dieses Mal kam er noch tiefer ins Erdreich hinein, und kurz bevor er zum Ausruhen nach draußen kletterte, glaubte er am Ende des Gangs einen hellen Lichtschein zu sehen. Alles in ihm schrie danach, weiterzumachen, aber er war zu erschöpft.

Als er am nächsten Morgen aufwachte …« Mr Byrne suchte Kellys Blick und lächelte. »Du kannst es dir vermutlich denken. Ihn erwartete das gleiche Bild wie am Vortag. Von dem Gang keine Spur! Der junge Mann fluchte, denn ihm war klar, dass hier fauler Feenzauber am Werk war. Doch Aufgeben kam für ihn nicht infrage. Als er nach seinem Spaten greifen wollte, erklang eine Stimme in seinem Kopf – die gleiche Stimme, die er im Traum gehört hatte. ›Grabe mit deinen bloßen Händen, nur dann wirst du dein Ziel erreichen‹, riet sie ihm. Obwohl sich der Fischer über diese seltsame Anweisung wunderte, befolgte er sie. Auf diese Weise kam er allerdings nur langsam voran, und nach einem sehr mühevollen Tag fiel er in einen todähnlichen Schlaf. Als er jedoch daraus erwachte, klaffte im Hügel immer noch das Loch, das er tags zuvor gegraben hatte. Der Fischer jubelte und machte sich frohen Mutes an die Arbeit.

So ging es Tag für Tag, Woche für Woche, bis er endlich das Reich des Feenkönigs erreichte. Er staunte nicht schlecht, als er dort ein prächtiges Schloss erblickte, in dem eine große Feier stattfand. Die Wesen dort, die nicht so viel anders aussahen als wir Menschen, tanzten, lachten und schlemmten nach Herzenslust. Ratlos blieb er vor dem Tor stehen und überlegte, was zu tun sei, als eine wunderschöne Frau mit goldenem Haar auf ihn zutrat. ›Mein Name ist Cliodhna, ich bin die Feenkönigin‹, sagte sie, und der Fischer erkannte die Stimme aus seinem Traum wieder. ›Ich führe dich zu deiner Frau.‹

Mit diesen Worten wandte sie sich ab und steuerte eine mit Diamanten besetzte blaue Tür an, die bisher nicht da gewesen war. Der Fischer folgte der Königin, die einen Turm hinaufging. Ganz oben, in einem prachtvoll eingerichteten Zimmer, lag seine Frau, und es schien, als würde sie schlafen.

›Was ist mit ihr?‹, fragte der Fischer besorgt angesichts der ungesunden Blässe seiner Geliebten.

›Mein Gemahl hat sie mit einem Bann belegt, aber sobald sie sein Reich verlässt, wird sie davon befreit sein.‹

Und so war es dann auch. Der junge Fischer trug seine geliebte Frau aus dem Feenreich nach draußen. Cliodhna hatte ihren Schleier über sie geworfen, der sie unsichtbar machte, sodass niemand etwas bemerkte. Kaum berührten die Füße der Fischersfrau den heimischen Boden, sogen ihre Lungen die Seeluft ein, und sie erwachte aus ihrem tiefen Schlaf. Für sie war es, als wären nur wenige Sekunden vergangen. Überglücklich küsste sich das Paar. Ehe sich der Fischer mit seiner Frau auf den Heimweg machte, erschien ihm Cliodhna ein letztes Mal.

›Nur wenige Sterbliche kehren aus dem Feenreich zurück‹, sagte sie. ›Aber die Liebe zu deiner Frau hat mich zutiefst berührt, deshalb darfst du dir etwas wünschen. Was immer du willst: Gold, Juwelen, einen Königsthron. Ich werde es dir gewähren.‹

Der junge Fischer dachte lange nach, ehe er antwortete: ›Alles, was ich mir wünsche, ist, dass die Liebe zwischen meiner Frau und mir bis zu unserem letzten Atemzug währt.‹

Die Feenkönigin schenkte ihm ein warmes Lächeln, und es war, als würde die Sonne aufgehen. ›Dann soll es so sein. Und weil du die Liebe Reichtum und Macht vorziehst, schenke ich dir meinen Schleier der Unsichtbarkeit. Möge er dafür sorgen, dass du und deine Nachkommen immer wohlbehalten ans Ziel kommen.‹

Damit verschwand Cliodhna und ward nie wieder gesehen. Der Fischer und seine Frau begaben sich voller Dankbarkeit nach Hause und waren glücklich bis an ihr Lebensende«, schloss Mr Byrne seine Geschichte ab. »Feen können Salz nicht leiden, aber das weißt du sicher«, fügte er erklärend hinzu. »Der Fischer, der sein halbes Leben auf dem Meer verbracht hatte, hatte Salz an den Händen bis tief in die Poren, nur deshalb war es ihm gelungen, den Zauber des Feenkönigs zu brechen.«

Kelly applaudierte begeistert. »Sie sind ein wundervoller Geschichtenerzähler!«, rief sie und Mr Byrne verbeugte sich mit hoheitsvoller Miene.

»Das liegt mir im Blut«, antwortete er. »Mein Großvater war ein Storyteller, der von Dorf zu Dorf wanderte und den Menschen die alten Geschichten erzählte. Dafür bekam er Speis und Trank. Besonders hier, in Donegal, war dieser Brauch weit verbreitet, bis in die Mitte des letzten Jahrhunderts.«

»Wenn ich es also richtig verstanden habe, ist Cliodhnas Schleier so etwas wie ein Tarnumhang, wie bei Harry Potter«, sagte Kelly nachdenklich.

»Ja und nein.«

»Ja und nein?«, wiederholte Kelly, die Mühe hatte, ihre Ungeduld zu zügeln.

Mr Byrne schenkte ihr ein mildes Lächeln. »Cliodhnas Schleier ist ein Wasserfall, und natürlich ist alles, was sich dahinter verbirgt ...«

»Unsichtbar«, beendete Kelly den Satz. »Und wissen Sie, wo sich dieser Wasserfall befindet?«

Ihr alter Lehrer wusste es, worauf Kelly beschloss, am Wochenende dorthin zu fahren, um sich umzusehen. Zwei Halunken, ein mysteriöser Wasserfall und etwas beziehungsweise jemand, der unauffindbar bleiben sollte: Möglicherweise war das der Grundstock für eine packende Story, die Mr Woods' Ansprüchen gerecht würde.

»Mach für mich ein paar Fotos, ja?«, bat Mr Byrne.

»Sie kommen nicht mit?«, fragte Kelly, die insgeheim jedoch froh war, dass der alte Mann sie nicht begleiten wollte. Sie wollte ihn nicht unnötig in Gefahr bringen, was auch der Grund gewesen war, warum sie ihm ihre wahren Motive verschwiegen hatte.

»Ach nein. Soweit ich es einschätzen kann, ist da überall unwegsames Gelände.« Mr Byrne verzog den Mund zu einem bedauernden Lächeln. »Das machen meine Gelenke nicht mehr mit.«

»Dann sehe ich zu, dass ich möglichst viele Bilder knipse.«

Hoffentlich ohne verweste Leiche oder andere unerquickliche Details.

»Danke. Noch einen Cappuccino?«

Kelly lächelte. »Sehr gern.«

Am nächsten Tag, einem Samstag, setzte Kelly sich ans Steuer ihres Minis und fuhr in Richtung Osten ins Landesinnere. Ihrer Mutter gegenüber blieb sie vage. Sie erzählte lediglich etwas von einer Spur für eine Story, die ihr möglicherweise eine

Festanstellung einbringen werde. Ihr Ausflug führte sie durch sanft gewellte grasbewachsene Hügel, die sich bis zum Horizont erstreckten. Es war früher Nachmittag, und der Himmel wölbte sich über ihr wie eine riesige, mit weißen Schleierwolken durchzogene blaue Kuppel. Die Sonne schien, dennoch ließ der Wind selbst hier, so weit von der Küste entfernt, ihren Wagen erzittern. Nach einer guten Dreiviertelstunde hielt sie oberhalb eines dunklen, bewaldeten Tals an, stieg aus und sah sich nach einer Möglichkeit um, nach unten zu gelangen. Schließlich entdeckte sie zwischen zwei Sträuchern einen unbefestigten Pfad, der sich den Abhang hinabschlängelte. Schon wenige Minuten, nachdem sie begonnen hatte, hinunterzuklettern, schlug ihr Puls schnell und unregelmäßig. Der Hang war steiler als erwartet, und das Geröll unter ihren Füßen machte einen festen Tritt unmöglich. Ein falscher Schritt und sie würde sich alle Knochen brechen! Entsprechend vorsichtig tastete sie sich vor. Ein Glück, dass sie Regenstiefel mit gutem Profil trug und vorsorglich ein Seil geschultert hatte. Mr Byrne jedenfalls hätte sie keinesfalls nach unten begleiten können. Je weiter Kelly sich hinabkämpfte, desto dichter wurde der Wald, was von Vorteil war, so konnte sie sich an den bemoosten Ästen festhalten. Sie hörte den Wasserfall, lange bevor sie ihn durch das Blätterwerk erspähte. In seiner ganzen Pracht erfasste sie ihn jedoch erst, als sie unten angekommen war, was eine halbe Ewigkeit zu dauern schien. Kein Wunder, dass sich niemand hierher verirrte. Und auch ein Jammer, denn der Ort war atemberaubend schön!

Cliodhnas Schleier schoss in ungefähr fünfzehn Metern Höhe aus einer bemoosten Felswand und ergoss sich in einen kleinen See, von dem stufenartig ein schmaler Fluss abging. Der Name hätte nicht passender sein können. Nur wenige Sonnenstrahlen drangen hierher durch, es war deutlich kühler und feuchter als oben, sodass das Wasser inmitten von feinem weißem Nebel donnerte, was ihm das Aussehen eines Brautschleiers verlieh. Eine Weile betrachtete Kelly das Naturschauspiel, dann beschloss sie, nachzusehen, ob sich hinter dem Wasserfall mehr als nur Fels befand. Sie trat vor, spürte noch, wie ihr rechter Fuß sich verselbstständigte und unkontrolliert nach rechts schoss. Aber es war zu spät. Sie verlor das Gleichgewicht und stürzte rücklings zu Boden. Ihr Kopf schlug hart auf, der Schmerz explodierte in ihrem Schädel, und für einen Augenblick verschwand die Welt hinter einem schwarzen Vorhang.

Blinzelnd starrte Kelly zum Blätterwerk hinauf. Als sie wieder klar sehen konnte, versuchte sie, sich aufzurichten, doch alles drehte sich. Sie atmete mehrmals tief ein und aus. Wieder vergingen einige Momente, ehe sie es wagte, sich zu erheben. Doch kaum stand sie, geriet sie ins Schwanken und musste sich am nächsten Baum abstützen. Ihre Augen suchten den Boden ab. Unter dem Herbstlaub schimmerte nasses Wurzelwerk. Kelly fluchte leise. Den riskanten Abstieg hatte sie ohne Zwischenfälle bewältigt, um dann auf nassen Wurzeln auszurutschen. Das kam davon, wenn man unachtsam wurde! Sie legte das störende Seil ab, das sie später wieder einsammeln würde, und setzte sich nach wenigen Herzschlägen in Bewegung. Auf wackligen Knien begab sie sich zum Wasserfall, musste aber immer wieder anhalten, um gegen aufsteigende Übelkeit anzukämpfen. Am Ufer des kleinen Sees, der mehr einem Teich ähnelte, bückte sie sich mit einem leisen Ächzen und benetzte ihr Gesicht. Das eiskalte Wasser weckte ihre Lebensgeister so weit, dass sie endlich den Wasserfall zu erkunden wagte.

Nichts deutete darauf hin, dass sich hinter Cliodhnas Schleier etwas anderes befand als die bemooste Felswand, doch weil Kelly das nicht einfach so hinnehmen wollte, besah sie sich die Umgebung genauer. Notfalls würde sie durch den See waten müssen, doch dazu kam es erfreulicherweise nicht. Rechts vom Wasserfall erregte lockeres Gestrüpp ihre Aufmerksamkeit, und tatsächlich: Als sie es beiseiteschob, entdeckte sie breite Steinbrocken, die zur bemoosten Felswand führten, um kurz davor einen Knick zu machen. Kelly zog die Kapuze ihrer Jacke über den Kopf und trat vorsichtig auf den ersten Brocken, dann auf den zweiten und dritten. Ihre Muskeln verkrampften sich vor Anspannung. Ein Unfall pro Tag genügte ihr! Doch dann atmete sie auf. Der Pfad, der ganz offensichtlich von Menschenhand angelegt war, bot trotz der nassen Oberfläche sicheren Halt, und so gelangte sie mühelos hinter den Wasserfall, wo sich – wie sie insgeheim gehofft hatte – eine Höhle befand.

Ihre Aufregung wuchs. Was würde sie hier vorfinden? Zumindest roch es nicht nach Verwesung, sondern nur nach Erde und Feuchtigkeit. Weil die Höhle größtenteils in Dunkelheit getaucht war, schaltete Kelly die Taschenlampe ihres Mobiltelefons ein. Ihre zitternde Hand ließ den Lichtkegel unruhig über die feucht glitzernden Felswände huschen. Die Höhle war leer. Das Gefühl, das sich daraufhin in Kelly breitmachte, war schwer zu beschreiben. Einerseits war sie erleichtert, nichts Verstörendes vorzufinden, andererseits steckte sie möglicherweise in einer Sackgasse. Im wahrsten Sinne des Wortes. Hatten die Männer das, was sie hier deponiert hatten, wieder weggeschafft? Oder hatten sie vielleicht mitbekommen, dass sie lauschte, und sich nur einen Scherz mit ihr erlaubt? Kelly verwarf den Gedanken gleich wieder. Nach einem Scherz hatte das Gespräch nicht geklungen. Die Neugier trieb Kelly tiefer in die Höhle. Mit ihrer Taschenlampe leuchtete sie in jeden Winkel, in der Hoffnung, einen Hinweis zu finden. Immer mal wieder machten ihr Übelkeit und Kopfschmerzen zu schaffen, zwangen sie, stehenzubleiben und tief durchzuatmen.

Gerade als sie sich geschlagen geben und den Rückweg antreten wollte, glänzte etwas im Schein ihrer Taschenlampe: eine goldene Kette mit einem Anhänger. Vorsichtig ging Kelly in die Hocke, um sie aufzuheben. Auf dem runden Anhänger war ein Mann mit einem Stab zu sehen, der das Jesuskind auf seinen Schultern über einen Fluss trug. Der heilige Christophorus. Kelly richtete sich wieder auf. Wie war die Kette hierhergelangt? Das Gold wirkte massiv. Gehörte sie vielleicht zu einem Diebesgut und war versehentlich beim Abtransport heruntergefallen, oder gehörte sie gar einem der beiden Männer, die sie im Laden belauscht hatte? Womöglich hatte die Kette aber nichts mit alldem zu tun, und ein Unbescholtener hatte sie hier verloren. Es war vorstellbar, dass die Höhle im Sommer ein Liebesnest für Turteltauben war.

Als Kelly den Anhänger umdrehte, setzte ihr Herzschlag aus. Eine Inschrift! »Fides Perpetua« stand da und darunter »O.H.«. Ihre katholische Erziehung ging zwangsläufig mit lateinischen Grundkenntnissen einher, und so wusste Kelly, dass »Fides Perpetua« ewige Treue bedeutete. Aber wofür standen die Initialen O und H? Ein Name? Ein Code? Mr Byrne würde es vielleicht wissen, und so steckte sie den Anhänger ein. Anschließend knipste sie, wie versprochen, ein paar Fotos von der Höhle und der Umgebung.

Für den Rückmarsch benötigte sie über eine Stunde, zumal das schmerzhafte Pochen in ihrem Kopf den Aufstieg zusätzlich erschwerte. Während der Heimfahrt tastete sie immer wieder ihren Hinterkopf ab, an dem sich bereits eine ordentliche Beule bildete. Zum Glück blutete sie nicht. Ob die Höhle ein Versteck für Schmuggelware war? Wenn das der Fall war, durfte die Ware nicht zu sperrig sein, angesichts der Schwierigkeit, das Versteck zu erreichen. Oder aber es gab einen anderen Zugang, den Kelly übersehen hatte. Vielleicht hatte das auch alles nichts zu bedeuten. Sie verzog das Gesicht, als die Kopfschmerzen stärker wurden. Ihr fiel das Denken schwer. Heute würde sie das Grübeln fürs Erste einstellen. Morgen war immer noch Zeit, sich darüber und auch über den Anhänger Gedanken zu machen.

Ihr Plan, einen chilligen Samstagnachmittag zu verbringen, verpuffte allerdings in dem Moment, als sie bei ihrer Ankunft Brendans Wagen vor ihrem Elternhaus entdeckte. Ein mulmiges Gefühl überkam sie, und für einen Sekundenbruchteil war sie geneigt, einfach weiterzufahren, doch mit Kopfschmerzen sinnlos durch die Gegend zu tuckern, erschien ihr weitaus schlimmer, als sich Brendan zu stellen.

»Sieh mal, wer da ist, Schatz!«, begrüßte ihre Mutter sie mit einem schelmischen Ausdruck im Gesicht, als sie wenig später die Küche betrat. »Dein Chef.« Brendan und sie saßen am Küchentisch und tranken Tee. »Ich weiß gar nicht, was du willst, er ist freundlich wie immer.«

»Mum!«, rief Kelly, die vor Scham am liebsten im Boden versunken wäre.

»Schon gut«, winkte Brendan mit einem Lächeln ab. »Kelly und ich haben ab und zu unsere Differenzen. Aber ansonsten verstehen wir uns prima, nicht wahr?« Obwohl er immer noch lächelte, war ein eigentümlicher Ausdruck in seine Augen getreten.

Kelly war alarmiert. »Ja, klar.«

»Apropos«, sagte Brendan an ihre Mutter gewandt. »Könnte ich mit Ihrer Tochter unter vier Augen sprechen?«

»Natürlich!« Kellys Mutter zwinkerte vielsagend. »Ich muss eh weg. Colms Mutter Brenna will ihre Strähnen auffrischen lassen, und hinterher wollen wir uns zusammen ›Der junge Inspektor Morse‹ im Fernsehen ansehen.«

Kaum war sie aus der Küche verschwunden, als Brendan einladend auf den Stuhl neben sich klopfte. »Setz dich doch!«, forderte er Kelly auf, wobei sein Lächeln an einen Hai erinnerte, der ein Fischchen einlud, in seinem Maul Platz zu nehmen.

Prompt bekam Kelly schweißnasse Hände, versuchte jedoch, sich ihre Panik nicht anmerken zu lassen.

»Ich hatte einen ziemlich anstrengenden Tag, Brendan, und habe Kopfschmerzen. Können wir das nicht auf Montag verschieb…«

»Nein!«, fiel er ihr hart ins Wort, und obwohl er nicht laut geworden war, hatte seine Stimme die Wirkung eines Peitschenknalls.

Zwar gehorchte Kelly, dennoch ließ sie ihn nicht eine Sekunde aus den Augen, bereit, jeden Moment aufzuspringen, um sich – wenig heldenhaft – oben in ihrem Zimmer einzuschließen.

Brendan beugte sich leicht vor. »Was hast du dir dabei gedacht?« In seinem Blick lag unterdrückte Wut.

»Ich verstehe nicht«, antwortete Kelly, obgleich sie sehr gut verstand.

»Du willst eine erwachsene Frau sein, aber in Wirklichkeit bist du nur ein verzogenes Kind!«

Obwohl seine Worte sie trafen, ließ sich Kelly nichts anmerken. »Keine Ahnung, wovon du sprichst.«

Sie würde einfach alles leugnen.

»Du hast also nicht dafür gesorgt, dass meine Reservierung bei Chez Suzette gecancelt und das Essen an ein Kinderheim gespendet wurde?«

»Ich?«, rief Kelly. Am Rande bekam sie mit, wie die Haustür zufiel. Ihre Mutter hatte soeben das Haus verlassen. Sie war mit Brendan allein. »Warum sollte ich so etwas tun?«

»Weil du Audrey nicht leiden kannst.«

»Kann ich auch nicht.« Das zumindest würde sie nicht leugnen. »Aber ich bin bestimmt nicht die Einzige!«

Brendan musterte sie aus zusammengekniffenen Augen. »Außer dir wusste niemand von der Reservierung.«

Mist!

»Oh, ein geheimes Rendezvous! Wie süß«, höhnte sie bei dem Versuch, Zeit zu schinden, während sie verzweifelt nach einem Ausweg suchte. Kein einfaches Unterfangen, wenn ein einziger Gedanke den Kopf ausfüllte: *Kopfschmerztabletten. Sofort!*

»Hast du wirklich gedacht, ich finde es nicht heraus?«, fragte Brendan spöttisch. »Das hier trägt definitiv deine Handschrift.«

Kelly zuckte mit den Achseln. »Denk doch, was du willst.«

Stille breitete sich im Raum aus. Eine Stille, die bis zum Zerreißen gespannt war und Kelly veranlasste, mit den Füßen zu scharren. Als sie das Schweigen nicht mehr aushielt, hob sie den Blick. Obwohl Brendan die Lippen zu einem schmalen Strich zusammengepresst hatte, funkelten seine Augen. Lag in ihnen Belustigung? Kelly atmete ein wenig auf. Vielleicht war er doch nicht so sauer, wie er tat.

»War Audrey sehr enttäuscht?«, fragte sie beiläufig.

»Was glaubst du wohl?«

Gut.

»Tut es dir wenigstens ein bisschen leid?«, fragte Brendan und hob gleichzeitig die Hand. »Vergiss es!« Er beugte sich weiter vor, was Kellys ohnehin angeschlagenes Nervenkostüm noch mehr strapazierte. »Willst du mir wenigstens erklären, warum du das getan hast?«

Sein Gesicht war nun so nah, dass sie die goldenen Sprenkel in seinen grünen Augen sehen konnte. Sie schluckte. »Wer sagt, dass ...«

»Kelly«, entgegnete Brendan scharf. »Ich weiß es. Also ...?«

Sie kapitulierte. Ihre Kopfschmerzen ließen ein erfolgreiches Kontern nicht zu. »Audrey ist ein Aas«, antwortete sie. »Reicht das etwa nicht?«

»Ist das der einzige Grund?«

»Natürlich! Glaubst du vielleicht, ich wäre eifersüchtig?« Kelly schnaubte. »Mag sein, dass ich vor vielen Jahren in dich verschossen war, wie viele meiner Freundinnen auch. Aber das ist schon lange vorbei, glaub mir!«

Brendans Augen flackerten kurz, dann heftete er seinen Blick erneut fest auf sie. »Sicher?«

Kellys Herzschlag beschleunigte sich. »Ganz sicher.«

»Gut.« Er lehnte sich lässig zurück, und Kelly atmete auf. »Dann wird es dich sicher nicht weiter kümmern, wenn ich dir sage, dass ich trotz deiner Sabotageversuche mit ihr geschlafen habe.«

»Schön für dich!«, entgegnete Kelly.

»Sie ist heiß im Bett, ein echtes Ass.«

Kelly gab sich lässig. »Glaub ich kaum. Die ist so aufregend wie 'ne Schlaftablette, außer natürlich, du legst die Messlatte grundsätzlich niedrig.«

Brendan verzog die Lippen zu einem Lächeln, das seine Augen nicht erreichte. »Ich kann dir versichern, dass das nicht der Fall ist. Ich habe gewisse Ansprüche.«

Kelly ersparte sich eine Antwort und setzte stattdessen eine unbeteiligte Miene auf.

»Du wirst dich bei Audrey entschuldigen«, forderte Brendan in einem lockeren, fast gelangweilten Ton.

Kelly brach in ungläubiges Lachen aus. »Nie und nimmer!«, versetzte sie energisch. »Eher laufe ich barfuß über heiße Kohlen.«

Brendan bedachte sie mit einem scharfen Blick. »Du wirst, und wenn ich dich dazu zwingen muss.«

»Ach ja? Und wie willst du das bewerkstelligen?«

Nun zuckten Brendans Mundwinkel, und in Kellys Bauch ballte sich eine Kugel aus flüssiger Lava zusammen. »Ich kann sehr überzeugend sein«, erwiderte er mit gefährlich leiser Stimme.

Kelly winkte spöttisch ab. »Alles nur leeres Gerede.«

Brendan, der die Lider halb gesenkt hatte, hinterließ mit seinen Augen eine prickelnde Spur auf ihren Lippen. Die Luft zwischen ihnen knisterte, und für einen Moment sah es so

99

aus, als wollte er sich nach vorn beugen und sie küssen. Die Schmetterlinge in Kellys Bauch erwachten zum Leben und erstarrten wie ertappt, als es an der Tür klopfte.

»Ich komme!«, rief Kelly und sprang auf. Ihr Schädel dankte es ihr mit einem grellen blitzartigen Schmerz.

Als sie zur Haustür eilte, um sie zu öffnen, war sie entsprechend wackelig auf den Beinen.

Draußen stand Mr Byrne. »Tut mir leid, dass ich dich überfalle, Kelly, aber ich bin schrecklich neugierig«, sagte er lächelnd. »Wie war's? Hast du Fotos gemacht?«

Dass ausgerechnet der alte Mann ihr Retter sein würde!

»Mr Byrne!«, begrüßte Kelly ihn überschwänglich. »Bitte, kommen Sie rein! Haben Sie Lust auf einen Tee?«

Ihr Besucher hatte.

Natürlich kannten Brendan und er sich, und nachdem die beiden Männer einige höfliche Sätze ausgetauscht hatten, trat Brendan den Rückzug an. »Wir beide sind noch nicht fertig«, raunte er Kelly ins Ohr, bevor er das Haus verließ.

Seine Worte legten sich wie eine Schlinge um ihren Hals und drückten ihr die Luft ab, sodass sie die Tür hinter ihm schloss, ohne ein Wort herauszubringen. Sie stützte den Kopf gegen das kühle Holz und atmete mehrmals tief durch, bis sich ihr Puls wieder einigermaßen beruhigt hatte. Dann ging sie in die Küche, wo Mr Byrne bereits Platz genommen hatte. Bevor sie sich zu ihm an den Tisch setzte, nahm sie zwei Schmerztabletten, die sie mit einem Glas Wasser hinunterspülte. Danach schenkte sie ihm Tee ein und erzählte von der Schönheit des Wasserfalls und seiner Umgebung.

»Ich kann es kaum erwarten, die Fotos zu sehen«, antwortete Mr Byrne und rieb sich voller Vorfreude die Hände, worauf Kelly ihr Handy aus der Hosentasche zog und es ihm reichte.

»Was für ein wundervoller Ort!«, kommentierte er, während er über die Bilder wischte. »Märchenhaft, in der Tat.«

Angesichts seiner offensichtlichen Begeisterung verkniff es sich Kelly, ihm von ihrem Sturz zu erzählen. Was hätte das gebracht?

Stattdessen holte sie die Kette mit dem Anhänger des heiligen Christophorus hervor. »Die habe ich in der Höhle hinter dem Wasserfall entdeckt.«

Die Augen des alten Mannes funkelten. »Bravo! Du hast nicht nur eine geheimnisvolle Höhle entdeckt, sondern auch einen Schatz geborgen.«

Kelly musste lachen. »Ach was! Ist doch nur eine billige Halskette.«

»Nun, so billig dürfte sie nicht sein«, entgegnete Mr Byrne, der das Schmuckstück durch seine Brillengläser studierte. »Sie ist aus massivem Gold, was auch für den Anhänger gilt.«

»Meinen Sie wirklich?«, hakte Kelly sicherheitshalber nach, obwohl sie zu der gleichen Erkenntnis gekommen war.

Er nickte. »Jemand wird die Kette schmerzlich vermissen.«

»Was halten Sie von der Inschrift?«

»Hmm.« Mr Byrne stülpte nachdenklich die Lippen nach vorn. »Ewige Treue.«

»Ja. Und sagen Ihnen die Buchstaben O und H etwas?«

Er formte mit dem Mund lautlos Wörter, als würde er seinen Wissensfundus durchkämmen, schüttelte aber dann den Kopf. »Tut mir leid, nein. Ich tippe auf die Initialen eines Namens.«

»Das war auch mein erster Gedanke. Ich hatte nur gehofft, dass …«

»Was? O. H. für einen Geheimbund oder dergleichen steht?«, fragte Mr Byrne sichtlich amüsiert.

Kelly zuckte mit den Achseln.

Der alte Mann schenkte ihr ein bedauerndes Lächeln. »Wenn es so ist, kann ich dir leider nicht helfen. Mir sagen die Initialen nichts.«

»Der heilige Christophorus ist doch der Patron der Reisenden, richtig?«, fragte Kelly.

Mr Byrne nickte. »Bei den orthodoxen Christen ist er auch Schutzpatron der Seefahrer. Außerdem gilt er dort als Schutzpatron der Bogenschützen, der Ärzte, Buchbinder, Bleicher, Pförtner, der Straßenwärter und auch als Patron der Obst- und Gemüsehändler.«

»Puh!«, stieß Kelly hervor. »Da hat der arme Christophorus aber alle Hände voll zu tun!«

»Stimmt.« Mr Byrne schmunzelte. »Aber richtig interessant ist der Glaube, dass ein Blick auf das Antlitz des heiligen Christophorus genügt, um den Betrachter zumindest für diesen Tag vor dem jähen Tod zu bewahren.«

»Gut für uns!«, meinte Kelly mit einem Augenzwinkern, das er erwiderte.

»Mehr kann ich dazu im Moment nicht sagen«, erklärte Mr Byrne. »Bekomme ich trotzdem noch einen Tee? Er schmeckt gut.«

Kelly musste lachen. »Natürlich.«

»Du könntest die Kette zum Fundbüro nach Donegal bringen«, schlug Mr Byrne wenig später vor, als sie ihn zu seinem Wagen begleitete. »Oder eine Kleinanzeige in die ›Dia Duit Donegal‹ setzen und fragen, ob jemand sie vermisst.«

Kelly fand die Idee mit der Kleinanzeige zunächst abwegig – was, wenn sie damit schlafende Hunde weckte? –, doch je länger sie darüber nachdachte, desto vielversprechender erschien sie ihr. Sie steckte fest. Sollte sich jemand auf ihre Anzeige hin melden, hätte sie zumindest einen losen Faden, an dem sie ziehen konnte.

Aufmerksam beobachtete der Mann mit dem Pferdeschwanz den Alten in der Tweedjacke, der an die Haustür klopfte, kurz nachdem die dunkelblonde Frau herausgekommen war. Josh und er saßen im Wagen weiter die Straße hinunter und beobachteten das schmutzig gelbe Haus, in dem die junge Kassiererin aus Dooney's Irish Food and More verschwunden war. Nachdem sie im Wald oberhalb von Cliodhnas Schleier beinahe mit ihr zusammengestoßen wären – sie hatten sich mit ihrer neuen Fracht rechtzeitig hinter den Bäumen versteckt –, waren sie umgekehrt, um ihr zu folgen. Die junge Frau musste ihr Gespräch im Laden belauscht und so ihr Versteck ausfindig gemacht haben. *Hübsch und clever*, dachte der Mann mit dem Pferdeschwanz, *aber wie die meisten Frauen zu neugierig.*

Weil sie ihren Mini weit oberhalb des Wasserfalls abgestellt hatte, brauchten sie nur in ihrem eigenen Wagen auszuharren, bis sie an ihnen vorbeifuhr, um ihr in sicherem Abstand zu folgen. Obwohl sie in der Höhle nichts Verdächtiges hinterlassen hatten, wollten sie in Erfahrung bringen, ob die Frau die Polizei verständigen würde. Zu ihrer Erleichterung war sie lediglich nach Hause gefahren. Trotzdem war das Versteck hinter dem Wasserfall von nun an »verbrannt«. Josh und er würden etwas Neues suchen müssen.

Wieder öffnete sich die Tür, und diesmal trat ein gut aussehender rothaariger Mann aus dem Haus.

»Dort geht's ja zu wie im Taubenschlag!«, maulte Josh.

Obwohl der Mann mit dem Pferdeschwanz ihm beipflichtete, ging er nicht auf die Bemerkung ein, sondern griff nach dem Zündschlüssel.

»Wie jetzt?«, fragte Josh verdutzt. »Das war's?«

»Ja«, sagte sein Kumpan, ohne den rothaarigen Mann aus den Augen zu lassen, der eben in seinen Chevy gestiegen war. »Wir sollten hier verschwinden, bevor noch jemand auf uns aufmerksam wird. Runter!«, befahl er, als der Wagen an ihnen vorbeifuhr.

»Es würde doch nicht schaden, die Frau auf Spur zu bringen«, antwortete Josh, nachdem beide wieder aufgetaucht waren.

»Wozu? Die Kleine ist Kassiererin in einem Kaff im Nirgendwo«, antwortete der Mann mit dem Pferdeschwanz und startete den Motor. »Wie soll sie uns gefährlich werden?«

»Man weiß ja nie. Aber bitte!« Josh zuckte demonstrativ mit den Achseln. »Ich dachte nur, du wärst ein harter Hund. Behaupten zumindest alle.«

Der andere drehte sich zu ihm. »Ein harter Hund zu sein, bedeutet für dich also, eine unschuldige Frau einzuschüchtern?« Stahl hatte sich in seine Stimme geschlichen, was den anderen veranlasste, den Blick abzuwenden. »Wir machen, dass wir wegkommen! Ende der Diskussion.«

Daraufhin hob Josh beschwichtigend die Hände. »Schon klar. Ich meinte ja nur.«

»Behalt in Zukunft deine Meinung für dich!« Er hatte die Stimme nicht erhoben, aber das musste er auch nicht. »Sonst zeige ich dir, wozu ein harter Hund fähig ist.«

»Okay, ist ja gut.«

Schmollend starrte Josh aus dem Seitenfenster, während der Mann mit dem Pferdeschwanz den ersten Gang einlegte und losfuhr.

Letzterer seufzte innerlich. Vielleicht wurde es Zeit für einen Jobwechsel! Er war zwar erst neununddreißig, aber manchmal fühlte er sich doppelt so alt. Er hätte sich zur Ruhe setzen, sich eine Frau nehmen und Kinder zeugen können. Sogleich lachte er in sich hinein. Ihn grauste vor der Vorstellung, jeden Morgen neben der gleichen Frau aufzuwachen, einem quengelnden Blag den Rotz abzuwischen und einer geregelten Arbeit nachzugehen. Das war einfach nicht sein Ding! Lieber schlug er sich mit hirnlosen Idioten wie Josh herum, solange er noch in der Lage war, sie mit einem gezielten Faustschlag auf ihren Platz zu verweisen.

Perfekte Harmonie

Nach einer durchwachsenen Nacht erschien Kelly am Montagmorgen – für sie unüblich – einige Minuten früher zur Arbeit.

»Schlechtes Gewissen?«, begrüßte Brendan sie kühl.

In der festen Absicht, sich ihre Nervosität nicht anmerken zu lassen, rauschte sie wortlos und mit erhobenem Haupt an ihm vorbei. Sollte Brendan die Absicht gehabt haben, an ihr letztes Gespräch anzuknüpfen, so kam ihm ein Kalb dazwischen, das das Licht der Welt zu erblicken versuchte. Es lag aber unglücklicherweise falsch herum im Mutterleib, was Kelly eine dreistündige Schonfrist bescherte. Ihre Kopfschmerzen waren verschwunden, an ihr Erlebnis am Wasserfall erinnerte lediglich die Beule an ihrem Hinterkopf. Irgendwann – zwischen Rechnung schreiben, Termine absprechen und Telefonate tätigen – holte sie den goldenen Anhänger aus ihrer Jackentasche, um ihn zu betrachten. Sie würde heute die Anzeige online für die Dia Duit Donegal aufgeben, die am nächsten Samstag erscheinen würde. Kelly wusste nicht, wie lange sie auf die Kette gestarrt hatte, als sie plötzlich Motorgeräusche vernahm. Sie erkannte Brendans Chevy und steckte den Anhänger rasch wieder weg.

»Wie geht's dem Kalb?«, begrüßte sie Brendan, als dieser durch die Tür trat.

»Kuh und Kalb geht es gut«, antwortete er mit einem etwas erschöpften Lächeln.

»Das sind gute Nachrichten!«, sagte Kelly und stand auf. »Möchtest du einen Kaffee? Ich habe frischen gemacht, außerdem habe ich etwas von Mums berühmtem Pflaumenkuchen dabei. Vielleicht möchtest du ein Stück zur Stärkung.«

Brendan sah sie prüfend an. »Gern. Aber das wird dich auch nicht retten.«

Weil in diesem Moment ein weiteres Auto vor dem Haus hielt, das Brendans Aufmerksamkeit erregte, kam Kelly um eine Erwiderung herum. Kurz darauf betraten Grace und Einstein die Praxis. Sie trug Jeans und einen dicken rosafarbenen Fleecepulli, die Haare hatte sie zu einem Zopf geflochten.

»Was ist passiert?«, rief Kelly erschrocken, während sie ihre Augen über den schwarz-weißen Terriermischling schweifen ließ. Auf den ersten Blick schien er kerngesund und machte wie immer seine Runde, um alles zu inspizieren. Kellys nackte Knöchel nahm er dabei nicht aus.

Grace schenkte ihr ein beruhigendes Lächeln. »Alles gut, keine Sorge. Die Tollwutimpfung ist überfällig.«

Herrje! Kelly schielte zu ihrem Computer. Hatte sie etwa vergessen, den Termin zu vermerken? Bedenklicher war allerdings, dass sie sich beim besten Willen nicht an Grace' Anruf erinnern konnte. Wurde sie schon vergesslich? Mit gerade mal fünfundzwanzig?

Die Verwirrung war ihr offenbar anzusehen, denn Brendan und Grace reagierten beinahe gleichzeitig. »Grace hat mich unterwegs auf dem Handy angerufen«, erklärte er. »Es war eine spontane Aktion«, erklärte sie.

Kelly lächelte erleichtert. »Alles klar. Hauptsache, mit Einstein ist alles in Ordnung.«

Grace beobachtete liebevoll ihren Hund, der gerade dabei war, seine Schnauze in Kellys offene Umhängetasche zu stecken. »Ihm geht's bestens.« Sie grinste. »Du hast hoffentlich nichts Essbares drin.«

»Ich hatte!« Kelly schmunzelte. »Mums Pflaumenkuchen.«

»Apropos Pflaumenkuchen«, sagte Grace. »Willst du nicht mal wieder zum Quatschen vorbeikommen? Wir könnten gemeinsam mit Einstein einen ausgedehnten Spaziergang machen und uns hinterher im Pub aufwärmen.«

In gespieltem Entsetzen kniff sich Kelly in die Hüften. »Ein ausgedehnter Spaziergang? Willst du damit andeuten, ich sollte das mit dem Pflaumenkuchen in Zukunft lieber lassen?«

Grace brach in Lachen aus. »Ich wollte gar nichts andeuten. Also? Wie sieht's aus?«

»Klar bin ich dabei!«

»Wollen wir?«, grätschte Brendan dazwischen und bedachte Grace mit einem freundlichen Lächeln. »Halt mir den Kaffee warm!«, warf er Kelly noch rasch zu, ehe er mit seinem Besuch im Behandlungszimmer verschwand.

Kelly schnaubte. Grace strahlte er an wie ein Honigkuchenpferd, aber für sie hatte er nicht mal ein »Bitte« übrig! Aber gut. Wie hieß es so schön? Augen zu und durch! Schon nächsten Monat würde sie ihre Arbeit hier beendet und sich wieder anderen Dingen zugewandt haben. Wobei sie natürlich auch schon jetzt damit anfangen konnte! Sie klickte die Website der Dia Duit Donegal an und schaltete ihre Anzeige unter der Rubrik »Verloren & Gefunden«.

Goldkette mit Anhänger des heiligen Christophorus gefunden! Gravur auf der Rückseite: Fides Perpetua sowie zwei Initialen, die der Identifizierung dienen sollen.

Dazu gab sie ihre Handynummer an.

Zu Kellys Überraschung kam Brendan an diesem Tag nicht mehr auf Audrey zu sprechen, auch nicht an ihrem nächsten und übernächsten Arbeitstag. Stattdessen bedachte er sie mit schwer zu deutenden Blicken, was Kelly mutmaßen ließ, dass er sie absichtlich im Ungewissen ließ, um sie zu bestrafen. Sie wusste nicht, ob sie darüber belustigt oder verärgert sein sollte.

Am darauffolgenden Samstag erschien die Wochenendausgabe der Dia Duit Donegalx. Kelly hätte im Nachhinein nicht mehr sagen können, wie oft sie an diesem Tag auf ihr Handy schaute, um sicherzugehen, dass sie keinen Anruf verpasst hatte. Doch es meldete sich niemand. Auch nicht am Sonntag, Montag oder Dienstag. Ihre Enttäuschung war groß, trotzdem würde sie die Flinte nicht gleich ins Korn werfen und beschloss daher, die Anzeige für das nächste Wochenende noch mal zu schalten.

In Danny's Bar stieg der Geräuschpegel schlagartig, als der fröhliche Haufen durch die Tür trat. Die Neuankömmlinge kannte natürlich jeder, und Rufe, die ein wenig wie »Howya?« klangen, hüpften wie Pingpongbälle hin und her. Kelly, die einen der wenigen Tische in Beschlag genommen hatte, winkte ihre Freunde herbei. Es war Freitagabend – einen Tag bevor ihre Kleinanzeige zum zweiten Mal in der Zeitung erscheinen würde –, und sie wollten gemeinsam den Geburtstag ihres Cousins Paddy feiern. Kelly ging gern in Danny's Bar, die sich nur wenige Meter vom Laden ihrer Mutter entfernt befand. Der Wirt, Danny Flaherty, der sich durch seinen auffälligen grauen Bart mit einer Spur von Rot und einer beeindruckenden Resistenz gegenüber heiratswilligen Frauen auszeichnete, hatte nicht nur ein offenes Ohr für die Sorgen und Nöte seiner Gäste, sondern brachte ihnen auch gern mal ein Ständchen. Wie fast jeden Abend waren viele hierhergekommen, um ein

Pint oder auch zwei zu trinken und über Gott und die Welt zu reden. Der große Flachbildfernseher in der Ecke, der ausschließlich für Sportübertragungen genutzt wurde, war dunkel, umso heller leuchtete das Wahrzeichen des Pubs an der Wand hinter der Bar: ein Dudelsack aus dem Jahr 1883. Dannys ganzer Stolz. Kelly begrüßte ihre Freunde überschwänglich. Zur Feier des Tages hatte sie ein kurzes, blau gemustertes Kleid mit langen Ärmeln angezogen, das durch den Gummizug an der Taille und die Wickeloptik ihre Figur betonte. Dazu trug sie schwarze Overknees und ausnahmsweise weder Hut noch Mütze, dafür hatte sie sich ihre kurzen Locken von ihrer Mutter mit Stylingschaum und einigen beherzten Knetgriffen in eine »verspielt-romantische Frisur« verwandeln lassen, wie ihre Mum das gern bezeichnete.

An diesem Abend war sie besonders gut aufgelegt, denn zu ihrer grenzenlosen Erleichterung hatte Brendan seine Forderung, sie solle sich bei Audrey entschuldigen, nicht mehr wiederholt. Stattdessen hatte sie heute sogar früher nach Hause gehen dürfen, weil in der Praxis kaum Betrieb war. Während sie ihre Sachen zusammengepackt hatte, hatte er sich nach ihren Bewerbungen erkundigt. Da sie in letzter Zeit nicht unbedingt mit ihm ins Gespräch hatte kommen wollen, war es ihr noch nicht gelungen, ihm von Ethan Woods' Angebot zu erzählen, was sie bei der Gelegenheit nachholte.

»Dass du eine gute Story zu Papier bringen wirst, daran besteht für mich kein Zweifel«, hatte daraufhin sein Kommentar gelautet, wobei er sich ehrlich für sie zu freuen schien.

Anschließend hatte er ihr einen schönen Abend gewünscht. Erst mit einiger Verspätung war Kelly aufgegangen, dass er sie vielleicht nur deshalb loswerden wollte, weil er Audrey erwartete.

»Und? Wie fühlt man sich mit zweiundzwanzig, Paddy?«, begrüßte sie ihren Cousin und umarmte ihn herzlich.

Der schlaksige junge Mann mit den störrischen rotblonden Haaren zog eine Grimasse, was Kelly mit einem Lachen und einem Kuss auf seine Wange quittierte. »Happy Birthday, *seanathair*!«, sagte sie und drückte ihm eine kleine Schachtel in die Hand.

Paddys Augen funkelten. »Was ist das?«

Dass sie ihn als Opa bezeichnet hatte, nahm er ihr nicht krumm. Im Gegenteil. Es gehörte zu den Eigenarten der hiesigen Menschen, jene zu necken, die man mochte.

»Sieh nach!«, antwortete Kelly fröhlich.

Sie wollte noch etwas erwidern, doch in diesem Moment kam Danny mit einem Tablett und brachte ihnen sechs Guinness. »Geht aufs Haus!«, erklärte er mit einem breiten Lächeln, dann klopfte er Paddy so herzlich auf die Schulter, dass dieser beinahe nach vorne gekippt wäre. »Möge die Gewissheit in deinem Herzen wohnen, dass nach jedem Unwetter ein Regenbogen leuchtet«, sagte er feierlich, wartete die Antwort erst gar nicht ab und stapfte zurück zum Tresen. Ehe sich die Freunde über ihre Getränke hermachten, packte Paddy sein Geschenk aus.

»Hey, cool! Ein Saitensatz für meine E-Gitarre. Danke, Cousinchen!«, rief er und zeigte ihn seiner Freundin Emily, einer hübschen Brünetten in Kellys Alter. Auch ihre drei anderen Freunde, ein Seamus, ein Dave und eine Mary, beugten neugierig die Köpfe darüber.

»Gerne doch!« Freudestrahlend hob Kelly ihr Glas. »Auf dich, *pal*!«

»Auf dich!«, stimmten die Übrigen ein und setzten die Gläser an die Lippen.

Nachdem sie ausgetrunken hatten, ging Kelly zum Tresen, um Nachschub zu ordern. Dabei entdeckte sie Brendan und Colm McCunnigan, die weiter hinten saßen und sich unterhielten. Beide lächelten freundlich, als sie Kelly bemerkten. Sie lächelte zurück. Sah sie sich um, musste sie sich eingestehen, dass weit und breit kein Mann war, der es mit den beiden hätte aufnehmen können. Grace konnte sich glücklich schätzen. Colm war ein toller Kerl! Und was Brendan betraf ... Kelly seufzte resigniert. Der Mann würde sie vermutlich irgendwann in den Wahnsinn treiben. Gewaltsam riss sie sich von dem Anblick los und brachte die Pints an den Tisch.

Die Gegenwart von Brendan zu ignorieren gelang ihr bis zu dem Moment, als Audrey auf der Bildfläche erschien. Kelly war ehrlich verwundert, denn normalerweise ließ sie sich nicht im Pub sehen. Wahrscheinlich weil es ihr zu volkstümlich war. Als sie an ihrem Tisch vorbeiging, bedachte sie Kelly mit einem knappen Nicken, wie eine Königin ihren Hofstaat. In ihrem Blick lag der übliche Hochmut, aber keine Mordlust, was Kelly überraschte. Hatte Brendan ihr etwa verschwiegen, wer den romantischen Abend im Chez Suzette vereitelt hatte? Obwohl Kelly stur nach vorne starrte, kam sie nicht umhin, aus dem Augenwinkel zu bemerken, dass Audrey sich zu Colm und Brendan gesellte und dieser Cider für sie orderte. Die drei unterhielten sich kurz, dann verabschiedete sich Colm und ging.

Um die traute Zweisamkeit nicht zu stören, mutmaßte Kelly.

»Hast du das gehört?«, riss Paddy sie aus ihren Gedanken.

Sie blinzelte verwirrt. »Äh nein. Was ist?«

»Aus der Holy Trinity Church in Dublin ist ein wertvolles Reliquienkreuz aus dem elften Jahrhundert gestohlen worden«, erklärte Mary.

»Wirklich?« Kelly beugte sich interessiert vor.

»Ja. Die Nachbarin der Frau meines Cousins arbeitet dort im Geschenkeladen, und die hat es erzählt.«

»In der Zeitung stand nichts darüber«, entgegnete Dave, der ewige Skeptiker.

»Das soll vorerst geheim bleiben, um die Ermittlungen nicht zu stören«, flüsterte Mary und sah sich verschwörerisch um.

Kelly konnte nur mit Mühe ein Lachen unterdrücken. »Funktioniert ja prima mit der Geheimhaltung!«

»Viel wichtiger ist …« Mary senkte noch einmal die Stimme, sodass alle die Köpfe zusammenstecken mussten, um sie zu verstehen. »… angeblich führt die Spur hierher.«

»Nach Cruinn?«, rief Emily schrill.

»Pssst!«, ermahnte Mary sie. »Nein. Mit hier meine ich nicht Cruinn, sondern das County ganz allgemein.«

Kellys Magen flatterte. Sollte der Besitzer des Anhängers unauffindbar bleiben und ihre Spur im Sande verlaufen, wäre das hier ein möglicher Stoff für eine Story. Wobei sich Kelly eingestehen musste, dass die Sache vielleicht eine Nummer zu groß für sie war. Dennoch konnte es nicht schaden, Augen und Ohren offen zu halten. *Wer weiß*, sinnierte sie, *vielleicht hängen beide Fälle zusammen, und die beiden vom Laden sind Meisterdiebe, die ihre Beute in der Höhle verstecken.* Beinahe hätte Kelly aufgelacht. Ein solch glücklicher Umstand wäre wie sechs Richtige im Lotto gewesen.

»Wie viel mag das Reliquienkreuz wert sein?«, fragte Paddy.

Mary zuckte mit den Achseln. »Keine Ahnung. Aber viel, und dazu kommt noch der ideelle Wert.«

»Ob es für den Fund eine Belohnung gibt?«, überlegte Seamus laut.

»Die Dankbarkeit der Pfaffen wäre dir jedenfalls sicher«, antwortete Dave, woraufhin alle in Lachen ausbrachen.

Das Gespräch nahm eine neue Wendung, und nun rückte die Trennung eines befreundeten Paares in den Mittelpunkt des Interesses.

»Und jetzt ran an den Speck!«, zischte plötzlich Emily in Kellys Ohr.

»Was?« Verständnislos starrte Kelly ihre Freundin an.

»Audrey ist gerade gegangen. Der Weg ist frei.«

Kelly, der natürlich klar war, worauf Emily abzielte, schüttelte den Kopf. »Damit bin ich durch.«

»Du meinst, seit du für ihn arbeitest?«, bemerkte ihre Freundin feixend. »Es ist kein Geheimnis, dass er als Chef ein echtes Ekel ist.«

»So schlimm ist er nun auch nicht!«, widersprach Kelly, schließlich war nach anfänglichen Irritationen die Zusammenarbeit immer besser geworden. Und einmal hatte er ihr sogar ein Käsesandwich gemacht, weil keine Zeit zum Mittagessen gewesen war. »Im Ernst«, schloss sie leicht gereizt, als sich ihre Freundinnen über den Tisch hinweg vielsagende Blicke zuwarfen.

»Klar«, entgegnete Mary gedehnt.

»Es ist aber so! Außerdem bin ich schon seit letztem Jahr clean«, fügte Kelly lässig hinzu.

»Clean?«, ertönte Brendans Stimme in ihrem Rücken. »Wovon bist du clean? Gibt es etwas, was ich wissen sollte?«

Kelly lief hochrot an, während ihre Freundinnen in Gelächter ausbrachen. Die bösen Blicke, die sie ihnen zuwarf, hatten lediglich zur Folge, dass ihr Lachen lauter wurde. Die treulosen Tomaten hatten das Unheil natürlich kommen sehen und sie auflaufen lassen.

»Pete«, beeilte sich Kelly zu sagen. »Mein kalifornischer Ex-Freund.«

Zwischen Brendans Augenbrauen bildete sich eine Falte. »Pete?«

»Ja.«

»Super sexy, der Typ!«, mischte sich Emily ein. Ihre Augen funkelten. »Und im Bett eine echte Granate!«

»Emily!«, rief Kelly entsetzt und spürte, wie ihre Wangen noch heißer wurden.

Ihre Freundin machte eine abwehrende Geste. »Hey, das sind deine Worte, nicht meine.«

Es folgte eine angespannte Stille, die zum Glück nach nur wenigen heftigen Herzschlägen von fröhlichen Akkordeonklängen unterbrochen wurde.

»*Set-Dancing!*«, rief Emily und sprang von ihrem Stuhl auf. Ehe sich Paddy versah, hatte sie nach seiner Hand gegriffen, um ihn vom Tisch wegzuzerren.

Mary und Seamus, die in der gleichen Tanzgruppe waren, standen ebenfalls auf.

»Los, ihr beiden!«, forderte Mary Kelly auf. »Wir brauchen noch zwei Paare!«

»Äh, also …«, begann Kelly, doch Brendan hatte bereits ihr Handgelenk gepackt. Eine Berührung, die sich auf ihrer Haut wie ein Funkenregen anfühlte. »Ich weiß nicht, Brendan«, protestierte sie schwach.

»Aber ich.« Sein Tonfall ließ keinen Widerspruch zu.

Kelly konnte gerade noch ihr Bierglas abstellen, als er sie schon in die Mitte des Raums zog. Erklärungen waren nicht nötig, und so begaben sich alle Gäste an den Rand, um Platz zu machen. Zu den drei Paaren gesellten sich Mr Talbot, der Schlossermeister mit dem Diabetesproblem, und seine Frau, was mit begeistertem Jubel aufgenommen wurde. Vor dreißig Jahren hatten es die beiden bei der World Irish Dancing Championship unter die Top 10 geschafft und im County einigen Ruhm erlangt. Eine Mischung aus Vorfreude und Aufregung durchflutete Kelly, als sich die vier Paare so formierten, dass sie die Spitzen einer Raute bildeten. Getanzt wurde vornehmlich längs der beiden sich mittig kreuzenden Diagonalen. Kelly starrte abwechselnd auf den Akkordeonspieler und die Talbots, zählte stumm rückwärts – ihr Herzschlag nahm Fahrt auf –, und dann nickte Mrs Talbot.

Der Startschuss.

Der stürmische Rhythmus ergriff sofort von den Tänzern Besitz. Wie vom Teufel besessen, so jedenfalls erachtete es einst die Kirche, begannen sie, ihre Füße im Stakkato vor- und zurückzusetzen und dabei imaginäre Nägel in den Boden zu hämmern. Kellys Locken hüpften auf und ab, während ihre Beine aufstampften, als wollte sie das Parkett zum Splittern bringen. Den Oberkörper hielt sie dabei starr, ein Zugeständnis an den Klerus, so erzählte man sich, der auf diese Weise zumindest seinen Einfluss auf den Bereich vom Scheitel bis zur Hüfte beibehalten wollte. Zwei Paare vollführten ihre Figuren, drehten sich gemeinsam im Kreis, liefen vorwärts und rückwärts, während die beiden anderen Paare am Rand standen, bis sie an der Reihe waren. Hinterher drehten sich die Tänzer paarweise und dann alle gemeinsam, die Arme über die Schultern der rechts und links von ihnen Tanzenden gelegt. Danach begann das Ganze wieder von vorn.

Mit jedem Takt verfiel Kelly mehr und mehr der Musik, und bald rauschten die Endorphine durch ihre Adern, was nicht nur den schnellen Bewegungen und dem begeisterten Klatschen der Gäste geschuldet war, sondern auch Brendans Nähe. Seine warme Hand, die ihre umschloss, seine Hand auf ihrer Taille und dann dieser intensive Blick, wenn sie sich gegenüberstanden. Obwohl sie bis zu diesem Abend noch nie miteinander getanzt hatten, erfolgte jede ihrer Bewegungen in perfekter Harmonie. Als er sie an sich zog und sie eine Drehfigur ausführten, jauchzte sie unwillkürlich, was Brendan ein kleines Lachen entlockte – so voller Wärme, dass sie hinterher beinahe einen Schritt in die falsche Richtung gemacht hätte, was verheerende Folgen gehabt hätte. Sie wäre gegen Paddy geprallt, hätte ihn aus dem Tritt gebracht und damit das gesamte Zusammenspiel verdorben.

Glücklicherweise tanzte Kelly von Kindesbeinen an und hatte den Ablauf verinnerlicht, sodass sie das Unglück im letzten Moment abwenden konnte. Dennoch ermahnte sie sich, bis zum Ende des Stücks besser aufzupassen, und mied von nun an Brendans grüne Augen. Als der Tanz damit endete, dass sich alle acht an den Händen fassten und in einer Reihe aufstellten, wurden sie von den Umstehenden lautstark bejubelt. Lachend verbeugten sie sich, ehe sie den Platz räumten.

»Das hat Spaß gemacht!«, sagte Kelly ein wenig atemlos. Ihre Beine fühlten sich wie Gelee an.

»Das hat es«, antwortete Brendan und drückte sanft ihre linke Hand.

Plötzlich befangen, fuhr sie sich mit der freien rechten durch ihre Haare, die bestimmt völlig zerrupft aussahen, außerdem war ihr Gesicht von einem dünnen Schweißfilm bedeckt. Brendan wirkte hingegen kein bisschen derangiert, was sie irgendwie erboste. Ohne dass sie es beabsichtigte, schob sich ein Bild vor ihr inneres Auge, wie sie mit beiden Händen sein Haar zerzauste und sein Hemd in Fetzen riss. Das würde ihm die Coolness garantiert austreiben! Da stimmte der Akkordeonspieler das wunderschöne Lied »The Rose of Tralee« an und sang dazu. Bevor Kelly es verhindern konnte, schnellte Brendans Hand vor, umfasste ihre Hüfte und zog sie eng an sich. Für einen Moment verstummte die Welt um sie herum, ihre Blicke begegneten sich, dann bewegte sich Brendan zum langsamen Rhythmus und bugsierte Kelly erneut in die Mitte des Raums. Andere Paare, unter anderem Paddy und Emily, taten es ihnen gleich.

»Verrat es keinem«, sagte Brendan in ihr Ohr. Sein frischer, männlicher Duft kitzelte Kelly in der Nase. »Aber die Version von Bing Crosby höre ich am liebsten.«

»Wie unpatriotisch!«

Er lachte und drückte sein Kinn gegen ihre Schläfe. »Du hast übrigens einen erstaunlich flinken Vorderfuß, Kel.«

Obwohl ihr die vertrauliche Berührung das Atmen erschwerte, konnte Kelly ein Lachen nicht zurückhalten. »Das hat mir bisher noch keiner gesagt.«

»Dann wurde es aber allerhöchste Zeit!«

Mit geschlossenen Augen und einem Lächeln auf den Lippen lauschte sie der Ballade, die auf einer wahren Geschichte aus dem neunzehnten Jahrhundert beruhte. Mary Pauline O'Connor war die Tochter eines Schuhmachers aus Tralee. Als sie siebzehn Jahre alt war, verliebte sich der Sohn eines reichen Fabrikanten in sie und bat um ihre Hand. In dem Wissen, dass seine Familie sie niemals akzeptieren würde, lehnte sie ab. Der junge Mann ging mit gebrochenem Herzen nach Indien, wo er als Kriegskorrespondent arbeitete. Als er sechs Jahre später zurückkehrte, herrschte eine Hungersnot in Tralee, und er erfuhr, dass Mary zwei Tage zuvor gestorben war. Kelly spürte, wie der Kloß in ihrem Hals immer größer wurde und zu platzen drohte. Der Song nahm sie immer schrecklich mit.

»Ist es was Ernstes zwischen dir und Audrey?«, fragte sie rasch, bevor sie in Brendans Armen hemmungslos zu schluchzen begann.

Ihr Tanzpartner musterte sie mit mildem Spott. »Ich denke nicht, dass dich das was angeht.«

»Ach komm, Brendan. Jetzt sei mal nicht so«, versuchte es Kelly auf die kumpelhafte Tour. »Erzähl!«

»Nein. Ich diskutiere mit dir nicht über mein Liebesleben.«

Mein Liebesleben.

Kelly biss die Zähne so fest zusammen, dass ihre Kiefer schmerzten. Glücklicherweise endete die Musik in diesem Moment, und er brachte sie an ihren Tisch zurück. Noch immer hielt Brendan ihre Hand, was in der Situation nichts Ungewöhnliches war, sie jedoch aus dem Konzept brachte. Als er sie endlich freigab, atmete sie auf.

»Soll ich dir etwas zu trinken holen?«, fragte er, nachdem sie sich gesetzt hatte.

»Bitte ja! Ich sterbe vor Durst.«

»Ein Wasser?«

»Lieber einen Whiskey.« *Für meine Nerven*, vervollständigte Kelly im Stillen.

Brendan grinste. »Wird gemacht, Ma'am!«

Sie beging den Fehler, ihm in die Augen zu schauen, worauf sich ihre Blicke erneut ineinander krallten. Heiße Blitze durchzuckten Kellys Körper, und diesmal war sie außerstande, wegzusehen – bis Brendan sich räusperte.

»Alles klar«, murmelte er, bevor er in der Menge verschwand.

»Das war heiß!«, kommentierte Emily neben ihr, die sich mit einem Bierdeckel Luft zufächelte.

»Unser Tanz vorhin? Ja, das war er«, antwortete Kelly.

Emily lachte. »Ich meinte nicht den Tanz, ich meinte das da eben.«

Kelly schüttelte den Kopf. »Ich weiß nicht, wovon du sprichst.«

Ihre Freundin beugte sich vor. »Du Lügnerin weißt es genau.« Sie senkte die Stimme. »Aber jetzt mal ehrlich: Selbst wenn du nicht mehr in ihn verliebt bist, was spricht dagegen, dich von ihm flachlegen zu lassen? Meine Güte, wenn er mich auch nur ansatzweise so angeschaut hätte wie dich eben, würde ich keine Sekunde zögern!«

»Du bist mit Paddy zusammen!«, entgegnete Kelly empört.

»Schon, und ich liebe ihn und so. Aber Paddy ist ein Junge verglichen mit Brendan.«

Kelly bedachte ihre Freundin mit einem strengen Blick, woraufhin Emily nun ihrerseits rot anlief. »Ach komm! Das habe ich nur so dahergesagt. Ich würde Paddy nie hintergehen.«

»Das hoffe ich.«

»Das ist der Alkohol.« Emily grinste. »Also was ist nun mit dir und Brendan?«

»Nichts«, antwortete Kelly energisch. »Er vögelt Audrey«, fügte sie bewusst derb hinzu, auch um sich selbst auf den Boden der Tatsachen zurückzuführen.

»Glaube ich nicht.«

»Es ist aber so!«

Emily kam nicht mehr dazu, etwas zu erwidern, denn in diesem Moment kehrte Brendan mit dem Glas Whiskey für Kelly zurück.

»Einmal ›Spirit of Grace‹«, sagte er lächelnd.

»Cool!«, antwortete Kelly. »Was bekommst du?«

Brendan machte eine wegwerfende Geste.

Kelly lächelte. »Danke.«

»Ich ziehe es dir einfach vom Lohn ab.«

An diesem Abend schien Kelly häufiger als gewöhnlich auf dem Schlauch zu stehen, denn einen Moment lang war sie unsicher, ob er es ernst meinte. Erst als sie den amüsierten Ausdruck in seinen Augen sah und das Prusten ihrer Freunde vernahm, zeigte sie ihm einen Vogel.

Er lachte. »Also dann … Schönen Abend euch allen!«, sagte er in die Runde.

»Du gehst schon?«, fragte Emily.

»Ich muss. Hab noch was vor.«

»Schade«, erwiderte Emily so voller Bedauern, dass Kelly ihr unter dem Tisch einen Tritt verpasste.

»Na dann«, sagte sie leichthin. »Wir sehen uns am Montag.«

Brendan nickte ihr ein letztes Mal zu, dann war er fort.

Er hatte noch etwas vor.

Kelly setzte ihr Glas an die Lippen. Colm wäre entsetzt gewesen, hätte er gewusst, wie schnell sie seinen wertvollsten Whiskey hinunterkippte!

Eine heisse Spur

»Bei der gestrigen Vertreterversammlung stellte sich heraus, dass die Fusion unserer beiden Häuser alle Erwartungen übertroffen hat!«, erklärte Audrey, und ihre zarten Wangen röteten sich vor Aufregung. »Die Bilanzsumme stieg im vergangenen Jahr auf eins Komma zwei Milliarden Euro, das betreute Kundenwertvolumen sogar auf über zwei Milliarden. Der festgestellte Bilanzgewinn betrug alles in allem zwei Komma sieben Millionen Euro! Zwei Komma sieben Millionen! Kannst du dir das vorstellen? Erfolgstreiber waren unter anderem die unverändert hohe Nachfrage bei Immobilienfinanzierungen und die Investitionsfreude des Mittelstands im County …«

Brendan griff nach seinem Glas und trank einen Schluck von dem teuren französischen Weißwein, den er passend zur Seezunge in Kräuterkruste geordert hatte. Audrey trug eine pastellgelbe Bluse von schlichter Eleganz und einen engen schwarzen Rock, weiße Perlen zierten ihre kleinen Ohren. Die rotblonden Haare hatte sie mit einer Samtschleife zu einem lockeren Pferdeschwanz gebunden. Sie war dezent geschminkt, und ihre grünen Augen wirkten strahlender als sonst, ihre Lippen üppiger. Anders ausgedrückt: Sie sah umwerfend aus! Warum also tauchte immer wieder das Bild eines frech grinsenden Frauengesichts mit kurzem blondem Lockenschopf vor Brendans innerem Auge auf und überdeckte die makellose Erscheinung, die ihm gegenübersaß?

Er stellte sein Glas ab und konzentrierte sich wieder auf Audrey, die den Mund bewegte, ohne dass er die Worte vernahm. Als wäre sie auf stumm geschaltet. Das hier war genau das, was er angestrebt hatte. Ein gepflegtes Leben zu führen, gelegentlich veredelt durch die Gegenwart einer attraktiven, vernünftigen Frau, bei der man vor Überraschungen gefeit war. Er hatte Audrey erklärt, dass er an einer langfristigen Beziehung nicht interessiert war, und sie hatte es akzeptiert. Im Gegenzug hatte er ihr zugesichert, dass er sich nicht mit einer anderen Frau einlassen werde, solange sie miteinander schliefen, was eine Frage des Respekts war. Solche klar abgesteckten Regeln waren nach Brendans Geschmack. Mehr brauchte er nicht.

Nachdenklich betrachtete er Audreys wohlgeformten Mund. Der Sex zwischen ihnen war in Ordnung gewesen, kein bahnbrechendes Ereignis, aber das hatte er auch nicht erwartet. In der Regel dauerte es etwas, bis man sich aufeinander eingestellt hatte. Ob das erste Mal mit Kelly anders verlaufen wäre? Diesmal schrak er bei dem Gedanken nicht zusammen. Sie spukte inzwischen so oft in seinem Kopf herum, dass er sich daran gewöhnt hatte. Noch zwei Wochen, dann würde Simone in die Praxis zurückkehren und mit ihr auch wieder Ruhe und Konzentration. Erst letzten Mittwoch hatte er sich von Kellys schiefer Interpretation von Phil Collins' »Easy Lover« ablenken lassen und bei Debby, der zwölfjährigen Hündin seiner Nachbarn, zweimal hintereinander Temperatur gemessen. Wenn Kelly sich allein wähnte, sang sie gern vor sich hin und vergaß dabei, dass die Wände zum Behandlungszimmer ziemlich dünn waren. Die alte Hündin jedenfalls hatte die rektale Folter mit Gleichmut aufgenommen, ihr Frauchen weniger. Als dieses ihm einen vorwurfsvollen Blick zugeworfen hatte, hatte er etwas von einem technischen Problem gemurmelt.

Brendan nickte mechanisch, um Audrey den Eindruck zu vermitteln, er würde zuhören, dann schob er sich ein Stück Seezunge in den Mund. Der gestrige Abend im Pub kam ihm in den Sinn. Kelly hatte in ihrem Kleid zum Anbeißen ausgesehen, und wie sie ihn angestrahlt hatte! Ein verhaltener Seufzer entschlüpfte ihm, den Audrey glücklicherweise nicht bemerkte. Wie er es auch drehte und wendete, er würde Kellys fröhlich-chaotische Art vermissen. Und wie überraschend gut sie beim Tanzen miteinander harmoniert hatten! Nicht nur beim Set-Dancing, sondern auch danach beim Slow. Wieder meinte er, ihren warmen, weichen Körper an seinem zu spüren, was in seinem Unterleib ein heißes Kribbeln erzeugte. Ihre blauen Augen hatten diesen leicht entrückten Ausdruck gehabt, als sie zu ihm aufgesehen hatte. Und ja, die Erwähnung von Granaten-Pete, ihrem Ex-Freund, hatte ihn ein wenig verärgert.

Nichtsdestotrotz hatte sie mit ihrer Sabotageaktion den Bogen überspannt! Deshalb bereitete es ihm einen Heidenspaß, sie im Ungewissen darüber zu lassen, ob er weiter auf eine Entschuldigung gegenüber Audrey pochen würde. Strafe musste schließlich sein. Um die Wahrheit zu sagen, hatte er Audrey die Lüge von einer Doppelbuchung aufgetischt. Da er kurz vorher im Chez Suzette angerufen hatte, um ihr verspätetes Eintreffen anzukündigen, hatte er rechtzeitig von der gecancelten Reservierung erfahren. Ihm war nichts anderes übrig geblieben, als gute Miene zum bösen Spiel zu machen. Die Spende an das Kinderheim hatte er selbstverständlich nicht zurückgezogen und Audrey an dem Abend ins zweitteuerste Restaurant von Donegal ausgeführt.

Im Nachhinein war es nicht schwer gewesen, zwei und zwei zusammenzuzählen. Schließlich kannte er Kelly lange genug. Meistens konnte er ihr an der Nasenspitze ansehen, wenn sie etwas ausheckte.

Der Gedanke trieb ihm ein Lächeln ins Gesicht.

»Was ist daran so witzig?«, fragte Audrey auch prompt.

Ertappt starrte Brendan sie an. Er hatte nicht den blassesten Schimmer, was sie zuletzt gesagt hatte.

»Nichts«, antwortete er aufs Geratewohl. »Ich freue mich nur für dich.«

Ein sanfter Ausdruck legte sich auf ihr Gesicht. »Das ist lieb«, sagte sie, worauf Brendan prompt ein schlechtes Gewissen bekam.

Audrey arbeitete als Investmentbankerin in der größten Bank von Donegal und stand kurz davor, die nächste Stufe auf der Karriereleiter zu nehmen. Am Mittwoch hatte sie von ihrer baldigen Beförderung erfahren und wollte heute mit ihm feiern. Sie verdiente es, dass er ihr seine volle Aufmerksamkeit schenkte.

Er lächelte sie an. »Wie wäre es mit Champagner zum Dessert?«

Audrey gluckste entzückt.

Keine wirkliche Überraschung.

Kelly hatte sich vorgenommen, diesen Samstag nicht damit zu verbringen, in Erwartung eines Anrufs wie ein Zombie auf ihr Handy zu starren, sondern ihre Zeit sinnvoll zu nutzen. Nachdem sie den Vormittag über im Laden gearbeitet hatte, fläzte sie sich mit ihrem Laptop auf das Sofa im Wohnzimmer, um das Internet nach Informationen über das gestohlene Reliquienkreuz zu durchforsten. Ihre Mum war wieder mit ihrem Friseurkoffer unterwegs, also hatte sie das Haus für sich allein. Im Verlauf ihrer Recherche stellte Kelly fest, dass der Reliquienraub keine Einzelerscheinung war. In den letzten Jahren war es wiederholt zu solchen Vorfällen gekommen. Ob es in Irland dafür einen Markt gab? Zwei Ereignisse hatten für besondere Schlagzeilen gesorgt: Im Jahr 2011 waren Holzstücke aus der Holy-Cross-Abtei in Tipperary entwendet worden, die vom Kreuz stammen sollten, an dem Christus starb. Glücklicherweise tauchten sie später wieder auf. 2012 dann wurde in der Gemeinde der Christ Church Cathedral in Dublin ein besonders schmerzhafter Frevel begangen, als das Herz des Schutzheiligen der Stadt gestohlen wurde. Über achthundert Jahre hatte das sorgsam konservierte Organ von Laurence O'Toole dort in einem herzförmigen Holzkästchen gelegen. Anfang dieses Jahres war es der irischen Polizei gottlob gelungen, die wertvolle Reliquie wiederzufinden, die anschließend dem Erzbischof von Dublin in einer feierlichen Zeremonie übergeben worden war.

Nun hatte es die Holy Trinity Church getroffen. Das Reliquienkreuz, das mit fünf Komma fünf Millionen Euro versichert war, bestand aus einem Holzkern und einer goldenen Ummantelung. In einem darin eingefassten Behälter aus Bergkristall lagen zwei Zähne des heiligen Donatus, des einstigen Erzbischofs von Dublin. Das Reliquienkreuz war in einer Vitrine in der Sakristei aufbewahrt worden. Laut Polizeibericht gab es einen Zeugen, der zwei Männer gesehen haben wollte, die sich wenige Tage vor dem Raub verdächtig benommen hatten. Sie hatten vor der Kirche »herumgelungert«, hieß es. *Nicht sehr aufschlussreich*, dachte Kelly. Trotzdem machte sie sich akribisch Notizen, bevor sie sich ein Interview ansah, das mit dem zuständigen Gemeindepriester geführt worden war.

Gerade als dieser das Kreuz an seinem Hals umfasste und mit bebender Stimme erklärte, wie sehr der Verlust ihn und seine Schäfchen traf, klingelte Kellys Handy. Ihr Puls schnellte in die Höhe. Auf dem Display wurde eine unbekannte Nummer angezeigt.

»Ja?«, meldete sie sich.

»Hi!«, meldete sich eine Stimme. »Ich rufe wegen des Anhängers an.«

Während der Mann sprach, lauschte Kelly angestrengt. Im Gegensatz zu den beiden Männern im Laden wies er keinen auffälligen Akzent auf.

»Ist es Ihrer?«, fragte sie.

»Ich denke schon.«

»Sie verstehen, dass ich sichergehen muss«, entgegnete Kelly. »Können Sie mir sagen, welche Initialen auf der Rückseite eingraviert sind?«

»O und H.«

Vor Erleichterung schloss Kelly kurz die Augen. »Das ist richtig.«

»Wunderbar!«, entfuhr es dem Mann. »Ich habe den Anhänger von meiner verstorbenen Mutter geschenkt bekommen. Er bedeutet mir sehr viel.«

»Kann ich mir vorstellen«, antwortete Kelly mitfühlend.

»Ich danke Ihnen sehr, dass Sie sich die Mühe gemacht haben, eine Anzeige in die Zeitung zu setzen«, sagte der Mann hörbar erfreut. »Wo haben Sie den Anhänger denn gefunden?«

»In einem Wäldchen nördlich von Cruinn.« Kellys Antwort fiel bewusst vage aus. »Ich bin beim Wandern sozusagen darüber gestolpert.«

»Wirklich?« Der Mann klang ehrlich verblüfft. »Wie ist er denn dahin gelangt?«

»Keine Ahnung. Wie ist Ihnen der Anhänger denn abhandengekommen?«

»Er wurde mir gestohlen«, antwortete der Mann bereitwillig. »In Donegal beim Einkaufen. Ich habe nichts bemerkt, als hätte jemand die Kette durchgeschnitten.«

So leicht lässt sich eine goldene Kette nicht durchschneiden, fuhr es Kelly durch den Kopf. »Der Verschluss ist verbogen«, erklärte sie.

»Ah, dann hat vermutlich ein kleiner Ruck ausgereicht.«

»Trotzdem muss es ein Profi gewesen sein. Ich stelle es mir nicht einfach vor, die Kette vom Hals eines anderen zu entwenden.« Kelly sah gedankenverloren nach draußen, wo die Espe vor dem Haus ihre gelben Blätter abschüttelte, als wären sie Ballast. »Wohin soll ich Ihnen den Anhänger schicken?«

»Wo sind Sie denn?«

Kelly zögerte kurz, ehe sie antwortete. »In Cruinn.«

»Ich wohne in der Nähe von Donegal. Treffen wir uns doch auf halbem Weg in Killybegs. Was halten Sie davon?«

»Warum nicht?«, antwortete Kelly. Vielleicht konnte sie den Besitzer des Anhängers ein wenig ausfragen und so mehr über den Diebstahl erfahren. Möglicherweise sagte ihm einer der beiden Männer aus dem Laden etwas. »Kennen Sie das Molly's Kitchen am Hafen?«

»Ja.«

»Gut.« Sie überlegte kurz. »Morgen um drei Uhr nachmittags. Passt es Ihnen?«

»Sogar sehr gut.« Der Mann klang zufrieden. »Ich lade Sie zu einem Kaffee ein! Das ist das Mindeste, was ich tun kann.«

Kelly musste lächeln. »Gern. Übrigens, mein Name ist Kelly.«

»Angenehm.« Wärme schlich sich in die Stimme ihres Gesprächspartners. »Mein Name ist Oscar.«

»Wie erkenne ich Sie?«

»Also eine Rose im Knopfloch werde ich nicht tragen«, sagte er, was Kelly ein Lachen entlockte.

»Da bin ich erleichtert«, antwortete sie.

»Ich bringe eine Bibel mit.«

»Sind Sie Priester?«, fragte Kelly überrascht. Irgendwie hatte er gar nicht so geklungen.

Nun war es an ihm, zu lachen. »Nein, nein! Aber ich dachte, in Anlehnung an den heiligen Christophorus wäre es ein gutes Erkennungszeichen.«

»Sie haben recht«, räumte Kelly ein. »Also dann, bis morgen.«

»Bis morgen, Kelly.«

Nachdem sie das Gespräch mit der roten Taste beendet hatte, geriet Kelly ins Grübeln. Der Mann hatte sympathisch geklungen, dennoch hatte sein vertraut geraunteres »Bis morgen, Kelly« ein mulmiges Gefühl in ihr ausgelöst. Sie aktivierte eine Kurzwahl auf ihrem Handy.

»Hallo!«, meldete sich Grace hörbar erfreut, aber auch ein wenig gestresst. »Bitte sag, dass du jetzt nicht zum Quatschen vorbeikommen willst! Colm und ich sind auf dem Sprung. Wir fahren zu seiner Mutter. Sie hat uns zum Essen eingeladen.«

Kelly lachte. »Keine Sorge! Ich wollte dich nur fragen, ob du mir einen Gefallen tun kannst.«

»Natürlich!«, rief Grace, und Kelly konnte ein Rascheln hören. Wahrscheinlich packte sie gerade etwas ein. »Du hast mir letztes Jahr mehrmals aus der Patsche geholfen. Es wird Zeit, dass ich mich revanchiere!«

»Cool! Hast du morgen Nachmittag zufällig Zeit?«, fragte Kelly. »Ich habe in Killybegs eine Verabredung, aber um sicherzugehen, dass alles mit rechten Dingen zugeht, hätte ich dich gern dabei.«

»Um Gottes willen!«, entfuhr es Grace. »Was hast du denn vor?«

»Keine Angst!«, entgegnete Kelly. »Es ist … so etwas wie ein Blind Date, und na ja, man weiß nie, auf wen man da trifft.«

»Benutzt du eine dieser Dating-Apps?«, fragte Grace zugleich erleichtert und neugierig.

»So was Ähnliches«, antwortete Kelly ausweichend.

»Okay, ich bin dabei!«, antwortete Grace beherzt, als würde sie in die Schlacht ziehen, was Kelly ein Schmunzeln entlockte.

»Danke, Grace, du bist ein Schatz!«

»Das ist wohl das Mindeste! Wenn es etwas gibt, was ich noch für dich tun kann, raus damit!«

Kelly nickte. Es gab tatsächlich etwas.

Für die Strecke nach Killybegs brauchte man keine Viertelstunde, und als Kelly am nächsten Tag von Grace' Cottage losfuhr, schien die Sonne von einem eisblauen Himmel auf sie herab. Für Wärme sorgte sie zwar nicht, aber dafür, dass sich die Wiesen und Weiden, die Spaliere aus Moos und Farn einen erbarmungslosen Wettstreit um den schönsten Grünton lieferten. Wäre es nach Kelly gegangen, hätten sie alle gewonnen.

»Also, wer ist der Kerl?«, fragte Grace neben ihr. Ihre Augen funkelten neugierig.

»Okay, ich will ehrlich sein«, antwortete Kelly. »Es ist kein Blind Date, sondern so etwas wie ein Gespräch mit einer anonymen Quelle.«

Was gar nicht so weit von der Wahrheit entfernt war! Nicht dass Kelly Grace misstraute – ganz im Gegenteil –, aber sie wollte sie keinem unnötigen Risiko aussetzen, genauso wenig wie Mr Byrne. Hinter der ganzen Sache musste nicht zwangsläufig etwas stecken, aber für den Fall der Fälle wollte sie lieber auf Nummer sicher gehen.

Grace' Augen wurden größer. »Auch wenn es nicht die romantische Antwort ist, die ich mir erhofft habe, klingt das ziemlich spannend.«

»Ist es«, sagte Kelly, die in der Tat ziemlich nervös war. Ihre Hände umschlossen das Steuer ihres Minis ein wenig zu fest, sodass die Knöchel weiß hervortraten.

Auf der anderen Seite war es ein gutes Training. In ihrem Job als Journalistin würde sie mehr als einmal auf zwielichtige Menschen treffen. Bestenfalls handelte es sich bei Oscar um den glücklichen Besitzer des Anhängers, schlimmstenfalls um einen der beiden Kerle aus dem Laden. Deshalb hatte sie Grace gebeten, im Wagen zu bleiben, während sie auf der Terrasse des Cafés auf ihre Verabredung warten würde, und jeden, der sich verdächtig verhielt, mit dem Handy zu fotografieren. Auch den Mann, der sich zu ihr an den Tisch setzen würde, sollte sie knipsen. Bei der Vorstellung, sich als Hobbydetektivin zu verdingen, hatte Grace breit gegrinst, und ihre haselnussbraunen Augen hatten vor Abenteuerlust gefunkelt.

»Sollte es zu einer heiklen Situation kommen, unternimm nichts, okay?«, hatte Kelly ihr eingebläut. »Du rufst die Garda an, ansonsten machst du dich unsichtbar.«

Grace hatte eifrig genickt, immer noch voller Begeisterung.

Zehn Minuten vor drei erreichten sie die Bucht, in die sich das kleine, malerische Killybegs schmiegte. Obwohl der Ort gerade mal zwölfhundert Einwohner zählte, galt er als der größte Fischereihafen des Landes. Im Schnitt lagen hier sechzig Boote aus aller Welt vor Anker und setzten auf dem Wasser bunt-fröhliche Akzente. Molly's Kitchen war leicht zu finden, befand es sich doch gegenüber vom Pier, wo an sechs Tagen der Woche frischer Fisch verkauft wurde. Selbst heute, außerhalb der Saison, war das Café gut besucht, und Kelly besetzte den letzten freien Tisch auf der Terrasse. Grace wachte vor dem Café im Mini und gab vor, mit jemandem zu telefonieren.

Kelly bestellte bei der freundlichen Bedienung eine heiße Schokolade mit Marshmallows, während die fünfköpfige Familie neben ihr sich mit offenkundigem Appetit über Berge von Miesmuscheln und Pommes hermachte. Lächelnd blickte sich Kelly um. Sie hätte häufiger hierherkommen sollen. Die Terrasse mit ihren Vogelhäuschen in den Magnolien und üppigen, wenn auch verblühten Hortensienbällen war mit viel Liebe hergerichtet worden, und der Duft, der vom Nebentisch zu ihr herüberwehte, versprach Gaumenfreuden und volle Mägen.

Es muss nicht immer gleich das Chez Suzette sein, dachte Kelly, während sie an ihrer heißen Schokolade nippte. Dann blickte sie auf die Zeitanzeige ihres Handys. Fünf nach drei. Der Kerl verspätete sich. Wieder kostete sie von ihrem Getränk, das wirklich sehr gut schmeckte. Kelly plagte ein schlechtes Gewissen, weil der armen Grace, die sich im Wagen den Hintern platt saß, diese Köstlichkeit entging.

Irgendetwas Verdächtiges?, tippte sie in ihr Handy.

Nichts, kam es prompt zurück.

Weitere fünf Minuten vergingen, in denen nichts geschah, außer dass die Familie am Nebentisch eine zusätzliche Portion Pommes bestellte. Kellys Magen knurrte prompt. Zehn Minuten vergingen, dann noch einmal fünf. Inzwischen hatte sich Kelly einen Kaffee bestellt. Sie wollte es mit den Marshmallows nicht übertreiben.

Laaaaangweilig, textete Grace in diesem Moment, was Kelly schmunzeln ließ, obwohl sie immer mehr zu der bitteren Gewissheit gelangte, dass der Typ sie versetzte.

Nachdem eine halbe Stunde vorbei war, rief sie die unbekannte Nummer an, doch schon nach dem ersten Klingeln sprang die Mailbox an. Kurz überlegte sie, eine Nachricht zu hinterlassen, nahm aber davon Abstand. Was sollte das bringen? Der Kerl wusste ja, dass sie in Molly's Kitchen auf ihn wartete, und so viele Cafés mit diesem Namen gab es hier nicht. Als daraufhin ein Pick-up auffällig langsam vorbeifuhr, wurde sie stutzig. Sie konnte gerade noch einen Blick auf die betagte Fahrerin erhaschen, bevor diese offenbar das Gaspedal wiederfand und vorbeirauschte.

Der kommt wohl nicht, kommentierte Grace auch prompt und versah ihre Textnachricht mit einem enttäuschten Smiley.

Seufzend orderte Kelly eine weitere Schokolade mit Marshmallows und schickte ihrer Freundin eine Nachricht. Als sich Grace wenig später zu ihr gesellte, schob sie ihr den Becher zu.

»Danke!«, sagte diese. »Langsam wurde es kalt im Auto. Die Sonne steht doch schon etwas tiefer.«

»Tut mir leid.«

»Nein. Mir tut es leid für dich.« Grace trank einen Schluck heiße Schokolade und schnalzte anerkennend mit der Zunge. »Und was willst du jetzt machen?«

»Weiß ich noch nicht«, antwortete Kelly. »Ich werde weiterhin versuchen, ihn telefonisch zu erreichen. Aber seltsam ist das schon.«

Und nicht sonderlich beruhigend, fügte sie gedanklich hinzu.

Als hätte eine höhere Macht sie erhört, klingelte just in diesem Moment ihr Handy.

Es war Oscar.

»Tut mir leid, dass ich Sie versetzt habe, Kelly«, begann er. »Mir ist etwas dazwischengekommen, und ich musste dringend nach London fliegen.«

Kelly warf Grace, die sie fragend ansah, einen bedeutungsvollen Blick zu. »Sie hätten Bescheid sagen können«, antwortete sie, worauf Grace das Gesicht verzog und erneut nach ihrer Tasse griff.

»Ich habe es zeitlich nicht mehr geschafft«, erklärte Oscar.

Zwar vertrat Kelly die Meinung, dass für eine kurze Textnachricht immer Zeit war, dennoch verbiss sie sich eine Bemerkung.

»Also gut«, antwortete sie. »Und was nun?«

»Wie wäre es, wenn wir uns am Mittwoch um die gleiche Uhrzeit am gleichen Ort treffen? Ich verspreche auch hoch und heilig, dass ich da sein werde.«

Kelly seufzte. »Am Mittwoch passt es nicht, aber am Dienstag. Da habe ich nachmittags Zeit.«

»In Ordnung«, antwortete Oscar mit vernehmlicher Freude. »Dann bis Dienstag um drei Uhr.«

»Alles klar! Und viel Erfolg in London!«

»Danke sehr.« Ein Lächeln hatte sich in seine Stimme geschlichen. »Ihnen noch einen schönen Sonntag.«

Kelly legte das Handy beiseite und sah ihre Freundin an.

»Du kannst auf mich zählen«, kam ihr Grace aufmunternd zuvor, dann drehte sie sich zum Nebentisch um, beäugte kurz das Essen, ehe sie sich erneut Kelly zuwandte. »Sieht verdammt gut aus!«, sagte sie und klimperte vielsagend mit den Wimpern, was Kelly zum Lachen brachte.

»Ich konnte Pat O'Brien überreden, einen kleineren Vorschuss als üblich zu verlangen«, begrüßte ihre Mutter sie, als sie am späten Nachmittag mit gut gefülltem Magen das Haus betrat. »Donnerstag fängt er mit den Arbeiten an.«

»Das ist ja wundervoll, Mum!«, rief Kelly, während sie ihre Schuhe ordentlich unter die Garderobe stellte und in ihre Pantoffeln schlüpfte.

Ihre Mutter, die sich ihre Küchenschürze umgebunden hatte, ein sicheres Anzeichen dafür, dass sie sich ans Abendessen machen wollte, lächelte. »Das verdanken wir dir, Schatz. Ohne den Job bei Brendan hätten wir noch nicht mal die Hälfte des Geldes zusammen.«

»Ach was!«, entgegnete Kelly, die insgeheim hoffte, dass für heute Abend nur eine Suppe oder ein Salat geplant war. »Und wann will Pat den Rest des Geldes sehen?«

»Er meint, ich könnte die Summe in vier Monatsraten abbezahlen.«

Kelly, die ihrer Mutter Richtung Küche folgte, runzelte die Stirn. »Kriegst du das hin?«

»Aber klar!«, antwortete diese mit heiterer Miene. »Mach dir keine Gedanken.«

»Wie viel fehlt noch?«, fragte Kelly dennoch.

»Zweitausend Euro habe ich zusammen«, sagte ihre Mutter und legte sich das Schneidebrett zurecht. »Tausendfünfhundert schulde ich ihm dann noch.«

»Hast du ihm den Vorschuss schon gegeben?«

»Nein. Das mache ich am Donnerstag.«

»Ist das Geld auf der Bank?«

Ihre Mutter winkte ab, während sie den Lauch aus dem Kühlschrank holte. »Aber nein. Wozu denn? Ich bewahre es in der leeren Kaffeedose auf dem Kaminsims auf.«

»Aber, Mum!«, rief Kelly entsetzt. »Zweitausend Euro sind eine Menge Geld.«

Ihre Mutter lächelte sie wieder an, während sie ein paar Kartoffeln zu dem Lauch packte. »Schatz, wir sind hier in Cruinn, nicht in Dublin.«

»Okay, aber versprich mir, dass du wenigstens die Tür abschließt, wenn du das Haus verlässt«, sagte Kelly, die wusste, dass ihre Mutter wie viele Einwohner von Cruinn in dieser Hinsicht recht nachlässig war.

»Ich verspreche es«, gelobte ihre Mum feierlich und begann den Lauch zu waschen. »Wie war das Treffen mit deiner Quelle?«

Obwohl ihre Mutter eine neutrale Miene aufgesetzt hatte, konnte Kelly den Stolz in ihrer Stimme hören. Ihr wurde ganz warm ums Herz.

»Sie ist nicht gekommen«, erklärte sie und fügte rasch hinzu. »Wir haben ein neues Treffen ausgemacht. Für Dienstagnachmittag.«

»Ah gut, da bin ich erleichtert.«

»Grace und ich haben die Chance genutzt, um in Molly's Kitchen zu essen.«

Kurz sah ihre Mutter auf, ihre Augen leuchteten. »Mollys Fischsuppe ist ein Gedicht!«

»Du kennst die Besitzerin?«

Ihre Mutter lachte. »Kennen ist gut! Im Mai 1986 sind Molly, Brenna und ich zum legendären Self Aid Concert nach Dublin gefahren. In einem klapprigen VW-Bus.«

»Brenna McCunnigan, Colms Mutter?«, fragte Kelly neugierig nach.

»Ja, sie war damals sechsundzwanzig und ein großer U2-Fan«, antwortete ihre Mutter fröhlich. »Aber das waren wir ja alle! Das Konzert wurde veranstaltet, um die Arbeitslosigkeit zu bekämpfen. Es fand eine Spendenaktion statt, und am Ende kamen mehrere Millionen Pfund für einen Hilfsfonds zusammen, mit dem neue Jobs geschaffen wurden. Das Konzert ging über vierzehn Stunden. Außer U2 traten Bands wie Clannad und The Boomtown Rats auf und einzelne Künstler wie Chris Rea, Elvis Costello oder Chris de Burgh.« Ihre Mutter seufzte. »Als junges Mädchen war ich total in ihn verknallt.«

»In wen? Chris de Burgh?«, rief Kelly ungläubig.

Doch ihre Mutter schien sie nicht zu hören und summte stattdessen die Melodie von »Lady in Red« vor sich hin, während sie den Lauch in kleine Ringe schnitt. »Ich habe mir immer vorgestellt, er meint damit mich.«

»Auweia!«, entfuhr es Kelly.

Ihre Mutter hob vielsagend die Augenbrauen. »Aber Roger Whittaker.«

»Da war ich vier!«, entgegnete Kelly pikiert.

Ihre Mutter brach erneut in Lachen aus, und diesmal fiel Kelly ein. Sie zog ein Messer aus einer der Schubladen, um Kartoffeln zu schälen. Wie es aussah, würde es heute Abend Lauch-Kartoffel-Suppe geben. Zum Glück ging das immer, selbst wenn man keinen Hunger hatte! Während Mutter und Tochter Seite an Seite das Gemüse schnippelten, erfuhr Kelly, dass die inzwischen vierfache Großmutter Molly an diesem historischen Tag des Jahres 1986 einen rosafarbenen, extra für diesen Anlass gekauften Slip Bono direkt vor die Füße geworfen hatte; Brenna ihren ersten Joint geraucht und sich danach die Seele aus dem Leib gekotzt hatte; und eine junge Frau namens Elizabeth Adams, spätere Dooney, ihre Unschuld an einen vier Jahre älteren Biker mit strahlend blauen Augen und pechschwarzem Haar verloren hatte, der auf den Namen Michael O'Hara hörte.

Ein wahrhaft historischer Tag!

Familienbande

Gedankenverloren spielte Kelly mit dem goldenen Anhänger des heiligen Christophorus. Am Vortag hatte sie etwas in Erfahrung gebracht, das ihr nicht mehr aus dem Kopf ging. Sie hatte den Sonntagabend genutzt, um weiter in der Reliquien-Sache zu recherchieren, und war dabei in einem Forum auf die Behauptung gestoßen, der Gemeindepfarrer der Holy Trinity Church sei nicht immer ein Frömmler gewesen. Bevor er sein Leben Gott geweiht habe, sei er in der Dubliner Unterwelt aktiv gewesen. Natürlich konnte man nicht auf das vertrauen, was in irgendwelchen Foren behauptet wurde. Doch wo Rauch war, war bekanntlich auch Feuer, deshalb nahm sich Kelly vor, dem Gerücht nachzugehen. Gut möglich, dass in dem Pater immer noch kriminelle Energie steckte und er seine Betroffenheit beim Interview nur gespielt hatte.

Kelly war so in Gedanken versunken, dass sie nicht bemerkte, wie die Tür des Behandlungszimmers geöffnet wurde.

»Mach dir keine Sorgen!«, schreckte Brendans Stimme sie aus ihren Überlegungen auf. »Sieh nur zu, dass Joe keinem Stress ausgesetzt ist und regelmäßig trinkt, dann geht es ihm bald wieder besser.«

»Danke, Doktor Hegarty«, antwortete eine junge Stimme, die zu einem vierzehnjährigen Mädchen gehörte. In der Box, die sie mitführte, saß ein braunes Kaninchen.

Kelly schenkte dem Mädchen ein Lächeln, bevor es die Praxis verließ. Nachdem Brendan die Tür hinter ihm geschlossen hatte, kam er in den Empfangsraum zurück und stieß einen für ihn eher untypischen tiefen Seufzer aus.

»Wie viele Termine habe ich noch?«, fragte er.

»In zehn Minuten kommt Mrs Adams mit ihrem Kater«, antwortete Kelly. »Er hat einen schweren Husten.«

»Hast du …?«

»Ja, ich habe eine Tablette genommen. Um halb kommt dann Mr Kennedy mit seinem Truthahn, der nicht schlafen kann …«

»Ein echter Hypochonder, dieser Truthahn«, warf Brendan brummig ein und seufzte erneut. »Könnte ich doch heute nur blau machen! Ich bin völlig unmotiviert.«

Kelly schüttelte tadelnd den Kopf. »Eine Schande ist das.« Dann lächelte sie. »Würden ein paar Brownies helfen?«

»Vermutlich.« Brendan grinste. »Du bist wirklich wie Mary Poppins, nur in der süßen Version …« Er brach abrupt ab. »Äh, was ich damit meinte, ist … dass du immer … äh … Süßkram herbeizauberst.« Fast panisch ließ er den Blick schweifen, der schließlich auf den Anhänger fiel, den Kelly immer noch in der Hand hielt. »Ist das der heilige Christophorus?«, fragte er hastig, ganz so, als hätte er einen rettenden Anker gefunden.

»Ja, der Schutzpatron der Reisenden«, antwortete Kelly, die sich an seiner Verlegenheit labte.

»Wusstest du, dass er bei den Orthodoxen der Schutzpatron der Ärzte ist?«, fragte Brendan, der über den Themenwechsel froh zu sein schien. »Hast du ihn deshalb?«

Kelly schüttelte den Kopf. »Ich habe ihn gefunden. Auf der Rückseite ist sogar eine Inschrift.«

Neugierde glomm in Brendans Augen auf. »Was steht da?«

»Fides Perpetua.«

»Ewige Treue«, murmelte Brendan nachdenklich.

»Richtig.«

Er fing ihren Blick auf. »Was schaust du so überrascht? Im Studium der Veterinärmedizin kommt man um Latein nicht herum, selbst wenn es nur um Tiere geht. Darf ich sehen?«

»Klar«, antwortete Kelly und reichte ihm das Schmuckstück.

Interessiert beäugte Brendan den ovalen Anhänger. »O. H.«, las er laut vor.

»Ja. Der Vorname des Besitzers lautet Oscar. Den Nachnamen kenne ich nicht.«

Brendan blickte sie überrascht an. »Woher weißt du das? Hast du ihn ausfindig gemacht?«

Kelly nickte. »Eigentlich wollte ich ihm gestern den Anhänger übergeben, aber ihm ist etwas dazwischengekommen. Morgen Nachmittag versuchen wir es erneut.«

»Verstehe.« Brendan gab ihr das Stück zurück. »Wo hast du ihn denn gefunden? Er scheint einen gewissen Wert zu haben.«

»Hinter Cliodhnas Schleier«, raunte Kelly bewusst verschwörerisch.

»Cliodhnas Schleier? Davon habe ich noch nie gehört.«

»Ein Wasserfall«, erklärte Kelly. »Ich habe den Anhänger in der Höhle dahinter gefunden.«

Brendan musterte sie stirnrunzelnd. »Was hattest du hinter einem Wasserfall zu suchen?«

»Mr Byrne hat mir eine Feengeschichte erzählt, die sich darum rankt. Ich wurde neugierig und wollte ihn mir ansehen«, gab Kelly nur die halbe Wahrheit preis. »Dabei habe ich die Höhle entdeckt.«

»Klingt spannend!«, antwortete Brendan lächelnd. »Möge dich der heilige Christophorus beschützen! Zumindest solange du ihn hast.«

Kelly lachte. »Ich bin keine Reisende.«

»Wer weiß.« Brendan zwinkerte ihr zu, dann wandte er sich ab.

»Was ist mit den Brownies?«, rief ihm Kelly nach.

»Ich muss auf meine Figur achten.«

Kelly prustete los, während sie unverhohlen auf seinen Hintern starrte, der die dunkelgraue Stoffhose perfekt ausfüllte.

»Ich nehme dein Lachen mal als Kompliment«, bemerkte Brendan trocken, ohne sich umzudrehen, dann verschwand er in seinem Behandlungszimmer.

Das Grinsen in seinem Gesicht erlosch, kaum dass die Tür hinter ihm ins Schloss gefallen war. Er ging schnurstracks zu seinem Schreibtisch, zog das private Handy aus der Schublade und wählte eine Nummer.

Nur wenige Atemzüge später erklang eine männliche, etwas raue Stimme. »Na, endlich. Wurde auch Zeit!«

»Sag mal, Owen, vermisst du vielleicht etwas?«, fragte Brendan in kaltem Ton.

»Was soll ich denn vermissen?«, kam es hörbar sarkastisch zurück.

»Deinen goldenen Anhänger.«

Kurzes Schweigen am Telefon.

»Woher weißt du davon?«

»Eben hielt ich ihn noch in den Händen.«

Ein leiser Fluch am anderen Ende. »Die Kleine trägt ihn offenbar bei sich. Da kann ich lange suchen!«

Brendans Magen krampfte sich zusammen. »Was meinst du mit ›da kann ich lange suchen‹?«

»Das geht dich nichts an.«

»Was, verfickte Scheiße, meinst du damit?«, knurrte Brendan und erkannte seine Stimme kaum wieder.

»Die Kleine aus dem Laden. Kelly Dooney heißt sie wohl«, kam es triumphierend zurück. »Ich bin gerade in ihrem Haus.«

»Was?«, keuchte Brendan, der größte Mühe hatte, nicht durch den Hörer zu springen.

»Krieg dich ein! Ich wollte mir nur meinen Anhänger zurückholen.«

Brendans Gedanken rotierten, und er schüttelte unwillkürlich den Kopf, als könnte er so Ordnung schaffen. »Ich verstehe nicht. Woher weißt du so viel über sie? Warst du derjenige, der sie gestern versetzt hat? Und wenn ja, wieso? Sie hätte dir den Anhänger nur auszuhändigen brauchen und fertig.«

Schweigen.

»Du willst nicht, dass sie dich sieht«, schloss Brendan. »Hat es vielleicht mit dieser ominösen Höhle zu tun, in der sie den Anhänger gefunden hat? Was hast du dort gemacht?«, echauffierte er sich. Ihm fiel es zunehmend schwerer, leise zu reden.

»Hey!«, erklang es plötzlich überrascht durch den Hörer. »Hier liegen zweitausend Euro in einer Dose!«

Wut schob sich wie ein roter Vorhang vor Brendans Augen. »Wenn du das Geld anfasst, hacke ich dir die Hand ab!«

»Jetzt habe ich aber Angst, kleiner Bruder!«, kam es spöttisch zurück.

Brendan knirschte mit den Zähnen. »Das ist mein Ernst, Owen! Kelly ist eine gute Freundin. Du hältst dich von ihr fern, sonst schwöre ich, wird's für dich verdammt ungemütlich.«

»Dann sorg dafür, dass ich meinen Anhänger zurückbekomme.« Owen ließ sich nicht aus der Ruhe bringen. »Du weißt, wie viel er mir bedeutet.«

Das wusste Brendan.

»Warum hast du gestern nicht jemand anderen zu dem Treffen geschickt?«, entgegnete er durch seine zusammengebissenen Zähne.

»Der Verlust meines Anhängers ist nichts, was ich hinausposaune! Man würde mich für leichtsinnig halten.«

»Man? Wer ist man? Hast du etwa Ronan und Angus in deine krummen Geschäfte hineingezogen?«

»Nein!«, kam es scharf zurück. »So was würde ich nie tun!«

139

»Ach, wirklich? Willst du etwa behaupten, du hättest einen Ehrenkodex?« Verachtung troff aus Brendans Stimme.

»Ja, das tue ich!«, entgegnete Owen hörbar verschnupft.

»Und überhaupt, was geht dich das an? Dir ist die Familie doch scheißegal!«

»Nicht so sehr, dass ich so etwas zulassen würde.«

»Was könntest du schon dagegen machen?«

»Ich könnte es Dad stecken. Du weißt, wie allergisch er auf so was reagiert.«

Owen lachte böse. »Jetzt klingst du wie damals als Kind, wenn du damit gedroht hast, ihm von meinen Eskapaden zu erzählen!«

Eskapaden. Was für ein hübsches Wort für Hehlerei und Dealen mit Gras.

»Mag sein«, versetzte Brendan. »Nur diesmal würde ich es tun.«

»Hast du dir endlich Eier wachsen lassen, Brendy-Boy!«

Brendan knurrte förmlich ins Telefon. »Komm mir in die Quere, Owen, und ich beweise es dir.« Sein Bruder schnaubte, sagte aber nichts. »Verschwinde aus Kellys Haus und auch aus der Gegend! Am besten schon gestern!«

»Tja, würde ich ja gern, aber die Familie will Donegal einfach nicht verlassen«, antwortete Owen, der seine Sprache wiedergefunden hatte. »Nicht bevor du mit Dad geredet hast.«

Brendan schloss kurz die Augen. Wenn es die einzige Möglichkeit war, die Pestilenz von allem fernzuhalten, was ihm lieb und teuer war, würde er sich halt mit seinem alten Herrn treffen.

»Okay.«

»Hosanna!«, rief Owen mit gespielter Freude. »Eine Familienzusammenführung. Das wird ein Spaß!«

»Aber ich sage, wo und wann.«

»Du kannst doch Dad nicht vorschreiben …«

»Ich kann!«, unterbrach ihn Brendan. »So oder gar nicht.«

Owen stieß einen entnervten Seufzer aus. »Ich rede mit ihm und rufe dich zurück.«

»Tu das!«, sagte Brendan.

»Und ich will meinen Anhänger zur …«

Brendan hörte den Rest nicht mehr, denn er hatte bereits die rote Taste auf seinem Handy gedrückt.

Prompt klopfte es an der Tür. »Alles okay?«, fragte Kelly auf der anderen Seite hörbar besorgt.

Verdammt! Wie viel hatte sie mitbekommen?

»Jaja, ich hatte nur ein hitziges Gespräch mit …« Brendan überlegte kurz. »… meiner Versicherung. Nichts Wildes!«

»Ah ja. Das kenne ich auch.« Kurzes Schweigen. »Jetzt vielleicht doch ein Brownie?«

»Gern. Danke.«

Während Kelly sich von der Tür entfernte und gleich darauf das Klappern von Geschirr ertönte, starrte Brendan wütend auf das Telefon in seiner Hand, als könnte er mit bloßer Willensanstrengung ein Loch hineinbrennen.

Familie!

Noch am gleichen Abend setzte er sich in seinen Wagen, fuhr nach Süden auf die Hauptstraße und dann weiter nach Westen Richtung Slieve League. Die berühmten Klippen, die sechshundert Meter steil ins Meer abfielen, waren ein beliebtes Ausflugsziel und Fotomotiv für Touristen. Auf halbem Weg dorthin drehte er nach Norden ab und lenkte den Chevy in gemäßigtem Tempo durch eine felsige Landschaft. Außer ihm war niemand auf der schmalen Straße unterwegs, der Lichtkegel der Scheinwerfer war die einzige Beleuchtung, und so wirkten die wenigen, vom Flutlicht angestrahlten Bäume wie uralte bleiche Geister. Ein Gefühl der Unruhe überkam Brendan, als sich vor dem Nachthimmel die Schemen einer Ruine abzeichneten, vor dem ein in die Jahre gekommener Transporter stand. Brendan parkte seinen Wagen daneben und ließ die Scheinwerfer eingeschaltet, dann stieg er aus.

»Ganz schön melodramatisch, sich hier zu treffen, findest du nicht?«, erklang Owens Stimme aus der Dunkelheit.

Als Brendan nichts sagte, trat sein älterer Bruder aus der Ruine und kam lässig auf ihn zu. Seit er ihn das letzte Mal gesehen hatte, waren viele Jahre vergangen. Owen hatte sich kaum verändert, nur dass er jetzt die Haare länger trug und zu einem Pferdeschwanz zusammengebunden hatte. Kaum war sein Bruder in Reichweite, als Brendan ausholte und ihm mit der Faust einen harten Schlag verpasste. Der Schmerz in seinen Knöcheln explodierte, und er unterdrückte nur mit Mühe ein Stöhnen. Es war lange her, dass er seine Rechte auf diese Weise eingesetzt hatte. Owen torkelte zwei Schritte rückwärts, aber nur, weil er überrumpelt worden war, wie Brendan wohl wusste. So leicht riss man seinen älteren Bruder nicht von den Füßen.

»Das war dafür, dass du in Kellys Haus eingebrochen bist«, sagte Brendan kalt.

Owen fuhr sich übers Kinn, sein Blick war grimmig. »Sie ist wohl mehr als nur eine gute Freundin.«

»Sie ist meine Verlobte«, antwortete Brendan aus einem Impuls heraus.

»Gratuliere«, ätzte Owen.

Wie aufs Stichwort traten mehrere Gestalten aus dem Schatten und blieben wenige Schritte vor ihm stehen. Zwei Männer und eine Frau, die wie Owen in dicken, gefütterten Parkas steckten. Der ältere der beiden Männer war ein wahrer Muskelberg, kahlköpfig und tätowiert, der jüngere sah der rotblonden, sommersprossigen Frau mit den himmelblauen Augen an seiner Seite auffallend ähnlich. Ronan und die Zwillinge Angus und Fiora, Brendans andere Geschwister. Beim Anblick der vertrauten Gesichter beschleunigte sich Brendans

Herzschlag unwillkürlich. Eine Weile taxierten sie sich wortlos, ja fast wütend, und die Anspannung zwischen ihnen war förmlich mit den Händen zu greifen. Bis Fiora aus ihrer Starre erwachte und sich in Brendans Arme stürzte. Brendan konnte nicht anders, als sie fest an sich zu drücken. Ihm schnürte es die Kehle zu. Die kleine Fiora. Wie erwachsen sie geworden war!

»Ich habe dich vermisst«, schluchzte sie, gleichzeitig boxte sie ihm hart in die Seite. »Du Arsch!«

Widerwillig musste Brendan lächeln. »Wer hätte gedacht, dass unsere Tinkerbell zu einer so hübschen Frau heranreifen würde?«, fragte er mit heiserer Stimme.

Fiora warf ihm einen anklagenden Blick zu. »Tinkerbell bin ich schon lange nicht mehr.«

Für mich wirst du das immer bleiben, dachte Brendan wehmütig.

Er konnte sich noch gut an die Geburt von Fiora und Angus erinnern. Owen, Ronan und er hatten die Babys angestarrt, als wären sie Wunderwesen, die vom Himmel gefallen waren. Vor allem Fiora war so winzig und zart gewesen, dass Ronan sie Tinkerbell getauft hatte. Den Namen behielt sie während ihrer ganzen Kindheit. Brendan schluckte schwer. Die Erinnerungen, die er viele Jahre unterdrückt hatte, drängten unbarmherzig an die Oberfläche und drohten, ihn zu verschlingen. Im gleichen Moment schälte sich eine weitere Gestalt aus dem Schatten, bei dem es sich jedoch nicht um Brendans Vater handelte, wie er erwartet hatte, sondern um einen dunkelhaarigen, ihm völlig unbekannten jungen Mann.

»Wer ist das?«, fragte er argwöhnisch, aber auch froh über die Ablenkung.

»Das ist Johnny«, antwortete Fiora lächelnd. »Wir werden im Januar heiraten.«

Daraufhin streckte Brendan Johnny die Hand entgegen. »Gratuliere! Du hättest keine bessere Wahl treffen können.«

Doch der junge Mann machte keine Anstalten, die ihm dargebotene Hand zu ergreifen, sondern musterte Brendan mit feindseliger Miene. Ohne Vorwarnung stieß Ronan ihn so hart, dass Johnny beinahe vornübergestürzt wäre.

»Wo sind deine Manieren?«, grollte der kahlköpfige Koloss. »Brendan mag ein Arschloch sein, aber er ist unser Fleisch und Blut. Du nicht!« Eine bedeutungsschwere Ansprache für jemanden, der am Tag nicht mehr als drei Wörter herausbrachte.

Johnny gab sich weiterhin trotzig. »Mag sein. Aber im Gegensatz zu ihm würde ich meine Familie niemals verraten!«, sagte er mit angespanntem Unterkiefer.

»Er hat die Familie nicht verraten«, warf Owen ein. »Er hat sich nur verpisst.« Bitterkeit lag in seiner Stimme, und für einen winzigen Moment glaubte Brendan, Trauer in seinem Blick aufblitzen zu sehen.

Weil alle Augen auf ihn gerichtet waren, blieb Johnny nichts anderes übrig, als Brendan die Hand zu reichen, wenn auch mit sichtlichem Widerwillen.

»So, nachdem wir das hinter uns gebracht haben …«, bemerkte Brendan gereizt. Seine Gefühle befanden sich in Aufruhr, was ihm ganz und gar nicht behagte. »Was will Dad von mir? Wo ist er überhaupt?«

Inzwischen hatte sich Fiora wieder zu ihrem Verlobten gesellt, sodass sie sich nun wie feindliche Armeen gegenüberstanden, nur dass Brendan auf seiner Seite allein war.

»Er konnte nicht kommen«, antwortete Owen.

»Er konnte nicht oder wollte nicht?«, fragte Brendan kühl.

»Er konnte nicht«, entgegnete Angus leise.

Etwas im Tonfall seines jüngeren Bruders ließ Brendan aufhorchen, prompt legte sich eine eisige Faust um sein Herz. »Er ist doch nicht …?«

»Nein«, antwortete Ronan. »Noch nicht.«

Brendan suchte Owens Blick. »Was heißt das?«

»Dad liegt im Sterben. Der Krebs hat ihn wieder eingeholt.«

Brendans Schultern sackten zusammen, während sich eine beklemmende Stille ausbreitete. »Warum hast du mir das nicht am Telefon gesagt?«, fragte er seinen älteren Bruder.

»Hättest du mir denn geglaubt?«

Brendan schwieg.

»Er möchte dich noch einmal sehen«, sagte Owen.

Brendan nickte. Er fühlte sich seltsam betäubt.

»Und bring deine Verlobte mit.«

»Was?« Erschrocken sah Brendan auf. »Auf keinen Fall!«

Er konnte förmlich sehen, wie die Front vor ihm zu einer undurchdringlichen Mauer wurde.

»Du schämst dich für uns«, brummte Ronan, der die Fäuste geballt hatte.

»Das ist nicht wahr!«, entgegnete Brendan und meinte es auch so. »Es ist nur so, dass sie nichts von meiner Vergangenheit weiß.«

»Wir sind deine Familie, nicht deine Vergangenheit!«, schnaubte Fiora, ihre blauen Augen funkelten vor Empörung.

Brendan biss sich auf die Unterlippe. »Du hast recht, entschuldige.«

»Du hast dich immer schon für etwas Besseres gehalten!«, blaffte Owen.

»Darum geht es nicht.« Brendan atmete tief durch, zwang sich zur Ruhe. »Ich wollte nur anders leben als ihr. Mum hat es verstanden. Auf ihrem Sterbebett hat sie mich ermutigt, meinen eigenen Weg zu gehen …«

Das nachfolgende Schweigen wurde lediglich durch Fioras leises Schluchzen unterbrochen.

»Bring sie mit«, bat Angus leise. Er war immer der Nachsichtigste von ihnen gewesen. »Dad grämt die Vorstellung, dass du ohne Familie bist und allein auf der Welt. Es bricht ihm das Herz.«

»Ich bezweifle, dass ihm irgendetwas das Herz brechen kann, Angus«, entgegnete Brendan mit einem vorsichtigen Lächeln, das seine Worte ein wenig abmildern sollte. »Außer Mums Tod vielleicht.«

»Dad ist alt geworden, Brendan«, sagte Owen eindringlich. »Alt und krank. Er ist nicht mehr der unerschütterliche Fels, der er früher einmal gewesen ist. Mums Tod hat ihn verändert. Es wäre für ihn ein Trost, zu wissen, dass du nicht allein zurückbleibst, wenn er nicht mehr da ist.«

»Er war derjenige, der mich aus der Familie verbannt hat.« Brendan seufzte resigniert, als niemand etwas darauf erwiderte. »In Ordnung. Ich bringe sie mit.«

»Gut«, sagte Owen hörbar erleichtert, und auch die anderen entspannten sich sichtlich. »Kommt morgen um sechs. Du weißt, wo du uns findest. Und sieh zu, dass deine Verlobte meinen Anhänger dabeihat«, fügte er mit gesenkter Stimme hinzu, damit die anderen es nicht mitbekamen.

Brendan nickte.

Es gab nichts mehr zu bereden. Also verabschiedete er sich von seinen Brüdern und Johnny mit einem kurzen Handschlag und von Fiora mit einer innigen Umarmung. Dabei gab er sich alle Mühe, sein Inneres vor der schmerzhaften Sehnsucht zu verschließen.

»Familie ist alles, kleiner Bruder«, sagte Owen nachdrücklich, als Brendan in seinen Wagen stieg.

Was auch der Grund war, warum Kelly von nun an vor seinem Bruder und dessen zwielichtigen Freunden sicher sein würde – denn als seine vermeintliche Verlobte war sie unantastbar.

Das musste er ihr jetzt nur noch irgendwie beibringen.

Eine andere Welt

Wütend schaltete Kelly in den nächsthöheren Gang, was ihr Mini mit einem gequälten Knirschen kommentierte. Dieser Schweinehund hatte sie zum zweiten Mal versetzt! Nur hatte er sich diesmal nicht entschuldigt, und um dem Ganzen die Krone aufzusetzen, war seine Handynummer plötzlich nicht mehr erreichbar. Die ganze Sache stank gehörig zum Himmel! Grace' gut gemeinte Beschwichtigungsversuche hatten nicht gefruchtet, sondern ihren Zorn noch weiter entfacht. Wieder hatte sie ihrer Freundin für nichts und wieder nichts die Zeit gestohlen. Nicht einmal die heiße Schokolade in Molly's Kitchen hatte ihre Laune aufhellen können. Eben hatte sie Grace vor ihrem Cottage abgesetzt und befand sich nun auf dem Weg nach Hause.

Während sie mit ihrem Wagen über die kurvenreiche Straße flitzte, hatte sie für die Schönheit um sich herum keinen Blick übrig. Auch nicht für den Traktor, der direkt vor ihrer Nase aus dem Nichts aufgetaucht war. Erneut gab ihr Mini ein unangenehmes Geräusch von sich, als sie im allerletzten Moment die Bremse bis zum Anschlag durchtrat. Gleichzeitig riss sie das Steuer herum, schlitterte nach links und blieb wenige Zentimeter hinter dem gemütlich tuckernden Traktor stehen. Kellys Puls raste. Es war verflucht knapp gewesen! Ihre

Hände zitterten, als sie wieder losfuhr und den Wagen geradeaus richtete. Geduldig blieb sie hinter dem Traktor, bis sich eine Möglichkeit bot, ihn zu überholen. Der Bauer, der nichts von ihrer kleinen Kamikazeaktion mitbekommen hatte, grüßte freundlich. Gerade als ihr Herz sich so weit beruhigt hatte, dass es nicht mehr schmerzhaft gegen ihr Brustbein schlug, klingelte ihr Handy.

»Ja?«, meldete sie sich, ohne aufs Display zu schauen. Sie war immer noch völlig durcheinander.

»Hi! Hier ist Brendan. Alles klar bei dir?«

»Ja, alles klar. Ich bin nur etwas zu schnell gefahren und hätte mich beinahe um einen Traktor gewickelt …«, plapperte sie los.

»Bist du verletzt?«

Der besorgte Klang in seiner Stimme wirkte wie Balsam auf ihre überreizten Nerven. »Nein. Alles gut. Ich muss nur in Zukunft besser aufpassen.« Kelly hielt den Atem an. »Ist irgendwas?«

Heute war ihr praxisfreier Tag, und sie hoffte, dass Brendan sie nicht wegen eines Notfalls anrief.

»Hast du mit dem Besitzer des goldenen Anhängers gesprochen?«, reagierte Brendan mit einer Gegenfrage, was Kelly befremdlich fand.

»Nein«, antwortete sie dennoch. »Ich komme gerade von unserem Treffpunkt. Der Kerl ist nicht aufgetaucht.«

»Tut mir leid.« Brendan schien zu überlegen. »Aber wirklich wundern tut es mich nicht.«

Verblüfft runzelte Kelly die Stirn. »Warum sagst du das?«

»Hast du nachher schon was vor?«

Wieder eine Gegenfrage statt einer Antwort.

»Nein«, antwortete Kelly zögernd, deren Verwirrung sekündlich wuchs.

148

»Gut.« Brendan räusperte sich. »Ich habe mich umgehört, und ich denke, dass ich dir in Bezug auf den Anhänger helfen kann.«

»Wirklich? Wie das?«

»Lass dich überraschen.«

»Ehrlich, Brendan. Ich bin heute nicht in der Stimmung, Spielchen zu spielen!«, fuhr Kelly ihn ungewohnt scharf an.

»Ich spiele keine Spielchen.«

»Was soll also das Ganze? Es ist sonst nicht deine Art, so geheimnisvoll zu tun.«

»Du musst mir einfach vertrauen.« Brendans Stimme klang etwas zerknirscht, was Kelly nicht im Mindesten beruhigte.

Ganz im Gegenteil.

»So langsam machst du mir Angst.«

Brendans warmes, weiches Lachen am anderen Ende verfehlte seine Wirkung nicht, und Kelly entspannte sich ein wenig. Das hier war Brendan. Der aufreizende, unverschämt gut aussehende, zuweilen strapaziöse und klugscheißerische Brendan.

Der überdies so herrlich duftete …

»Dafür besteht kein Grund, Kel.«

… sich beim Tanzen so wunderbar anfühlte …

»Dann lass dir nicht alles aus der Nase ziehen.«

… und dessen Stimme schon allein ihre Hormone kräftig durcheinanderwirbelte.

»Also gut«, sagte Brendan nach kurzem Zögern. »Ich möchte mit dir nach Donegal fahren. Dort ist jemand, der dir mehr zu dem Anhänger sagen kann. Besser?«

»Viel besser«, antwortete Kelly aufatmend. »Trotzdem verstehe ich nicht ganz, wie du zu der Information gelangt bist.«

»Das erfährst du früh genug.«

Weil Brendan verschlossen blieb wie eine Auster, gab sich Kelly geschlagen. »Fahren wir halt nach Donegal! Werde ich lange wegbleiben? Ich frage wegen des Abendessens.«

Stille am anderen Ende.

»Brendan?«

»Ich überlege gerade. Wir benötigen eine halbe Stunde hin und eine halbe Stunde zurück. Mit dem Abendessen könnte es knapp werden.«

»Okay, dann sage ich Mum Bescheid.«

»Gut.« Erleichterung klang aus Brendans Stimme. »Ich hole dich um halb sechs ab. Und bring den Anhänger mit!«

»Natürlich.«

»Eine Verabredung mit Brendan Hegarty?«, kommentierte ihre Mutter, als Kelly ihr wenig später von dem Telefonat berichtete.

»Keine Verabredung!«, widersprach sie vehement. »Recherche.«

Ihre Mutter lächelte mild. »Na klar. Und? Was ziehst du an?«, fragte sie fast beiläufig.

Kelly machte eine wegwerfende Handbewegung. »Irgendwas Praktisches.«

Am Ende verwendete sie mehr Zeit als geplant auf ihr Äußeres, was sie irgendwie schon wurmte. Andererseits wusste sie nicht, wen sie heute Abend treffen würde. Und das richtige Outfit konnte vielleicht ausschlaggebend sein. Schlussendlich fiel ihre Wahl auf einen fröhlichen Mix aus gelbem Rollkragenpullover, bunt gestreifter Hose, roter Wollmütze und schwarzen Stiefeletten. Die goldene Kette mit dem Christophorus-Anhänger steckte sie in eine weiße, gehäkelte Umhängetasche mit Fransen.

Brendan erschien Punkt halb sechs vor ihrer Haustür. Erst nachdem sie in seinen Wagen gestiegen war, nahm sie sein ungewöhnliches Outfit wahr. Verblüfft starrte sie ihn an. Er trug

Jeans, ein schwarzes Sweatshirt und eine braune Lederjacke. Eine Lederjacke! Kelly hatte nicht einmal gewusst, dass er so etwas besaß. Der Knaller aber waren die nietenbesetzten Cowboystiefel! Nur erstaunlich, dass er nicht verkleidet wirkte, ganz im Gegenteil. Der leichte Bartschatten, der dunkler war als seine Haare, verlieh ihm etwas Wildes, Verwegenes. Diese Seite von Brendan Hegarty war ihr völlig fremd und ungemein aufregend, wie sie sich eingestehen musste.

»Heute kein Poloshirt?«, bemerkte sie scherzhaft, um ihre Verwirrung zu überspielen.

Er warf ihr einen verdutzten Blick zu. »Nein. Wieso sollte ich?«

»Weil du sie dauernd trägst.«

»Ist das so?« Er runzelte die Stirn, als würde er ernsthaft darüber nachdenken. »Kann schon sein. Ich mag sie eben.«

Danach war es an ihm, sie gründlich zu mustern. Er ließ seine Augen aufreizend langsam über ihre Gestalt schweifen und nickte abschließend zufrieden, als wäre sie ein Zuchtpferd.

»Sollten wir nicht langsam losfahren?«, fragte sie äußerst irritiert.

Wortlos gab er Gas. Alles in allem gestaltete sich die Fahrt nach Donegal zu einer nie enden wollenden Tortur, was an Brendans Laune lag, die sich mit jeder Meile zu verdüstern schien. Auf Kellys Nachfrage hin, ob alles in Ordnung sei, kamen nur einsilbige Antworten, also gab sie auf. Dennoch hatte sie große Mühe, ihre Neugierde zu zügeln.

»Verrätst du mir wenigstens, wer diese ominöse Person ist, die wir aufsuchen?«, fragte sie, nachdem sie ungefähr die Hälfte der Strecke hinter sich gebracht hatten.

»Wart's ab!«, antwortete Brendan.

»Ehrlich, wenn ich dich nicht kennen würde und du nicht mein Boss wärst, würde ich denken, ich säße neben einem Psychopathen, der bei nächster Gelegenheit die Säge aus dem

Kofferraum holt und mich zu Irish Stew verarbeitet«, bemerkte Kelly mit einem missglückten Lachen.

Daraufhin warf ihr Brendan einen Seitenblick zu. »Tut mir leid, Kel«, murmelte er. »Dir droht keine Gefahr, ich verspreche es.«

Erschrocken schnappte Kelly nach Luft. »Wieso sollte mir Gefahr drohen?«

Brendan gab ein resigniertes Geräusch von sich. »Entschuldige, so habe ich das nicht gemeint. Mir gehen gerade viele Dinge durch den Kopf. Vergiss einfach, was ich gesagt habe, okay?«

Wie bitte sollte sie eine solche Bemerkung vergessen?

Bis zu ihrem Ziel hüllten sie sich in Schweigen, das wie eine schwere Decke auf ihnen lastete. Zu Kellys Überraschung fuhren sie nicht ins Zentrum von Donegal, sondern ins westliche Randgebiet, wo sich schon von Weitem eine Achterbahn und ein Riesenrad abzeichneten. Sie steuerten direkt auf die Herbstkirmes zu.

»Jetzt weiß ich's!«, bemerkte Kelly. »Wir suchen eine Wahrsagerin auf. Sie wird uns darüber aufklären können, wem der Anhänger gehört.«

Doch Brendan, dessen Gesicht zu einer undurchdringlichen Maske geworden war, ging nicht auf ihren Scherz ein. Der Brendan, den Kelly kannte, hatte sich gänzlich dahinter zurückgezogen. Und als er auf dem großen Parkplatz vor der Kirmes aus dem Wagen stieg, schien auch sein Körper erstarrt zu sein. Seine selbstbewusste Eleganz war wie weggeblasen, seine Bewegungen wirkten fast roboterhaft, was das Gefühl der Unruhe in Kelly noch verstärkte.

»Willst du mir immer noch nicht sagen, wo wir hinwollen?«, fragte sie leise.

»Folge mir einfach.«

Während sie sich der Wiese mit den Fahrgeschäften und Ständen näherten, wurden Gelächter, die Rufe der Marktschreier und die Musik immer lauter. Wie alle Jahrmärkte dieser Welt war auch dieser bunt und lebendig. Brendan und sie passierten die »Krake«, wo die Leute, die wild in alle Richtungen gewirbelt wurden, aus vollem Hals schrien. Der unwiderstehliche Duft von Zuckerwatte stieg Kelly in die Nase, und ihr lief prompt das Wasser im Mund zusammen. Um diese Uhrzeit war das Gedränge vor den Ständen überschaubar, sodass nicht Hektik, sondern fröhliche Unbeschwertheit herrschte. Als ein kleiner Junge mit einem Luftballon am Handgelenk an ihnen vorbeilief, sah Brendan ihm versonnen hinterher.

»Bei den heiligen Klöten des Ziegenbocks von Tara, wenn das nicht Brendan Hegarty ist!«, tönte es plötzlich von einem Stand, wo Lose verkauft wurden und dessen Rückwand über und über mit Plüschtieren und Plastikspielzeug bedeckt war.

Brendan blieb abrupt stehen, und Kelly konnte sehen, wie er tief einatmete, ehe er sich dem hageren, rotbärtigen Mann zuwandte, der auf sie zustapfte. »Finn Donahue«, sagte er mit hohler Stimme. »Wie geht's?«

»Gut, gut.« Das Grinsen in dem wettergegerbten Gesicht offenbarte große Zahnlücken. »Du meine Fresse, wie lange ist das her? Zwanzig Jahre?«

»Fünfzehn Jahre.«

»Kommt mir länger vor, Junge«, entgegnete der Schausteller mit ernster Miene, die sich wieder aufhellte, als er Kelly entdeckte. »Ist das deine Freundin?«, fragte er. »Hübsch. Aber du hattest ja immer einen guten Geschmack.« Er zwinkerte. »Hallo Ma'am! Finn, mein Name. Angenehm.«

Trotz ihrer Verwirrung brachte Kelly ein, wie sie hoffte, nicht zu verkrampftes Lächeln zustande. »Ich bin Kelly.«

Der Mann nickte anerkennend. »Ein guter irischer Name«, bemerkte er.

153

»Tut mir leid, Finn«, warf Brendan hastig ein. »Aber wir müssen weiter. Hat mich gefreut, dich wiederzusehen. Grüß Faye und die Kinder!«

»Klar, klar. Faye ist inzwischen Großmama und ich natürlich Großpapa.« Er winkte ihnen lachend nach, als sie weitergingen. »Dein Dad wird ganz aus dem Häuschen sein!«

Stirnrunzelnd sah Kelly Brendan an. »Dein Dad? Hast du nicht gesagt, du hättest keine Familie mehr?« Nun war es an ihr, stehen zu bleiben. »Du schuldest mir eine Erklärung, Brendan, und zwar hier und jetzt!«

»Du hast recht«, erwiderte Brendan, der ebenfalls stehen geblieben war. Er wollte etwas hinzufügen, als seine Augen plötzlich glasig wurden. »Mein Gott!«, stieß er hervor, was Kelly veranlasste, seinem Blick zu folgen.

Hektisch suchte sie die Umgebung ab. Doch das einzig Bemerkenswerte war ein umzäuntes Gehege mit einem Esel, das sich zwischen mehreren Wohnwagen und einem Fahrgeschäft mit Autoscootern befand.

»Agatha«, murmelte Brendan, und nie zuvor hatte er so verwundbar ausgesehen wie in diesem Moment.

Kelly blickte von dem Esel zu Brendan und zurück. »Ist das die Eselin von dem Foto in deinem Behandlungszimmer?«, fragte sie ungläubig.

Brendan nickte, dann stieß er ein brüchiges Lachen aus. »Das ist sie in der Tat.« Mit großen Schritten begab er sich zu dem Gehege. »Früher hat Agatha die Kinder auf ihrem Rücken herumgetragen, aber inzwischen ist sie dafür sicher zu alt.«

»Das ist sie«, ertönte eine Frauenstimme hinter ihnen.

Kelly drehte sich um. Vor ihnen stand eine junge Frau mit rotblonden Haaren und auffallend vielen Sommersprossen, neben ihr ein dunkelhaariger Mann in Jeans und grün-weiß kariertem Hemd.

Brendans Gesicht war blass, als er sich an Kelly wandte. »Kel, das hier sind meine Schwester Fiora und ihr zukünftiger Mann Johnny.«

»Du hast eine Schwester?«, entschlüpfte es Kelly.

Ehe sie sich von ihrer Überraschung erholen konnte, hatte die junge Frau sie gepackt und auf die Wange geküsst. »Brendan erzählt wohl nicht viel über seine Familie«, sagte sie mit einem etwas verkniffenen Lächeln.

»Ich hatte es nur vergessen«, fügte Kelly rasch hinzu, obwohl sie wusste, wie lahm ihre Ausrede klang.

Zum Glück nahm die junge Frau ihre Erklärung kommentarlos hin. »Jedenfalls freue ich mich, dass du bald dazugehörst. Ich wollte schon immer eine Schwester haben.«

Verständnislos starrte Kelly sie an. Wurde sie gerade Opfer eines Streichs, gab es irgendwo eine versteckte Kamera? »Schwester? Familie?«, stotterte sie zusammenhanglos.

Brendan legte einen Arm um ihre Schulter und zog sie an sich. Seine Umarmung mochte liebevoll aussehen, doch seine Finger drückten sich schmerzhaft in ihre Schulter. »Wir wollten die Verlobung eigentlich noch geheim halten.«

Verlobung?

Kelly, die von einer Sekunde auf die andere zur Salzsäule erstarrt war, brachte lediglich ein Blinzeln zustande.

Brendan bannte ihren verstörten Blick. »Aber Fiora ist meine Schwester, Schätzchen. Wie hätte ich es vor ihr verheimlichen können?«, fragte er mit einem Lächeln, das im Widerspruch zu dem bohrenden Ausdruck in seinen Augen stand.

Benommen schüttelte Kelly den Kopf, als wäre alles um sie herum in Nebelschwaden getaucht. Sie öffnete den Mund zum Protest, doch Brendan wusste das zu verhindern, indem er den Kopf senkte und seine Lippen auf ihre drückte. Einfach so, als wäre es das Natürlichste auf der Welt! Aber das war es nicht – ganz und gar nicht! Kellys armes Herz sprang ihr beinahe aus der Brust, und als hätte jemand eine bröckelnde Mauer mit einem Vorschlaghammer zerschlagen, waren mit einem Mal all die verdrängten Gefühle wieder da. Nur dass sie heller als je zuvor brannten! Kelly warf ihre Bedenken über Bord und gab sich mit ganzer Seele dem Augenblick hin. Sie umfasste Brendans Nacken, und als sie mit den Fingerspitzen zärtlich über seine Halskuhle fuhr, spürte sie seinen Puls unter seiner samtigen Haut, der schnell und kräftig schlug. Kurz schien er zu zögern, ehe sich der Druck seiner Lippen verstärkte. Und Kelly vergaß alles andere: Fiora, den goldenen Anhänger, ihre Story und vor allem ihren festen Vorsatz, sich Brendan endgültig aus dem Kopf zu schlagen.

Bis sie seine Stimme vernahm.

»Bitte spiel das Spiel mit, Kel«, murmelte er an ihren Lippen.

Sechs Worte, die sich wie Messerklingen tief in ihr Herz bohrten. Es war alles nur ein Spiel. Natürlich war es das. Sie nickte kaum merklich – was hatte sie schon für eine Wahl? –, worauf er ihr einen zärtlichen Nasenstupser gab, gefolgt von einem geraunten Dankeschön. Sie schluckte hart. Er beherrschte dieses Spiel wirklich meisterhaft! Als sie aufsah, bemerkte sie, dass Fiora sie mit einem zufriedenen Ausdruck musterte.

»Wie geht es Agatha?«, fragte Brendan abrupt und gab Kelly frei. Nur dem Gatter in ihrem Rücken war es zu verdanken, dass ihre Beine nicht nachgaben.

»Wir behandeln sie gut, wenn es das ist, was du meinst«, antwortete Fiora mit einem Stirnrunzeln.

Die Eselin, die ihren Namen gehört hatte, trottete langsam auf sie zu. Als Agatha vor Brendan stand, strich er ihr tastend über Rücken und Flanken. Die Eselin schnupperte und hob den Kopf, dann gab sie ein lautes Iiiaaaahh von sich und verpasste Brendan zur Begrüßung eine Kopfnuss. Dieser lachte auf, doch Kelly sah Tränen in seinen Augen schimmern. Noch immer rang sie wegen des Kusses um Fassung, entsprechend setzte ihr der Anblick von Brendans unverfälschtem oder zumindest früherem Ich zusätzlich zu. Ihre Kehle war wie zugeschnürt, und sie musste ihre ganze Beherrschung aufbringen, um nicht loszuheulen.

Er hingegen hatte sich schneller gefasst als sie, denn er besah sich bereits das Gebiss der Eselin, die die Untersuchung geduldig über sich ergehen ließ.

»Du kannst es nicht lassen, oder?«, zischte der junge Mann, den Brendan als Johnny vorgestellt hatte.

»Sei still!«, wies ihn Fiora zurecht.

Brendan ignorierte Johnnys Einwurf. »Wie alt ist sie inzwischen?«, fragte er. »Neununddreißig?«

»Vierzig«, antwortete Fiora, und man konnte den Stolz in ihrer Stimme hören.

»Vierzig«, wiederholte Brendan leise und lächelte. »Beachtlich.«

Fiora nickte zustimmend. »Ihre Sehkraft lässt etwas nach, und sie hat die Gicht, aber ansonsten ist alles in Ordnung.«

»Ich hole meine Arzttasche aus dem Wagen«, sagte Brendan daraufhin, worauf Fiora ihn leicht am Arm berührte.

»Das ist nicht nötig. Johnny und ich kümmern uns um Agatha. Bitte mach dir keine Sorgen. Dem alten Mädchen geht es gut«, sagte sie mit einem warmen Unterton. »Sie ist unser Maskottchen. Wie könnten wir sie nicht gut behandeln?«

Brendan nickte langsam, dann drückte er ihr einen Kuss auf die Wange. »Ich weiß doch, Fiora.« Er wies auf Johnny. »Bist du sicher, dass du den Idioten da heiraten willst?«

Fiora boxte ihn lachend. »Ach du!«

Ungeachtet Johnnys säuerlichen Gesichts fiel Brendan in ihr Lachen ein, das bedeutend fröhlicher klang als noch vor wenigen Minuten.

Kelly, die das Gespräch wortlos verfolgt hatte, zog Brendan beiseite. Sie atmete tief durch. »Was tue ich hier, Brendan?«, fragte sie ernst.

Einige Sekunden lang schaute er auf seine beeindruckenden Stiefelspitzen, dann hob er den Blick und sah sie direkt an. »Mein Vater liegt im Sterben und fürchtet offenbar, dass ich mein Leben allein verbringen muss. Familie bedeutet ihm alles. Als ich behauptet habe, du seist meine Verlobte, wurde ich gebeten, dich ihm vorzustellen, damit er seinen Frieden hat.«

Perplex starrte Kelly ihn an. »Ist das ein schlechter Witz?«

»Nein.«

»Warum hast du behauptet, ich sei deine Verlobte?«

»Um dich zu beschützen.«

Kelly runzelte die Stirn. »Das verstehe ich nicht. Was ich aber verstehe, ist, dass du mich unter Vorspiegelung falscher Tatsachen hierhergelockt hast.«

»Nicht ganz.«

»Was soll das schon wieder heißen?« Kelly presste ungehalten die Lippen aufeinander, ehe sie weitersprach: »Ehrlich, Brendan, am liebsten würde ich dich schütteln, bis du mit der ganzen Geschichte herausrückst.«

Brendan verzog das Gesicht. »Das wird nicht nötig sein.«

»Dad ist aufgewacht«, sagte jemand und trat auf sie zu. »Ihr könnt jetzt zu ihm.«

Der Jemand entpuppte sich als junger Mann in Jeans und Kapuzenjacke, der Fiora zum Verwechseln ähnlich sah. Begleitet wurde er von einem kahlköpfigen Hünen, der ungeachtet der niedrigen Temperaturen ein Muskelshirt trug und sie neugierig begutachtete.

»Kelly, das sind Angus und Ronan, meine beiden Brüder.«

»Noch mehr Geschwister?«, rief Kelly überrascht, dann rang sie sich ein Lächeln ab. »Hallo.«

Der Jüngere lächelte zurück, während der andere lediglich nickte. Da erregte ein weiterer Mann, der sich der kleinen Gruppe näherte, Kellys Aufmerksamkeit. Als sie genauer hinsah, blieb ihr das Herz vor Schreck stehen. Das war doch nicht möglich! Aber der dunkle Pferdeschwanz und die Gesichtszüge waren unverkennbar, der Mann trug sogar dieselbe Kleidung wie an dem Tag, als sie ihn im Laden gesehen hatte.

»Kelly«, sagte Brendan und wies auf den Neuankömmling. »Das hier ist Owen, mein älterer Bruder.«

Einen Atemzug lang schien die Zeit einzufrieren.

»O. H., Owen Hegarty«, raunte Kelly schließlich und spürte, wie heißer Zorn sie erfasste. »Eine interessante Familie hast du da, Brendan«, sagte sie schneidend und für alle hörbar.

»Ja, also … es ist so, dass …«, begann Brendan, der ihre erste, geflüsterte Bemerkung nicht mitbekommen hatte.

»Du brauchst dir keinen abzubrechen, kleiner Bruder«, schnitt ihm Owen das Wort ab. Das Gesicht hatte er zu einem schiefen Grinsen verzogen, was ihm eine entfernte Ähnlichkeit mit James Dean verlieh. »Sie weiß, dass der Anhänger mir gehört.«

Brendan versteifte sich. »Wie das?«

»Wir kennen uns«, entgegnete Kelly grimmig.

Aufgebracht sah Brendan die beiden an, dann trat er einen Schritt auf Owen zu. »Warum hast du das nicht erwähnt?«

Der andere zuckte mit den Achseln. »Du hast nicht gefragt.«

Unvermittelt stürzte Brendan nach vorn, kam aber nicht weit, weil sich Ronan wie ein Keil zwischen seine beiden Brüder schob. Grinsend und mit abwehrenden Händen ging Owen einige Schritte zurück.

»Glaubst du nicht, dass du ein wenig überreagierst, Brüderchen?«, höhnte er.

»Wieso, verflucht noch mal, kennt ihr euch?«, schrie Brendan, der zu Kellys Entsetzen die Fäuste geballt hatte. Sein

Zorn war so greifbar, dass sie gegen den Impuls ankämpfen musste, vor ihm zurückzuweichen.

Wie wenig sie doch von ihm wusste!

»Nun ja, kennen ist vielleicht zu viel gesagt«, stellte Kelly rasch klar, um die Situation zu entschärfen. »Er und sein Freund haben bei uns im Laden eingekauft. Ich habe sie zufällig belauscht und wurde neugierig. Sie sprachen von diesem einen Ort, Cliodhnas Schleier, und weil er so geheimnisvoll klang, habe ich mich ein wenig dort umgesehen. Dabei bin ich über den Anhänger des heiligen Christophorus gestolpert. Ende der Geschichte.«

»Da siehst du es, Brendan!«, warf Owen ein. »Alles ganz harmlos.«

»Harmlos?«, rief Brendan wutschnaubend.

»Wie konntest du deinen goldenen Anhänger verlieren?«, übertönte Ronans Grollen alle anderen. »Mum hat ihn dir geschenkt.«

»Glaubst du, das weiß ich nicht?«, stieß Owen unwirsch hervor, doch dann verzogen sich seine Lippen zu einem falschen Lächeln. »Umso glücklicher der Umstand, dass Brendans Verlobte ihn gefunden hat.« Er streckte fordernd die Hand aus. »So hübsch er sich bestimmt an dir macht, Herzchen, aber ich hätte gern mein Eigentum zurück.«

Kelly sah, wie Brendan bei der Bezeichnung »Herzchen« die Nackenmuskeln anspannte, doch Ronans warnender Blick hielt seinen Bruder von einer heftigen Reaktion ab.

»Vorher will ich wissen, ob du es warst, der mich beide Male versetzt hat?«, fragte Kelly kühl.

Owen zuckte mit den Achseln, bestritt es jedoch nicht.

»Wieso?«, presste Kelly hervor.

»Wieso wohl? Beim ersten Mal wollte ich sehen, wer meinen Anhänger hat, um mir dann in Ruhe zu überlegen, wie ich ihn mir zurückhole.« Er grinste. »Das zweite Mal diente lediglich dazu, dich bei Laune zu halten.«

Kelly sah ihn verständnislos an. »Bei Laune zu halten?«

Owen wechselte einen Blick mit Brendan, dann machte er eine auffordernde Geste. »Krieg ich jetzt meine Kette?«

Schnaubend zog Kelly die Kette mit dem Anhänger aus ihrer Tasche, worauf Ronan seine Rolle als menschlicher Keil aufgab und zur Seite trat, und überreichte sie Owen. Ein »Danke« murmelnd, steckte er ihn ein, was ein kollektives Aufatmen zur Folge hatte.

»Okay, da das jetzt geregelt ist, zeige ich euch den Weg zu Dads Wohnwagen«, sagte Angus, der die Szene schweigend beobachtet hatte.

Brendan nickte. »Bringen wir es hinter uns«, sagte er leise zu Kelly, doch als er nach ihrer Hand greifen wollte, entzog sie sie ihm.

In was für eine unmögliche Lage hatte er sie nur gebracht!

Daraufhin hielt Brendan sie am Arm fest. »Ich habe von alldem nichts gewusst, Kelly«, erklärte er entschieden. »Entsprechend schockiert war ich, als ich gestern Owens Anhänger in deinen Händen gesehen habe.«

»Oh! Du warst schockiert?«, zischte Kelly und riss sich los. »Und was ist mit mir? Wie sich herausstellt, hast du nicht nur doch eine Familie. Nein, einer deiner Brüder ist vermutlich auch noch kriminell!«

Brendans Augen wurden schmal. »Für eine solche Spießerin hätte ich dich nicht gehalten!«

»Spießerin? Ich?«

Zwar hätte Kelly gern noch mehr hinzugefügt, doch weil sie bereits am Ziel angelangt waren, ließ sie es dabei bewenden.

Zumindest fürs Erste.

Der Anblick, der sich Kelly bot, als Brendan und sie den Wohnwagen seines Vaters betraten, war so fremd und überwältigend, dass sie einen Moment lang mit offenem Mund dastand. Quietschbunte Heiligenbilder in goldenen Rahmen schmückten die Wände, jede freie Ecke war mit einer Statue der Heiligen Jungfrau Maria oder Ähnlichem gespickt. Kelly zählte mindestens fünf Kreuze und noch mehr Jesus-Abbildungen. Sie hatte gewusst, dass irische Schausteller streng katholisch waren, trotzdem war sie nicht auf eine solche Anhäufung von Devotionalien vorbereitet gewesen. Links vom Eingang befand sich die winzige Küche und dahinter vermutlich die Toilette und die Dusche. Ein Sofa, das zum Bett umfunktioniert worden war, dominierte den nicht sehr geräumigen Wohnwagen, am Fuß des Bettes thronte ein kleiner Flachbildfernseher auf einem wackligen Schränkchen. Ein aufgeklappter Tisch hielt Tee mit Milch in geblümten Goldrand-Tassen bereit.

Obwohl das Bett nicht groß war, wirkte der Mann darin erschreckend verloren. Kelly spürte Brendans erschrockenes Japsen mehr, als dass sie es hörte. Sie hatte keine Ahnung, wie alt Brendans Vater war, aber der Kranke im Bett sah uralt aus. Sein Gesicht war aschfahl und eingefallen, die Augen lagen tief in ihren Höhlen, und Kelly hätte nicht sagen können, welche Farbe sie hatten. Hässliche Flecken sprenkelten seine Haut, dort, wo das Nachthemd sie nicht bedeckte. Beim Anblick seines Sohnes, der ans Bett trat, flackerten die Augen kaum merklich, als würde schon das zu viel Kraft kosten. Dafür krallten sich die zitternden Finger in die Bettdecke.

»Dad«, flüsterte Brendan, der seine Bestürzung nicht verhehlen konnte.

»Brendan …« Eine Stimme wie brüchiges Pergament.

Kelly, die sich wie ein Eindringling fühlte, spielte mit dem Gedanken, sich unauffällig zu entfernen, doch als hätte Brendan ihre Absicht geahnt, griff er nach ihrer Hand und zog sie zu sich. Diesmal ließ sie es geschehen. Die Mundwinkel des alten Mannes zuckten leicht, und auf seinem Gesicht erschien ein zaghaftes Lächeln. Er machte Anstalten, sich aufzusetzen. Aber er war zu schwach, worauf Brendan Kellys Hand losließ, um seinem Vater zu helfen. Als der Kranke halbwegs aufrecht saß, den Rücken gegen mehrere Kissen gestützt, wollte Brendan einen Schritt zurücktreten, doch sein Vater hielt ihn fest.

»Du siehst schmal aus, Junge«, brachte er mühsam über die Lippen. »Isst du auch genug?«

Auf Brendans Gesicht erschien ein trauriges Lächeln. »Ich esse genug, Dad. Mir geht es gut.«

Der alte Mann nickte matt. »Du hättest niemals weggehen sollen, Junge.«

»Ich musste, Dad.«

»Das war nicht richtig.«

»Mum hat es verstanden.«

Eine vollkommene Stille breitete sich aus, während sich Vater und Sohn ansahen. In ihren Blicken lag keine Feindseligkeit, sondern müde Trauer. Mitten in die Stille hinein bedachte Kelly den Kranken mit einem schüchternen Lächeln, ehe sie mehr aus Verlegenheit das Bild eines Heiligen in römischer Uniform betrachtete, das über einem der Fenster hing und ein wenig herausstach.

»Der heilige Florian«, erklärte Brendan. »Er löscht Brände. Feuer ist die größte Bedrohung für die Wohnwagen, musst du wissen.«

Daraufhin richtete sein Vater den matten Blick auf Kelly, als würde er sie eben erst wahrnehmen. »Wie heißt du, Mädchen?«

»Kelly Dooney.«

Ein schwaches Lächeln. »Bist du Katholikin?«

Kelly nickte.

»Gut.« Er schloss kurz die Augen, vielleicht vor Erleichterung. »Ich habe schon befürchtet, du schleppst so ein Püppchen im Kostüm an, Junge.«

Kelly, die unwillkürlich an Audrey denken musste, kam nicht umhin, Brendan einen vielsagenden Blick zuzuwerfen, den er jedoch ignorierte.

»Ich lasse euch jetzt allein. Ihr habt sicher viel zu bereden.« Sie reichte dem Kranken die Hand. »Es hat mich sehr gefreut, Mr Hegarty«, sagte sie mit einem warmen Lächeln.

Brendans Vater umfasste ihre Hand, seine Haut war trocken, die Berührung nicht mehr als der Flügelschlag eines Vogels. Tiefes Mitgefühl schnürte Kelly die Kehle zu.

»Ich mag dein Mädchen, Junge«, krächzte der alte Mann an seinen Sohn gewandt. »Sie hat das Herz auf dem rechten Fleck, ich sehe das in ihrem Blick.« Er rang hörbar nach Luft, ehe er weitersprach: »Mit der Zeit wird sie dir den Stock wieder aus dem Arsch ziehen, da bin ich sicher.« Als er lachte, klang es so spröde, dass Kelly befürchtete, er könnte vor ihren Augen auseinanderbrechen. »Halte sie gut fest!«

Kelly, die Brendans floskelhafte Antwort nicht hören wollte, flüchtete förmlich aus dem Wohnwagen. Außer Angus war niemand von den Geschwistern zu sehen.

»Und? Wie läuft's?«, fragte er mit besorgter Miene.

»Ich denke, gut«, antwortete Kelly lächelnd, worauf Angus einen Seufzer der Erleichterung ausstieß.

»Wenigstens etwas«, sagte er.

Gern hätte Kelly gefragt, was der Grund dafür gewesen war, dass Brendan seine Familie verlassen hatte. Nein, nicht nur verlassen, sondern auch gänzlich aus seinem Leben radiert hatte! Der Gedanke, dass in seinem Haus nichts auf sie hinwies, stimmte sie traurig. Sicher, seine Geschwister waren eigen, allen voran sein ältester Bruder, aber welche Familie war schon perfekt? Obwohl Kelly sie nicht kannte, konnte sie sich des Eindrucks nicht erwehren, dass zwischen ihnen Liebe und Loyalität herrschte. Konnte man sich mehr von einer Familie wünschen? Beizeiten würde ihr Brendan sicher erzählen, was vorgefallen war. Falls nicht, würde sie ihn dazu zwingen. Das schuldete er ihr.

»Darf ich dich etwas fragen, Angus?«

»Frag, und wir werden sehen.«

Brendans umgänglicher Bruder schien auf der Hut zu sein. Offenbar würde sie sich, selbst als Brendans vermeintliche Verlobte, das Vertrauen der Familie verdienen müssen.

»Wie alt ist euer Vater?«, fragte Kelly.

»Neunundfünfzig. Er hat sehr jung geheiratet.«

Kelly versuchte vergeblich, sich ihren Schrecken nicht anmerken zu lassen, Verstellung gehörte nicht unbedingt zu ihren Stärken.

Angus lächelte traurig. »Du hättest ihn früher sehen sollen«, sagte er. »Ein Mann wie ein Baum. Niemand hätte es gewagt, sich mit Rory Thomas Hegarty anzulegen!«

»Was ist passiert?«

»Leukämie.«

Kelly konnte sehen, wie schwer es Angus gefallen war, diese Erklärung abzugeben, deshalb beschloss sie, das Thema fallen zu lassen. Sie überlegte, was sie als Nächstes sagen sollte, doch er kam ihr zuvor.

»Was machst du eigentlich beruflich?«

Etwas sagte Kelly, dass der Beruf der Journalistin hier nicht unbedingt auf Begeisterung stoßen würde, also entschied sie sich für die Halbwahrheit. »Zurzeit habe ich zwei Jobs«, antwortete sie. »Ich helfe im Laden meiner Mutter aus, sie hat ein kleines Lebensmittelgeschäft in Cruinn. Außerdem greife ich Brendan ein wenig unter die Arme, mache den ganzen Schreibkram in seiner Praxis und was halt so anfällt.«

Angus lächelte verschmitzt. »Und? Wie ist denn mein großer Bruder so als Boss?«

Kelly zog eine übertriebene Grimasse, was Angus ein Lachen entlockte.

»Worüber amüsiert ihr euch denn?«, fragte Fiora, die aus einem der umstehenden Wohnwagen getreten war und sich zu ihnen gesellte.

Als Angus es ihr sagte, stimmte Fiora in sein Lachen ein. »Ich kann es mir gut vorstellen«, sagte sie.

»Hey, Angus!«, schallte plötzlich Ronans tiefe Stimme von den Autoscootern herüber. »Hör auf zu quatschen und pack hier mal mit an!«

»Komme schon!«, rief Angus fröhlich zurück, ehe er sich im Laufschritt zu Ronan und Johnny gesellte, die gerade dabei waren, das Fahrgeschäft zu schließen.

»Cool!«, entfuhr es Kelly, die jetzt erst realisierte, dass die Familie einen Autoscooter betrieb. »Wie transportiert man so was eigentlich durch die Gegend?«

»Mithilfe von zwei Lkw«, antwortete Fiora. Es war offenkundig, dass sie sich über Kellys Neugier freute. »Früher hatten wir noch ein Kettenkarussell, aber das hat sich nicht mehr rentiert, also haben wir es verkauft und mit dem Geld unseren Autoscooter modernisiert. Der ist immer hoch im Kurs, vor allem bei den Jugendlichen.« Sie grinste. »Eine tolle Möglichkeit, zu baggern.«

Kelly, die sich an ihre eigene Jugend erinnerte, nickte zustimmend. »So ein Autoscooter macht sicher viel Arbeit.«

Fiora schenkte ihr einen belustigten Blick. »Auch nicht mehr als andere Fahrgeschäfte. Wir haben noch eine Schießbude und einen Popcorn-Stand.«

»Kommen die auch auf einen Lastwagen?«, fragte Kelly, die sich mehr und mehr für das Thema erwärmte. Bis zu diesem Tag hatte sie sich noch nie über das Leben von Schaustellern Gedanken gemacht.

Fiora schnaubte gutmütig. »Aber nein! Unsere Wohnwagen haben aufklappbare Böden, die bauen wir einfach zum Stand um.«

»Wirklich? Aber wo schlaft ihr dann?«

»In den übrigen Wohnwagen.« Fiora grinste. »Wir rücken halt ein wenig zusammen.« Sie wies auf den Wohnwagen, in dem ihr Vater lag. »Als wir noch klein waren, waren wir zu fünft da drin. Meine Eltern, Angus, Brendan und ich. Ronan und Owen wohnten bei meinen Großeltern. Die sind inzwischen tot. Wenn man in Dads Wohnwagen die Dusche weggeklappt hat, hatte man das …«, sie malte Gänsefüßchen in die Luft, »… Kinderzimmer.«

Ungläubig starrte Kelly sie an. »Du machst Witze!«

Fiora zuckte mit den Achseln. »Nein. Aber die meiste Zeit waren wir als Kinder eh draußen zum Spielen oder Arbeiten. Uns wurde nie langweilig! Schon mit acht habe ich an der Kasse mitgeholfen und Kleinkram erledigt, wie meine Brüder auch. Mit vierzehn haben sie dann angefangen, beim Auf- und Abbau mitzuhelfen. Allein der Umbau eines Wohnwagens zu einem Stand dauert zwei Tage.«

»Ein echter Knochenjob.« Kelly suchte nach den richtigen Worten. »Das Leben ist sicher nicht immer einfach, oder?«

Fiora schüttelte den Kopf. »Nein, aber ehrlich gesagt, würde ich es nicht anders haben wollen. Ich liebe es.« Ihre Augen strahlten. »Schon bei der Vorstellung, mein Leben an nur einem Ort zu verbringen, schaudert es mich. Furchtbar!«

»Ihr seid wohl viel unterwegs?«

»Klar. Im Schnitt ziehen wir dreißig Mal im Jahr um«, erklärte Fiora, dann lächelte sie. »Wir sind wie der Wind, weißt du. Immer in Bewegung. Unsere Kinder wechseln die Schulen alle zwei Wochen, außer in den Wintermonaten. Dann bleiben wir in unserem Winterquartier an der Südwestküste, bis die Jahrmarktsaison wieder startet.«

»Puh«, stöhnte Kelly. »Freundschaften zu schließen war sicher schwer als Kind.«

Fiora nickte. »Es war fast unmöglich. Das ist auch der Grund, warum der Zusammenhalt bei uns so groß ist und Schaustellerfamilien in der Regel unter sich bleiben. Seit über fünfzig Jahren fährt die Familie Hegarty die gleiche Route mit festen Plätzen und trifft immer die gleichen Leute.«

Kelly musterte Fiora fasziniert. »Stammt Johnny aus einer Schaustellerfamilie?«

Fiora nickte erneut. »In der dritten Generation.« In ihrer Stimme schwang Stolz mit. »Ihr müsst zum Essen bleiben«, wechselte sie unvermittelt das Thema.

Überrumpelt starrte Kelly sie an, dann lächelte sie nur, in der Hoffnung, ihr würde eine Antwort erspart bleiben. Schließlich wusste sie nicht, wie Brendan auf den Vorschlag reagieren würde.

Doch Fiora sah sie so erwartungsvoll an, dass sie sich schließlich zu einer Antwort durchrang. »Sehr gern.«

»Klasse! Komm mit!« Fiora wartete Kellys Reaktion erst gar nicht ab, sondern hakte sich bei ihr unter. »Wir können deine Hilfe gebrauchen.«

Wie sich herausstellte, waren *wir* neben Fiora noch Ronans Frau Mariah, die ihrem Mann in Sachen Tätowierung in nichts nachstand, Johnnys Mutter, dessen Schwester und noch eine entfernte Cousine. Die Frauen hatten sich draußen vor einem der Wohnwagen um einen Tisch versammelt, auf dem sich Berge von Gemüse stapelten. Riesige Töpfe auf einem Gasherd warteten darauf, befüllt zu werden.

»Wie viele seid ihr in der Familie?«, fragte Kelly in die Runde, nachdem sie Platz genommen und sich ein Messer gegriffen hatte. Sie hoffte, dass sie mit ihrer Neugier niemandem auf die Füße trat.

Das war keineswegs der Fall.

»Fünfzehn«, antwortete Mariah mit einem breiten Lächeln. Kelly nickte beeindruckt.

»Aber natürlich sind wir viel mehr«, fügte Johnnys Mutter hinzu. Sie war klein und drahtig mit harten Gesichtszügen, aber mit einem ansteckenden Lachen gesegnet, wie Kelly noch mehrmals an diesem Abend feststellen durfte. »Mein Bruder zum Beispiel hat seine eigene Truppe, und die umfasst über zwanzig Leute. Sie besitzen eine der größten Achterbahnen Irlands.«

Während die Frauen von ihrem Alltag und den wachsenden Schwierigkeiten angesichts der Konkurrenz durch große Freizeitparks erzählten und Kelly begierig alles in sich aufsog, schmolzen die Kartoffel- und Karottenberge schnell dahin. Die Frauen legten ein Tempo vor, das Kelly imponierte. Trotzdem herrschte eine fröhliche, zeitweise sogar alberne Stimmung, die schon sehr bald auf sie übersprang. Als sie im Anschluss Zwiebeln und Fleisch klein schnitten, wurde Kelly klar, dass es wohl Eintopf geben würde. Sie wusste nicht, wie viel Zeit vergangen war – längst war es dunkel geworden, und Lichterketten und Heizstrahler sorgten für eine heimelige Stimmung –, als ein Junge, der sich später als Mariahs Sohn aus erster Ehe herausstellte, um die Ecke geflitzt kam und ihnen etwas zurief.

Wie auf Kommando legten die Frauen die Messer beiseite und standen auf. Verblüfft blickte Kelly sie an.

»Was hat er gesagt?«, fragte sie.

»Zweikampf«, antwortete Fiora lächelnd.

Erschrocken sah Kelly sie an. »Zweikampf?«, krächzte sie.

»Ja. Angus hat Brendan herausgefordert.«

»Was? Aber … Was?«

»Komm mit!«, forderte Fiora sie auf. »Das müssen wir uns ansehen.«

Benommen stand Kelly auf. Zweikampf klang ziemlich martialisch, fand sie. Schnatternd und lachend machten sich die Frauen auf den Weg, sodass ihr nichts anderes übrig blieb, als ihnen zu einem freien Platz zwischen den Wohnwagen zu folgen. Dort standen, von zwei weiteren Heizstrahlern flankiert, einige Tische und Bänke, wo sie vermutlich später gemeinsam essen würden. Bunte Lichterketten hingen über der Szenerie. Ein geselliges Bild, wären da nicht die beiden Männer gewesen, die sich kampflustig gegenüberstanden. Beide waren in etwa gleich groß, schlank und athletisch. Der eine war blond, der andere rothaarig. Sie taxierten sich mit finsterer Miene, während sich ein gutes Dutzend Männer und Frauen um sie geschart hatten und sie beobachteten. Kelly konnte sehen, wie Scheine die Besitzer wechselten.

Ihr blieb fast das Herz stehen. Die würden sich doch nicht etwa prügeln? Angus wirkte zwar nicht annähernd so muskulös wie Ronan, trotzdem machte er einen zähen Eindruck, und er war fast zehn Jahre jünger als Brendan.

»Aus dir ist ein feiner Pinkel geworden!«, ätzte Angus. »Hast du überhaupt noch Muckis oder ist das hier nur Staffage?«

Die Menge lachte.

»Finde es doch heraus, *scut*!«, knurrte Brendan.

Amüsiertes Johlen brandete auf, bedeutete *scut* doch so etwas wie fauler Hund. Daraufhin kniff Angus die Augen zusammen und krempelte die Arme hoch. Als Brendan es ihm gleichtat, griff eine eisige Faust nach Kellys Herzen.

»Du meine Güte«, flüsterte sie Fiora zu, die neben ihr stand. »Sie werden doch nicht …«

»Doch!«, lautete die fröhliche Antwort.

Kelly verspürte Angst, die sich in Verwunderung verwandelte, als die beiden Brüder einen der Tische ansteuerten und sich einander gegenübersetzten. Ohne sich aus den Augen zu lassen, legten sie den Ellbogen ihres rechten Arms auf den Tisch und reichten sich die Hände. Kelly bekam vor Erleichterung weiche Knie, denn sie begriff, dass sich Brendan und Angus lediglich im Armdrücken messen würden. Nachdem Ronan das Startkommando gegeben hatte, legten seine kampflustigen Brüder los. Sofort zeichneten sich deren eindrucksvolle Muskeln ab, doch während Angus grimmig dreinschaute, bedachte ihn Brendan mit einem milden Lächeln. Schon begann Angus' muskelbepackter Arm zu zittern und zu wanken. Schließlich landete seine Hand mit einem Krachen auf den Tischplanken. Das Kräftemessen hatte keine halbe Minute gedauert. Die Umstehenden johlten, Ronan schlug Brendan kräftig auf die Schulter, während Angus gutmütigen Spott über sich ergehen lassen musste.

»Hast du eine Ahnung, wie viel Kraft es kostet, eine umgefallene Kuh wieder hochzustemmen, kleiner Bruder?«, bemerkte Brendan feixend, als sie sich die Hand reichten.

Alle, Angus eingeschlossen, brachen in Lachen aus.

»Und jetzt ist Ronan dran!«, rief jemand.

Brendan winkte lachend ab. »Nein, danke! So schwer wiegt keine Kuh der Welt!«

Erneut erntete er lautes Gelächter.

Fasziniert musterte Kelly ihn. Noch nie, seit sie Brendan kannte, hatte sie ihn so gelöst erlebt. Wie ein Fisch, der nach langer Trockenheit endlich wieder zum Wasser gefunden hatte, so wirkte er auf sie. Es hätte sie nicht verwundert, wenn er vor Übermut einen Luftsprung gemacht hätte. Warum hatte er diesem Leben den Rücken gekehrt? Kelly geriet ins Grübeln. Es war nicht so, dass Brendan in seinem bürgerlichen Umfeld, wenn man es denn so nennen mochte, unglücklich erschien. Beileibe nicht. Nur eben anders. Als würde er im Sparbetrieb laufen. Während sie ihn versonnen musterte, entging ihr, dass er ihr Interesse für ihn bemerkt hatte und nun auf sie zukam.

»Schockiert?«, fragte er mit einem schiefen Grinsen.

Kelly schüttelte den Kopf. »Kein bisschen. Herzlichen Glückwunsch! Das war sehr eindrucksvoll.«

»Ach was! Angus ist noch ein Baby. Ihn zu schlagen, war keine große Kunst.«

Kelly kicherte. »Lass ihn das bloß nicht hören!« Sie blickte zu dem Genannten hinüber, der gerade dabei war, vier Bierkästen heranzuschleppen, ohne auch nur ins Schwitzen zu geraten. »Also ich finde, dass er so gar nichts von einem Baby hat.«

»Als meine Verlobte solltest du davon absehen, ein Auge auf meinen sexy Bruder zu werfen.«

Weil Kelly die Bemerkung für einen Scherz hielt, brach sie in Lachen aus, doch als sie in Brendans Gesicht sah, überraschte sie sein ernster, fast strenger Ausdruck.

Sie hob die Augenbrauen. »Wie jetzt? Nur weil du im Armdrücken gewonnen hast, lässt du den Macho heraushängen?«

Brendan beugte sich zu ihr herab. »Es geht darum, die Illusion aufrechtzuerhalten«, murmelte er. Sein warmer Atem auf ihrer Haut erzeugte ein erregendes Kribbeln.

»Ach ja?« Sie warf den Kopf in den Nacken, brachte ihr Gesicht näher an seins. »Ich werde dich beizeiten daran erinnern.«

Als er blinzelte, verspürte sie ein berauschendes Machtgefühl. Doch ihr Triumph währte nicht lange, denn schon bohrten sich seine Blicke in ihre, stechend, fast ein wenig bedrohlich. Kellys Herz überschlug sich, und sie schluckte schwer. Brendan setzte zum Sprechen an, doch eine Bewegung, die vom Wohnwagen seines Vaters herrührte, erregte seine Aufmerksamkeit. Owen war gerade dabei, seinen Dad herauszutragen und ihn behutsam in einen Sessel mit Decken zu setzen. Jetzt wurde Kelly auch der Frauen gewahr, die den Tisch deckten. Überhaupt war um sie herum rege Geschäftigkeit ausgebrochen.

»Ich gehe mal rüber«, sagte sie. »Sie können sicher Unterstützung gebrauchen.«

Schon eilte sie davon, um Johnnys Mutter aus der Patsche zu helfen, die mit einem gefährlich hohen Stapel Teller kämpfte.

Brendans nachdenklichen Blick, der ihr folgte, bemerkte sie nicht.

BELGISCHE PRALINEN

»Wir haben unsere Gesundheit und unsere Erinnerung, und wir haben unsere Frauen, die uns nach Hause bringen. Cheers!«, kam es Stunden später aus einem Dutzend Kehlen, parallel dazu wurden ein Dutzend Gläser in die Luft gehoben.

Kelly schüttelte den Kopf, ehe sie einen weiteren Schluck Whiskey trank. Momentan sah es nicht danach aus, als ob irgendwer irgendwen nach Hause bringen, geschweige denn fahren würde. Nach dem vierten Guinness und dem zweiten Whiskey hatte sie zu zählen aufgehört. Wie von Zauberhand waren ihre Gläser immer voll gewesen, sobald sie danach gegriffen hatte. Der deftige Eintopf mit Soda Bread hatte zwar eine ordentliche Grundlage geschaffen, die irgendwann aber nicht mehr ausgereicht hatte. Kelly hatte einen ziemlichen Schwips, um es elegant auszudrücken, und bei Brendan sah es nicht viel besser aus. Auf den ersten Blick mochte er zwar nüchtern wirken, doch bei genauerer Betrachtung war da dieser besondere Glanz in seinen Augen, abgesehen davon wurden seine Scherze immer derber, was Kelly zum Kichern brachte.

Inzwischen war es weit nach elf, und die Kinder schliefen bereits in den Wohnwagen. Auch Brendans Vater lag wieder in seinem Bett. Eine ganze Stunde hatte er durchgehalten und mit einem fast glückseligen Lächeln dagesessen und seiner Familie beim Essen, Trinken und Lachen zugeschaut. Einmal war es besonders emotional geworden, als er mit zittriger Hand das Glas gehoben und einen Toast ausgesprochen hatte, der alle jäh hatte verstummen lassen.

»Hoffentlich war eure Mum schon eine halbe Stunde im Himmel, bevor der Teufel gemerkt hat, dass sie tot war!«, hatte er mit überraschend kräftiger Stimme gesagt.

In den Augen der Umstehenden hatte Kelly Tränen schimmern sehen, Brendan war davon nicht ausgenommen gewesen.

»Willst du mir von deiner Mutter erzählen?«, fragte Kelly ihn später.

Wehmütig starrte er in sein Whiskeyglas. »Sie ist gestorben, als ich achtzehn Jahre alt war«, antwortete er nach einer Weile.

»Das tut mir leid.«

»Ist lange her.« Er senkte die Stimme. »Sie war von zarter Konstitution und für dieses Leben eigentlich nicht gemacht … Aber aus Liebe zu meinem Vater ist sie ihm gefolgt.«

»Sie stammt nicht aus diesem …«, Kelly überlegte kurz, »… Umfeld?«

Brendan schüttelte den Kopf. »Nein, sie war die Tochter eines Pastors aus Waterford.« Er lächelte schief. »Und dann heiratete sie in eine katholische Schaustellerfamilie ein. Ihre Eltern hat fast der Schlag getroffen, aber das war ihr egal.«

»Glaubst du, sie war glücklich?«, flüsterte Kelly.

Brendan nickte nachdenklich. »Ich schätze schon. Mein Vater hat sie abgöttisch geliebt, und diese Liebe hat sie an uns weitergegeben. Trotzdem ist sie viel zu jung gestorben. Sie war gerade mal dreiundvierzig.«

»Sie mochte eine zarte Konstitution gehabt haben, doch hat sie einen starken Charakter bewiesen, wenn sie aus Liebe bereit war, dieses harte Leben zu führen«, sagte Kelly behutsam. »Glaubst du nicht?«

Als Brendan diesmal lächelte, las sie in seinen Augen tiefe Trauer. »Danke, dass du das sagst, aber es ändert nichts daran, dass die Liebe sie letztlich getötet hat.«

Protest brannte in Kelly auf. »Das ist doch Käse!«, eiferte sie sich. »Ohne Liebe hätte sie vielleicht länger gelebt, hätte aber nie erfahren, was wahres Glück ist. Und es gäbe dich und deine Geschwister nicht«, fügte sie hinzu und wies auf Fiora und Angus, die sich über irgendetwas schlapplachten.

Brendan nickte matt.

»Hey, kleiner Bruder!«, rief Owen in diesem Augenblick über den Tisch. Wie alle Anwesenden hatte auch er ordentlich einen über den Durst getrunken. »Was guckst du so bedröppelt? Trauerst du deinen Eiern nach?«

»Nein!« Brendans Augen funkelten angriffslustig. »Aber deinen. Eine Maus hat sie sich zwischen die Beine geklemmt, aber sie waren ihr zu klein. Sie hat sie einem Floh geschenkt.«

Alle am Tisch brachen in Gelächter aus und prosteten sich gut gelaunt zu.

Als die Gesten fahriger, die Gespräche verworrener und Kellys Augenlider schwerer wurden, drängte sich Fiora zwischen sie und Brendan.

»In dem Zustand könnt ihr nicht mehr fahren. Ihr schlaft bei mir«, erklärte sie energisch. »Ich übernachte bei Johnny und seiner Familie.«

Kelly wollte protestieren, doch auch an ihrer Zunge schienen Bleigewichte zu hängen, und Brendan machte keine Anstalten, ihr beizustehen. Stattdessen sah er sie mit einem Ausdruck an, der sie noch matschiger werden ließ.

»Gut«, sagte Fiora sichtlich zufrieden. »Dann ist das geritzt!«

»Ich muss Mum anrufen«, brachte Kelly mühsam hervor und fummelte nach ihrem Handy.

»Ja, Schatz?«, erklang es, kaum dass sie die Kurzwahltaste gedrückt hatte. Wie klar und frisch die Stimme ihrer Mutter klang!

»Brendan und ich sind bei einigen Freunden von ihm«, erklärte sie, wobei sie langsam sprach und jede Silbe klar zu artikulieren versuchte. Sie erwähnte seine Familie bewusst nicht. Das würde erst mit seiner Einwilligung geschehen. »Wir haben ein bisschen zu viel getrunken und werden hier übernachten.«

Ihre Mutter gab einen Laut der Überraschung von sich. »Okay«, antwortete sie dann. »Habt noch einen schönen Abend!«

»Danke, Mum«, antwortete Kelly rasch und beendete das Gespräch, ehe ihre Mutter nach Details verlangte.

Als sie sich hochraffte, wankte sie, doch Brendan war sofort zur Stelle. Entschlossen legte er einen Arm um ihre Taille, befreite sie aus der Falle, die ihr Tisch und Bank gestellt hatten, und führte sie anschließend zu einem der umstehenden Wohnwagen.

»Hier sind ein frisches Laken und eine Decke. Kissen liegen im hinteren Schrank«, sagte Fiora, die vor der Tür auf sie wartete, und drückte Kelly den Stapel in die Arme.

»Danke, Schwesterchen«, antwortete Brendan. »Schlaf gut.«

»Ihr auch.« Sie grinste. »Und viel Spaß!«

»Werden wir haben.«

»Was soll das denn heißen?«, nuschelte Kelly, während sie mit Brendans Hilfe die Stufen nach oben nahm.

»Nichts«, sagte Brendan. »Das sagt man so.«

»Aha.«

Brendan öffnete die Tür und ließ Kelly passieren.

»O Mann«, entfuhr es ihr, als sie der Enge im Wohnwagen ansichtig wurde. Ein Tisch, eine Mikrowelle, ein Kühlschrank, eine Tür, hinter der sie das winzige Bad vermutete, und ein aufgeklapptes Sofa, das als Schlafstätte diente. Mehr war da nicht.

Der Nebel der Trunkenheit verflog schlagartig. »Ganz schön schmal«, krächzte sie mit Blick auf das Bett, das mehr einer Pritsche ähnelte.

Brendan musterte sie mit mildem Spott. »Ein Kingsize-Bett passt schwerlich in so einen Wohnwagen.«

»Schon klar.« Sie räusperte sich. »Ich dachte an etwas mehr Intimsphäre.«

»So etwas gibt es hier nicht.«

»Scheint mir auch so.«

Gemeinsam bezogen sie das Bett, dann schloss Brendan die Vorhänge, und Kelly legte ihre Kleidung ab. Trotz des Alkohols in ihrem Blut fröstelte sie. Im Wohnwagen war es nicht besonders warm, deshalb behielt sie zum Schlafen außer Höschen und Unterhemd auch die Socken an. Aus dem Augenwinkel beobachtete sie, wie Brendan sich bis auf seine Boxershorts und ein ärmelloses schwarzes Unterhemd auszog und zwei Kissen aus dem Unterschrank nahm und sie als Barriere in der Mitte des Bettes drapierte. Unwillkürlich musterte Kelly seinen breiten Brustkorb und die muskulösen Oberschenkel.

Als sich ihre Blicke trafen, lief Kelly rot an, worauf ein amüsierter Ausdruck in seine Augen trat. Rasch schlüpfte sie unter die Decke und drehte sich auf die Seite, drückte sich am äußersten Rand gegen die Wand. Das Bett sank unter Brendans Gewicht, als er sich neben sie legte. Die Luft knisterte vor Spannung, und Kelly wagte es kaum, zu atmen. Leichte Übelkeit überkam sie, was nicht nur auf den Alkohol zurückzuführen war.

»Machst du das Licht aus?«, bat Brendan, während sie ihn verwünschte, weil er so gelassen klang.

»Natürlich«, erwiderte sie betont kühl und beugte sich nach oben, um die Lampe auszuknipsen. »Gute Nacht, Brendan.«

»Gute Nacht, Kel.«

In der Dunkelheit wirkte das tiefe Timbre seiner Stimme wie warmer Honig, und ihre Bauchmuskeln zogen sich vor

Nervosität zusammen. Durch die zugezogenen Vorhänge schien sanftes Licht hinein, während die Gespräche draußen immer leiser wurden, bis sie schließlich gänzlich verstummten und Stille sich über den Platz legte.

Es war so friedlich – und scheißkalt!

Kelly rollte sich zusammen, so gut es ging, um sich zu wärmen, aber angesichts der Enge funktionierte der Plan nur bedingt. Kurz überlegte sie, aufzustehen und ihre Jacke anzuziehen, doch dazu hätte sie über Brendan hinwegklettern müssen. Und schenkte man seinen gleichmäßigen Atemzügen Glauben, schien er bereits eingeschlafen zu sein. Typisch Mann! Und irgendwie auch ernüchternd! Als sie vorsichtig den Arm über die Barriere aus Kissen hob, konnte sie die Wärme seines Körpers spüren. Den leistungsfähigsten Heizkörper der Welt direkt in ihrem Rücken, musste sie nicht lange überlegen und legte die Kissen kurzerhand beiseite. Die Wärme, die ihr entgegenschlug, ließ sie aufseufzen. Herrlich! Sie benutzte Brendan als Heizung und hatte deswegen nicht den Hauch eines schlechten Gewissens! Mit einem seligen Lächeln drückte sie sich Zentimeter um Zentimeter nach hinten, bis sein Rücken ihre Bewegung stoppte. Zufrieden schloss sie die Augen, um sie nur einen Atemzug später erschrocken aufzureißen.

Brendan bewegte sich.

Und nicht nur das: Er drehte sich auch zu ihr um.

»Was wird das?«, erklang seine raue Stimme an ihrem Ohr.

Schon war es mit der Entspannung vorbei, dafür wurde ihr gleich noch ein paar Grad wärmer.

»Es ist arschkalt hier drin«, nuschelte sie. »Und du bist schön warm.«

»Sicher, dass du das willst?« Sein Atem kitzelte ihre Schläfe.

»Ganz sicher.«

Er legte einen Arm um sie und zog sie näher zu sich heran.

»Besser?«, fragte er leise und strich mit der freien Hand eine Strähne beiseite, die ihr ins Gesicht gefallen war.

Die zärtliche Berührung schnürte Kelly die Kehle zu. »Viel besser.« Sie räusperte sich. »Jetzt weiß ich auch, warum du nicht Audrey, sondern mich gefragt hast, deine Verlobte zu spielen. Sie wäre wahrscheinlich aus den Latschen gekippt, wenn du sie hierhergebracht hättest!«, sagte sie, nur um von der plötzlichen Nähe abzulenken.

»Darum ging's nicht, Kel«, erklärte Brendan ernst. Er hatte sein Gesicht halb in ihrem Haar vergraben. Herrje, warum tat er nur so was? Wusste er denn nicht um die Wirkung? »Als meine Verlobte bist du sicher vor Owen. Er wird dich in Ruhe lassen.«

»Verstehe. Ganz nach dem Motto, eine Frau kann sich nicht selbst beschützen.« Kelly schnaubte. »Das ist so was von Old School!«

Sein Griff wurde fester. *Besitzergreifender.* »Mag sein, aber so funktioniert die Welt nun mal.«

»Deine Welt, meinst du«, rief Kelly bei dem Versuch, das lustvolle Ziehen in ihrem Unterleib zu ignorieren. »Ich wusste es! Die ganze Sache mit dem gelackten Tierarzt ist nur Fassade. Tief in dir wohnt ein Urzeitmonster!«

Brendan lachte leise, und sie spürte jede Vibration seines Brustkorbes in ihrem Rücken mit hundertfacher Intensität. »Ein Urzeitmonster? Ist das alles, was der wortgewandten Journalistin einfällt?«

Kelly zuckte mit den Achseln. »So schlecht finde ich den Vergleich gar nicht.«

Er verfiel in Schweigen, presste sich noch enger an sie, worauf sie unruhig hin und her rutschte.

»Kannst du das bitte lassen?«, bemerkte Brendan grimmig.

»Sorry, aber die Matratze ist ein wenig unbequem«, entgegnete Kelly mit einiger Genugtuung. Also war sie doch imstande, ihn aus der Fassung zu bringen. »In der Matratze ist ein Hubbel, der unangenehm drückt.«

»Auf die Gefahr hin, dass das jetzt abgedroschen klingt, aber …«

»… der einzige Hubbel hier ist in deiner Hose, richtig?«, platzte es aus Kelly heraus.

Entsetzt presste sie die Lippen zusammen, aber es war bereits zu spät. Hatte der Alkohol ihr noch vor Kurzem das Sprechen erschwert, löste er nun auf verhängnisvolle Weise ihre Zunge.

»Eigentlich hatte ich nur sagen wollen, dass du versuchen musst, es zu ignorieren.«

Gepeinigt schloss Kelly die Augen. *Gott, wie peinlich!* Sie würde nie wieder den Mund aufmachen. Nie, nie wieder!

»Aber da es dich offenbar beschäftigt: Es ist kein Hubbel, sondern ein ausgewachsener Ständer«, fügte Brendan lässig hinzu.

Kelly, die ihr heißes Gesicht ins Kissen presste, verbiss sich ein Lachen. »Das gehört sich ja wohl so bei seiner Verlobten«, murmelte sie und verlieh ihren Worten Nachdruck, indem sie erneut die Hüften bewegte.

Sie erkannte sich selbst nicht wieder. Entweder war sie völlig betrunken oder verrückt, oder beides.

»Kelly«, sagte Brendan mit einem warnenden Unterton, der im Widerspruch zu den kleinen Küssen stand, die er ihr auf den Hals tupfte. »Willst du es etwa darauf ankommen lassen?«

»Gut erkannt, Sherlock.«

Keine Ahnung, welcher Teufel sie ritt, aber mit einem Mal hatte sie genug von diesem ewigen Herumeiern mit Brendan. Sie wollte endlich von der verbotenen Frucht kosten. Hier bot sich eine einmalige Chance, und mit etwas Glück wäre sie anschließend geheilt. Als er mit beiden Händen in ihre Haare griff und

180

ihren Kopf in den Nacken zog, krampfte sich ihr Magen so heftig zusammen, dass ihr ein leises Keuchen entschlüpfte.

»Sicher, dass nicht der Alkohol aus dir spricht?«, flüsterte er und beugte sich herüber.

Sein Gesicht war nur wenige Zentimeter entfernt, um seinen Mund lag ein energischer Zug.

»Nein«, krächzte Kelly. »Und wenn doch, wen juckt's? Heißt es nicht, Kinder und Betrunkene sagen die Wahrheit?« Obwohl ihr Puls gerade Geschwindigkeitsrekorde brach, hielt sie seinem Blick tapfer stand. »Ich will dich heute Nacht. So einfach ist das.«

Brendans Blick verdunkelte sich. »Du bist so unglaublich süß, Kel, wie eine dieser belgischen Pralinen«, murmelte er rau. »Man kann nicht widerstehen, auch wenn man weiß, dass man hinterher davon Bauchschmerzen bekommt.«

»Was?«, begehrte Kelly auf. »Du spinnst d…«

Sie kam nicht mehr dazu, ihren Satz zu beenden, denn im nächsten Moment verschloss er ihren japsenden Mund mit seinen Lippen. Es war ein harter Kuss, der sie schachmatt setzte. Zwischen Kellys Beinen breitete sich feuchte Wärme aus, als seine Zunge ihre Lippen durchstieß und er sie auf den Rücken rollte. Meine Güte, er hielt sich nicht lang mit Vorgeplänkel auf! Seine Finger in ihrem Haar fixierten ihren Kopf, sodass sie seinem hungrigen Mund nicht entgehen konnte. Schüchtern rieb sie ihre Zunge an seiner, und er ergriff sie mit einem leichten Saugen. Ihre Münder bewegten sich in einem zunächst langsamen Tanz, der aber ähnlich dem Klopfen ihres Blutes immer schneller und härter wurde. Das Ziehen in Kellys Becken nahm zu. Gierig schickte sie ihre Hände auf Wanderschaft, tastete sich abwärts und glitt unter sein Unterhemd, um über seine warme nackte Haut zu streichen. Als sie über seinen harten Bauch fuhr, zogen sich seine Muskeln zusammen. Keuchend presste sich Kelly an ihn und er sich an sie. Kurz zögerte sie, ehe sie mit den

Fingerspitzen seine Erektion durch den Stoff seiner Boxershorts berührte. Ganz sachte, dennoch reichte es aus, um ihm ein tiefes Stöhnen zu entlocken.

Wundervoll.

»Kel«, raunte Brendan an ihren Lippen. »Bevor wir weitermachen, möchte ich etwas klarstellen.«

»Was denn?« Sie klang genauso atemlos wie er. »Soll ich vorher ein ärztliches Aufklärungsformular unterschreiben?«, fragte sie und verspürte dabei ein Gefühl von Erleichterung. Sie war immer noch bei Sinnen, sonst hätte sie ein solch kompliziertes Wort wie »Aufklärungsformular« nie aussprechen können!

Kurz zuckten seine Mundwinkel, ehe Brendan wieder ernst wurde. »Nein. Es ist nur …« Er rang sichtlich nach Worten, begann von Neuem. »Das hier hat nichts zu tun mit …«

»Liebe?« *Also das, was deine Mutter letztlich getötet hat?*

»Ja, genau«, antwortete er hörbar aufatmend.

»Natürlich nicht.« Was folgte, war eine Performance, die selbst Meryl Streep vor Neid hätte erblassen lassen, befand Kelly. »Ich bin erwachsen, Brendan«, entgegnete sie und würzte das Ganze mit einem, wie sie hoffte, verrucht klingenden Lachen. »Du bist nicht der erste Mann, mit dem ich unverbindlichen Sex hatte, und du wirst auch nicht der letzte sein.«

»Gut.«

Ehe er etwas hinzufügen konnte oder sich ihre aufgesetzte Coolness in Luft auflöste, presste sie sich wollüstig an ihn. »Und jetzt lass es gut sein mit dem überkorrekten Doktor«, sagte sie ein wenig gereizt, um den albernen Schmerz in ihrem Herzen zu vertreiben. »Zeig mir das Urzeitmonster.«

Sein dunkler Blick ließ sie innerlich erbeben, als er ihr Unterhemd langsam nach oben zog und ihre Brüste freilegte. Die empfindlichen Knötchen wurden sofort hart, was für Brendan einer Einladung gleichkam. Er ließ seine Fingerspitzen an ihrem Hals hinab zu ihrem Schlüsselbein gleiten, umrundete wieder und wieder ihre vollen Brüste, wobei er seine Kreise immer enger zog, bis er die Knötchen fast berührte. Aber nur fast. Kellys Wangen röteten sich, ihr Herz drohte zu zerspringen, während sie ihn dabei beobachtete. Mit einem kleinen wollüstigen Lächeln nahm er eine der Spitzen zwischen die Finger und zwirbelte daran, nicht zu fest, aber fest genug, um Kelly ein leises Wimmern zu entlocken. Dann bedachte er ihre andere Brustwarze mit der gleichen Aufmerksamkeit.

Als er den Kopf beugte, um über die harten Knospen zu pusten, nahm das Pochen in ihrem Unterleib zu, und sie bäumte sich ihm verlangend entgegen. Er kam ihrer stummen Aufforderung nach und schloss seine Lippen um eine ihrer Brustwarzen, ließ dann seine heiße, feuchte Zunge kreisen. Kelly konnte nicht anders, als mit der Hand durch sein weiches Haar zu fahren, wobei ihre Augen irrsinnigerweise feucht wurden. Bis er zu saugen begann, erst sanft, dann immer fester. In ihrem Schoß tobte ein Kampf, und sie drückte unwillkürlich ihre Oberschenkel fest zusammen, wie um sich Linderung zu verschaffen. Was ihr natürlich nicht gelang. Ihr entfuhr ein Wimmern.

»Alles okay?«, fragte er heiser.

»Klar«, krächzte sie. »Ich mag wie eine belgische Praline sein, aber ich bin nicht aus Zucker.«

Zu ihrer Überraschung hob er den Kopf und drückte ihr einen zarten Kuss auf die Lippen. »Tut mir leid, wenn ich dich mit meiner Bemerkung verletzt habe, Kel«, sagte er. »Das lag nicht in meiner Absicht.«

Mit diesen Worten biss er in einen der harten, feuchten kleinen Knoten, und die Wollust durchfuhr Kelly wie ein Blitz.

»Schon okay«, stammelte sie.

Abwechselnd widmete er sich ihren Brustwarzen, mal genüsslich, mal quälend, Glut und kühlende Feuchte in einem Wechsel, der Kelly an den Rand der Beherrschung brachte. Als seine rechte Hand über ihren Bauch nach unten strich, ließ er sie keinen Moment aus den Augen. Jede ihrer Gefühlsregungen registrierte er mit Genugtuung. Herrgott! Sie hätte es ihm mit gleicher Münze heimzahlen sollen, aber im Moment war sie zu keiner Regung fähig. Zu überwältigend waren seine Berührungen. Dabei wäre es ein Leichtes gewesen, denn seine Erregung zeichnete sich unter den Boxershorts deutlich ab. Er schob ihren Slip zur Seite und strich mit dem Daumen wie zufällig über ihren Kitzler. Kellys Kehle wurde staubtrocken, dafür troff sie zwischen den Beinen vor Lust.

Nun spreizte sie die Oberschenkel, wollte seine Finger in sich spüren. Er tat ihr den Gefallen, nicht aber ohne sie ein wenig zu quälen, indem er mit seinen leicht rauen Knöcheln über ihren feuchten Eingang strich. Prompt vergaß sie, zu atmen. Kurz hielt er inne, bevor er zwei Finger in sie hineingleiten ließ. Obwohl er sanft vorging, bockte sie, und ihr entfuhr ein lautes Stöhnen, zumal er mit dem Daumen ihre geschwollene Perle rieb. Unruhig bewegte sie die Hüften, rieb sich an seiner Hand, bis er weitere Finger zwischen ihre Schamlippen schob. Im nächsten Augenblick spürte sie seinen hitzigen Atem an ihrem Hals, in den er sie sanft biss. Mit durchgedrücktem Rücken bog sie sich ihm entgegen, das Blut rauschte in ihren Ohren. Noch niemals hatte sie einen Mann so sehr begehrt wie Brendan in diesem Moment. Schweißperlen traten ihr auf die Stirn, während sein Daumen ihren Kitzler immer schneller bearbeitete. Alles in ihr krümmte sich zu einem gewaltigen Orgasmus, ihre Augenlider flatterten, der Wohnwagen und Brendan wurden unscharf.

»Nichts für ungut, Kel«, raunte er an ihrem Ohr. »Aber beim ersten Mal will ich, dass wir zusammen kommen.«

»Wa…as?«

»Du hast mich verstanden.«

»Ach, komm schon.«

Er schüttelte tadelnd den Kopf, woraufhin sie ihn mit einem wütenden Blick bedachte, doch die Lust, die durch ihre Adern pulste, machte die Wirkung zunichte. Also beschloss sie, den Spieß umzudrehen.

»Zieh das Unterhemd aus!«, befahl sie mit heiserer Stimme. Kurz sah er sie an, dann kam er ihrer Aufforderung nach.

»So ist es brav«, murmelte sie im höchsten Maße zufrieden. Jetzt war sie der Boss!

Aufreizend langsam strich sie über seinen nackten Unterbauch, packte den Bund seiner Boxershorts, den sie herunterzog, wenn auch nicht vollständig. Ihre Augen saugten sich an der gewaltigen Beule unter dem Stoff fest, während Brendan sie wie das Kaninchen die Schlange anstarrte. Genüsslich schob sie eine Hand unter den Bund, spürte samtüberzogene Härte unter ihren Fingern und leckte sich über die Lippen. Zunächst strich sie sanft darüber, dann umfasste sie ihn und begann ihre Hand vor und zurück zu bewegen. Wie gut er sich anfühlte! Mit einem leisen Stöhnen presste Brendan von außen seine Hand auf ihre.

»Gefällt dir das?«, flüsterte Kelly, bevor sie mit ihrer Zunge eine feuchte Spur über seine rechte Brustwarze zog. Immer wieder verschwamm die Welt vor ihren Augen, so berauscht war sie.

Brendan zuckte bei ihrer Berührung, und ihre Blicke hafteten einen langen Moment aneinander.

»Was glaubst du wohl?« Seine Stimme klang heiser, seine Augenlider waren schwer vor Verlangen.

Worauf sich Kelly genötigt fühlte, ihre Hand ein wenig schneller zu bewegen.

»Okay, okay«, brach es aus Brendan heraus. »Genug des Vorspiels.«

»Ach, auf einmal?«, neckte Kelly ihn.

Ohne seinen brennenden Blick von ihrem Gesicht abzuwenden, zog er seine Boxershorts aus. Seine Erektion bescherte Kelly Magenflattern. Wie der ganze Mann auch war sein Schwanz perfekt. Sie war von dem Anblick so fasziniert, dass sie ihre Augen erst davon löste, als das charakteristische Geräusch von reißendem Zellophan erklang. Verblüfft sah sie Brendan an, der gerade dabei war, sich das Kondom überzuziehen.

»Wo hast du das Teil her?«, fragte sie.

»Als Arzt muss man auf alle Eventualitäten vorbereitet sein«, antwortete er mit würdevollem Unterton, was im Widerspruch zu dem Hunger in seinen Augen stand.

Kelly prustete los. »Du bist Veterinär.«

»Und wenn schon«, brummte er und legte sich auf sie.

Überwältigt umarmte sie ihn, küsste seine Schulter, während er ihre Beine spreizte und vorsichtig in sie eindrang.

»Wie gesagt«, flüsterte sie in sein Ohr. »Ich bin nicht aus Zucker.«

»Aber dafür eine echte Sklaventreiberin«, sagte er, und sie konnte das Lachen in seiner Stimme hören.

Mit langen gemächlichen Stößen begann er, sich in ihr zu bewegen, und ein heftiger Schauer durchfuhr sie, von den Zehen bis zu den Haarwurzeln. Er füllte sie so perfekt aus, dass er bei jedem Stoß ihren geschwollenen Kitzler rieb. Ihr entfuhr ein Stöhnen. Schon beschleunigte er seine Bewegungen. Nun prallte sein Unterleib hart gegen ihren, immer schneller fuhr er aus ihr heraus und wieder hinein. Überwältigt schloss Kelly die Augen, hörte seinen abgehackten Atem, roch seinen männlichen Duft, spürte seine heiße Haut auf ihrer. Wenn sie in ihn hätte kriechen können, sie hätte es getan. Kurz hielt er inne, verschränkte seine Finger mit ihren und nagelte ihre Hände über ihrem Kopf fest, um kurz darauf seine Stöße wieder aufzunehmen. Gierig drückte sie sich ihm entgegen, während seine Bewegungen immer mehr an Fahrt aufnahmen. Als sie die Augen öffnete, bemerkte sie, dass die Sehnen an seinem Hals deutlich hervortraten, dann ging ein Zucken durch seinen Körper. Er ließ ihre Hände los und legte sich vollständig auf sie, presste sie hart gegen die Matratze, während er seine Hüften unermüdlich bewegte.

Kelly barg den Kopf in seiner Halsbeuge. »Halt mich fest, Brendan«, stammelte sie.

»Wie könnte ich nicht?«, flüsterte er heiser, und für einen Moment setzte ihr Herz aus.

Sie konnte den Schweiß auf seiner Stirn sehen, spürte die Stärke seiner Muskeln und wie sich seine Erregung immer weiter nach oben schraubte. Dann senkten sich seine Lippen auf ihre, und eine gewaltige Welle rollte über sie hinweg, die sie gemeinsam in den Abgrund riss. Der nicht enden wollende Orgasmus zerriss sie fast, erschütterte sie bis ins Mark. Brendan erstickte ihren Schrei mit langen, intensiven Küssen, um kurz darauf seinen Höhepunkt in ihren Mund zu stöhnen. Er verströmte seine Lust in ihr, hielt sie fest an sich gedrückt, machte sie bewegungsunfähig, bis seine Zuckungen verebbt waren. Als er sich mit einem leisen Seufzen aus ihr herauszog und sich auf den Rücken rollte, war der Schmerz über den plötzlichen Verlust kaum zu ertragen. Hinter Kellys Augen brannte es verdächtig. Am liebsten hätte sie ihn packen und nie wieder loslassen wollen, doch sie beließ es dabei, sich an ihn zu pressen.

Ihre Furcht war unbegründet, denn er legte seinen Arm um sie.

»Wie es aussieht, harmonieren wir nicht nur beim Tanzen«, sagte er ein wenig atemlos und drückte ihr einen Kuss auf die Schläfe.

Mehr als ein Nicken brachte sie nicht zustande, denn alles, was sie in diesem Moment dachte, war: *Ich liebe dich. Ich liebe dich. Ich liebe dich.*

Ihr Herz zog sich schmerzhaft zusammen, und sie biss sich auf die Unterlippe, um ein Wimmern zu unterdrücken, das dieses Mal nichts mit Sinneslust zu tun hatte. Eine Träne rann ihr die Wange hinunter. Hätte sie doch nur der Versuchung widerstanden! Nur noch eineinhalb Wochen, dann wäre sie unbeschadet zu ihrem Leben ohne Brendan zurückgekehrt. Sicher, die Ungewissheit über ihre Gefühle hätte sie vielleicht noch eine Weile beschäftigt, aber immer noch besser als die Gewissheit, dass sie nicht nur nicht über ihn hinweg war, sondern dass ihre Gefühle noch stärker geworden waren. Tiefer, erwachsener. Und dass Brendan für sie unerreichbar bleiben würde!

Schließlich hatte er deutlich gesagt, dass ihre gemeinsame Nacht nichts mit Liebe zu tun hatte. Wie abgeklärt sie getan hatte, doch in Wirklichkeit war sie immer noch die gleiche blöde Kuh wie vor zehn Jahren!

Sie machte sich von Brendan los und drehte ihm den Rücken zu.

»Ich bin müde«, murmelte sie, froh, dass sie diese drei einfachen Worte herausbrachte, ohne in Schluchzen auszubrechen.

»Alles okay, Kel?« Er klang besorgt, was es nicht einfacher machte. So gern hätte sie ihn gehasst, aber es wollte ihr nicht gelingen. Wie auch?

»Ja«, antwortete sie. »Gute Nacht.«

»Gute Nacht.«

Sie spürte sein Zögern. *Bitte nicht küssen oder streicheln!*, bat sie stumm.

Zum Glück verschonte er sie mit weiteren Zärtlichkeiten. Dafür schlief er kurz darauf ein, während sie die ganze Nacht kein Auge zutat.

Ein kalter Morgen

So kam es, dass Kelly, als der Handywecker am nächsten Morgen um fünf Uhr klingelte, bereits angezogen war und vor dem Wohnwagen darauf wartete, dass sich Brendan zur Abfahrt fertig machte. Lieber ertrug sie die Kälte draußen als die trügerische Nähe drinnen. Der Jahrmarkt lag wie im Dornröschenschlaf, hier und da war die Wolkendecke durchbrochen und einzelne Sterne lugten hervor. Bald würde ein neuer Tag anbrechen. Der erste schmerzvolle Tag von vielen, die noch folgen würden. Kurz überlegte Kelly, ob sie Unwohlsein simulieren sollte, um ihren Dienst in der Praxis nicht antreten zu müssen, entschied sich aber dagegen. Sie war kein Feigling und würde es bis zum bitteren Ende durchstehen!

»Willst du dich noch verabschieden?«, begrüßte sie Brendan, als er zehn Minuten später die Stufen herunterkam.

Er schüttelte den Kopf. »Habe ich gestern Abend schon gemacht. Die schlafen alle noch.« Dann musterte er sie stirnrunzelnd. »Ist wirklich alles okay?«

Sie winkte ab. »Jaja. Ich habe nicht gut geschlafen und brauche dringend einen Kaffee!«

Brendan lächelte. »Das verstehe ich. Lass uns unterwegs einen kurzen Halt in Cruinn machen und dort frühstücken.«

»Schaffen wir das zeitlich?«

»Wenn wir uns ein paar Minuten verspäten, ist es auch nicht schlimm.«

»Ach, auf einmal.«

»Ja, auf einmal.« Er zwinkerte ihr zu, doch sie ging nicht auf seinen scherzhaften Ton ein.

Wollte sie die letzten Tage in der Praxis heil überstehen, musste sie Distanz zu ihm wahren. Mit Schrecken stellte sie fest, dass er auf sie zukam und ihr sanft über die Haare strich.

»Das war schön, heute Nacht«, murmelte er. Der schlaftrunkene Ausdruck in seinen Augen und das unrasierte Gesicht verliehen ihm etwas Männliches und zugleich Verletzliches.

Ihr Herz krampfte sich zusammen. »Fand ich auch«, antwortete sie, um einen möglichst sachlichen Tonfall bemüht.

Als sie sich abwenden wollte, hielt er sie am Arm fest. »Du benimmst dich seltsam, Kelly«, sagte er. »Glaubst du, dass es ein Fehler war?«

»Aber nein.« Sie stieß ein Lachen aus, das sich in ihren Ohren schrecklich schrill anhörte. »Nur sind wir uns hoffentlich einig, dass es bei diesem einen Mal bleiben wird, richtig?«

Er nahm die Hand von ihrem Arm. Ein schwer zu deutender Ausdruck lag auf seinem Gesicht. Verwirrung vielleicht. »Wenn du es so wünschst.«

»Tue ich. Außerdem hast du mit Audrey was laufen, oder irre ich mich da?«

Diesmal war ihm das schlechte Gewissen deutlich anzusehen. »Audrey, richtig«, antwortete er zögernd. »Ich werde ihr das wohl beichten müssen.«

Kelly machte eine wegwerfende Handbewegung. »Wegen mir musst du das nicht!«

Wie erwachsen sie sich verhielt! Ihre Mutter wäre stolz auf sie gewesen.

»Hey, Brendan!«, rief in diesem Moment eine Stimme.

Es war Owen, der gerade aus seinem Wohnwagen trat. Er trug ein enges Shirt und graue Trainingshosen, und wieder einmal musste sich Kelly eingestehen, dass er eine eigene, herbe Attraktivität ausstrahlte.

»Warte, ich bin gleich wieder zurück«, sagte Brendan und ging zu seinem Bruder.

Beide unterhielten sich angeregt, doch obwohl Kelly die Ohren spitzte, verstand sie kein Wort. Owens finsterer Blick allerdings war nicht zu übersehen, dennoch reichten sich die beiden Brüder zum Abschied die Hände.

»Wir gehen«, sagte Brendan und legte seinen Arm um Kellys Taille. Sie ließ es nur deshalb zu, weil sie wusste, dass diese Geste als Botschaft an seinen Bruder gedacht war. »Ihr beide werdet euch in Zukunft nicht mehr in die Quere kommen, nicht wahr?« Und als Kelly nicht antwortete, wiederholte er eindringlich: »Nicht wahr?«

»Wir werden sehen.«

Warum sie das sagte, wusste sie selbst nicht. Vielleicht um Brendan zu ärgern, was wiederum alles andere als erwachsen war.

Daraufhin packte er so fest ihren Arm, dass sie einen Schmerzensschrei unterdrücken musste. »Das ist mein Ernst, Kelly«, zischte er. »Halt dich von Owen fern! Als meine Verlobte bist du vor ihm sicher, weil du praktisch zur Familie gehörst, trotzdem solltest du ihn nicht reizen. Er ist unberechenbar.«

»Okay«, murmelte Kelly und rieb sich den Arm, nachdem er sie losgelassen hatte. »Ich hab's kapiert.«

Brendan sah sie zerknirscht an. »Entschuldige«, murmelte er. »Ich wollte dir nicht wehtun.«

Zu spät.

»Schon gut. Das vergeht wieder«, antwortete sie.

Die Fahrt nach Cruinn legten sie schweigend zurück. Kellys Versuch, Brendan zu ignorieren, stellte sich als hoffnungsloses Unterfangen heraus. Jetzt, da sie miteinander intim geworden waren, schienen ihre Sinne noch empfindlicher auf ihn zu reagieren. Gerade überlegte sie, das Fenster zu öffnen, um wieder frei atmen zu können, als er vor Valery's Cafè hielt. Weil es noch früh war und Valery eben erst geöffnet hatte, ergatterten sie einen der begehrten Tische am Fenster. Ihr Frühstück bestand aus Kaffee, Scones und einem mürrischen »Morgn!«.

»Besser?«, fragte Brendan freundlich, nachdem Kelly ihre Tasse halb ausgetrunken hatte.

Sie rang sich ein Lächeln ab. »Viel besser.«

»Gut.« Er goss ihnen Kaffee nach.

»Danke.« Kelly musterte ihn unauffällig. Die feinen Falten um seinen Mund, die kleine Narbe unterhalb seines rechten Auges, das weiche Haar, das sich an seine Stirn schmiegte. Sie schluckte. Wenn sie schon in seiner Nähe sein musste, wollte sie auch ihre Neugier befriedigen.

»Ich möchte dich etwas fragen«, begann sie.

Er verzog das Gesicht. »Kann ich mir vorstellen.«

»Warum hast du die Existenz deiner Familie verleugnet?«

»Ich wollte einfach nicht über sie reden«, antwortete er nach kurzer Überlegung. »Ich habe dieses Kapitel meines Lebens abgeschlossen.«

»Nach einem Abschluss sah das gestern Abend aber nicht aus«, bemerkte Kelly.

»Schon möglich. Aber es war nicht immer so.« Gedankenverloren rührte er mit dem Löffel in seinem Kaffee. »Sie haben mich verstoßen, nicht andersherum.«

»Wie meinst du das?«

»Als ich meinem Vater gestand, dass ich Tiermedizin studieren und mich danach irgendwo niederlassen wollte, beging ich damit in seinen Augen den größtmöglichen Verrat. Von dem Moment an war ich für ihn gestorben. Ich schätze, dass mein Name nicht einmal mehr erwähnt werden durfte. Seine Krankheit hat wohl alles verändert. Jetzt, da er den Tod vor Augen hat, wird er weich. Er versteht es immer noch nicht, trotzdem ist er bereit gewesen, sich mit mir zu versöhnen.«

»Heißt das, du wirst in Zukunft wieder mehr Kontakt zu deiner Familie pflegen?«

»Vielleicht. Loyalität hat für sie einen hohen Stellenwert. So leicht werden mir meine Geschwister nicht vergeben.«

»Fiora sicher.«

Brendan lächelte. »Ja. Fiora ist anders.«

»Sie ist eine Frau«, sagte Kelly. »Warum wolltest du damals Tiermedizin studieren?«, fragte sie, als er nichts sagte. »Wegen deiner Zuneigung zu Agatha?«

Er runzelte nachdenklich die Stirn. »Ich hätte alles gemacht, nur um von dort wegzukommen«, antwortete er schließlich. »Aber ja, ich denke, meine Tierliebe war es, die mich dazu gebracht hat, Veterinärmedizin zu studieren.«

»Wolltest du wegen des harten Alltags von dort weg?«

»Nein«, antwortete Brendan, ohne auch nur eine Sekunde zu zögern. »Weil ich mich unfrei fühlte.«

»Unfrei?«, wunderte sich Kelly. »Aber heißt es nicht immer, das Nomadenleben der Schausteller sei der Inbegriff der Ungebundenheit?«

»Oberflächlich betrachtet vielleicht, aber die Welt der Schausteller ist sehr eingeschränkt, Kel. Allein der Aberglaube. Niemand darf etwas essen, solange nicht das erste Handgeld in der Kasse ist. Ich kenne einige Familien, die sich gegenseitig nie Geschenke machen, weil es hinausgeworfenes Geld und damit ein schlechtes Omen wäre. Mein Großvater hat jeden Tag auf die erste Münze gespuckt, die er verdient hat.« Brendan schüttelte bekümmert den Kopf. »Du hast die Wohnwagen gesehen, Kelly. Überall Kreuze, Heiligenbilder, Souvenirs und anderer

Nippes. Wie kann sich das Denken entwickeln, wenn es an so viele Hindernisse stößt?«

Kelly neigte leicht den Kopf, während sie ihn musterte. »Du musst doch auch ein paar schöne Momente erlebt haben.«

»Sogar sehr viele! Ich war kein unglückliches Kind, auch wenn die Arbeitstage lang waren, meistens bis nachts. Als Teenager haben wir uns darum geprügelt, wer beim Autoscooter arbeiten durfte. Da war man der Star, stand lässig in der Ecke und wurde von den Mädchen angehimmelt. Wir gaben uns verwegen, meine Brüder und ich, mit Muskelhemd und Kippe im Mundwinkel.« In Brendans lachende Augen trat ein sentimentaler Ausdruck. »›Wagen vierzehn möchte gerammt werden!‹, riefen Ronan oder ich durchs Mikro, wenn Mädchen ohne Begleitung unterwegs waren. Das hat Laune gemacht!« Brendan wurde wieder ernst. »Nein, es waren schöne Jahre. Trotzdem wurde mir irgendwann bewusst, dass ich etwas anderes sehen und das nicht bis zu meinem Tod machen wollte. Schausteller verlassen ihre Wohnwagen nur, um auf dem Friedhof begraben zu werden, heißt es.«

Kelly brauchte einen Moment, ehe sie antwortete. »Das klingt nach eingefahrenen Strukturen, klar, aber bieten sie nicht auch Sicherheit?«

»Mir war meine Freiheit wichtiger.«

Kelly nickte. »Das verstehe ich. Und ich hoffe wirklich, dass dir deine Familie irgendwann vergeben wird.«

Er zuckte mit den Achseln, den Blick auf seinen Kaffee gerichtet. Kelly verschränkte die Hände, um nicht in Versuchung zu geraten, ihm übers Gesicht zu streicheln.

Dann hob er den Kopf. »Was soll's! Das ist alles Schnee von gestern. Das Leben geht weiter. Und ganz unter uns: Ich komme allein sehr gut klar.«

Ist mir auch schon aufgefallen, dachte Kelly traurig.

»Es war sicher nicht einfach, den Sprung zur Universität zu schaffen«, sagte sie und wurde prompt rot. »So habe ich das nicht gemeint … Es ist nur so …« Sie geriet ins Stammeln. »Studieren kostet Geld …«

Brendan lächelte matt. »Ich habe in der Abendschule den erforderlichen Abschluss nachgeholt und mich dann fürs Studium der Veterinärmedizin am University College in Dublin eingeschrieben. Als Spross einer Schaustellerfamilie lernt man früh, hart zu arbeiten. Also habe ich auf dem Bau gejobbt, um mir das Studium zu finanzieren. Ehrlich gesagt hat sich das zeitweise wie Urlaub angefühlt.« Sein Lächeln wurde breiter. »Eine Bude im Studentenwohnheim ganz für mich allein, fließendes Wasser und eine funktionierende Heizung, keine nächtlichen Ausflüge in arschkalte Toiletten … Ein Traum!«

Obwohl ihr Herz schwer war, fiel Kelly in sein Lachen ein. Eine Weile hingen sie ihren Gedanken nach, bis sie das Schweigen brach.

»Brendan?«

»Hm?«

»Ich verstehe das mit den Hindernissen, die das Denken behindern«, begann sie vorsichtig.

»Aber?«

»Nichts aber.« Sie räusperte sich. »Ich denke nur, dass eine Grünpflanze oder ein paar hübsche Kissen in deinem Haus deine Freiheit nicht zu sehr einschränken würden.«

Brendan warf ihr einen unergründlichen Blick zu. »Du magst meinen Einrichtungsstil nicht, Kelly. Ich denke, du hast deinen Standpunkt mehr als einmal klargemacht.«

»Darum geht es nicht. Ich …«, stammelte sie.

Wie sollte sie ihm erklären, dass nach dem gestrigen Abend voller Lachen und Lebensfreude sein liebloses Zuhause sie mit Traurigkeit erfüllte?

»Noch Kaffee?«, warf Valery ein, die an ihren Tisch getreten war und auf die leere Kanne wies.

»Nein, danke«, antwortete Brendan, dessen unwirscher Tonfall dem der Cafébesitzerin in nichts nachstand. »Wir müssen los, sonst kommen wir zu spät.«

Kelly biss sich auf die Lippe. Mit ihrer Bemerkung hatte sie ihn verärgert, so viel war sicher. Sollte sie sich entschuldigen? Sie öffnete den Mund, doch Brendan war bereits aufgestanden und stürmte nach draußen. Gleich darauf rief ein Rinderzüchter völlig panisch auf seinem Handy an, weil zwei seiner Tiere Fieber und Speichelfluss hatten, mögliche Anzeichen einer Maul- und Klauenseuche also. Nachdem Brendan sie zu Hause abgesetzt hatte, nicht ohne ihr den Schlüssel für die Praxis zu geben, fuhr er gleich weiter zu dem Züchter. Kelly sprang unter die Dusche und zog sich um, was rasch vonstattenging, da ihre Mutter bereits im Laden war. Dann machte sie sich auf den Weg nach Straleel.

Obwohl sich die Symptome bei den beiden Rindern lediglich als Vorboten einer Durchfallerkrankung herausstellten, die Brendan medikamentös behandelte, blieb er den ganzen Tag über auf dem Bauernhof, um sicherheitshalber alle Tiere zu untersuchen. Hätte Kelly ihm unter die Arme gegriffen, wäre er vielleicht schneller fertig geworden, doch obwohl sie mehrmals miteinander telefonierten, bat er sie nicht darum, also sprach sie das Thema nicht an. Am späten Nachmittag teilte er ihr mit, dass sie Feierabend machen könne und den Schlüssel an der üblichen Stelle unter einem Stein an der Hauswand deponieren solle. Niedergeschlagen packte sie zusammen und fuhr nach Hause. Sollte Brendan weiterhin schmollen, würde ihre letzte Arbeitswoche zur Tortur werden.

An diesem Abend wich sie den Fragen ihrer Mutter erfolgreich aus. Sie wollte nicht an Brendan denken, geschweige denn über ihn sprechen.

Wie sich herausstellte, stand ihr doch keine Tortur bevor, denn nur zwei Tage später, an einem Freitag, eröffnete ihr Brendan, dass Simone die Reha erfolgreich hinter sich gebracht habe und ihre Arbeit am Montag wieder aufnehmen werde.

Obwohl Kelly Erleichterung hätte verspüren müssen, starrte sie ihn perplex an. »Ich dachte, ich mache noch die nächste Woche.«

»Die Pläne haben sich geändert.« Brendan wandte den Blick ab, blickte auf seine Uhr. »Selbstverständlich bekommst du dein Geld trotzdem.«

Dein Geld kannst du dir irgendwo hinschmieren!, dachte Kelly, die von einer Sekunde auf die andere eine Stinkwut verspürte.

»Danke«, antwortete sie stattdessen, schließlich brauchte sie jeden Euro.

»Gut«, sagte er hörbar erleichtert und schaute wieder auf. »Es wäre schön, wenn du Montagmorgen noch kommen würdest, damit ihr die Übergabe machen könnt.« Er lachte übertrieben. »Dann bist du deinen furchtbaren Boss und seinen schlechten Einrichtungsgeschmack endlich los.«

»So habe ich das nicht gem…«, setzte Kelly zur Erklärung an, doch Brendan war mit seiner Arzttasche schon hinausgestürmt.

Am liebsten wäre sie ihm hinterhergelaufen, um ihm zu sagen, er solle sich nicht wie eine verdammte Mimose aufführen. Doch es erklangen bereits Motorgeräusche, gefolgt von quietschenden Reifen. Er musste zu seinem Wagen gesprintet sein!

»Meep! Meep!«, zischte sie grimmig, in Anlehnung an die berühmte Cartoonfigur Road Runner, die dafür bekannt war, sich blitzschnell aus dem Staub zu machen.

Kelly fluchte. Was für ein Feigling! Audrey und er verdienten einander! Ihrer Verachtung zum Trotz konnte sie nicht verhindern, dass ihre Augen brannten, als sie auf die geschlossene

Tür starrte. Den ganzen Heckmeck mit Brendan auf diese Weise zu beenden, mochte hässlich sein, trotzdem war es das Beste, was ihr widerfahren konnte. Zumindest versuchte sie, sich das einzureden.

Das darauffolgende Wochenende verbrachte sie damit, ihre Nase in die Arbeit zu stecken, so tief, dass für andere, unliebsame Dinge kein Platz mehr war. Sie erstellte eine Rohfassung ihres Artikels, den sie nach und nach mit Fakten und Erkenntnissen füllen würde. Dem Tathergang, den Hintergründen, der Aufklärung. Sie suchte alle Infos zusammen, die mit dem Diebstahl des Reliquienkreuzes und den beteiligten Personen zusammenhingen. Dabei stieß sie im Internet auf einen Artikel, in dem der Gemeindepriester der Holy Trinity Church betonte, dass er seiner kriminellen Vergangenheit vor langer Zeit abgeschworen habe. Nachdem die Polizei ihn zum Verhör geladen hatte, fühlte er sich wohl zu diesem Statement verpflichtet. Außerdem verschaffte sich Kelly einen Überblick über die Kirchendiebstähle der letzten zwanzig Jahre in Irland, wobei sie mit einiger Verwunderung feststellte, dass es gut drei Dutzend derartige Vorfälle gegeben hatte. Deshalb machte sie sich daran, nach Parallelen oder ähnlichen Vorgehensweisen zu suchen. Was die Polizei sicher bereits getan hatte. Aber vielleicht gelang es ihr, etwas zu sehen, was den Beamten entgangen war.

Um sich zwischendurch die Beine zu vertreten, fuhr sie zu Mr Byrne und teilte ihm mit, dass sie den Besitzer des Anhängers ausfindig gemacht hatte. Die Geschichte, die sie ihm auftischte, handelte von einem Handelsvertreter, dessen Kette gestohlen worden war. Wie sie hinter Cliodhnas Schleier gelandet war, würde ein ewiges Rätsel bleiben. Mr Byrne, der sich wie immer über ihren Besuch freute, ließ es sich nicht nehmen, Kaffee und Gebäck zu servieren. Und so wurde aus der Stunde, die Kelly hatte bleiben wollen, der halbe Samstagnachmittag. Natürlich erzählte sie ihm von ihren Recherchen zum Verschwinden des

Reliquienkreuzes. Wie erwartet war der alte Mann sofort Feuer und Flamme und versprach, zu helfen, wenn er konnte.

»Wir beide sind wie Sherlock Holmes und Doktor Watson«, sagte er anschließend mit rötlich glänzenden Wangen.

»Eher wie Miss Marple und Mr Stringer«, entgegnete Kelly gut gelaunt.

Mr Byrne schmunzelte. »Bist du dafür nicht ein wenig jung?«

Sein spitzbübisches Lachen war ansteckend, und so fiel sie schließlich ein. Ein Besuch bei ihrem ehemaligen Geschichtslehrer hatte eine ähnlich vitalisierende Wirkung wie ihre Radausflüge zu der alten Mühle – die sich trotz des zunehmend schlechten Wetters, das den Spätherbst einläutete, häuften.

Die Übergabe in Brendans Praxis am darauffolgenden Montag verlief reibungslos, und Kelly konnte Simone ansehen, wie sehr sie sich freute, wieder arbeiten zu können. Die ältere Frau war voll des Lobes für sie, was Kelly einen kleinen Triumph bescherte. Anscheinend war sie doch nicht so unfähig gewesen, wie Brendan ihr manchmal hatte weismachen wollen.

Dann kam der Moment des Abschieds.

Brendan und sie reichten sich die Hände – was seltsam anmutete, wenn man bedachte, dass sie sich nur wenige Tage zuvor leidenschaftlich geliebt hatten.

»Danke für deine Hilfe, Kel«, sagte er.

Zwar blickte er ihr dabei ins Gesicht, doch war der Ausdruck in seinen Augen seltsam unbeteiligt, was ihr einen dicken Kloß im Hals bescherte. Er stand direkt vor ihr, hielt ihre Hand, doch genauso gut hätte er auf einem anderen Planeten sein können.

»Habe ich gern gemacht«, antwortete sie ruhig und professionell. »Und danke, dass du mir die Chance gegeben hast.« Wohl wissend, dass Simone sie von ihrem Platz aus neugierig beäugte, lachte sie ein wenig gezwungen. »Jetzt kenne ich endlich auch den Unterschied zwischen einer Kramponzange und einer Hakenzange!«

Er schwieg.

»Also dann …«, fügte sie hilflos hinzu, während ihr Blick zwischen Brendan und Simone hin- und herwanderte. »Man sieht sich.«

Brendan nickte kurz, dann drehte er sich um und verschwand in seinem Behandlungszimmer.

Ja, sie war erwachsen geworden, abgeklärter und reifer als früher, trotzdem brach sie in Tränen aus, kaum dass sie hinter dem Steuer ihres Minis saß. Nach einigen Meilen wischte sie sich energisch übers Gesicht, öffnete das Seitenfenster und nahm einen tiefen Atemzug. Dann schaltete sie das Radio ein und drehte auf volle Lautstärke, als »IDGAF« von Dua Lipa erklang. Wie passend! *I don't give a fuck*, was so viel hieß wie »Ist mir scheißegal«, nach einer Liebesenttäuschung, war genau das, was sie brauchte. Die Botschaft des Songs lautete, dass Selbstliebe die Lösung war. Kelly sah es genauso! Es wurde Zeit, dass sie ihr Glück in die Hand nahm und nicht von einem einzelnen Menschen abhängig machte. Sie war noch jung, hatte das Talent ihres Vaters und das Durchhaltevermögen ihrer Mutter geerbt. Ihr Leben würde großartig verlaufen – ganz ohne Brendan Hegarty!

ALTE FEINDINNEN

Brendan verwünschte den Tag. Schon morgens, wenn er die Praxis öffnete und Simone bereits vor der Tür wartete, verspürte er nur Verdruss. Was versprach sie sich nur davon, immer zu früh zu kommen, Herrgott! Wenn er im Behandlungszimmer ein Tier untersuchte und von der anderen Seite der dünnen Wand kein schräger Gesang zu ihm herübertönte, zerrte die unnatürliche Stille an seinen Nerven. Und wenn er sich abends auf sein Sofa setzte, ertappte er sich dabei, wie er im Kopf die Möbel umstellte. In diesem Moment war er dabei, im Internet zwei blau-gelbe Sofakissen zu bestellen. Erst gestern Abend hätte er um ein Haar Kelly angerufen. Völlig grundlos. Nur um ihre Stimme zu hören. Letzten Endes hatte sie ihre pubertäre Vernarrtheit für ihn abgelegt – was ihn eigentlich hätte freuen müssen. Doch das Gegenteil war der Fall.

Hinzu kam, dass ihre Kritik an ihm und die Gleichgültigkeit, die sie nach ihrer gemeinsamen Nacht an den Tag gelegt hatte, ihn tief gekränkt hatten. Wie sehr, hatte ihn selbst überrascht. Der Sex mit ihr war vollkommen gewesen, anders ließ es sich nicht ausdrücken. Jeder Seufzer, jeder Kuss, jede noch so kleine Berührung fand im richtigen Moment statt und hätte nicht anders sein dürfen. Das war aber nicht der einzige Grund, warum plötzlich alles anders war. Bei ihrem gemeinsamen Tanz und auch als sie auf der Farm der McCarthys im Gras gesessen und sich einen Apfel geteilt hatten, hatte Kelly in ihm eine Saite zum Klingen gebracht. Endgültig aufgegangen waren ihm die Augen aber, als sie zwischen den Wohnwagen bei den anderen Frauen gesessen und mit ihnen gescherzt hatte. Ihre Fähigkeit, sich in beiden Welten zwanglos zu bewegen, hatte ihn zutiefst berührt. Obwohl es ihn nicht wirklich hätte überraschen dürfen. Kelly war schon immer etwas Besonderes gewesen.

In diesem Moment war ihm bewusst geworden, dass sie einen Teil seines Herzens besetzt hatte. Und genau dort verspürte er jetzt einen unerträglichen Schmerz. Er hatte zu spät erkannt, welcher Schatz all die Jahre direkt vor seiner Nase gewesen war. War das jetzt die Strafe? Nachdem er sie jahrelang ignoriert hatte, verliebte er sich just dann in sie, als sie das Interesse an ihm verlor. Hatte es an ihrer gemeinsamen Nacht gelegen? Hatte der Sex ihn entzaubert? Bei der Vorstellung, sie könnte die Leidenschaft nur vorgetäuscht haben, geriet er beinahe in Panik. Er rief sich jede einzelne Szene ihres Liebesspiels in Erinnerung. Ihre bebenden Lippen, ihre flatternden Augenlider, ihr geröteter Hals, das leise Stöhnen … Er fluchte laut. Das konnte doch nicht gespielt gewesen sein!

Wenn er an den Sex mit anderen Frauen dachte, hielt dieser dem Vergleich nicht stand. Kein bisschen. Das mit Kelly war für ihn wie ein Erdrutsch gewesen. Sie waren zu einem übernatürlichen Wesen verschmolzen, und er wünschte sich nichts sehnlicher, als diesen Moment wieder und wieder zu erleben. Doch offenbar waren ihre Empfindungen andere. Nachdem sie nach so vielen Jahren ihre Neugier befriedigt hatte, schien sie mit ihm abgeschlossen zu haben. Brendan mahlte mit den Zähnen. Kelly war zwar ein fröhlicher und manchmal auch ein etwas chaotischer Mensch, doch gleichzeitig von Ernsthaftigkeit geprägt, was ihre Berufswahl erklärte. Natürlich reichte ihr guter Sex nicht.

Soweit er wusste, arbeitete sie zurzeit an einer Story, die ihr eine feste Anstellung bei einer Zeitungsredaktion ermöglichen sollte. Dass ihr das gelingen würde, bezweifelte er keine Sekunde lang. Sobald dies der Fall sein würde, wäre ihr endgültiger Weggang aus Cruinn nur noch eine Frage von Tagen oder Wochen. Aus den Augen, aus dem Sinn war vielleicht nicht die schlechteste Lösung. Mit der Zeit würde der Schmerz schon vergehen. Am besten fing er gleich damit an!

Ungeachtet aller guten Vorsätze bestellte er an diesem Abend außer den beiden Kissen noch eine bunt gemusterte Vase.

Kelly war nass bis auf die Knochen, als sie ihr Rad im Schuppen abstellte. Trotz des strömenden Regens war sie zur alten Mühle gefahren, um Brendan aus ihrem Kopf zu verbannen und wieder Platz für die Arbeit an ihrem Artikel zu schaffen. Auf dem Rückweg hatte sie sich einige unheimliche Minuten lang in Gefahr gewähnt. In der Dämmerung der hereinbrechenden Nacht, zu dieser Jahreszeit wurde es früh dunkel, waren die Scheinwerfer eines Wagens aus dem Nichts aufgetaucht und hatten sich an sie herangepirscht. Eine Zeit lang hatten sie sie belauert, während sie wider besseres Wissen um ihr Leben gestrampelt war. Im Ernstfall hätte sie natürlich keine Chance gegen einen motorisierten Feind gehabt. *Feind.* Ein vermutlich etwas überzogener Begriff, der ihr in der Situation jedoch überaus passend erschienen war. Ihr hatten die Haare zu Berge gestanden. Dann aber war ihr vermeintlicher Verfolger abgebogen, und sie hatte sich eine paranoide Närrin gescholten.

Kelly schüttelte sich wie ein Hund, ehe sie das Haus betrat und schnurstracks ins Bad ging, um heiß zu duschen. Pat O'Brien, der hiesige Klempner, hatte gute Arbeit geleistet, und Kelly genoss den ungewohnten Luxus von warmem, gleichmäßig fließßendem Wasser, ehe sie sich mit einer Tasse dampfenden Tee zurück an den Schreibtisch setzte. Noch immer war das Reliquienkreuz unauffindbar, auch gab es keine Hinweise auf die Täter. Die Zeugenaussage, die von zwei herumlungernden Männern vor der Holy Trinity Church handelte, hatte sich als Sackgasse erwiesen.

Nun war es an ihr, Kelly Dooney, Licht ins Dunkel zu bringen!

Der Gedanke bestärkte sie in ihrer Motivation. Zum wiederholten Male rief sie ihre Liste mit den Kirchendiebstählen der letzten Jahre auf, um nach Parallelen zu suchen. Dabei erregte die Headline zu einem acht Jahre alten Fall ihre Aufmerksamkeit.

Reliquienkästchen aus der Church of Corpus Christi in
Sligo verschwunden.

In gespannter Erwartung wählte Kelly den Artikel an, doch nachdem sie ihn gelesen und auf einen weiterführenden Link geklickt hatte, erfuhr sie, dass der Fall kurz darauf aufgeklärt worden war. Der zuständige Sakristan, ein betagter Mann mit Gedächtnisproblemen, hatte das wertvolle Kästchen nach dem Polieren einfach nur verlegt. Seufzend führte Kelly die Tasse an ihre Lippen und wollte gerade das Browserfenster schließen, als ihr Blick auf die rechte Bildleiste fiel, die weitere Artikel über die Church of Corpus Christi anteaserte. Sie stutzte. Auf einem der Fotos erkannte sie Michael Nolan – einen stattlichen blonden Mann in den Fünfzigern, der für sein Alter noch über eine eindrucksvolle Haarmähne verfügte und dessen unnatürliche Bräune auf die häufige Nutzung einer Sonnenbank schließen ließ. Über dem Foto prangte die fette Überschrift:

Großzügiger Spender ermöglicht den Kauf
einer neuen Orgel.

Neugierig klickte Kelly auf den Artikellink und erfuhr, dass Audreys Vater vor drei Jahren hundertzwanzigtausend Euro für den Kauf einer neuen Kirchenorgel gespendet hatte. Sie pfiff unwillkürlich durch die Zähne. Eine stolze Summe! Sie hatte gewusst, dass die Familie Nolan gut betucht war, aber nicht in welchem Ausmaß. Michael Nolan erklärte in dem Artikel, dass er in Sligo geboren und aufgewachsen sei und sich, obwohl er inzwischen in Donegal lebe, immer noch mit der Stadt seiner Kindheit verbunden fühle. Die Kirche, in der er getauft worden war, habe sich die neue Orgel mehr als verdient. Außerdem, so fügte er hinzu, könne ein außergewöhnlicher Organist wie George Donnelly, der seiner Tochter das Klavierspielen beigebracht hatte, nur auf einem erstklassigen Instrument sein volles Talent entfalten. Neugierig schaute sich Kelly das Foto noch einmal an. Neben dem breit lächelnden Michael Nolan stand ein schlaksiger Mann mit feuerroten Haaren, der zwar in die Kamera schaute, dem aber anzumerken war, wie unangenehm ihm der Rummel war. Der Säulengang hinter ihnen verriet, dass sie sich im Innern der Kirche befanden. Kelly musterte George Donnelly eingehend. Der Organist trug lange Koteletten, die in den Siebzigerjahren des letzten Jahrhunderts modern gewesen sein mochten, jetzt aber befremdlich anmuteten. Sie hätte es nicht beschwören können, glaubte aber, diese Koteletten im Rahmen ihrer Recherche schon einmal gesehen zu haben. Für einen Moment schloss sie die Augen und versuchte, sich zu konzentrieren, aber es gelang ihr nicht, das Gesicht einem Artikel oder einer Schlagzeile zuzuordnen. Also gab sie den Namen »George Donnelly« in die Maske der Suchmaschine ein und drückte auf die Eingabetaste.

Das Internet spuckte jede Menge Informationen über den Mann aus. Geboren neunzehnhundertsiebzig, Musikstudium in London und Dublin, arbeitete seit Jahren freiberuflich als Kirchenorganist. Kelly lächelte. Das war das Schöne an

Online-Enzyklopädien. Per Knopfdruck erhielt man die gesamten Infos, in diesem Fall auch die Kirchen, für die George Donnelly als Organist tätig gewesen oder immer noch tätig war. In den letzten zwölf Jahren hatte er in acht verschiedenen Kirchen gearbeitet. Kelly öffnete ein zweites Fenster, um diese Informationen mit ihrer eigenen Liste der Kirchendiebstähle zu vergleichen. Ihr Puls schoss in die Höhe, und auf ihre Züge legte sich unwillkürlich ein Lächeln. Zum ersten Mal seit Tagen verspürte sie so etwas wie ein Glücksgefühl angesichts der Tatsache, dass es in fünf der acht Kirchen, in denen George Donnelly gearbeitet hatte beziehungsweise immer noch arbeitete, Diebstähle gegeben hatte. In Limerick, Gorey, Cork und Galway war eher Kleinkram abhandengekommen, etwa ein Kelch, ein Messingständer oder ein vergoldetes Altarkreuz. Das Reliquienkreuz in Dublin jedoch war von einem ganz anderen Kaliber, und in dieser Kirche spielte der Organist immer noch jeden ersten Sonntag im Monat.

Ein Zufall?

Trotz des Adrenalins, das durch ihre Adern strömte, zwang sich Kelly zur Ruhe. Wie sollte sie weiter verfahren? Nachdem sie den Artikel über die Nolan-Spende noch einmal gelesen hatte, traf sie eine Entscheidung, die eine ähnliche Vorfreude auslöste wie eine Wurzelbehandlung beim Zahnarzt. Trotzdem war es einen Versuch wert. Sie sah auf die Uhr. Wenn sie sich jetzt auf den Weg machte, wäre sie vor dem Abendessen dort.

Das Häuschen mit den weißen Sprossenfenstern lag nordöstlich von Cruinn an der Straße, der Vorgarten mit seinen Rhododendren und frisch gepflanzten Bäumen wirkte überraschend heimelig. Als Kelly aus ihrem Mini stieg und den schmalen Kiesweg hinaufging, sah sie, wie sich an einem der Fenster die Gardinen bewegten. Dann erklangen im Haus Schritte, und im nächsten Moment wurde die Tür geöffnet.

»Hallo«, sagte Kelly freundlich.

Audrey sah sie einen Moment lang wortlos an. Sie trug eine blau karierte, locker geschnittene Hose, die man eher auf einem Golfplatz vermuten würde, dazu einen beigefarbenen Pullover. Die rotblonden Haare fielen ihr in Locken über die Schultern, ihr ungeschminktes Gesicht wirkte ungewohnt mädchenhaft. In den grünen Augen las Kelly Argwohn.

Sie räusperte sich. »Entschuldige, dass ich dich zu Hause aufsuche, aber ich brauche deine Hilfe.«

Der Argwohn wich echter Überraschung. »Meine Hilfe? Wie komme ich zu der Ehre?«

»Wenn du etwas Zeit für mich erübrigen kannst, werde ich es dir erklären«, antwortete Kelly, der es schwerfiel, Liebenswürdigkeit zu demonstrieren. Aber wollte sie Informationen, musste sie ihr Temperament zügeln.

Audrey blickte sie eindringlich an, dann siegte die Neugier, und sie seufzte. »Okay. Komm rein!«

»Cool, danke«, sagte Kelly erfreut. Die größte Hürde war genommen.

Nachdem sie eingetreten war und ihre Jacke an die Garderobe gehängt hatte, folgte sie Audrey ins Wohnzimmer, in dem außer einer gemütlichen Sitzecke ein großes Bücherregal und ein Kaminofen standen. Widerwillig musste sich Kelly eingestehen, dass das Interieur sehr hübsch und geschmackvoll war. Gelb und Orange herrschten vor, durchbrochen von frischem Grün. In einer Ecke entdeckte Kelly einen wunderschönen antiken Nähkasten auf Rollen, dessen Holzdeckel mit einem Phönix bemalt war. *Er würde gut zu der Nähmaschine in unserer Küche passen*, dachte sie unwillkürlich.

»Hübsch hast du es hier«, sagte sie lächelnd.

Trotz des Kompliments blieb Audrey reserviert. »Danke. Möchtest du einen Tee?«

Zwar kam Kelly der Tee heute bereits aus den Ohren raus, so viel hatte sie davon schon getrunken, dennoch nickte sie. »Gern.«

»Gut.«

Audrey verließ den Raum und werkelte kurz darauf in der Küche herum, wie die klappernden Geräusche verrieten. Indessen sah sich Kelly um. Ihre Erzfeindin aus der Kindheit schien ein Fan der Botanik zu sein, denn es hingen auffällig viele Zeichnungen von Blumen und Pflanzen an den Wänden. Zusätzlich standen auf den Fensterbänken Vasen mit frischen, aber auch getrockneten Blumen, trotzdem wirkte das Ganze nicht trutschig oder überladen. Audrey hatte sich ein wirklich schönes Zuhause geschaffen. *Ob Brendan schon mal hier gewesen ist?* Kelly schob den unliebsamen Gedanken beiseite und ließ ihren Blick weiter durch den Raum schweifen. Ihr stach ein elegantes Blumenarrangement ins Auge, das auf einem Beistelltisch in der Ecke stand, also trat sie näher, um es sich anzuschauen. In einer hohen, weiß lackierten Vase steckten ein bizarr geformter Kiefernzweig, eine zartrosa Orchidee und ein Zweig mit roten Beeren.

Obwohl sie hörte, wie Audrey das Wohnzimmer betrat und den Sofatisch deckte, konnte sie den Blick nicht von dem Arrangement abwenden, das an chinesische Malerei erinnerte. Ehrfürchtig tastete Kelly mit der Fingerspitze über eine der samtenen Orchideenblüten.

»Sie steht für Freude«, sagte Audrey hinter ihr.

»Was meinst du?«, fragte Kelly, ohne sich umzudrehen.

»Die Orchidee.«

»Das Gesteck ist wunderschön.« Nun wandte sich Kelly um. »Wo hast du das gekauft?«

»Das habe ich selbst gemacht«, antwortete Audrey, deren Wangen sich ein wenig gerötet hatten. »Ikebana ist ein Hobby von mir.«

»Wirklich? Das ist der Wahnsinn!« Kelly lächelte. »So was bekäme ich nie im Leben hin. Ehrlich gesagt habe ich zwei linke Hände.«

»Dafür kannst du schreiben«, entgegnete Audrey verhalten, trotzdem konnte Kelly die Freude über das Kompliment in ihren Augen sehen.

Verlegen zuckte Kelly mit den Schultern. »Ja, schon, aber trotzdem. Das hier ist etwas anderes.«

Zwischen ihnen entstand ein kurzes peinliches Schweigen.

»Wollen wir?«, brach Audrey schließlich die Stille und wies auf die Sitzecke.

»Klar.«

Beide nahmen Platz, Kelly auf dem Sofa, Audrey im Sessel.

»Also, was kann ich für dich tun?«, fragte Audrey, während sie ihnen beiden Tee einschenkte.

Kelly straffte sich unmerklich. »Ich recherchiere für eine Story, und eventuell kannst du mir helfen.«

»Okay.« Audreys Gesicht drückte Neugier aus. »Schieß los!«

Zum ersten Mal kam Kelly der Gedanke, dass ihre Erzfeindin vielleicht doch nicht durch und durch abscheulich war.

»Was kannst du mir über George Donnelly erzählen? Soweit ich informiert bin, hat er dir vor Jahren Klavierunterricht erteilt.«

Audrey sah sie überrascht an. »George? Na, klar.« Sie runzelte die Stirn. »Was willst du denn über ihn wissen? Auf mich wirkte er reserviert und auch ein wenig eigenbrötlerisch. Typisch Künstler eben. Niemand, über den man spannende Geschichten schreiben könnte.«

»Du weißt doch, wie es heißt.« Kelly lächelte. »Tiefe Wasser und so.«

Audrey dachte nach. »Geduldig, das war er. Obwohl ich keinerlei musikalisches Talent besitze, hat er mein schreckliches

Spiel zehn Jahre lang ertragen. Mein Vater ist ein Klassikfan und wollte, dass ich Unterricht nehme. Er träumte davon, dass ich die neue Martha Argerich werde. Tja, Pech für ihn!« Als Audrey grinste, zeigten sich ihre Grübchen, was Kelly plötzlich gar nicht mehr so schrecklich fand. »Ich war für ihn eine Riesenenttäuschung.« Unerwartet sprang sie auf. »Wie wäre es mit ein paar Crackern? Salz hilft mir beim Denken.«

Schon holte sie aus der Anrichte hinter dem Sofa eine Packung Jacob's Cracker Crisps mit Käsegeschmack und hielt sie Kelly hin.

»Oh, lecker!«, entfuhr es dieser. Schon bei dem Anblick lief ihr das Wasser im Mund zusammen. »Die liebe ich!«

»Ich auch.«

Wieder entstand eine kurze Pause, dann nahm Kelly einen Cracker aus der orange-gelben Packung und biss hinein. Auch Audrey schnappte sich einen, während sie wieder Platz nahm.

»George war nie verheiratet«, nahm sie kurz darauf den Faden wieder auf. »Ich glaube, er ist zu schüchtern, um eine Frau anzusprechen.« Sie kaute nachdenklich auf ihrer Unterlippe. »Vielleicht ist er auch latent homosexuell …« Alarmiert sah sie hoch. »Herrje! Wie konnte ich das nur ausplaudern! Du schreibst doch nichts über seine Sexualität, oder?« Ihr Blick bekam einen harten Glanz. »Wie konnte ich mich nur von dir einlullen lassen! Ich möchte nicht, dass jemand durch meine Schuld verunglimpft wird …«

Kelly beugte sich nach vorn und legte eine Hand auf Audreys. »Mich interessiert seine sexuelle Orientierung nicht!«, beeilte sie sich zu sagen. »Das versichere ich dir! Abgesehen davon würde mir nicht im Traum einfallen, die Privatsphäre von jemandem zu verletzen.«

Audrey holte tief Luft. »Okay, worum geht es dann?«

Kelly wog das Für und Wider ab und entschied sich schließlich, Audrey reinen Wein einzuschenken, ohne zu sehr in die Details zu gehen. »Ich recherchiere in einer Serie von Kirchendiebstählen, und mir ist aufgefallen, dass George Donnelly in den letzten Jahren in mehreren Kirchen gearbeitet hat, die beraubt wurden. Und zwar genau zu der Zeit, als er dort war.« Sie hob abwehrend die Hände, weil Audrey zum Protest ansetzte. »Ich will niemanden grundlos verdächtigen. Aber vielleicht weiß er etwas oder hat etwas beobachtet, das weiterhelfen könnte.«

»Warum wendest du dich dann nicht direkt an ihn?«, fragte Audrey, die sich offensichtlich beruhigt hatte.

»Das will ich ja.« Kelly lächelte. »Aber dazu brauche ich seine Adresse oder seine Telefonnummer. Ich hatte gehofft, du hättest sie.«

Audrey nickte langsam. »Habe ich auch. Ich kann sie dir gern geben. Aber wozu die Fragen zu seiner Person?«

»Bevor ich ihn anspreche, ist es wichtig, zu wissen, was für ein Typ er ist. Nicht dass er mir die Tür vor der Nase zuknallt, kaum dass ich ihm sage, wer ich bin und was ich von ihm will.«

Nun lächelte Audrey wieder. »Ich weiß, was du meinst.«

»Jetzt, wo ich weiß, dass er ein zurückhaltender Mensch ist, werde ich entsprechend behutsam vorgehen«, sagte Kelly.

Da runzelte Audrey plötzlich die Stirn.

»Was ist?«, fragte Kelly.

»Mir ist gerade etwas eingefallen …« Sie zögerte.

»Ja?«

»Allzu viel weiß ich nicht von ihm, außer dass er natürlich eine große Passion für die Musik hat.« Audrey leckte sich nervös über die Lippen, und Kellys Anspannung wuchs. »Es gibt allerdings noch eine Sache, die ihn fesselt, falls man das so nennen kann. Pferderennen. Er wettet leidenschaftlich gern, und soweit ich weiß, hat ihn das ein paar Mal in finanzielle Bedrängnis gebracht …«

Kellys Puls schnellte in die Höhe, dennoch versuchte sie, sich ihre Aufregung nicht anmerken zu lassen. »Das ist interessant. Muss aber nicht zwangsläufig etwas bedeuten«, fügte sie hinzu, als sie Audreys besorgte Miene sah. »Wie gesagt: Rufmord ist das Letzte, was ich im Sinn habe.«

»Okay.«

»Fällt dir sonst noch etwas ein?«

»Ehrlich gesagt nein. Außer dass er gern angelt. Aber das ist vermutlich nicht so wichtig, oder?«

Kelly zuckte mit den Achseln. »Man weiß nie.«

Wie um sich zu stärken, griffen sie fast gleichzeitig nach der Packung mit den Crackern. Beide mussten lachen.

»Ehrlich gesagt habe ich dich in der Schule immer beneidet«, sagte Audrey gleich darauf, ohne aufzublicken.

»Huch?« Verblüfft starrte Kelly sie an. »Wieso das?«

»Bei dir sah immer alles so einfach aus.« Audrey fuhr sich verlegen durch die Haare. »Du warst fröhlich, hast die anderen Kinder zum Lachen gebracht. Irgendwie standst du immer im Mittelpunkt. Dich haben immer alle gemocht, während ich behandelt wurde, als hätte ich die Pest.«

»Ehrlich gesagt habe ich das anders in Erinnerung«, entgegnete Kelly.

»Mag sein, aber es war so. Zumindest kam es für mich so rüber.« Audreys sachlicher Tonfall brachte Kelly ins Grübeln.

Sie ließ ihre Schulzeit Revue passieren, dachte an bestimmte Begebenheiten auf dem Schulhof, in der Sporthalle und auch im Klassenzimmer. Möglicherweise hatte Audrey nicht ganz unrecht. Für ihr Alter war sie hoch aufgeschossen gewesen, ein wenig schlaksig und ungelenk, und die Kinder hatten sich hinter ihrem Rücken über sie lustig gemacht. Kelly nahm sich da nicht aus. Audreys Familie war wenige Jahre zuvor aus Sligo nach Cruinn gezogen und hatte sich wie die Königsfamilie aufgeführt – zumindest war es Kelly und ihren Mitschülern so vorgekommen. Im Rückblick musste sie sich eingestehen, dass Audrey nirgendwo dazugehört hatte. Vermutlich war das auch der Grund dafür gewesen, warum sie sich all die Jahre danach wie ein Miststück verhalten hatte.

Kelly biss sich auf die Lippen, überlegte, was sie sagen sollte, doch Audrey kam ihr zuvor.

»Aber das Schlimmste für mich war …« Audrey zögerte.

»Ja?«

Nun schaute Audrey sie direkt an. »Egal, was du angestellt hast, deine Mutter stand immer zu dir.«

Kelly runzelte die Stirn. »Na ja, manchmal bekam ich schon Schelte oder Hausarrest.«

»Aber genau das meine ich doch, Kelly«, entgegnete Audrey, die traurig lächelte. »Meinen Eltern bin ich schon immer egal gewesen. Die waren sich selbst genug, mich haben sie behandelt wie einen Klotz am Bein. Außer natürlich, sie konnten mit mir glänzen, was leider nicht häufig vorkam, weil ich ihren Ansprüchen nie genügte. Das Klavierspielen ist nur ein Beispiel dafür. In den Ferien haben sie mich in der Regel zu meinen Großeltern abgeschoben. Schon von klein auf habe ich versucht, es ihnen recht zu machen, war ein braves Kind, in der Schule immer fleißig, immer ordentlich.« Sie schüttelte den Kopf. »Aber das hat alles nichts genutzt. Hätte ich wenigstens mal eine rebellische Phase gehabt! Ich hätte auf den Putz hauen und sie schocken müssen.« Audrey lachte freudlos. »Das wäre eine feine Sache gewesen.«

Kelly, deren Herz vor Mitleid fast zersprang, beugte sich erneut zu ihr. »Aber du kannst immer noch die Sau rauslassen! Aber nicht für deine Eltern, sondern für dich.«

»Die Sau rauslassen …« Audrey schob sich eine Locke aus dem Gesicht. »Ich weiß gar nicht, ob ich das kann.«

»Lass es uns rausfinden!«, rief Kelly aus einem Impuls heraus. »Gleich heute Abend!«

»Also, ich weiß nicht …«

Kelly neigte grinsend den Kopf. »Komm schon! Gib dir einen Ruck! Das wird bestimmt lustig!«

»Was schwebt dir denn vor?« Audreys Augen leuchteten.

Kelly überlegte. »Wollen wir nach Donegal in den Sky Niteclub?«, fragte sie schließlich. »Heute ist Samstag. Ich finde, wir sollten den Laden aufmischen. Was hältst du davon?«

Audrey lachte, und es klang ein wenig verdutzt. »Den Laden aufmischen, würde mir schon gefallen.«

»Cool!« Kelly sah an ihrem labberigen bunten Pullover und den abgetragenen Jeans hinunter. »Allerdings müsste ich vorher kurz nach Hause und mich umziehen.«

»Okay. Treffen wir uns in einer Stunde wieder hier und fahren zusammen los?«

Kelly nickte, erfreut darüber, dass sie das Kriegsbeil begraben hatten. Es war höchste Zeit, erwachsen zu werden.

»Es gibt da etwas, was ich dir erzählen muss«, sagte Audrey, als sie sie zur Tür begleitete.

»Was denn?«

»Das mit Brendan ist vorbei.«

Kelly ignorierte die Wunde, die Brendans Erwähnung in ihrem Herz aufriss, und winkte ab. »Das geht mich nichts an.«

Nicht mehr.

»Doch. Ich denke schon.« Audrey rang mit den Händen. »Wir haben vor zwei Wochen das Ganze beendet, und ehrlich gesagt bin ich froh. Irgendwie hat das nicht gepasst. Ich konnte keine richtigen Gespräche mit ihm führen, und der Sex war jetzt auch nicht so der Hit!«, entschlüpfte es Audrey, die prompt errötete.

»Nicht?«, wunderte sich Kelly, während sie versuchte, ihre neutrale Miene aufrechtzuerhalten.

»Nein. Es war okay, aber mehr nicht. Irgendwie ist der Funke nicht übergesprungen, verstehst du?«

Kelly nickte und unterdrückte gewaltsam die aufkeimenden Gefühle, die scharrend und kratzend Einlass verlangten.

»Dass wir nicht zusammenpassen, ist eigentlich kein Wunder«, erklärte Audrey weiter, als müsste sie sich alles von der Seele reden. »Wenn ich ehrlich bin …« Sie räusperte sich. »… habe ich Brendan nur deshalb angemacht, um dir eins auszuwischen. Und dann kam eins zum anderen, schließlich ist er ja nicht gerade unattraktiv.«

Schweigend wartete Kelly ab. Was hätte sie auch erwidern können?

»Ich wusste ja, wie sehr du in ihn vernarrt warst, schon seit der Schulzeit.« Audrey suchte Kellys Blick. »Das war echt mies, und es tut mir leid.« Kurze Pause. »Gehen wir trotzdem noch zusammen aus?«

Kelly, die das plötzliche Bedürfnis verspürte, einen über den Durst zu trinken, nickte. »Klar, jetzt erst recht!«

Erleichterung legte sich auf Audreys Gesicht. »Super!« Sie streckte Kelly die Hand hin. »Vergeben und vergessen?«

Einen Moment lang spielte Kelly mit dem Gedanken, Audrey ihre kleine Sabotageaktion bezüglich des Chez Suzette zu beichten, verwarf die Idee aber gleich wieder. Sie wollte die frisch geknüpften Bande zwischen ihnen nicht gleich wieder zerreißen.

»Vergeben und vergessen«, sagte sie und schlug ein.

Owens Lebensversicherung

Kelly warf einen Blick auf das Navi. Noch fünfundzwanzig Minuten, dann wäre sie an ihrem Ziel angelangt, einem Haus an der Ecke Abbey Street / St. Joachim's Terrace in Sligo. Von Audrey hatte sie Adresse und Telefonnummer George Donnellys erhalten und beschlossen, direkt hinzufahren, um den Organisten mit ihren Fragen zu konfrontieren. Eigenbrötler hin oder her: Ein Frontalangriff war häufig die vielversprechendste Methode, um unverfälschte Reaktionen zu bekommen.

Der Abend im Sky Niteclub steckte Kelly in den Knochen. Audrey – ganz offensichtlich ein Fan der Achtziger – und sie hatten bis zum frühen Morgen gefeiert. Während ihre neue Freundin zu den Songs von Madonna, Duran Duran und Cyndi Lauper auf der Tanzfläche eine eindrucksvolle Performance nach der anderen hingelegt hatte, war Kellys Liebeskummer immer klarer zutage getreten, je mehr Cola-Rum sie trank. Bis sie irgendwann die kritische Schwelle überschritten hatte und ihr das Leben wieder schön und verheißungsvoll erschienen war. Am Ende hatte Audrey sie nach Hause fahren müssen, und Kelly konnte im Nachhinein nicht mehr sagen, wie oft sie sich bei ihr für die Unannehmlichkeiten entschuldigt hatte. Doch Audrey hatte lediglich gelächelt und sie sogar bis zur Haustür gebracht. Mit dem Ergebnis, dass Kelly später unter der Bettdecke Tränen vergossen hatte, weil sie und die anderen es Audrey in der Schule so schwer gemacht hatten.

So hatte ihr Frühstück an diesem Morgen hauptsächlich aus Alka-Seltzer, schwarzem Kaffee und einer dicken Scheibe Sodabrot bestanden, die ordentlich mit Wurstscheiben belegt war. Auf Letzteren hatte ihre Mutter bestanden. Trotzdem fühlte sich Kelly matschig, als sie am späten Vormittag in ihren Mini stieg, um sich nach Sligo aufzumachen. Die gut eineinhalbstündige Fahrt führte sie über Donegal auf der N15 nach Süden durch eine weitläufige, dünn besiedelte grüne Landschaft. Rechts von der Straße lag irgendwo das Meer, das sich allerdings bis kurz vor Sligo in vornehmer Zurückhaltung übte, links erhoben sich in der Ferne flache Tafelberge vor dem fahlgrauen Novemberhimmel.

Sligo, was so viel hieß wie »Platz der Muscheln«, war mit seinen knapp zwanzigtausend Einwohnern die größte Stadt im Nordwesten, entsprechend dicht war der Verkehr, selbst an einem Sonntag. Kelly passierte die modernen Vorstadthäuschen, die aussahen, als stammten sie alle aus einer einzigen Gussform, und fuhr ins quirlige Zentrum, das vom Garavogue River zweigeteilt wurde. Dann ging es weiter am Fluss entlang nach Osten, vorbei an Pubs und Geschäften, ehe Kelly nach Süden abbog und die grauen Ruinen der berühmten Abtei aus dem dreizehnten Jahrhundert hinter sich ließ. Schließlich passierte sie eine kleine Einkaufsstraße, die in die Kreuzung Abbey Street / St. Joachim's Terrace mündete. Kelly stellte ihren Wagen auf den Parkplatz gegenüber dem doppelgeschossigen grauen Haus ab, in dem George Donnelly wohnte.

Dann ging sie über die Straße und klopfte an die violette Eingangstür. Während sie wartete, blickte sie auf ihre Uhr. Es war kurz vor halb eins. Mit etwas Glück war der Organist zu Hause. Als keine Reaktion erfolgte, klopfte sie erneut, diesmal aber fester. Immer noch nichts. Gerade überlegte sie, was zu tun sei – sie konnte versuchen, ihn telefonisch zu erreichen oder ihm eine

Nachricht unter die Tür schieben –, als im Haus nebenan ein Fenster geöffnet wurde. Eine Frau mittleren Alters steckte ihren schwarzen Krauskopf heraus und musterte Kelly.

»Er ist nicht da«, wies sie auf das Offensichtliche hin.

Kelly setzte ein enttäuschtes Gesicht auf. »Ach wie schade! Ich bin Georges Nichte und wollte ihn mit meinem Besuch überraschen.«

Die Frau zog die Augenbrauen hoch. »Ich wusste gar nicht, dass er eine Nichte hat.« Sie kratzte sich am Arm. »Andererseits erzählt er auch nicht viel von sich. Ihr Onkel ist ein etwas komischer K…« Im letzten Moment schien sich Donnellys Nachbarin an ihre gute Kinderstube zu erinnern und brach ab.

»Ja?«, hakte Kelly unschuldig nach, was das schlechte Gewissen der Frau noch weiter verstärkte.

»Sie finden ihn in seiner Stammkneipe«, erklärte sie deshalb bereitwillig. »Wie jeden Sonntag nach der Messe, bei der er die Orgel spielt.«

»Vielen Dank!«, rief Kelly ehrlich erfreut. »Und wie heißt die Kneipe?«

Die Nachbarin verriet es ihr.

Das Blue Parrot befand sich in der Einkaufsstraße, die Kelly eben noch passiert hatte, keine dreihundert Meter entfernt. Also ließ sie ihren Wagen stehen und begab sich zu Fuß dorthin. Nach dem gestrigen Exzess widerstrebte es ihr zwar, einen stickigen, Alkohol ausdünstenden Pub zu betreten, aber sie hatte keine Wahl. Wie alle Kneipen am Sonntagmittag war auch das Blue Parrot zum Bersten voll, und es machte seinem Namen alle Ehre. Wohin man sah, hingen Zeichnungen und Gemälde ein und desselben blauen Papageis. Vielleicht hielt der Besitzer auf diese Weise die Erinnerung an seinen verstorbenen Vogel in Ehren. Die Lösung des Rätsels hing als Foto über dem Zapfhahn, betitelt mit »Floyd – 1920 bis 1989«. Ein eindrucksvolles Alter. Kelly glaubte, einmal irgendwo gelesen zu haben, dass Papageien bis zu hundert Jahre alt werden konnten.

Mehr als doppelt so alt wie ein Esel.

Sie ließ den Blick durch den Raum schweifen. Da! Inmitten der fröhlich plappernden Gäste erspähte sie feuerrote Haare und die dazugehörigen Koteletten. George Donnelly stand am Ende des Tresens und unterhielt sich mit einem Mann, bei dessen Anblick Kelly ein Laut des Entsetzens entfuhr. Der dunkelbraune Pferdeschwanz war unverkennbar.

»Lasst mich durch!«, zischte sie, während sie sich mit ausgefahrenen Ellbogen einen Weg durch die Menge bahnte.

»Hey, Süße!«, schallte es ihr prompt gut gelaunt entgegen. »Schau nicht so grimmig! Trink lieber einen mit uns.«

»Keine Zeit, *Süßer*!«, entgegnete sie.

Tadelnde Blicke trafen sie – an einem Sonntag Eile zu demonstrieren, entsprach so gar nicht der irischen Lebenseinstellung –, aber sie ignorierte sie geflissentlich. Ihr beruflicher Sechser im Lotto lag womöglich direkt vor ihrer Nase, und sie würde ihn sich garantiert nicht entgehen lassen! Aber dann verließ sie das Glück. Ein Mann vor ihr rempelte versehentlich einen anderen Gast an, dessen Bier überschwappte, worauf es zu einem hitzigen Wortwechsel kam, der für Aufsehen sorgte. Owen und George Donnelly unterbrachen ihr Gespräch und blickten in Richtung der Streithähne – und damit auch zu Kelly, die sich hinter ihnen befand. Owen und sie starrten sich einen Moment in die Augen, dann wandte sich Brendans Bruder ab und sagte etwas zu George, dessen Züge prompt entgleisten. Offenbar hatte Owen den Organisten vor ihr gewarnt, denn er sprang auf und entfernte sich hastig. Kelly fluchte. George Donnelly steuerte nicht den Eingang an, wo sie ihn hätte abpassen können, sondern den hinteren Teil, wo Kelly die Toiletten und den Notausgang vermutete.

Nun nahm sie keine Rücksicht mehr, schob und drängelte, um zum Tresen zu gelangen. Als sie dort ankam, lehnte Owen an der Holztheke und sah ihr gelassen entgegen.

»Wo ist er?«, blaffte sie ihn an.

Er hob die Augenbrauen. »Wen meinst du?«

»George Donnelly.«

Ein Achselzucken. »Kenne ich nicht.«

»Der Typ, mit dem du gerade gequatscht hast. Der mit den roten Koteletten.«

»Ach der!« Owen setzte ein unschuldiges Gesicht auf. »Er hat sich als Ron vorgestellt. Wir haben nur was zusammen getrunken.«

Kelly wünschte ihn zum Teufel. Eine Unterhaltung war sinnlos, also wandte sie sich ab, um Donnelly nachzujagen, doch Owen hielt sie am Arm fest.

»Lass mich los!«, fauchte sie wütend.

»Erst wenn du mir sagst, was du hier zu suchen hast.«

Sie schnaubte. »Das Gleiche könnte ich dich fragen.«

Einen Moment lang taxierten sie sich mit finsteren Blicken. »Was immer du meinst, hier zu finden, du wirst keinen Erfolg haben«, sagte Owen.

Nun war sie diejenige mit der unschuldigen Miene. »Keine Ahnung, wovon du redest«, entgegnete sie.

»Okay.« Er baute sich vor ihr auf. »Wie wäre es, wenn wir mit diesem dummen Spielchen aufhören, Kelly? Ich bin nicht blöd«, sagte er. »Ich habe mich über dich erkundigt und weiß, was du treibst, wenn du nicht gerade in Brendans Praxis oder im Laden deiner Mutter arbeitest.«

»Ach wirklich?«

»Du bist eine angehende Journalistin auf der Jagd nach ihrer ersten großen Story«, sagte er mit einem herablassenden Unterton, der Kelly ärgerte. »Habe ich recht?«

Sie ersparte sich eine Antwort und versuchte, sich von ihm loszureißen. Vergeblich.

»Lass uns reden!« Owen bugsierte sie zu dem frei gewordenen Hocker neben sich. »Was willst du trinken? Es geht auf mich.«

Kelly ignorierte seine Frage. »Was hast du mit George Donnelly zu schaffen?«, verlangte sie, zu erfahren. Doch auch dieses Mal war ihr kein Erfolg beschieden, denn Owen starrte sie nur wortlos an. Schließlich lenkte sie mit einem entnervten Schnauben ein. »Ein Pint.«

Owen gab dem Wirt das entsprechende Zeichen, dann drehte er sich erneut zu ihr um. Nun war Kelly doch neugierig, welches Ammenmärchen er ihr auftischen würde. Was George Donnelly betraf, konnte sie warten. Sie wusste, wo er wohnte, und würde ihn eben dort aufsuchen. Nachdem der Wirt ihre frisch gezapften Pints vor sie hingestellt hatte, nahmen sie beide einen Schluck. Owen einen großen, Kelly einen kleinen, was der Nacht zuvor geschuldet war.

»Du willst also reden«, sagte sie anschließend betont ironisch. »Leg los! Ich bin ganz Ohr.«

Owen nahm einen erneuten Schluck, wischte sich über den Mund und sah sie eindringlich an. »Ich mag dich, Kelly, deshalb will ich nur eins sagen: Was immer du vorhast, lass es sein!«

Kellys Augenbrauen ruckten in die Höhe. »Drohst du mir etwa?«

»Nein, ich gebe nur einen freundschaftlichen Rat an die …«, er malte Gänsefüßchen in die Luft, »›Verlobte‹ meines Bruders«.

Kellys Herz setzte einen Schlag aus. »Was sollen die dämlichen Anführungszeichen?«, blaffte sie.

»Ach komm schon! Meinem Vater und den anderen könnt ihr vielleicht einen Bären aufbinden, aber nicht mir!« Owen lachte. »Brendan würde sich nie verloben. Nichts für ungut! Du bist ein süßer Hase, aber was Frauen betrifft, schlägt er ganz nach mir. Er ist ein Vagabund.«

Ein süßer Hase? Vagabund?

Hatte Owen die letzten fünfzig Jahre in einer Tiefkühlkammer verbracht und war erst vor Kurzem aufgetaut worden?

»Schwachsinn!«, fauchte Kelly. »Anscheinend kennst du deinen Bruder schlecht.«

»Obwohl ich zugeben muss, dass ihr sehr überzeugend wart«, bemerkte Owen mit einem anzüglichen Schnalzen.

»Was, bitte, meinst du damit?«

Er grinste schief. »Wohnwagen haben dünne Wände.«

Zorn und Scham trieben Kelly die Röte ins Gesicht. »Du kannst mich mal!«

Nun lachte er erneut. »Gern, aber ob es Brendan gefallen würde?«

Ihm wäre das völlig egal, schoss es Kelly durch den Kopf.

Wieder entstand zwischen ihnen eine Pause, die Owen nutzte, um einen Schluck zu trinken, während Kelly mit dem Gedanken spielte, zu gehen. Das hier war Zeitverschwendung – und ärgerlich obendrein!

»Hör zu, Kelly«, sagte Owen mit gesenkter Stimme, nachdem er sein Glas wieder abgestellt hatte. »Vergiss die ganze Sache! Du verrennst dich nur.«

»Meinst du Brendan oder George Donnelly?«, fragte sie ironisch.

»Glaub mir, es gibt Leute, die du dir nicht zum Feind machen willst«, entgegnete er. »Ich bin nur um dein Wohl besorgt.«

»Änderst du jetzt die Taktik?« Kelly schnaubte. »Kommt nach der Peitsche das Zuckerbrot?«

»Ich meine es ernst.«

»Tut mir leid, Owen, aber aufgeben kommt für mich nicht infrage. Der unbedingte Wille zur Wahrheit ist einer der wichtigsten Grundsätze seriöser journalistischer Arbeit.« Sie stellte ihr fast volles Glas ab. »Danke für das Bier! Und wenn die Leute wirklich so gefährlich sind, wie du sagst, sieh zu, dass du aussteigst.«

Sie nickte ihm ein letztes Mal zu und rutschte von ihrem Hocker. Diesmal ließ er sie gehen.

Vom Blue Parrot aus begab sie sich zurück zu Donnellys Haus, doch weil niemand auf ihr Klopfen reagierte, setzte sie sich in ihren Mini und wartete. Irgendwann musste der Organist ja auftauchen. Ein Glück, dass sie eine Decke im Kofferraum hatte, denn während sie ausharrte, wurde es im Wagen immer kälter. Auch nahm ihr Hunger zu, und sie ärgerte sich, das Angebot ihrer Mutter ausgeschlagen zu haben, Sandwiches mitzunehmen. Sie hatte sogar gelacht, schließlich hatte sie keine Weltreise vorgehabt, sondern nur einen Kurztrip nach Sligo. Sie hatte nicht ahnen können, dass sie Donnellys Haus stundenlang observieren würde. Im Nachhinein war man halt immer schlauer. Wenigstens hatte sie eine Flasche Wasser mitgenommen – was wiederum zur Folge hatte, dass sie irgendwann ein dringendes Bedürfnis verspürte, auszutreten.

Während Stunde um Stunde verstrich, ließ sie ihr Gespräch mit Owen Revue passieren und machte sich Notizen. Zwar hatte er nicht zugegeben, in den Raub und illegalen Handel von Kirchenschätzen verwickelt zu sein, doch für sie bestand daran kein Zweifel. Und es war offensichtlich, dass auch George Donnelly seine Hand im Spiel hatte. Ob er Owen und seinen Freunden Zugang verschafft oder vielleicht selbst zugelangt hatte? Das galt es, herauszufinden. Als drei Stunden später George Donnelly immer noch nicht aufgetaucht war und es langsam dunkel wurde, kam Kelly zu der Erkenntnis, dass es dringend Zeit wurde, irgendwo einzukehren. Sollte George Donnelly irgendwann heimkommen, würde ihn das Licht in seinem Haus verraten, also konnte sie ihre Observation guten Gewissens unterbrechen.

Keine halbe Stunde später genoss sie die heimelige Wärme eines kleinen Restaurants und verschlang scharf gewürzte Chicken Wings mit Blauschimmel-Dip und Süßkartoffelpommes. Ihre Begeisterung hielt nur bis zu dem Moment, als sie zu ihrem

Aussichtspunkt zurückkehrte, um festzustellen, dass das Haus an der Ecke Abbey Street / St. Joachim's Terrace immer noch in Dunkelheit gehüllt war. Entweder hatte George Donnelly selbst am Sonntag einen vollen Terminkalender, oder aber ihr Erscheinen hatte ihm einen Heidenschreck eingejagt. Was hatte ihm Owen bloß ins Ohr geflüstert?

Nach einer weiteren Stunde Warten warf Kelly das Handtuch, doch bevor sie den Heimweg antrat, klopfte sie bei Donnellys Nachbarin.

»Entschuldigen Sie, dass ich Sie störe«, erklärte sie, als diese die Tür öffnete. Die Frau trug über dem blauen Trainingsanzug eine Schürze und war offenbar in der Küche beschäftigt, was auch den warmen Bratenduft erklärte, der Kelly entgegenschlug. »Aber ich hatte mit meinem Onkel kein Glück. Könnten Sie mich vielleicht anrufen, sobald er auftaucht? Dann mache ich das nächste Mal den Weg nicht umsonst«, schloss sie mit einem, wie sie hoffte, einnehmenden Lächeln.

Georges Nachbarin musterte sie interessiert. »Ich habe gesehen, wie Sie in Ihrem Wagen gewartet haben. Ehrlich gesagt hatte ich Mitleid mit Ihnen. Ich stand kurz davor, rüberzugehen und Sie auf einen Tee einzuladen.« Als sie unerwartet grinste, enthüllte sie eine Zahnlücke, die ihr etwas Verschmitztes verlieh. »Keine Ahnung, ob Sie wirklich Georges Nichte sind, Schätzchen, aber ich sage Ihnen Bescheid. Muss wichtig sein, wenn Sie trotz der Kälte bereit sind, so lange zu warten.«

Kelly fiel ein Stein vom Herzen. »Das ist wirklich sehr nett ...« Sie hob fragend die Augenbrauen.

»Shania.«

»Danke, Shania. Ich heiße Kelly.«

Nachdem sie der Frau ihre Handynummer gegeben hatte, ging sie zu ihrem Mini und fuhr los.

Dass sich Owens dunkelblauer Wagen an ihre Fersen heftete, bemerkte sie nicht.

Bis Shania sich meldete, vergingen drei Tage. Drei Tage, in denen Kelly mehr über die geraubten Kirchenschätze und auch einzelne Details aus George Donnellys Leben zutage förderte. Allerdings handelte es sich nur um nettes Beiwerk. Ihr fehlten konkrete Hinweise, von hieb- und stichfesten Beweisen ganz zu schweigen. Bisher stellte sie nur Vermutungen an, und keine ernstzunehmende Journalistin sollte auf dieser Basis einen Artikel veröffentlichen, außer sie strebte eine Karriere als Märchentante an. Als ihr Handy am Mittwoch klingelte und sie Shanias Stimme vernahm, jauchzte sie innerlich. Endlich! Doch die Freude währte nicht lange.

»George ist immer noch nicht aufgetaucht«, erklärte die Frau am anderen Ende. »Ehrlich gesagt fange ich an, mir ernsthafte Sorgen zu machen.«

»Vielleicht ist er für ein paar Tage weggefahren.«

»Glaube ich nicht. Er würde Ben nicht im Stich lassen, ohne mir Bescheid zu sagen.«

Ben? Kelly wollte nachfragen, doch die Erklärung folgte bereits auf dem Fuße.

»Er steht jeden Morgen miauend vor meiner Terrassentür und bettelt um Essen«, sagte Shania. »Der arme kleine Kerl! Ein Glück für ihn, dass ich immer etwas Dosenfutter im Haus habe.«

Kelly wägte einen Augenblick lang ab, dann beschloss sie, das Risiko einzugehen. Was hatte sie schon zu verlieren? »Könnte sich George wegen seiner Leidenschaft fürs Pferderennen Ärger eingehandelt haben?«, fragte sie in der Hoffnung, dass Shania irgendwelchen Tratsch aufgeschnappt hatte.

»Glaube ich nicht«, antwortete diese. »Erst kürzlich hat er mir erzählt, dass er dank einer Glückssträhne all seine Schulden losgeworden ist.«

Wohl eher dank eines Reliquienkreuzes, dachte Kelly, sagte aber nichts. »Hatte mein Onkel mal Besuch von zwielichtig aussehenden Typen?«, fragte sie stattdessen.

»Also Georges Nichte sind Sie definitiv nicht, Schätzchen«, bemerkte Shania, die nicht verärgert, sondern eher neugierig klang. »Sind Sie von der Polizei?«

»Nein.« Kellys Gedanken rasten. »Ich bin Journalistin und schreibe über die skrupellosen Machenschaften der Wettmafia«, improvisierte sie. »Ich wollte George interviewen, stellvertretend für die Opfer, verstehen Sie?«

»Oh, ja. Natürlich.« Shania klang angetan. »Also Typen in schlecht sitzenden Anzügen mit Boxernasen und gegelten Haaren habe ich bei ihm nicht ein und aus gehen sehen, wenn Sie das meinen.«

Trotz der Situation musste Kelly schmunzeln. »Wäre wohl auch zu schön gewesen.«

»Unter uns gesagt, George empfängt nicht viel Besuch«, sagte Shania, was nicht wirklich überraschend war.

»Wenn George bis heute Abend nicht aufgetaucht ist, würde ich ihn bei der Polizei als vermisst melden, wenn ich Sie wäre«, sagte Kelly.

»O Gott! Meinen Sie wirklich?«

»Ja. Diese Leute sind gefährlich.«

»Aber er sagte doch, er hätte seine Schulden bezahlt.«

»Aber was, wenn nicht?«

Shania keuchte entsetzt. »Ach herrje! Sie haben vermutlich recht.«

»Sollten Sie etwas von ihm hören, rufen Sie mich an, ja?«

»Klar, natürlich. Und machen Sie den Schurken ordentlich Dampf unterm Hintern!«

Nun musste Kelly doch lachen. »Ich gebe mir alle Mühe.«

Das schlechte Gewissen nagte an ihr, weil sie Shania angelogen hatte, andererseits würde sie, wenn nicht der Wettmafia, so doch anderen Kriminellen Stress machen. Und Schwarzhändler von Kirchenschätzen waren nicht minder schändlich. Nach ihrem Telefonat mit Shania fuhr sie nach Donegal, um Owen noch einmal auf den Zahn zu fühlen. Womöglich versteckte sich George Donnelly auf dem Jahrmarkt. Doch am Ende stand sie vor einer leeren, zertrampelten Wiese – die Schausteller waren weitergezogen. Von Fiora wusste Kelly, dass die Hegartys einer festen Route folgten, was es einfach machen würde, ihren jetzigen Aufenthaltsort herauszufinden. Allerdings wollte Kelly nicht quer durch Irland reisen, nur damit ihr Owen die Wohnwagentür vor der Nase zuknallte, und auf diese Weise wertvolle Zeit verlieren. Also beschloss sie, ihren Plan vorübergehend zu verwerfen, Brendan vollständig aus ihrem Leben zu streichen, und rief ihn auf dem Handy an. Es war früher Nachmittag, und um diese Uhrzeit war er vermutlich zu Patienten unterwegs.

Nach fünfmaligem Klingeln hob er ab.

»Hi! Ich bin's«, begann Kelly, ehe er etwas sagen konnte. »Kannst du mir Owens aktuelle Handynummer geben?«

Schweigen.

»Hallo?«, fragte sie fröhlich nach. Sie durfte sich nicht aus dem Konzept bringen lassen.

»Was hast du mit meinem Bruder zu schaffen?« Beim Klang seiner tiefen zornigen Stimme krampfte sich ihr Magen zusammen. »Ich hatte dir doch ausdrücklich gesagt, ihn bei deiner Story außen vor zu lassen ...«

»Es ist privat«, warf Kelly ein.

Wieder Schweigen. Diesmal allerdings glaubte sie, Brendans schweren Atem zu hören.

»Was meinst du mit ›privat‹?«, kam es eisig zurück.

»Also ehrlich, Brendan. Wonach klingt es deiner Meinung nach?«, konterte Kelly mit einer Gegenfrage. Je weniger Details sie nannte, desto besser. Ihr war klar, dass Brendan die Handynummer nicht herausrücken würde, sobald er wusste, worum es ging. »Meine Güte«, fügte sie mit einem übertriebenen Seufzer hinzu. »Wir haben uns letzte Woche zufällig in einem Pub getroffen und uns unterhalten. Er hat mir seine Nummer gegeben, aber ich habe sie dummerweise verlegt.«

»Er geht davon aus, dass du meine Verlobte bist«, sagte Brendan mit einem seltsamen Unterton. »Du bist für ihn tabu.«

»Ach das!«, antwortete Kelly lässig, obwohl ihr Puls in die Höhe geschnellt war. »Er nimmt uns die Verlobung nicht ab. Er meinte, den Bären könntest du deinem Vater aufbinden, aber nicht ihm. Er meinte zwar, ich sei ein süßer Hase, aber nichts für dich, weil du ein Vagabund seist.« Sie stieß ein spöttisches Lachen aus. »Ein Vagabund … Ausgerechnet du!«

Das Geräusch, das sie daraufhin vernahm, ähnelte in verblüffender Weise einem Wolfsknurren, worauf sich ein süßer Schauer der Genugtuung über ihren Körper legte. Das geschah ihm ganz recht.

Als er antwortete, klang seine Stimme dennoch überraschend gelassen. »Okay. Von mir aus.«

Dann nannte er ihr die Nummer. Ehe sie sich bedanken konnte, hatte er aufgelegt. Kellys kindischer Triumph löste sich in Rauch auf, und ihre Miene wurde zur Maske.

»Brendan?«, flüsterte sie in die Stille des Handys hinein.

Doch alles, was sie hörte, war ihr eigener Herzschlag. Gequält atmete sie tief ein. Ihr war wieder auf grausame Weise bewusst geworden, wie sehr sie Brendans Nähe vermisste. Was hätte sie darum gegeben, nur auf seinem Betonsofa zu sitzen, bis ihr Hintern ganz taub wurde, und ihm dabei in die lächelnden grünen Augen zu blicken! Kelly starrte traurig ins Leere, dann gab sie sich einen Ruck. Eine gute Story war das beste Heilmittel gegen Herzschmerz, also wählte sie Owens Nummer. Weil niemand das Gespräch annahm, sprach sie ihm auf die Mailbox.

»Hier ist Kelly«, sagte sie. »George Donnelly ist seit Sonntag spurlos verschwunden. Was, wenn ihm etwas zugestoßen ist? Ruf mich bitte zurück, sonst gehe ich zur Polizei und sage denen, was ich weiß.«

Eine leere Drohung, denn zum einen wollte sie ihr Pulver nicht zu früh verschießen, und zum anderen hatte sie nichts in der Hand, was die Polizei zum Handeln gezwungen hätte. Trotzdem hoffte sie, damit Owen zu einer Rückmeldung zu bewegen.

Ihre Hoffnung wurde nicht enttäuscht.

Keine Stunde später rief er sie auf dem Handy an und hinterließ ihr eine Nachricht. Dummerweise hörte sie das Klingeln nicht, weil ihre Schicht im Laden eben erst begonnen hatte und sie dabei war, die ältere Ware in der kleinen Kühltheke nach vorne zu räumen, während die frisch gelieferte dahinter landete. Das Handy hatte sie auf leise gestellt, wie immer, wenn sie im Laden arbeitete, und neben der Registrierkasse liegen lassen.

»Kelly, hör mir genau zu. Es ist sehr wichtig«, lautete die Nachricht auf ihrer Mailbox, die sie abhörte, sobald sie an ihren Platz zurückgekehrt war. »Gleich kommt ein Kurier in den Laden und bringt dir einen Umschlag. Sollte ich kaltgemacht werden, bringst du das, was sich darin befindet, zu Detective Glyn Mallory vom National Bureau of Criminal Investigation in Dublin, und nur ihm. Er ist ein großer, stämmiger Kerl mit buschigem weißem Schnauzer. Ich bin sicher, wenn du ihm die Infos aushändigst, bekommst du die Exklusivstory! Du bist Journalistin und von Natur aus neugierig, du wirst natürlich in den Umschlag schauen. Deshalb bitte ich dich inständig, die Infos erst dann zu verwenden, wenn die Bullen die ganze Bande hochgenommen haben.« Owens Stimme wurde eindringlicher. »Meine Familie könnte sonst in Gefahr geraten. Auch Brendan. Deshalb kein Wort zu ihm oder jemand anderem. Ich verlasse mich auf dich, Kelly!«

Erschüttert starrte Kelly auf das Handy und drückte reflexartig auf die Rückruftaste, doch es sprang nur die Mailbox an.

Sollte ich kaltgemacht werden …

Du lieber Himmel! Was hatte Owen zu diesem verzweifelten Schritt verleitet? Hing es vielleicht mit Georges Verschwinden zusammen?

Minuten vergingen, in denen Kelly mit klopfendem Herzen auf die Eingangstür stierte, ohne dass jemand den Laden betrat. Als der Kurier schließlich erschien, war sie gerade dabei, eine Kundin abzukassieren, und musste sich gedulden, bis diese den Laden verlassen hatte. Ihr war ganz schwindelig von den Mutmaßungen, die wie ein Stock wild gewordener Bienen in ihrem Kopf herumgeschwirrt waren, und sie musste sich auf den Stuhl hinter der Kasse setzen, ehe sie die Sendung öffnete. Darin lag ein brauner Umschlag. Kellys Finger zitterten, als sie ihn vorsichtig aufriss.

Ein USB-Stick.

Sonst nichts. Keine weitere Nachricht von Owen. Weil sie gewöhnlich den Leerlauf im Laden mit Arbeit an ihrem Artikel überbrückte und sich nebenbei weiter nach vielversprechenden Stellen umschaute, hatte sie ihren Laptop stets dabei. Sie klappte ihn auf, wartete, bis er hochgefahren war, dann gab sie ihr Passwort ein. Ihre Aufregung wuchs, als sie den Speicherstick einsteckte. Angezeigt wurde ein einziger Ordner, in dem sich ein Dutzend Fotos und eine Excel-Tabelle befanden. Kelly kopierte sicherheitshalber den Ordner auf ihre Festplatte und verschlüsselte ihn mit einem komplizierten Passwort, dann erst klickte sie das erste Foto an. Zu sehen war ein goldenes Kruzifix in einem aufgeschlagenen Tuch. Das zweite Bild zeigte eine handgroße Madonnenfigur, das dritte eine Hostienschale, das vierte ein aufwendig verziertes Ölgefäß. Und so weiter. Kelly erkannte einige der Gegenstände wieder, die aus Kirchen gestohlen worden waren, als George Donnelly dort tätig gewesen war. Auch das kostbare Reliquienkreuz befand sich darunter.

In der Excel-Tabelle waren Datum und Uhrzeit der Diebstähle akribisch vermerkt, dazu die Schwarzmarktpreise, die Abnehmer sowie Auftraggeber, sofern sich diese nicht deckten, was Kelly ein leises Pfeifen entlockte. Alle Achtung! Owen war wirklich gründlich gewesen. Was allerdings fehlte, waren die Namen der Täter. Entweder wollte er seine Kumpel vor dem Knast bewahren, oder aber er hielt die Informationen absichtlich zurück, um mit diesem Detective Mallory einen Deal aushandeln zu können. Kelly konnte diesbezüglich nur Mutmaßungen anstellen. Ihre Kopfhaut kribbelte vor Aufregung. Sie besaß einen Wissensvorsprung, den sie clever nutzen würde. Selbstverständlich würde sie Owens Wunsch respektieren, schließlich ging es um Menschenleben, dennoch würde sie sich jeden einzelnen Namen in der Liste vornehmen und durchleuchten. Je mehr Details sie über diese Leute in ihren Artikel einfließen lassen konnte, umso besser.

Nun galt es aber, den USB-Stick an einem sicheren Ort zu verwahren. Weil sie ihre Mutter nicht in Gefahr bringen wollte, kamen der Laden oder das Haus nicht infrage. Letztendlich entschied sie sich für die alte Mühle. Am liebsten hätte sie den Laden abgeschlossen und wäre gleich dorthin gefahren, aber draußen wurde es bereits dunkel. Mit einem unguten Gefühl dachte sie an die beiden Scheinwerfer, die ihr beim letzten Mal einen Schrecken eingejagt hatten, und entschloss sich, bis zum nächsten Morgen zu warten. Sie würde nicht mit dem Rad fahren, aber auch nicht mit ihrem roten Mini, der in der Einöde wie ein bunter Hund aufgefallen wäre. Ihre Wahl fiel auf Paddys Wagen: einen unscheinbaren dunkelgrauen Golf, wie er zu Tausenden auf den Straßen Irlands unterwegs war.

Nach einer durchwachten Nacht, in der sie den USB-Stick unter ihrem Kopfkissen versteckt hatte, rief sie ihren Cousin an. Auch auf die Gefahr hin, seinen Spott auf sich zu ziehen, erzählte sie ihm, ihr Mini sei nicht angesprungen. Wie erwartet lachte er sie wegen ihrer »alten Gurke« aus, erklärte sich aber bereit, ihr seinen Wagen bis mittags zu borgen. Daraufhin fuhr Kelly mit dem Rad zu Paddy, der nur eine halbe Meile entfernt wohnte, und war nur wenige Minuten später bereits zur Mühle unterwegs. Die letzten Meter musste sie zu Fuß gehen. Also stellte sie den Golf hinter einer Anhöhe ab, sodass er von der Straße aus nicht zu sehen war, und nahm den Trampelpfad zwischen den Hügeln, bis sie die moosbewachsene verfallene Mühle in der Talsenke erblickte. Zum wiederholten Male blickte sie um sich, doch außer einzelnen Krähen, die sie misstrauisch beäugten, war sie allein.

Obwohl ihr die Stille an diesem Ort wohlvertraut war, verspürte sie dieses Mal einen eisigen Schauer. Als wäre sie der letzte Mensch auf Erden. Dann aber gab sie sich einen Ruck und lief zur Rückseite der Ruine hinunter. Einen Moment lang spielte sie mit dem Gedanken, den USB-Stick, den sie sorgsam in Plastik eingewickelt hatte, neben dem wilden Salbei zu vergraben, doch sie entschied sich dagegen. Denn sollte der Bach einmal über die Ufer treten, wäre der Stick für immer verloren. Also betrat sie die alte Mühle und sah sich sorgfältig um. Staub, Schutt und Holzbalken lagen wild durcheinander, hier und da wuchs fahles Unkraut. Natürlich war Kelly schon häufig hier gewesen, aber niemals unter dem Gesichtspunkt, etwas verstecken zu wollen. Ihre Wahl fiel schließlich auf einen Haufen Holz, der wohl einmal der Mehlkasten gewesen war. Mit einer mitgebrachten Schaufel vergrub sie darunter Owens Lebensversicherung.

Die Rückfahrt nach Cruinn verlief ohne Zwischenfälle, doch erst nachdem sie wieder zu Hause war, fiel die Nervosität von ihr ab. Das Schlimmste war überstanden! Wie angespannt sie die ganze Zeit über gewesen war, merkte sie daran, dass ihr Nacken hart wie Beton war. Erschöpft ließ sie sich auf das Sofa im Wohnzimmer fallen, froh darüber, dass ihre Mutter bereits im Laden war und keine Fragen stellen konnte. Kaum hatte sie die Augen geschlossen, als es an der Haustür klopfte. Kelly fuhr vor Schreck zusammen. Es war kein höfliches dreimaliges Klopfen, sondern ein Donnern, das dazu angetan war, Holz zerbersten zu lassen!

AUF ACHSE

Brendan hob den vereiterten Fuß der Stute und klemmte ihn zwischen seine Knie, dann kratzte er die Schmutzklumpen daran mit dem Hufmesser vorsichtig ab, während der Besitzer das Tier festhielt. Aufmerksam besah er sich die Sohle auf der Suche nach einer dunklen Stelle, wo die Infektion eingedrungen war und er weiter innen den Eiterherd finden würde. Er hörte, wie der Besitzer leise auf sein Pferd einredete und es mit Kosenamen wie »Süße« und »mein Mädchen« bedachte. Unwillkürlich sah Brendan Kellys Gesicht vor sich, und seine Finger verkrampften sich um die Hufzange. Als sie am Telefon »Es ist privat« geflötet hatte, wäre er am liebsten durch den Hörer gesprungen.

Ausgerechnet Owen!

Er drückte mit der Zange die Sohle ab, doch die Stute spürte seine Anspannung und scheute.

»Ruhig, ruhig«, hörte Brendan den Besitzer murmeln und glaubte im ersten Moment, dieser würde ihn meinen.

Brendan biss die Zähne zusammen, dann atmete er tief durch und zwang seine Hand, ruhig zu bleiben. Nur weil er es nicht schaffte, seine Gefühle auszublenden, durfte das arme Tier nicht länger als nötig leiden. Also verbannte Brendan Kellys hübsches, quälendes Lächeln aus seinem Kopf und lenkte seine Aufmerksamkeit zurück auf seine Arbeit. Sachte drückte er erneut die Sohle ab, bis er die entzündete Stelle gefunden hatte, und griff nach dem Hufmesser. Unter der Klinge schoss ein dünner Eiterstrahl hervor, gefolgt von einem gleichmäßigen Rinnsal. Brendan schnitt, bis er auf gesundes Horn stieß. Jetzt brauchte er das Loch nur noch zu desinfizieren und den Huf zu bandagieren, den Rest würde die Zeit erledigen.

Nachdem er fertig war und sich die Hände gewaschen hatte, zog er seine Jacke wieder an. Das Angebot des sichtlich erleichterten Pferdebesitzers, mit ihm einen Cider zu trinken, nahm er dankbar an. Die beiden Männer plauderten eine Weile über das Wetter, die bevorstehende Wahl und den Preis von Zuchthengsten, ehe sich Brendan mit einem kräftigen Handschlag verabschiedete. Auf dem Weg zu seinem Wagen zog er sein Handy aus der Tasche, das er für den Zeitraum der Behandlung auf stumm geschaltet hatte, und stellte fest, dass seine Schwester in der letzten Stunde zehn Mal versucht hatte, ihn zu erreichen. Am Ende hatte sie ihm eine Nachricht hinterlassen.

Brendans Magen verkrampfte sich.

Dad!

Die letzten Meter zu seinem Wagen legte er im Laufschritt zurück, dann glitt er hinters Lenkrad und schloss die Tür. Er hörte seine Mailbox nicht ab, sondern rief Fiora unmittelbar zurück. Nach nur einem Klingeln nahm sie seinen Anruf entgegen, was kein gutes Zeichen war.

»Fiora, was ist los?«, fragte er ein wenig atemlos.

Ein Schluchzen war die Antwort.

»Ist Dad …?«

»Nein!«, warf sie ein. »Es geht um Owen.«

»Owen?«, fragte Brendan überrascht.

Seine Gefühle pendelten zwischen Erleichterung und Sorge, die ins Unermessliche wuchs, als er hörte, dass Owen zwei Tage zuvor verschwunden war und am Morgen ein Umschlag vor dem Wohnwagen ihres Vaters gelegen hatte – mit einem Foto von Owen. An dieser Stelle stockte Fiora, und ihr herzzerreißendes Schluchzen verhinderte jedes weitere Wort. Brendan brach der kalte Schweiß aus, dennoch bemühte er sich um Fassung.

»Gib mir Ronan«, bat er ruhig.

Fiora murmelte etwas Unverständliches, ehe sie das Handy weiterreichte.

»Hallo, Bruder«, meldete sich Ronan. »Irgendein Wichser hat Owen durch den Fleischwolf gedreht und uns ein Foto davon geschickt.« Er klang beherrscht, dennoch konnte Brendan die unterdrückte Wut spüren. »Auf der Rückseite steht eine Nachricht: Rückt die Infos raus, sonst stechen wir ihn ab.«

Wie betäubt starrte Brendan auf die Mitte des Lenkrads. Aber das, was er sah, war nicht das kreuzförmige Logo seines Chevy, sondern das verschmitzte Grinsen seines vierzehnjährigen Bruders, nachdem der an einem betriebsamen Sonntagnachmittag ihrem Kotzbrocken von Konkurrenten die Stromkabel für sein Fahrgeschäft durchgeschnitten und es damit lahmgelegt hatte. Natürlich hatte Owen von Dad eine heftige Ohrfeige kassiert, aber dafür war er bei seinen Geschwistern zum Helden aufgestiegen.

»Was steht da zum Thema Übergabe?«, fragte Brendan mit kratziger Stimme.

»Nichts«, antwortete Ronan.

»Also werden sie sich noch mal melden.«

Ein zustimmendes Brummen war die Antwort.

»Hast du eine Ahnung, welche Infos gemeint sein könnten?«

»Keine Ahnung. Owen hat sein Ding gemacht und die Familie außen vor gelassen.«

Also hatte Owen die Wahrheit gesagt! Was ihm zur Ehre gereichte, sich nun aber als verhängnisvoll erwies.

»Scheiße«, bemerkte Brendan leise.

»Du sagst es.« Ronan räusperte sich. »Angus und ich haben seinen Wohnwagen auf den Kopf gestellt, aber nichts gefunden«, erklärte er. »Ehrlich gesagt habe ich auch keine Ahnung, wonach wir suchen müssen.«

»Ich weiß vielleicht jemanden, der das kann«, antwortete Brendan nach kurzer Überlegung. »Ich melde mich wieder.«

»Gut.« Ronan war kein Mann der blumigen Dankesreden. »Weiß Dad Bescheid?«, fragte Brendan.

»Nein.«

»Owen ist hart im Nehmen«, sagte Brendan, obwohl er wusste, wie leer die Worte klangen.

»Ja.« Sein Bruder stieß ein freudloses Lachen aus. »Ich hoffe, er kann sich irgendwie rausboxen und reißt den Wichsern den Arsch auf.«

»Wenn nicht, übernehmen wir das für ihn!«, erwiderte Brendan ohne Zögern.

Wieder lachte Ronan, aber diesmal klang er kämpferisch. »Uns Hegartys kann niemand etwas!«

»So ist es«, antwortete Brendan inbrünstig.

Im Anschluss rief er Simone an. »Ich mache die Praxis bis zum Ende der Woche zu«, informierte er sie. »Alle Anrufe, die auf mein Handy gehen, leite ich auf die Zentrale um. Bitte verschieb alle Termine auf nächste Woche, bei Notfällen sollen sich die Leute an Doktor Nelson wenden. Hinterlass auf dem AB eine entsprechende Nachricht.« Auf Nachfrage seiner Mitarbeiterin erklärte er, dass er sich um eine familiäre Angelegenheit kümmern müsse.

Die Strecke nach Cruinn legte er in einem halsbrecherischen Tempo zurück und stand keine zehn Minuten später vor Kellys Haus. Nachdem er wie wild geklopft hatte, erschien ihr blasses Gesicht kurz am Fenster, dann ertönte ihre Stimme dumpf von der anderen Seite der Tür.

»Was willst du?«, fragte sie.

»Ist das dein Ernst?«, platzte es aus Brendan heraus. Seine Nerven lagen blank. »Lass mich rein! Ich muss mit dir reden.«

»Tut mir leid. Ich habe jetzt keine Zeit. Komm ein andermal wieder.«

»Es geht um Owen«, presste Brendan hervor.

»Was immer du loswerden willst, lass es!«, sagte sie. »Es geh...«

»Ihm ist etwas zugestoßen.«

Ohne auch nur eine Sekunde zu zögern, riss Kelly die Tür auf. Brennende Eifersucht schoss durch Brendans Adern wie Säure. Die Scham, die er darüber empfand, zumal sein Bruder in diesem Moment um sein Leben fürchten musste, entfachte seine Wut.

»Was ist passiert?«, fragte Kelly. Mit ihrer gelben Latzhose, dem zerzausten blonden Schopf und den weit aufgerissenen blauen Augen sah sie hinreißend aus.

Brendan verwünschte sie aus tiefstem Herzen.

»Was ist passiert?«, fragte Kelly. Brendans eisiger Blick traf sie wie ein Faustschlag, vor dem sie unwillkürlich zurückwich. Irland war das Land der unzähligen Grünschattierungen, trotzdem hatte Kelly bis zu diesem Moment nicht gewusst, wie kalt diese Farbe sein konnte.

»Darf ich reinkommen?«, knurrte Brendan. An seinem Unterkiefer zuckte ein Muskel.

Er war außer sich, und einen Moment lang war Kelly unschlüssig, was sie tun sollte. So zornig hatte sie ihn noch nie erlebt, und wenn sie ehrlich war, ängstigte sie dieser Zustand ein wenig.

»Bitte«, fügte er hinzu, als könnte er ihre Gedanken lesen.

Zwar war seine Miene immer noch unversöhnlich, dennoch trat Kelly beiseite, um ihn hereinzulassen. Dies hier war schließlich Brendan, nicht irgendein gefährlicher Psychopath. Es war anzunehmen, dass die Sorge um seinen Bruder ihn umtrieb. Anscheinend war er von einem Hausbesuch direkt hierhergefahren, denn er trug seine übliche Arbeitskleidung, bestehend aus Cargohose, Poloshirt und Gummistiefeln.

»Möchtest du einen Tee?«, fragte sie, während sie mit ihm in die Küche ging.

Im Wohnzimmer lagen ihre Unterlagen ausgebreitet, und sie wollte nicht, dass fremde Augen sie sahen. Er nickte, dann nahm er am Tisch Platz und beobachtete, wie sie den Wasserkocher auffüllte und einschaltete. Unter seinem eindringlichen Blick beschleunigte sich ihr Puls. Sie atmete tief durch, lehnte sich mit dem Rücken gegen die Anrichte und schaute ihn an.

»Was ist passiert?«, fragte sie erneut.

»Heute Morgen lag ein Foto von Owen vor dem Wohnwagen meines Vaters. Jemand hat ihn übel zugerichtet.« Als Brendan eine kurze Pause einlegte, war nur das Brodeln des Wassers zu hören. »Auf der Rückseite des Fotos stand sinngemäß: Wenn ihr die Infos nicht herausrückt, stirbt Owen.« Er sah Kelly fest an. »Vielleicht weißt du, was mit Infos gemeint ist. Schließlich scheinst du in den letzten Tagen viel Zeit mit meinem Bruder verbracht zu haben.«

Kellys Hand zitterte, als sie eine Kanne aus dem Oberschrank nahm, sie mit Teeblättern füllte und das kochende Wasser darüber goss. Ihre Gedanken rotierten mit den Teeblättern um die Wette. Die Kanne stellte sie neben zwei Tassen auf den Tisch, dann nahm sie Brendan gegenüber Platz.

Sie atmete tief durch. »Ich denke, ich weiß tatsächlich, worum es geht.«

Brendan stieß einen Seufzer der Erleichterung aus. »Euer Techtelmechtel hatte wenigstens ein Gutes.«

»Wie kommst du darauf, dass …«, empörte sich Kelly.

»Lass es!«, unterbrach Brendan sie schroff. »Es interessiert mich nicht.«

Zwischen ihnen breitete sich unangenehmes Schweigen aus.

»Willst du nun wissen, warum dein Bruder verschleppt wurde oder nicht?«, fragte Kelly gereizt.

»Ja«, blaffte er zurück.

Kelly sammelte sich, was in Brendans Gegenwart gar nicht so einfach war, ehe sie ihm die Geschichte in aller Ausführlichkeit erzählte. Angefangen beim gestohlenen Reliquienkreuz und ihrem Bestreben, einen Artikel über Kirchenraub im Allgemeinen und diesen Diebstahl im Speziellen zu schreiben, über Owens Verstrickung in den Fall bis hin zu seiner Nachricht auf ihrer Mailbox. Hatte sich zu Beginn Brendans Miene ein wenig entspannt, wurde sie zum Ende hin wieder hart.

»Er hat was?«, platzte es aus ihm heraus, als sie ihm von dem USB-Stick mit der Liste und den Fotos berichtete.

»Er hat ihn mir anvertraut, um die Familie nicht zu gefährden«, antwortete Kelly, während sie ihnen den Tee einschenkte, der viel zu lang gezogen hatte.

»Aber dich in tödliche Gefahr zu bringen, ist okay, oder was?«

Sie zuckte mit den Achseln. »Berufsrisiko.«

Wieder traf sie ein zorniger Blick, den sie nicht verstand. Warum war Brendan sauer auf sie?

»Ich will die Nachricht hören!«, forderte er forsch.

»Ich habe sie gelöscht. Sicherheitshalber.«

Ihre Erklärung schien ihn zu besänftigen, denn er nickte und griff nach seiner Tasse. Als er an seinem Tee nippte, verzog er unwillkürlich das Gesicht.

»Schokokekse?«, fragte Kelly und wagte die Andeutung eines Lächelns. »Für die Nerven und gegen die Bitterstoffe?«

Brendan hob den Kopf. Ihre Blicke trafen sich, und im vereisten Grün seiner Iris glomm es leicht, nicht mehr als ein Funke, aber er genügte, um seine Züge ein wenig weicher werden zu lassen.

»Gern«, sagte er.

Trotz seiner Antwort bewegte sie keinen Muskel, verlor sich in der Betrachtung seiner Augen, in der sich immer mehr Milde ausbreitete, wie Eis im See, das langsam unter der Frühlingssonne schmilzt. Als er schließlich lächelte, konnte sie nicht anders, als ebenfalls zu lächeln.

»Was ist nun mit den Keksen?«, fragte Brendan sanft.

»Ja, klar!« Wie von der Tarantel gestochen sprang sie von ihrem Stuhl auf, um die Packung aus dem Schrank zu holen.

»Es gibt zwei Dinge, die ich nicht verstehe«, sagte Brendan, nachdem sie die Kekse auf den Tisch gestellt und sich wieder gesetzt hatte.

»Und zwar?«

»Owen würde niemals etwas aus einer Kirche entwenden oder damit handeln. Egal, mit welcher Religion der Gegenstand zu tun hat«, sagte er energisch. »Niemals! Wir alle wurden streng katholisch erzogen. Schon aus Respekt gegenüber unserer toten Mutter würde er so etwas nicht machen.«

Kelly verzog mitleidig das Gesicht. »Tut mir leid, Brendan, aber ich habe die Beweise schwarz auf weiß.«

»Du hast eine Auflistung der geraubten Gegenstände mit Details zu den Verkäufen. Mehr nicht.« Brendan griff nach einem der Kekse. »Das beweist noch lange nicht, dass Owen etwas damit zu tun hat.«

»Ich verstehe ja, dass du deinen Bruder schützen willst, aber wie sollte er an die Infos gekommen sein, wenn nicht durch Komplizenschaft?«

»Und dass er den Namen eines Detective vom NBCI angibt, ist noch seltsamer«, erwiderte Brendan, ohne auf ihre

Frage einzugehen. »So dicke ist er nicht mit der Garda.« Er stieß ein freudloses Lachen aus. »Wahrlich nicht!«

»Vielleicht kennst du deinen Bruder nicht so gut, wie du dachtest«, bemerkte Kelly vorsichtig.

In Brendans Augen trat ein grimmiger Zug. »Mag schon sein.« Wie er sich den Schokokeks in den Mund schob, das hatte beinahe etwas Bockiges an sich.

»Vielleicht sollten wir diesen Detective Mallory um Hilfe bitten«, schlug Kelly vor.

Brendan schluckte den Keks hastig hinunter. »Auf keinen Fall!«, widersprach er. »Dann ist Owen tot.«

»Das weißt du nicht.«

»Ich will es nicht darauf ankommen lassen, Kelly«, antwortete Brendan mit finsterem Blick.

Sie biss sich auf die Unterlippe. »Du hast recht. Entschuldige. Das war dumm von mir.«

Unerwartet legte Brendan eine Hand auf ihre. »Schon gut.« Er zögerte einen Moment, bevor er weitersprach. »Also hattest du mit meinem Bruder kein …«

»Techtelmechtel?«, half Kelly ihm auf die Sprünge. Sie erlaubte sich ein schiefes Grinsen. »Nein.«

Du solltest meinen Männergeschmack eigentlich kennen, wollte sie hinzufügen, verkniff es sich aber.

Brendan hielt ihren Blick fest. »Ich bin froh.«

Kellys Herzschlag setzte kurz aus. Sanft entzog sie ihm ihre Hand und fuhr sich durch die Haare, um etwas Zeit zu gewinnen. Was meinte er damit? Hatte seine Bemerkung überhaupt etwas zu bedeuten?

Sie räusperte sich. »Und was jetzt?«

»Wo ist der USB-Stick?«, fragte Brendan wieder ganz geschäftig. »Hier im Haus?«

Kelly schüttelte den Kopf. »Nein. Ich habe ihn an einem abgelegenen Ort versteckt, den nur ich kenne.«

»Verrate ihn mir.«

Wieder schüttelte Kelly den Kopf.

»Hör zu, Kel! Ich finde es nicht in Ordnung, dass mein Bruder dir diese Bürde aufgeladen hat«, sagte Brendan und beugte sich vor. »Wegen ihm befindest du dich in Gefahr. Lass dir von uns helfen.«

Kelly, die eine kleine Verletzung an Brendans Kinn bemerkte, wo er sich anscheinend beim Rasieren geschnitten hatte, unterdrückte den Impuls, sie mit den Fingerspitzen zu berühren.

»Uns?«, fragte sie ein wenig heiser.

»Der Familie.«

Kelly lächelte. Wie er das sagte, gefiel ihr irgendwie.

»Wir müssen herausfinden, wo Owen versteckt gehalten wird, und ihn aus diesem Schlamassel befreien«, sagte Brendan.

»Wenn George Donnelly nur wieder auftauchen würde!«, seufzte Kelly. »Der könnte uns bestimmt mehr sagen.«

»Der Organist?«

Kelly nickte. »Zumindest haben wir die Namen der Käufer …«

»… und der Auftraggeber«, ergänzte Brendan. »Wir könnten uns einen herauspicken und ihn zwingen, uns die Täter zu nennen. Einer von diesen Typen würde schon reichen.«

»Aber was, wenn Owens Entführer das spitzkriegen?«, gab Kelly zu bedenken. »Dann wäre sein Leben nichts mehr wert.«

»Du hast recht.« Brendan lehnte sich zurück. »Andererseits glaube ich nicht, dass sie Owen töten, solange sie nicht den USB-Stick haben.«

»Aber sie können ihm Schlimmes antun.«

»Ja, das können sie.«

Eine Sache brannte Kelly unter den Nägeln. »Brendan?«

»Ja?«

»Ich glaube nicht, dass diese Leute Ruhe geben würden, selbst wenn sie den Stick hätten. Sie müssen doch damit rechnen, dass es Kopien gibt.«

Brendan sah sie prüfend an. »Lass uns ein Problem nach dem anderen regeln. Wir denken darüber nach, wenn es so weit ist, okay?«

»Okay.« Kelly nippte an ihrem Tee, der kalt und bitter schmeckte. »Soll ich neuen aufsetzen?«

»Nicht wegen mir.« Brendan lächelte matt. »Die Schokokekse reichen mir völlig.«

»Ich dachte, du musst auf deine Figur achten«, neckte sie ihn.

»Nicht heute.«

Für einen Sekundenbruchteil verhakten sich ihre Blicke ineinander, bis Kelly verlegen die Augen abwandte. »Lass uns die Fotos anschauen!«, sagte sie ein wenig gepresst. »Mit etwas Glück finden wir einen Hinweis.«

Brendan nickte. »Das wäre zu schön, um wahr zu sein. Aber einen Versuch ist es allemal wert.«

»Gut.« Kelly stand auf. »Ich hole den Laptop.«

Kurz darauf saßen sie Seite an Seite und blickten auf den Bildschirm. Kelly gab sich betont ungezwungen, doch in Wahrheit nahm sie jede seiner Bewegungen überdeutlich wahr. Entsprechend schwer fiel es ihr, sich auf die Fotos zu konzentrieren. Was sich als nicht weiter tragisch erwies, denn bei der Durchsicht stellten sie fest, dass der Fokus ausschließlich auf den gestohlenen Gegenständen lag und der Hintergrund daher kaum zu erkennen war. Um die Enttäuschung besser zu verkraften, fischte Kelly noch mehr Kekse aus dem Küchenschrank, die sie auf den Tisch stellte.

»Als ich deinem Bruder das erste Mal begegnet bin, war er nicht allein«, sagte sie, nachdem sie sich wieder hingesetzt

243

hatte. »Er hatte einen großen blonden Kerl dabei, der Josh hieß. Kennst du den zufällig?«

Brendan dachte kurz nach, ehe er bedauernd den Kopf schüttelte.

»Schade.« Grübelnd zeichnete Kelly mit dem Finger Muster auf den Tisch. »Ich bin sicher, dieser Josh hängt da irgendwie mit drin. Die haben sich damals über den Wasserfall unterhalten. Gut möglich, dass sie die geraubten Kirchenschätze dort versteckt hielten, bis sie die Käufer trafen.«

»Möglich. Vorausgesetzt, beides hängt zusammen.«

»Davon bin ich überzeugt!«, rief Kelly.

»Würdest du diesen Josh wiedererkennen?«

»Ich denke schon.«

»Wenn er vorbestraft ist«, sinnierte Brendan laut, »würden wir ihn sicher in der nationalen Verbrecherdatenbank finden.«

Kelly gab ein ungläubiges Geräusch von sich. »Wie sollen wir da rankommen?«

Brendan runzelte nachdenklich die Stirn. »Du könntest ja behaupten, dir wäre ein Ladendieb entwischt und dich an Sergeant O'Shea wenden. Sie würde dir sicher Einblick gewähren.«

»Ganz schön gewitzt!«, rief Kelly beeindruckt. »Aber werden die Namen dort überhaupt offengelegt?«

Brendan zuckte mit den Schultern. »Keine Ahnung.«

»Wir könnten Colm um Unterstützung bitten«, schlug Kelly vor. »Er ist mit Livia O'Shea befreundet.«

»Nein!«, wies Brendan den Vorschlag zurück. »Ich möchte nicht noch mehr Leute in die Sache hineinziehen und dadurch in Gefahr bringen. Schon gar keine engen Freunde wie Colm und Grace. Außerdem gäbe es einiges, was ich dann erklären müsste, meinst du nicht?«

Kelly nickte langsam.

»Wenn ich es recht bedenke, ist es wohl besser, wenn wir die Polizei komplett außen vor lassen.« Brendan überlegte. »Dieser Josh … Ist dir an ihm vielleicht etwas Ungewöhnliches aufgefallen?«

Meine Güte!

Kelly schlug sich an die Stirn. »Was bin ich nur so dämlich!«, schimpfte sie. Wie hatte sie das nur vergessen können! »Und so was will Journalistin sein!«

In gespannter Erwartung starrte Brendan sie an. »Was? Raus damit!«

»Er hatte ein Tattoo oberhalb des rechten Handgelenks.«

»Sehr gut. Weißt du noch, wie es aussah?«

Kelly nickte. »Es handelte sich um einen dreidimensionalen Kompass auf einer Weltkarte. Ich habe noch gedacht, wie schön und aufwendig die Arbeit war. Etwas ganz Besonderes!«

Brendans Augen leuchteten. »Und du bist sicher, dass es ein Kompass war?«

»Ganz sicher.«

»Der Kompass ist ein beliebtes Tattoo bei irischen Travellern«, erklärte er.

»Wirklich?«, fragte Kelly, die wenig über das fahrende Volk wusste.

»Ja.« Brendan sah sie durchdringend an. »Du würdest diesen Josh wiedererkennen, aber könntest du ihn auch so beschreiben, dass man eine Phantomzeichnung anfertigen könnte?«

Kelly runzelte die Stirn. »Ich dachte, wir wollen die Polizei außen vor lassen.«

»Könntest du oder nicht?«, hakte Brendan ungeduldig nach.

»Ich denke schon. Aber worauf willst du hinaus?«

Brendan grinste, und zum ersten Mal, seit er an die Haustür geklopft hatte, wirkten seine Züge beinahe fröhlich. »Die Familie ist zurzeit in ihrem Winterquartier. Angus ist ein

245

passabler Zeichner. Mit etwas Glück bekommt er anhand deiner Beschreibung ein vernünftiges Bild hin, das wir den anderen Familien zeigen können. Vielleicht erkennt jemand diesen Josh wieder.«

»Haben Schausteller viel mit den Travellern zu tun?«

»So groß sind die Communitys nicht, und es kommt schon mal vor, dass sich die Wege von Schaustellern und Travellern kreuzen«, erklärte Brendan. »Viele von denen jobben auf Jahrmärkten, und als Kind hatte ich einige Spielkameraden aus Travellerfamilien.«

Obwohl Kelly viele Fragen zu dem Thema gehabt hätte – das Leben der Traveller war sicher faszinierend –, schob sie sie beiseite. Zunächst galt es, Owen zu helfen.

»Aber Brendan«, gab sie zu bedenken. »Zum Winterquartier zu fahren, die Zeichnung anfertigen zu lassen und herumzureichen, bis jemand Josh vielleicht wiedererkennt, könnte zu lange dauern.«

»Genau deshalb sollten wir sofort losfahren.«

»Was? Jetzt?«, rief Kelly erschrocken. »Wo befindet sich das Winterquartier denn?«

»In Kilkee.« Brendan klopfte voller Tatendrang auf seine Oberschenkel und erhob sich.

Kelly entfuhr ein Keuchen. »Das sind über viereinhalb Stunden Fahrt!«

»Ich weiß.«

Als er sich in Bewegung setzen wollte, hielt sie ihn am Arm fest. »Warte! Ich habe einen Vorschlag, wie wir etwas Zeit gewinnen können. Wie wär's, wenn Angus zeitgleich losfährt und wir uns auf halber Strecke treffen? Dann kann er das Bild machen und per Handy verteilen.«

Brendans Gesicht hellte sich noch mehr auf. »Das ist eine sehr gute Idee! Ich rufe ihn gleich an.«

Von der Bewunderung in seinem Blick beflügelt, stieß sie ihn spielerisch in die Seite. »Tja, ich bin eben manchmal unschlagbar.«

Er überrumpelte sie, indem er sich hinunterbeugte und ihren Nacken umfasste. »Nicht nur manchmal«, murmelte er und drückte ihr einen raschen Kuss auf die Schläfe, dann gab er sie wieder frei. »Pack ein paar Sachen in eine Reisetasche! Gut möglich, dass wir irgendwo übernachten müssen.«

Sein gerauntes Kompliment, gepaart mit der Berührung seiner Lippen auf ihrer Haut und dem Wörtchen »übernachten«, löste in Kelly einen wilden Gefühlscocktail aus, der sie vollständig lähmte. Brendan hingegen schien vor Übermut fast zu platzen, denn er zog sie auf die Beine und gab ihr einen Klaps auf den Hintern.

»Na los!«

»Und was ist mit dir?«, fragte Kelly, die sich räuspern musste, weil ihre Stimme zu versagen drohte.

»Was meinst du?«

»Fahren wir noch mal zu dir, damit du ein paar Sachen einpacken kannst?«

»Muss ich nicht. Du weißt doch, ich habe immer ein paar Ersatzklamotten im Kofferraum für den Fall, dass ich irgendwo länger als geplant zugange bin.«

Kelly verzog das Gesicht. Natürlich wusste sie das, aber im Moment schienen ihre Synapsen irgendwie blockiert zu sein. »Bin gleich wieder zurück!«, rief sie und lief nach oben, um ihre Tasche zu packen.

Sie beschloss, den Laptop mitzunehmen. Dort waren alle Infos und bisherigen Erkenntnisse gespeichert, und den wollte sie nicht unbeaufsichtigt lassen. Ihre Mutter würde sie von unterwegs aus anrufen und ihr erzählen, dass sie in den Süden fahren müsse, um einer wichtigen Spur zu folgen, und möglicherweise erst am nächsten Tag zurückkomme.

Als sie starteten, ballten sich die Wolken über ihren Köpfen zu einem dunklen Knäuel zusammen, und einzelne Tropfen auf der Windschutzscheibe ließen vermuten, dass ein Regenguss nicht lange auf sich würde warten lassen. Am Ende gewährte ihnen der Himmel eine rund vierzigminütige Schonfrist, ehe er seine Schleusen öffnete. Kelly und Brendan passierten gerade die Bucht von Bundoran, einem kleinen Badeort an der Küste, der sich besonders bei Surfern großer Beliebtheit erfreute. Das Trommeln des Regens auf der Karosserie übertönte alle anderen Geräusche, während die Scheibenwischer am Limit arbeiteten.

Brendan sah zu ihr herüber. »Alles klar?«, formten seine Lippen.

Sie nickte.

Obwohl sie kaum redeten, genoss Kelly die Fahrt. Die dichte Regenwand hüllte Brendan und sie in einen Kokon, der sie vor dem Rest der Welt abschirmte, als seien sie die einzigen Menschen. *Wie Adam und Eva.* Der Gedanke entlockte Kelly ein Schmunzeln, ehe sie wieder ernst wurde. Ganz gleich, wie die Geschichte ausgehen würde, sie würde diese Erinnerung wie einen kostbaren Schatz hüten. Ihr Blick flog zum Navi. Noch eineinhalb Stunden bis zum Old Arch Bar & Bistro in Claremorris, wo sie sich mit Angus treffen würden. Brendans jüngerer Bruder hatte gemeint, der Laden liege abseits der Hauptstraße, was ihnen eine gewisse Ruhe garantieren würde, außerdem gebe es dort das beste Steak im Umkreis von hundert Meilen.

Als der Regen etwas nachließ, rief Kelly Shania an, doch diese hatte nichts Neues zu berichten. Wie vereinbart, hatte sie ihren Nachbarn bei der Garda als vermisst gemeldet, worauf sich zwei Beamte in dessen Haus umgesehen, aber nichts Aufschlussreiches gefunden hatten. *Hätte ich mich doch nur hineinschleichen können!*, dachte Kelly, wohl wissend, dass Shania wegen Donnellys Katze einen Schlüssel besaß, auch wenn das Eindringen im höchsten Maße illegal gewesen wäre.

»Auf dem Rückweg fahren wir durch Sligo«, sagte Brendan, als Kelly ihre Überlegungen laut aussprach. »Notfalls können wir bei George Donnelly einen Stopp einlegen.«

Sie nickte langsam.

Brendan bedachte sie mit einem nachdenklichen Blick. »Du hast dir den Job ausgesucht.«

»Ich weiß«, murmelte Kelly.

»Bedauerst du es?«

»Nein!«, antwortete sie ohne Zögern. »Es ist nur teilweise schwer, zu entscheiden, was bei der Wahrheitssuche moralisch vertretbar ist und was nicht.«

»Gab es Ethik nicht als Fach beim Studium?«, spottete Brendan.

»Ha, ha. Natürlich gab es das, aber du weißt schon … Theorie und Praxis.«

Unvermittelt ergriff er ihre linke Hand. »Dein innerer Kompass wird dir bei deiner Arbeit den richtigen Weg aufzeigen, das weiß ich.«

»Danke«, murmelte Kelly, die vor Freude rot geworden war.

Hätte ihr innerer Kompass auch in privaten Dingen nur so gut funktioniert!

Sie trug sich mit dem Gedanken, ihn auf ihre gemeinsame Nacht anzusprechen, doch Brendan hatte ihre Hand wieder losgelassen und starrte auf die Straße. Das allein reichte aus, um die Worte, die sie bereits auf der Zunge hatte, hastig hinunterzuschlucken. Weil der Regen immer mehr nachließ, schaltete Brendan das Radio an, und den Weg bis zu ihrem Treffpunkt hörten sie Musik. Dann erklang »He Ain't Heavy, He's My Brother« von den Hollies, und Brendan stieß einen tiefen Seufzer aus.

»Owen …«, begann er leise.

»Ja?« Kellys Herz wurde schwer, als sie die Traurigkeit in seiner Stimme vernahm.

»Er war immer der Wildeste von uns.«

»Nicht Ronan?«

Brendan stieß ein kleines, brüchiges Lachen aus. »Nein. Ronan ist ein sanfter Riese. Meistens reicht seine Masse aus, um die Leute einzuschüchtern. Angus ist für die Diplomatie und den Schabernack zuständig, und Fiora war schon immer die kleine Prinzessin, die es zu beschützen galt. Übrigens hasst sie es, wenn man sie als solche bezeichnet.« Wieder lachte er, diesmal klang es liebevoll. »Johnny muss mehr Mumm haben, als ich dachte. Um sich den Respekt meiner Brüder und meines Vaters zu verdienen, braucht es schon was!«

»Und was ist mir dir? Worin bestand deine Rolle?«

Er zuckte mit den Achseln. »Ich war irgendwo dazwischen, hatte es aber leichter als Owen. Wie wir alle. Er hat alle Kämpfe für uns ausgefochten und musste immer am meisten mit anpacken. Wir anderen kamen später dazu, und je mehr Hände mithelfen, desto einfacher ist es ja. Außerdem fühlt man sich stärker zusammen, unbesiegbar. Zumindest als Kind …«

Er brach abrupt ab, starrte mit versteinertem Gesicht auf die nasse Straße.

»Wir finden ihn, Brendan«, sagte Kelly sanft.

Er nickte.

Bei ihrer Ankunft hatte es aufgehört zu regnen, und sie stellten den Wagen auf einen der zahlreichen Parkplätze vor dem Old Arch Bar & Bistro ab. Mit dem Regen war auch der Wind abgeflaut, und als sie ausstiegen, roch die Luft frisch und sauber. Hier und da war die Wolkendecke durchbrochen und gab den Blick auf pastellblaue Abschnitte frei. Zu Kellys Überraschung machte der Pub einen recht bürgerlichen Eindruck – insgeheim hatte sie eine Absteige erwartet, was sie beschämte. Wollte sie eine Journalistin vom Kaliber ihres Vaters werden, sollte sie sich schleunigst von ihren Vorurteilen verabschieden! Drinnen erwarteten sie dunkles Holz, auf Hochglanz polierte Gläser hinter einer urigen Theke, gemütliche Ledersessel – und Angus, der einen Tisch neben dem lodernden Kamin ergattert hatte. Er war mit der Kellnerin in ein Gespräch verwickelt, als sie nähertraten.

»Ihr kommt genau richtig!«, begrüßte er sie. »Ich habe eben etwas zu trinken bestellt.« Er zwinkerte der Kellnerin zu, die sich lächelnd entfernte.

Angus trug eine braune Cordhose, einen grünen Pullover und eine braune Ballonmütze mit Schottenmuster. Ehe sein Bruder sich versah, hatte Brendan ihm die Mütze vom Kopf geklaut und sie selbst auf seine kurzen kupferroten Haare gesetzt. Dabei grinste er spitzbübisch.

»Steht dir«, sagte Kelly, die unfreiwillig dahinschmolz.

»Natürlich«, bemerkte Brendan. »Ist schließlich meine Mütze! Angus hat sie mir gemopst, als wir noch jünger waren.« Er nahm gegenüber dem Übeltäter Platz und sah ihn an. »Bereit?«

Sein Bruder kramte Zeichenblock und Bleistift aus seiner Tasche und deponierte alles auf dem niedrigen Tisch vor sich. »Immer doch.«

Kelly setzte sich neben Angus, und weil die Kellnerin mit einem Pint zurückkam, nutzten Brendan und sie die Gelegenheit, um ebenfalls etwas zu bestellen. Sie entschied sich für einen Cider, Brendan für einen Kaffee. Nachdem Angus von seinem Bier getrunken hatte, legte er den Zeichenblock auf seinen Schoß, nahm den Bleistift und schaute Kelly erwartungsvoll an. Daraufhin schloss sie die Augen, um sich besser konzentrieren zu können. Sie spürte die Wärme des prasselnden Feuers in ihrem Gesicht, hörte das Knistern und das leise Murmeln der anderen Gäste, was sich wie Balsam auf ihre Nerven legte. Sie rief sich den Tag ihrer Begegnung mit Owen und Josh in

Erinnerung. Owen schob sie beiseite, bis er verblasste, und fokussierte sich auf Josh, stellte ihn scharf. Die blaue Jeans, die schwere Outdoorjacke, die Cornflakes-Packung, das Tattoo, das Gesicht.

Sie holte tief Luft. »Er hat ein rundes, ziemlich vierschrötiges Gesicht.«

»Was meinst du mit vierschrötig?«, unterbrach Angus sie.

»Niedrige Stirn ... eng stehende Augen ... fleischige Nase«, zählte sie langsam auf und vernahm das Kratzen des Bleistifts auf dem Papier.

»Ein echter Adonis«, bemerkte Angus trocken, ohne seine Arbeit zu unterbrechen. »Was noch?«

»Seine Lippen waren ziemlich schwulstig.«

»So in etwa?«, fragte Angus, woraufhin Kelly die Augen aufmachte.

Ihr entfuhr ein kleines Lachen, als sie die grobe Skizze sah. »Oje, so schlimm sah er nun auch wieder nicht aus! Die Nase war nicht ganz so breit ... noch etwas schmaler ... Ja, genau! Und der Mund war kleiner, und die Unterlippe dafür nicht so voll.«

Fasziniert beobachtete Kelly, wie der Bleistift über das Papier flog.

»Angus arbeitet manchmal als Schnellzeichner auf dem Jahrmarkt«, erklärte Brendan.

»Das hier ist etwas völlig anderes«, sagte sein Bruder, ohne aufzublicken. »Als Schnellzeichner arbeite ich mit Stereotypen, die ich bei Bedarf variiere. Hier müssen wir detaillierter vorgehen.«

»Ich gebe mir Mühe«, warf Kelly ein.

Angus' Lippen verzogen sich zu einem Lächeln. »Du machst das gut.« Er wies auf das Bild. »Was ist mit den Augen? Waren sie groß oder klein? Rund, mandelförmig oder geschlitzt?«

Kelly dachte angestrengt nach. »Klein und mandelförmig würde ich sagen.«

»Okay.«

Wieder das Kratzen auf dem Papier.

»Hier! Was sagst du?«, fragte Angus, nachdem er seiner Zeichnung den Feinschliff verpasst hatte.

Kelly betrachtete das Porträt voller Bewunderung. »Das ist der Kerl! Wahnsinn, Angus! Du bist echt talentiert.«

»Danke.« Angus lächelte, wurde dann aber sofort wieder ernst. »Machen wir uns an die Haare! Er hatte doch welche?«

Kelly nickte. Je weiter die Zeichnung voranschritt, desto zuversichtlicher wurde sie. Brendans Miene nach zu urteilen, ging es ihm ebenso. »Er hat kurze blonde Haare, eine Igelfrisur … Nein, nur oben auf dem Kopf standen sie ab. An den Schläfen waren sie etwas länger. Ja, genau so. Super!«

Angus sah sie an. »Noch etwas?«

Kelly schüttelte den Kopf. »Ich denke, es ist perfekt.«

»Schön! Kannst du mir noch etwas zu dem Tattoo sagen?«

»Ja. Es war nicht sehr groß.« Sie legte zwei Finger auf ihr rechtes Handgelenk, die die Länge von ungefähr zehn Zentimetern verdeutlichen sollten. »Die Weltkarte war flach und bestand nur aus wenigen Strichen«, erklärte sie. »Dafür war der Kompass bis ins kleinste Detail dargestellt und bedeckte fast zwei Drittel der Karte, und er war dreidimensional.«

»So in etwa?«, fragte Angus. »Es ist natürlich nur eine grobe Zeichnung, aber mit einer zusätzlichen Erklärung sollte sie ausreichen.«

»Ja.«

»Gut.« Angus legte den Bleistift beiseite und holte sein Handy hervor. »Ich mache Fotos und schicke sie an alle. Sucht schon mal einen Tisch drüben im Speisesaal aus!« Er klopfte sich auf den Bauch. »Ich habe mächtigen Kohldampf!«

253

Zehn Minuten später hatte er die Zeichnung samt Erläuterung an drei Dutzend Personen geschickt, die versprochen hatten, sie weiterzuleiten.

»Ich habe mit Ronan gesprochen. Es hat eine zweite Nachricht gegeben«, sagte Angus mit düsterer Miene, als er sich zu Kelly und Brendan an den Tisch gesellte. »Die Übergabe soll morgen Abend stattfinden. Eine unterdrückte Rufnummer«, fügte er hinzu, ehe Brendan nachfragen konnte.

»Und wo?«

»Am Hafen von Limerick.«

»Bis dahin müssen wir die Sache auf unsere Weise erledigt haben«, bemerkte Brendan mit einem Unterton, der Kelly eisige Schauer über den Rücken jagte.

Was er wohl mit »auf unsere Weise« meinte? Friedlich würde es wohl nicht vonstattengehen, wenn sie Owen befreien wollten. Käme sie mit Gewalt überhaupt klar? Sie befeuchtete sich nervös die Lippen, was Brendan zu bemerken schien.

»Was immer passiert, Kel«, sagte er leise zu ihr, während Angus die Nase in die Speisekarte steckte. »Du musst nicht dabei sein.«

Sie nickte. »Nicht dass du denkst, ich sei feige oder so, aber …«

»Hey!«, warf Angus ein. »Wir Männer erledigen das! Wir würden auch nicht erwarten, dass Fiora uns begleitet. Und wollte sie es, würden wir es ihr verbieten.«

»Ganz schön machomäßig«, erwiderte Kelly.

Brendan zuckte mit den Schultern. »Mag schon sein.« Er sah ihr fest in die Augen. »Aber wir Hegarty-Männer beschützen unsere Frauen. Nicht wahr, Angus?«, fragte er, ohne seinen Blick von Kelly abzuwenden, was ihr eine staubtrockene Kehle bescherte.

»Yep!«, kam es lapidar zurück. »Ich nehme das Steak mit Remoulade und Süßkartoffeln. Was nehmt ihr?«

»Ich nehme das Gleiche«, sagte Brendan.

»Dito«, antwortete Kelly, weil ihr Kopf gerade wie leergefegt war.

Angus klatschte zufrieden in die Hände. »So mag ich das! Schnell und unkompliziert.« Und dann an die Kellnerin gewandt, die eben an ihren Tisch getreten war: »Dreimal das Steak-Menü, Schätzchen.«

»Willst du noch 'nen Kaffee, Angus?«, fragte Brendan, nachdem sie in der Tat das beste Steak seit Langem gegessen hatten.

Sein Bruder schüttelte den Kopf. »Wird Zeit, dass ich zurückfahre. Die Familie braucht mich.«

Kelly, die sah, wie es in Brendan arbeitete, musste nicht lange überlegen. »Wir können ihn gern nach Kilkee begleiten, wenn du es möchtest«, sagte sie an ihn gerichtet.

Brendans Blick wanderte prüfend über ihr Gesicht. »Wirklich?«

»Klar. Eine Zahnbürste habe ich ja dabei«, entgegnete sie halb im Scherz.

»Ich bin sicher, Fiora stellt euch ihren Wohnwagen gern wieder zur Verfügung«, half Angus nach.

»Also was das betrifft …« und »Nein, nein, ist nicht nötig«, widersprachen Kelly und Brendan gleichzeitig.

Angus schnaubte amüsiert. »Ihr seid ja schlimmer als Nonnen beim Betriebsausflug! Habt euch nicht so!«

»Wir gehen ins Hotel«, stammelte Kelly. »Ist kein Problem.«

Angus' Miene verdüsterte sich augenblicklich. »Wollt ihr uns beleidigen?«

»Mach keine große Sache draus, okay?«, sagte Brendan und beugte sich zu seinem Bruder vor. »Kelly ist es nicht gewohnt, in einem Wohnwagen zu schlafen. Es ist beschlossene Sache. Wir fahren mit zum Winterquartier, übernachten aber woanders.«

Angus sah ihn lange an, dann machte er eine beschwichtigende Geste. »Schon gut. Hauptsache wir kommen jetzt los!«

»Glaubst du, dein Bruder ist sauer?«, fragte Kelly wenig später, als sie wieder im Auto saßen und hinter Angus herfuhren.

»Mach dir deswegen keine Gedanken«, beruhigte Brendan sie. »Er kriegt sich wieder ein.«

»Was ist mit den anderen?«

»Ehrlich, Kelly, sie werden es überleben. Zurzeit plagen sie ganz andere Sorgen. Dank dir könnte es uns gelingen, Owen ausfindig zu machen.« Er lächelte. »Was, denkst du, ist wohl wichtiger?«

Während sie der Hauptstraße weiter nach Süden folgten, brach der Himmel auf und offenbarte immer mehr rosafarbene Abschnitte. Bald würde es zu dämmern beginnen. Kelly hasste es, dass es um diese Jahreszeit so früh dunkel wurde. Sie waren eine gute Stunde unterwegs, als das Handy klingelte, und weil es Ronan war, stellte Brendan auf Lautsprecher.

»Wir haben einen Volltreffer!«, sagte Ronan ohne Umschweife.

»Jetzt schon?«, entfuhr es Kelly.

»Ja. Finn Donahue hat den Kerl wiedererkannt«, lautete die Antwort, und Kelly brauchte einen Moment, um den Namen mit dem rotbärtigen Kerl in Verbindung zu bringen, der auf dem Jahrmarkt Lose verkauft und mit Brendan geplaudert hatte. »Sein Name ist Josh McKenzie oder auch Josh, der Chirurg.«

Kelly keuchte. »Josh, der Chirurg?«

»Ja. Er schraubt gern an Motorrädern herum und haucht selbst den kaputtesten Maschinen wieder Leben ein.«

»Oh«, gab Kelly betreten von sich.

»Und wo ist Josh, der Chirurg, jetzt?«, fragte Brendan, der Kelly mit einem amüsierten Blick bedachte.

»Im Knast.«

Brendans Belustigung schlug in Ärger um. »Soll das ein Witz sein?«

»Nein. Er hat mit ein paar Kumpels in einer Kneipe randaliert und wird für zweiundsiebzig Stunden festgehalten. Kennt man ja.«

»Wann kommt er raus?«, fragte Brendan.

»In zwei Tagen.«

»Verdammt!«

»Es gibt eine gute Nachricht«, sagte Ronan.

»Und zwar?«

»Seine Mutter will uns helfen.«

»Wieso das?«, wunderte sich Brendan.

»Keine Ahnung. Vielleicht hat Owen es ihr richtig gut besorgt! Wer weiß das schon?«

»Kann uns nur recht sein. Rufen wir sie an!«

Ronan schnalzte bedauernd mit der Zunge. »Geht nicht. Sie besteht auf einem persönlichen Treffen. Sie will sichergehen, dass wir echt sind und keine Bullen.«

»Okay, auch wenn ich vielleicht nicht mehr ganz ins Schema passe, bin ich dabei!«, sagte Brendan in einem Tonfall, der keinen Widerspruch erlaubte.

»Und wo müssen wir hin?«, fragte Kelly, als Ronan nichts erwiderte.

Kurzes Zögern und dann: »Zurzeit kampiert ihre Familie südlich von Galway.«

»Das ist ja nur eine halbe Stunde entfernt!«, rief Kelly erfreut.

»Sie hat einen Treffpunkt in der Stadt genannt«, erklärte Ronan. »Die St Mary's Catholic Church, um fünf will sie da sein.« Kelly sah automatisch auf die Uhr. Es war kurz vor vier. »Angus weiß Bescheid. Folgt ihm einfach.«

»Können wir der Frau trauen?«, fragte Brendan.

Ronan lachte rau. »Nein. Aber was haben wir schon für eine Wahl?«

Uff! Zack! Booom!

Die Nacht war bereits hereingebrochen, als sie in Galway vor der Kirche anhielten, die sich gegenüber den Docks befand. Zahlreiche Straßenlaternen tauchten die Häuserfassaden um das Hafenbecken in ein warmes Licht, das sich orangegelb im Wasser spiegelte. Unter anderen Umständen hätte sich Kelly an der romantischen Kulisse erfreut. Die Kirche selbst, ein mächtiger Bau aus grauem Granit, war spärlich beleuchtet, und auf dem weitläufigen Parkplatz standen nur wenige Autos.

»Kennen wir den Namen der Frau?«, fragte Brendan Angus, nachdem dieser ausgestiegen war und sich zu ihnen gesellt hatte.

»Irene.«

»Und wie erkennen wir sie?«, wollte Kelly wissen, die den gefütterten Kragen ihrer Jacke hochschlug. Feuchtigkeit lag in der Luft, und vom Hafen her wehte ein kalter Wind.

»An ihrem Kopftuch«, antwortete Angus. »Es ist schwarz mit roten Mohnblumen.«

»Okay«, sagte Brendan. »Gehen wir rein!«

Erwartungsgemäß knarzte die Holztür, als sie diese aufstießen, ein lautes Geräusch, das zusätzlich von den kahlen Wänden widerhallte. Ein diskretes Betreten der Kirche war damit unmöglich. Im Innern war es kaum wärmer als draußen, flackerndes Kerzenlicht und vermutlich altersschwache Lampen sorgten für gedämpftes Licht und viel Schatten. Umso prachtvoller mutete das angeleuchtete bogenförmige Fenster mit der Heiligen Jungfrau Maria hinter dem Altar an, das unwillkürlich die Blicke auf sich zog. Vermutlich war das der Grund, warum ihnen Irene erst auffiel, als sie fast vor ihnen stand. Als wäre sie wie ein Pilz aus dem Boden geschossen! Die Frau, die einen halben Kopf kleiner als Kelly war, steckte in Parka und Jeans. Das Gesicht unter dem Kopftuch erinnerte an eine verschrumpelte Pflaume mit rot geschminkten Lippen und schwarzen Augen, die Blitze abschossen. Zäh, ledrig und furchterregend waren die Attribute, die Kelly spontan in den Sinn kamen. Wäre sie abergläubisch gewesen, hätte sie sich beim Anblick der Frau glatt bekreuzigt, wie Angus es beim Betreten der Kirche getan hatte.

»Ich glaube nicht, dass Owen sie flachgelegt hat«, raunte Brendan ihr zu, und sie musste ein nervöses Lachen unterdrücken.

»Seid ihr die Hegartys?«, fragte sie mit einer Reibeisenstimme, die einem Zweihundert-Kilo-Koloss gut zu Gesicht gestanden hätte.

»Ja«, antwortete Brendan.

Irene bedachte sie mit einem verkniffenen Blick, dann nickte sie langsam und wies sie an, ihr zu folgen. Gemeinsam begaben sie sich zum südlichen Seitenschiff, wo sie neben einer Säule stehen blieben.

»Josh ist ein guter Junge«, sagte sie leise. »Aber dieser Spencer hat ihn vom rechten Weg abgebracht. Niemand hat was gegen ein bisschen Schwarzhandel mit Kippen oder Alkohol, echt nicht. Aber Kirchenschätze?« Sie bekreuzigte sich. »Ich habe meinen Jungen im katholischen Glauben erzogen und ihm beigebracht, was richtig ist und was nicht. Monstranzen oder Gebeine von Heiligen zu stehlen, um sie dann zu verhökern …« Vor Empörung verschlug es ihr glatt die Sprache.

»Wer ist dieser Spencer?«, flüsterte Brendan.

»Spencer Tobin. Ein Bewährungshelfer, der Ex-Knackis erpresst und sie zwingt, krumme Sachen zu drehen.«

»Tut die Garda denn nichts dagegen?«, entfuhr es Kelly.

»Den Bullen ist das doch scheißegal!«, stieß Irene hervor, und für einen Sekundenbruchteil sah es aus, als würde sie angewidert auf den Boden spucken. Dann aber besann sie sich, schließlich befanden sie sich in einer Kirche.

»Macht sich dieser Spencer selbst die Hände schmutzig, oder hat er jemanden, der das für ihn erledigt?«, fragte Brendan.

Als Irene nachdenklich die Lippen vorstülpte, vertieften sich die Furchen um ihren Mund, die durch den roten Lippenstift wie Wunden aussahen. »Beides, würde ich sagen«, antwortete sie. »Er hat in seiner Truppe hundert pro brutale Schläger, aber Josh hat mir erzählt, dass er auch mal selbst Abreibungen verteilt. Er statuiert gern ein Exempel«, betonte Irene, als würde sie ein Zitat wiedergeben.

»Und wo finden wir diesen Charmebolzen?«, flüsterte Angus, der bis dahin geschwiegen hatte.

»Er hat ein Haus in Shannon, westlich von Limerick. Aber wo genau, weiß ich nicht.«

»Ziemlich unwahrscheinlich, dass er Owen dort festhält«, mutmaßte Brendan leise.

»Josh hat mir mal von einem alten Lagerschuppen für Wollballen in den Docks von Limerick erzählt, wo Spencer am liebsten …« Irene hielt nachdenklich inne.

»… Exempel statuiert?«, half ihr Kelly auf die Sprünge.

Die ältere Frau nickte.

Brendan lächelte freudlos. »Und wo genau befindet sich dieser Schuppen?«

Nach Limerick waren es gut eineinhalb Stunden Fahrt – und zwar sowohl von Galway aus als auch von Kilkee, sodass alle fast gleichzeitig am Hafen eintrafen. Ronan war mit Johnny, einem Onkel und zwei Cousins angereist. *Ein ziemlich finsterer Haufen*, dachte Kelly, als sie beobachtete, wie sie sich flüsternd mit Brendan und Angus berieten. Die Männer standen auf einem schwach beleuchteten Parkplatz gut dreihundert Meter Luftlinie von dem lang gestreckten Lagerschuppen entfernt, in dem Owen möglicherweise festgehalten wurde, und hielten Kriegsrat. Zuvor hatten sie sich aus sicherem Abstand einen ersten Überblick verschafft und dabei festgestellt, dass Licht durch einige Fenster drang, sich also im vorderen Teil jemand aufhielt. Wie viele Personen es waren, wussten sie nicht. *Die große Unbekannte.* Weil das Überraschungsmoment ihre stärkste Waffe war, hatte keiner von ihnen gewagt, sich dem Schuppen zu nähern, aus Furcht, entdeckt zu werden.

»Wir werden um halb drei zuschlagen«, erklärte Brendan, als er zu ihr in den Wagen stieg. »Am frühen Morgen ist die Konzentration auf dem Tiefpunkt. Das macht es für uns leichter, sie zu überrumpeln.«

»Sofern Owen hier ist.«

Brendan nickte düster.

»Ist denn auf dem Foto der Entführer irgendetwas Hilfreiches zu erkennen?«

»Willst du es sehen?«

Kelly nickte.

»Sicher?«

Kelly nickte erneut.

»Okay«, murmelte Brendan und griff nach seinem Handy. Er wischte über das Display, bis er fündig geworden war, und hielt es ihr hin.

Aufs Schlimmste gefasst, holte Kelly tief Luft, ehe sie sich das Foto anschaute. Owen lag zusammengekrümmt auf dem Boden, die Hände auf den Rücken gebunden, sein Gesicht war voller Blut. Sie blinzelte. Wer immer das getan hatte, war nicht gerade zimperlich gewesen. Sie riss sich von dem schrecklichen Anblick los und konzentrierte sich auf den Hintergrund.

»Grobes Mauerwerk, ein einzelner Holzpfosten, ein Betonboden, wie es aussieht … Es könnte in einem Lagerschuppen aufgenommen worden sein.«

Brendan gab ein brummendes Geräusch von sich. »Sehen wir genauso.«

»Jemand sollte sich vorab dort umsehen«, überlegte Kelly laut. »Um sicherzugehen, dass Owen drin ist, sonst ist die ganze Aktion umsonst.«

Brendan nickte. »Die Jungs überlegen sich gerade was.«

»Ich habe eine Idee.«

»Was für eine Idee?«

Ruhig hielt sie seinem neugierigen Blick stand. »Wirst du gleich erfahren.«

Ein besorgtes Stirnrunzeln war die Antwort.

Schwach lächelnd stieg Kelly aus dem Chevy und ging mit Brendan zu den Männern, die draußen in der Kälte ausharrten, worüber sie sich insgeheim wunderte. Warum warteten sie nicht in ihren Wagen? Oder mussten sie unbedingt beweisen, wie hart sie waren?

»Hi!«, sagte sie in die Runde.

Prompt wandten sich alle Gesichter ihr zu, eines grimmiger als das andere, was vor allem an ihrem verkniffenen Zug um den Mund lag.

»Also …«, begann sie und stockte auf der Suche nach den richtigen Worten. »Es wäre echt blöd, wenn ihr hier bis zum frühen Morgen wartet, nur um dann festzustellen, dass Owen woanders gefangen gehalten wird, richtig?«

Einvernehmliches Nicken.

»Eben. Wenn ich es richtig gesehen habe, stehen vor dem Schuppen ein paar Mülltonnen aus Metall. Wenn ich rückwärts dagegenfahre, gibt das einen Mordsradau. Ich wette, das wird die Typen rauslocken.« Sie grinste. »Ich werde das Klischee von der tollpatschigen Frau am Steuer bedienen und einfach sagen, ich hätte die Gänge verwechselt. In der Zwischenzeit kann sich einer von euch in das Gebäude schleichen und sich umsehen.«

Brendan starrte sie entgeistert an. »Das ist eine beschissene Idee!«

»Guter Plan«, bemerkte Ronan zeitgleich, während die anderen zustimmend nickten.

»Ist nicht dein Ernst, oder?«, blaffte Brendan seinen Bruder an. »Du willst ein dämliches Theaterstück aufführen?«

»Ja.«

»Und wenn die Typen über sie herfallen, einfach nur, weil sie eine leichte Beute ist?«

»Warum sollten sie? Je früher sie mich los sind, umso besser für sie«, warf Kelly ein, doch Brendan strafte sie mit Nichtbeachtung.

»Wir sind direkt hinter ihr«, entgegnete Angus. »Da kann nichts passieren.«

Brendans Lippen wurden schmal. »Ihr spinnt doch! Ich bin dagegen.«

»Tja, nur bist du leider in der Minderheit«, warf Ronan lässig ein.

»Erstens«, zählte Brendan an seinen Fingern ab, »werden sie nicht alle rausrennen, um nachzusehen. Die sind nicht blöd! Und zweitens wird nicht viel Zeit sein, um sich umzusehen. Was wenn derjenige von uns nicht rechtzeitig wieder rauskommt?«

»Klar werden sie nicht alle rausrennen, aber trotzdem bekommen wir einen ungefähren Eindruck, wie viele Typen es sind«, antwortete Ronan unbeeindruckt. »Zwei oder zwanzig.«

»Sollte Owen drin festgehalten werden, ist es vielleicht nicht schlecht, wenn der von euch Erwählte drin bleibt und sich versteckt«, überlegte Kelly, die sich immer mehr für die Idee erwärmte. »Dann könnt ihr die Typen später von zwei Seiten in die Zange nehmen. Absprechen könnt ihr euch übers Handy.«

Bewunderung glomm in den Augen der anwesenden Männer, und Kelly spürte, wie sie rot wurde.

Der Onkel, ein bulliger Kerl mit grauem Haarkranz, nickte wohlwollend. »Gegen den Vorschlag gibt's nichts einzuwenden«, entgegnete er mit einem starken Lispeln, was ihn trotz des Totschlägers in seiner Hand fast knuffig wirken ließ, wie Kelly befand. »Spielen wir halt Theater!«, bemerkte er mit einem Grinsen.

Einem Grinsen, das alle erwiderten – außer Brendan.

Wenn Kelly ehrlich war, musste sie sich zu einem Lächeln zwingen. Sich den Plan auszudenken, war das eine gewesen. Ihn umzusetzen, war etwas ganz anderes, und bei der Vorstellung verdichtete sich der Knoten in ihrem Magen fühlbar.

»Mir gefällt das nicht, Kel«, flüsterte Brendan ihr ins Ohr. Trotz seines offensichtlichen Unmuts legte er einen Arm um sie und zog sie an sich. »Und du bist sicher, dass du das tun willst?«

Kelly nickte eifrig, gleichzeitig verzog sie ihre Lippen zu einem Tausend-Watt-Lächeln.

»Gott, steh uns bei!«, stöhnte Brendan. »Du bist ja eine lausige Schauspielerin.«

Bei der anschließenden Diskussion, in der es um die Frage ging, wer sich hineinschleichen sollte, gerieten sich die Männer fast in die Haare. Am Ende zogen sie Streichhölzer, und das Los fiel auf Brendan. Was Kelly wiederum ganz und gar nicht behagte, doch genau wie zuvor bei ihm wurde ihr Einwand in aller Deutlichkeit zurückgewiesen.

»Süß, die beiden«, lispelte daraufhin der Onkel.

Nachdem alle ihre Handys auf stumm gestellt hatten, stieg Kelly in den blauen Toyota Yaris, der einem der Cousins gehörte, weil laut Angus die »Weiberkarre« am glaubwürdigsten wirkte. Mit dem Ergebnis, dass zwei Männer nötig waren, um den angepissten Besitzer von Brendans Bruder loszureißen.

Obwohl Kelly wusste, dass Brendan und die anderen in ihrer Nähe Position bezogen hatten, klopfte das Herz hart in ihrer Brust, als sie sich im Schritttempo dem Lagerschuppen näherte. Für den Fall, dass sie beobachtet wurde, gab sie vor, zu wenden. Als sie zwei Gänge herunterschaltete, drückte sie die Kupplung nicht ganz durch, was das Getriebe mit einem Kreischen kommentierte. Kelly stellte sich vor, wie Brendans Cousin zusammenzuckte, und bat gedanklich um Entschuldigung. Aber das gehörte nun mal zum Spiel dazu. Sobald sie mit dem Heck vor den Containern stand, blickte sie nach links, wo Brendan im Schatten ausharrte. Sie zählte bis drei, legte den Rückwärtsgang ein und trat aufs Gaspedal.

In dem Moment sprintete Brendan los.

Das Scheppern, als Kelly die Mülltonnen umfuhr, hallte in der nächtlichen Stille des Hafens tausendfach wider. Brendan grinste grimmig. Die bösen Buben mussten schon stocktaub sein, um den Lärm zu überhören. Beim Lagerschuppen angekommen, schob er sich vorsichtig an der Wand entlang, bis er die Rückseite erreicht hatte, und spähte um die Ecke. Das Gebäude war lang gestreckt, deshalb war Brendan nicht überrascht, als er eine Hintertür entdeckte. »Oh nein!«, hörte er Kelly jammern, die eben aus dem Wagen stieg.

Weil sich die Fenster ziemlich weit oben befanden, wie es für Lagerhäuser vom Beginn des zwanzigsten Jahrhunderts charakteristisch war, konnte Brendan keinen Blick ins Innere werfen. Andererseits wollte er nicht einfach die Tür öffnen, nur um übellaunigen Knochenbrechern in die Arme zu laufen. Abwägend schaute er von der Tür zu den Fenstern und zurück, dann traf er eine Entscheidung. Dieser Teil des Schuppens lag im Dunkel, deshalb würde er das Risiko eingehen. Vorsichtig drückte er die

Klinke hinunter, hielt den Atem an – und fluchte leise. Die Tür war abgeschlossen. Also pirschte er geduckt weiter an der Wand entlang. Kellys Wehklagen drang an sein Ohr, durchbrochen von grollenden Männerstimmen. Vor Sorge krampfte sich sein Magen zusammen. Am liebsten wäre er zu ihr gestürmt, um sich beschützend vor sie zu stellen. Dann rief er sich streng zur Ordnung. Sein Bruder lag möglicherweise in diesem Schuppen, nur wenige Meter entfernt, und war von Brutalos umgeben, die es vermutlich genossen, anderen Schmerz zuzufügen. Darauf und nur darauf musste er sich konzentrieren! Die Männer aus seiner Familie würden schon auf Kelly aufpassen, daran bestand kein Zweifel.

Brendan schlich weiter, bis ihn das Glück in Form eines halb offenen Fensters anlachte. Rasch blickte er sich um. Nach einer Leiter hielt er vergebens Ausschau, dafür entdeckte er ein altes Fass, das zwischen irgendwelchem Müll lag. Einen Versuch war's wert! Als Brendan jedoch danach griff, in der Absicht, es zur Mauer zu rollen, zerbarst das morsche Holz unter dem Druck seiner Finger. Er fluchte leise. Ein rascher Blick auf seine Uhr verriet ihm, dass bereits vier Minuten vergangen waren, seit Kelly in die Mülltonnen gedonnert war. Ihm lief die Zeit davon! Wenn er nicht bald einen Weg fand, in den Schuppen hineinzugelangen, war die Chance vertan.

Er suchte weiter die Umgebung ab, was wegen des schummrigen Lichts nicht ganz einfach war. Dabei musste er sich allein auf seine Sehkraft verlassen, denn die Taschenlampe an seinem Handy konnte er unmöglich einschalten. Als er wenige Meter entfernt einen eckigen Schemen auf dem Boden bemerkte, kniff er angestrengt die Augen zusammen. Dem Anschein nach handelte es sich um eine Kiste oder Ähnliches. Er sollte recht behalten. Die Kiste, die schwere Metallrohre enthielt, machte einen stabilen Eindruck, also ging er daran, sie zu leeren. Sein Unterfangen stellte sich allerdings als knifflig heraus, ähnlich wie bei Mikado – nur dass die Stäbe nicht aus Holz, sondern aus Metall waren und laut klirrten, sobald sie sich berührten. Während Brendan im Zeitlupentempo ein Rohr nach dem anderen herauszog, brach ihm der Schweiß aus allen Poren. Währenddessen schien die Uhr in seinem Kopf mit jedem Atemzug lauter zu ticken.

Dann geschah es. In der Kiste befanden sich nur noch drei Rohre, und als Brendan eines davon ergriff, rutschte es ihm aus der Hand und prallte gegen die beiden anderen. Wie ein Peitschenknall, so laut! Brendan blieb das Herz stehen. Angespannt horchte er, doch alles, was er vernahm, war das Blut, das in seinen Ohren rauschte. Er fluchte, zwang sich zur Ruhe. Einatmen, ausatmen. Er musste seinen Puls wieder auf eine normale Geschwindigkeit bringen, damit sein Gehör wiederkehrte. Er schloss die Augen und vernahm nichts anderes als die undeutlichen Stimmen vor dem Lagerschuppen. Eine Welle der Erleichterung überflutete ihn. Offenbar hatte niemand etwas mitbekommen. Die Männer waren durch Kellys Darbietung abgelenkt. Seine Hände zitterten zwar ein wenig, als er die letzten zwei Metallrohre herausnahm, aber dann hatte er es geschafft. Nun musste er die Kiste nur noch unter das Fenster schaffen.

Brendan sog die frische Nachtluft tief in seine Lungen ein, packte die Kiste mit beiden Händen und hob sie vom Boden ab. Sie war massiv und würde ihn problemlos tragen können, nichtsdestotrotz konnte er sie so nicht transportieren. Also spannte er sich an, nahm sein rechtes Knie zur Hilfe und stemmte die Kiste in die Höhe, dann setzte er das Bein wieder ab, ging in die Knie und hob das gute Stück mit einem Ruck auf seinen Kopf.

Perfekt!

Ohne größere Probleme trug er sie zu ihrem Bestimmungsort, dann kletterte er darauf. Wieder verwünschte er Gott und die Welt! Zwar war der Abstand zum Fenster deutlich geringer geworden, trotzdem musste er noch gut einen halben Meter überbrücken. Die Zeit, nach einer weiteren Kletterhilfe zu suchen, hatte er schlichtweg nicht, deshalb krallte er sich am unteren Fensterrand fest und zog sich mit aller Kraft hoch. Dazu benutzte er seine Füße und war dankbar, die Schuhe mit den dicken Profilen zu tragen, die ihm guten Halt boten. Dankbar war er auch für seine gut funktionierenden Oberarmmuskeln!

Als er das Fenster erreicht hatte, öffnete er es vollständig, froh darüber, dass die Scharniere nicht quietschten. Einen Moment lang blieb er rittlings sitzen, um seine Augen an die Dunkelheit im Innern zu gewöhnen und sich zu orientieren. Nicht weit von ihm verlief eine Holzstrebe. Er brauchte sich nur daran runterzuhangeln, um den Boden zu erreichen. Allerdings würde er hinüberspringen müssen. Dass er keinen Schwung nehmen konnte, war dabei nicht unbedingt von Vorteil …

Hol's der Teufel!

Brendan überlegte nicht länger und sprang. Sein Herzschlag setzte kurz aus, ehe seine Hände den Holzbalken sicher packten. Dann spitzte er die Ohren – und atmete auf, denn aus der Tiefe des Schuppens schlug ihm nur Stille entgegen. Die einzigen Geräusche, die zu ihm durchdrangen, waren eine Schiffssirene im Hafenbecken sowie ein Wagen, der angelassen wurde und sich anschließend entfernte. Brendan atmete auf – Kelly war außer Gefahr –, dann setzte er seinen Plan in die Tat um, hangelte sich an der Strebe entlang abwärts. Seine Füße berührten den Boden, hart und nicht federnd. Beton. Er befand sich in einem schmalen Raum mit zwei Türen, in dem es modrig roch. Eine Art Durchgang, der bis auf einen großen, summenden Kühlschrank leer war. Brendan war froh, seine warme Outdoorjacke zu tragen, denn im Schuppen war es empfindlich kalt. Er beschloss, zunächst den Raum hinter der linken Tür zu inspizieren, die zum hinteren Teil des Gebäudes führte. Danach würde er sich die andere Seite vornehmen.

Hinter der Tür, die lediglich angelehnt war, gab es nicht viel außer schief in den Angeln hängenden Regalen und einigen Spinden, hinter denen er sich notfalls verbergen konnte. Beim Vorbeigehen bückte er sich nach einem kurzen, aber schweren Rohrstück, das aus einer möglichen Bekanntschaft mit einem menschlichen Schädel garantiert als Sieger hervorgehen würde. Sicher war sicher. Brendan war kein Freund von Gewalt, aber hier ging es um das Leben seines Bruders. Während er das Versteck hinter den Spinden austestete, schickte er Ronan eine Nachricht.

Bin drin.

Wurde auch Zeit, kam es fast augenblicklich zurück. Und dann mit Verzögerung, als müsste sich Ronan zu diesem Gefühlsüberschwang durchringen.

Kelly ist okay. Sie ist wieder bei uns.

Brendan fühlte sich angenehm leicht, als er hinausging, um den Raum hinter der anderen Tür zu inspizieren. Gerade wollte er nach der Klinke greifen, da vernahm er auf der anderen Seite dumpfe Stimmen. Als hätte er sich verbrannt, zog er die Hand zurück. Das war verflucht knapp gewesen! Nach dieser Aktion würde er erst mal Urlaub machen. Vielleicht konnte er mit Kelly nach Venedig fliegen. Nanu? Woher kam dieser Gedanke plötzlich? Und was zum Teufel wollte er in Venedig? Gut, sicher, die Stadt war sehenswert, aber es gab im Moment wirklich dringendere Dinge. Seinen Bruder zum Beispiel! Verärgert schüttelte er den Kopf. *Konzentriert bleiben!*, ermahnte er sich erneut. Das Metallrohr fest in der Hand, drückte er ein Ohr gegen die Tür und schloss die Augen, um alle Sinne außer seinem Gehör auszublenden.

»Was für 'ne dämliche Tussi!«, höhnte prompt eine Männerstimme. »Weiber haben hinterm Steuer nichts zu suchen!«

»Red nicht so 'nen Stuss!«, widersprach ein anderer. »Wir leben im einundzwanzigsten Jahrhundert, falls es dir noch nicht aufgefallen ist.«

»Ist es«, erwiderte der erste Mann. »Und was hat uns das bitte schön gebracht? Das totale Chaos! Früher hatte alles wenigstens noch seine Ordnung …«

Wie viele mochten es sein? Drei oder vier? Schwer zu sagen.

»O Mann, *pal*! Deine Ansichten sind noch angestaubter als die von meinem Opa Jack!«, ereiferte sich der andere.

Daraufhin entspann sich eine handfeste Diskussion über Sinn und Unsinn der weiblichen Emanzipation, den Sexismus in Irland und die Fahrweise im Allgemeinen. Nur leider kein Hinweis auf Owens Aufenthaltsort! Dass die Männer hinter der Tür keine Arbeit verrichteten und die Zeit totschlugen, schien ziemlich klar zu sein. Was also machten sie hier? Bewachten sie jemanden, während sie auf Instruktionen warteten? Brendan hoffte es. Er zog sich hinter die Spinde zurück, um seine mickrigen Erkenntnisse mit den anderen zu teilen. Im Gegenzug erfuhr er von Ronan, dass Kellys Showeinlage drei Typen herausgelockt hatte. Deshalb gingen sie davon aus, dass die Männer mindestens zu viert waren, vorausgesetzt sie hielten Owen hier fest. Und das musste Brendan unbedingt herausfinden – ganz gleich wie!

Minuten später wagte er sich aus der Deckung, um erneut an der Tür zu lauschen. Inzwischen waren die Männer auf der anderen Seite dazu übergangen, Belangloses von sich zu geben wie: »Beweg deinen Arsch, Mario! Ja, ja, gleich haben wir ihn. *Fuck*, nein!«, »Du hättest rechts daran vorbeifahren müssen«, »Bei Level 5 abkacken, aber mir was erzählen wollen!« und »Ich gehe pissen!«. Nach einer kleinen Weile unterschied Brendan zwischen vier unterschiedlichen Männerstimmen: einem gestressten Bariton, einem tiefenentspannten Bass, einem herrischen Reibeisen und einem Röchler.

»Ich hole mir noch 'n Bier«, vermeldete in diesem Moment der Bass. »Sonst noch jemand?«

»Ja, ich!«, antwortete der Röchler.

Brendans Blick flog zum Kühlschrank, im selben Augenblick setzten sich auch seine Beine in Bewegung. Er hatte gerade noch Zeit, mit dem Schatten des riesigen Geräts zu verschmelzen, als die Tür auch schon aufsprang. Der rechteckige Lichtschein fiel auf die Stelle, wo er noch vor wenigen Sekunden gestanden hatte, reichte aber glücklicherweise nicht bis zu ihm. In wenigen Schritten war der Bass am Kühlschrank und öffnete ihn. Der Typ stand so nah, dass Brendan seinen Duft, eine Mischung aus kaltem Rauch und Aftershave, riechen konnte. Hoffentlich würde er nicht bemerken, dass das Fenster weit offen stand.

»Kilkenny oder Guinness?«, rief er.

»Kilkenny«, kam es kurzatmig zurück.

»Alles klar«, murmelte der Bass, ehe ihm etwas einfiel. »Soll ich für unseren Gast eine Cola mitbringen?«

Adrenalin schoss durch Brendans Adern, und er hielt die Luft an.

»Hast du sie nicht mehr alle?«, plärrte der Bariton. »Sind wir vielleicht das Ritz-Carlton oder was? Von mir aus kann der Typ in seinem Sarg versauern!«

Sarg? Ob damit ein Schrank oder eine Truhe gemeint war?

»Bring ruhig 'ne Cola mit, Danny!«, mischte sich das Reibeisen ein. »Noch brauchen wir ihn einigermaßen lebend. Anweisung von Mr Tobin.«

Volltreffer! Beinahe hätte Brendan gejauchzt.

Es klirrte leise, als der Bass die Flaschen aus dem Kühlschrank zog, dann machte er ihn wieder zu und stapfte zurück.

Jetzt oder nie!

271

Brendan musste die Chance nutzen und einen Blick durch die offene Tür riskieren. Als er den Kopf reckte, erspähte er einen klapprigen Tisch und ebenso klapprig wirkende Stühle, auf denen drei Männer saßen und mit ihren Handys hantierten. Hinter dem Tisch stand ein elektrischer Heizlüfter. Verstaubte Aktenschränke und einige zerrissene Handzettel an der Wand ließen vermuten, dass der Raum vor langer Zeit als Büro genutzt worden war.

»Hey, Danny! Mach die verdammte Tür zu!«, rief der Bariton. »Die ganze Wärme zieht ab.«

»Jaja«, maulte der Bass, dann schlug er die Tür mit einem Knall hinter sich zu.

Brendan war wieder allein.

Unverzüglich sandte er eine Nachricht an Ronan.

Owen ist hier! Wo genau, weiß ich noch nicht, aber wahrscheinlich ist er in einem Schrank oder einer Truhe eingesperrt.

Schweine!, lautete Ronans Zwischenkommentar.

Ich finde raus, in welchem Raum er ist. Wird aber nicht einfach. Sollte er irgendwo drinstecken, wird er bestimmt nicht extra bewacht. Wir können von vier Männern ausgehen. Haltet trotzdem die Augen auf! Am Eingang könnte noch jemand sein.

Sag einfach Bescheid, wann wir die Typen plattmachen können!, lautete Ronans unmissverständliche Antwort.

Brendans Griff um das Metallrohr verstärkte sich. Alles klar.

Etwa zu der Zeit, als Brendan den hinteren Teil des Gebäudes inspizierte, versuchte Kelly, ihre aufgeputschten Nerven zu beruhigen. Was gar nicht so einfach war, denn das Adrenalin rauschte anscheinend immer noch durch ihren Körper. Ihre Hände zitterten, als sie den Motor abstellte und den Zündschlüssel herauszog. Im Rückspiegel sah sie, wie der Cousin die Stoßstange und Rücklichter seines Wagens begutachtete, und verdrehte innerlich die Augen. Etwaige Kratzer sollten nun wirklich seine geringste Sorge sein! Sie stieg aus, reichte ihm den Autoschlüssel und wandte sich an Angus, der auf sie zu eilte. In wenigen Worten informierte er sie darüber, was Brendan in Erfahrung gebracht hatte.

»Und was passiert jetzt?«, fragte sie.

»Wir warten.«

Sie nickte und blickte auf ihre Uhr. Es war halb zwölf.

Am Ende dauerte es geschlagene vier Stunden, bis Brendan endlich das Go gab. Die Männer im Lagerschuppen waren richtige Plaudertaschen, und je mehr Bier floss, umso gesprächiger, aber auch streitlustiger wurden sie. Als zwei von ihnen endlich unter lautem Schnarchen einschliefen, hielt Brendan den Zeitpunkt für gekommen, den Schuppen zu entern. Allerdings warnte er ausdrücklich vor dem Typen mit der Reibeisenstimme, der offenbar der Anführer war. Im Gegensatz zu den anderen schien er kaum getrunken zu haben und auf der Hut zu sein. Wo Owen genau festgehalten wurde, hatte Brendan nicht herausfinden können. Jedoch bestand für ihn kein Zweifel, dass sein Bruder sich im Lagerschuppen befand. Angus und die anderen würden die Männer außer Gefecht setzen und anschließend Owen suchen. Kelly hörte sie flüstern, während sie ihre Strategie noch einmal zusammenfassten.

»Wir müssen schnell sein«, erklärte der Onkel und wies auf eine handgezeichnete Karte des Schuppens, die auf der Motorhaube des Chevy lag. Angus hatte sie anhand von Brendans Erklärungen und ihrer eigenen Beobachtungen angefertigt. »Ronan und Angus, ihr postiert euch hier und hier. Sobald ich euch das Zeichen gebe, geht ihr rein«, sagte er, und etwas an seinem Tonfall verriet Kelly, dass er früher beim Militär gewesen sein musste. »Ronny, du gehst hinten rein. Du und Brendan nehmt die Kerle in die Zange. Donny, du gehst mit mir. Wir passen eventuelle Ausreißer hier ab.«

Ronny und Donny. Beinahe hätte Kelly laut gekichert. So also hießen die beiden Cousins, die sie bisher nur unter ihren Spitznamen Big R und Funny Dee kannte.

»Und was mache ich?«, fragte sie.

Die Männer sahen sie verständnislos an.

»Falls etwas schiefgeht, soll ich die Garda ru…?«

Verständnislosigkeit wich purem Entsetzen. »Nein!«, erschallte es aus fünf Kehlen.

Kelly hob beschwichtigend die Hände. »Okay, ich hab's kapiert!«

»Du hast deinen Teil beigesteuert«, erklärte Ronan. »Du bleibst hier und tust nichts, bis wir mit Owen zurückkommen.«

»Und mit Brendan«, fügte sie unmissverständlich hinzu.

Ronan grinste und Kelly glaubte, in seinem Blick so etwas wie Anerkennung zu lesen. »Und mit Brendan.«

Am Ende dauerte die Aktion nicht länger als zehn Minuten. Kelly, die sich gegenüber dem Lagerschuppen versteckt hielt, fühlte sich dabei an einen Comic erinnert. Zwar sah sie nicht, was im Innern geschah, konnte aber anhand von akustischem Booom!, Zack!, Uff! und Wham! verfolgen, wie sich die Männer durch den Schuppen vorwärtsbewegten. Fehlten nur noch die Bubbles mit Staubwolken, Blitzen und Sternen über dem Dach! Am Ende tauchten alle unbeschadet wieder auf, sah man von diversen Kratzern und blauen Flecken ab. In der Gruppe herrschte eine ausgelassene Stimmung, die sich dadurch auszeichnete, dass sich die beiden Cousins mit ihren Heldentaten im Schuppen zu übertrumpfen versuchten. Kelly hakte nicht nach, hörte aber aus den farbenfrohen Erzählungen heraus, dass Tobins Handlanger ordentlich Prügel bezogen hatten. Owen allerdings befand sich in einem schlechten Zustand und musste von Brendan und Ronan gestützt werden.

»Die haben ihn in eine Kiste gesperrt!«, erklärte Brendan finster.

»Wir sollten ihn ins Krankenhaus fahren«, sagte Kelly, als sie bei den Autos angekommen waren.

»Nein«, nuschelte Owen. Seine Lippen waren angeschwollen, und die Nase schien gebrochen zu sein. »Wir müssen den USB-Stick holen.«

Kelly sah ihn entgeistert an. »Bis dahin sind es vier Stunden Fahrt.«

»Macht nichts. Ich werde im Auto schlafen.«

»Owen«, begann Kelly sanft, um seine Aufmerksamkeit auf sie zu lenken. »Willst du die Informationen immer noch diesem Detective in Dublin übergeben?«

Er nickte.

»Du brauchst den Stick dafür nicht. Ich habe die Dateien auf meinem Laptop, der liegt im Wagen.«

Ein unwirscher Zug legte sich um Owens Mund, als er begriff. »Du hast die Informationen mit hierhergebracht. Das war verflucht riskant!«

»Aber immer noch besser, als sie zu Hause bei mir unbeaufsichtigt zu lassen«, konterte Kelly. »Und dadurch sparen wir Zeit. Statt zur alten Mühle zu fahren, wo ich den USB-Stick versteckt habe, können wir von hier aus direkt nach Dublin fahren. Es sind zweieinhalb Stunden bis dorthin.«

Owens Züge entspannten sich. »Gut. Auf nach Dublin!«

»Aber vorher sehe ich mir deine Wunden an«, warf Brendan ein. »Was ich versorgen kann, versorge ich.«

»Und ich richte ihm seine Nase wieder«, sagte Angus, dem der Enthusiasmus deutlich anzusehen war.

»Bist du bescheuert?«, maulte Owen. »Nix da. Das soll Funny Dee machen. Der hat Erfahrung.«

Als daraufhin der Cousin mit einem breiten Grinsen seine Fingerknöchel knacken ließ, kam Kelly zu dem Schluss, dass der richtige Moment gekommen war, um die Skyline von Limerick bei Nacht zu bewundern. Also entfernte sie sich von der Gruppe, wartete, bis Owen ein Geräusch von sich gegeben hatte, in dem sich Ärger und Schmerz entluden, ehe sie zu den Männern zurückkehrte. Waren sie bis zu diesem Zeitpunkt abgebrüht gewesen, so wurden sie beim Abschied richtig emotional. Einer nach dem anderen zog Kelly in eine herzliche Umarmung, die ihr buchstäblich die Luft abdrückte. Nur Ronan umfasste sie behutsam, als befürchtete er, sie zu zerbrechen. Macht der Gewohnheit, mutmaßte sie.

»Gut gemacht, Kleine!«, bescheinigte ihr der Onkel zum Schluss, worauf Kelly vor Rührung die Tränen in die Augen schossen. So langsam wuchsen ihr die Hegartys ans Herz.

Wenige Minuten später verließen die Autos gemeinsam den Hafen, ehe sie in entgegengesetzte Richtungen davonfuhren. Brendan und Kelly hatten Limerick kaum hinter sich gelassen, als von der Rückbank leises Schnarchen ertönte. Owen war eingeschlafen.

Lächelnd sahen sie sich an, dann griff Brendan nach Kellys Hand. Er hob sie an seine Lippen und küsste sie, ohne den Blick von der Straße abzuwenden.

»Du bist die erstaunlichste Frau, die ich kenne«, sagte er leise.

»Du bist auch nicht verkehrt.«

Brendans leises Lachen klang glücklich, und in Kellys Herz keimte ein Funke Hoffnung auf. Obwohl ihr bewusst war, dass diese Hoffnung sich schnell wieder zerschlagen konnte, ließ sie sich das Gefühl nicht nehmen. Nicht heute Nacht.

KOOPERATION ODER KNAST

Die Fahrt nach Dublin verlief schneller als erwartet, was den menschenleeren Straßen zu verdanken war. Als sie eintrafen, war die Stadt noch in ihr Nachtgewand gehüllt. Wegen der Flut stand die Liffey hoch, und die trüben Lichter der Straßenlaternen reflektierten im Wasser, das träge Richtung Meer floss. Unter der gebogenen Ha'Penny Bridge flackerte grünes Licht, und von Weitem stach eine über hundertzwanzig Meter hohe, neonblau leuchtende Edelstahlnadel in den schwarzen Himmel, die von den Bewohnern in liebevollem Spott als »teuerster Zahnstocher der Welt« bezeichnet wurde, aber auch als »Stiletto im Ghetto« oder »Stiffy by the Liffey«, Ständer an der Liffey. Kelly lächelte bei dem Gedanken. Mangel an Fantasie konnte man ihren Landsleuten nicht vorwerfen.

In einer Nachtapotheke an der Capel Street, die über den Fluss nach Süden führte, besorgten sie Medikamente für Owen, darunter ein kühlendes Wundgel und Schmerztabletten. Das National Bureau of Criminal Investigation, das für Mordfälle, Entführungen, sexuelle Übergriffe und organisiertes Verbrechen zuständig war, befand sich am Harcourt Square. Brendan parkte in Sichtweite des mehrstöckigen Komplexes am St. Stephen's Green, einem der größten Parks im Zentrum. Ein leichter

Nieselregen hatte eingesetzt und verwandelte die Straße in eine spiegelnde Fläche.

Kelly schnappte sich ihr Handy und rief die Zentrale des NBCI an. »Hi!«, meldete sie sich. »Wann beginnt der Dienst von Detective Glyn Mallory? Ich müsste dringend mit ihm sprechen.«

»Und Sie sind?«, fragte der diensthabende Polizist am anderen Ende.

»Eine Zeugin in einem wichtigen Fall.«

Kurzes Schweigen, und dann: »Detective Mallory kommt heute erst gegen halb eins rein. Soll ich ihm etwas ausrichten?«

»Nein, vielen Dank«, antwortete Kelly. »Ich melde mich dann noch mal.«

Danach gab sie die Info an Owen weiter.

»Sobald die Geschäfte geöffnet sind, besorgen wir uns einen USB-Stick, und ich lade die Dateien runter«, sagte er. »Dann könnt ihr nach Hause fahren. Ich vertreibe mir die Zeit in irgendeinem Café, bis Mallory auftaucht.«

»Wir warten gemeinsam«, widersprach Brendan.

»Außerdem gibt es sicher vieles, was du mir erzählen möchtest«, setzte Kelly hinzu.

Ein mattes Lächeln erschien auf Owens lädiertem Gesicht, das inzwischen einem Flickenteppich in Violett, Blau und Gelb ähnelte. »Okay. Lasst uns irgendwo frühstücken, dann können wir reden.«

Am Ende landeten sie in einem Coffeeshop in der Nähe, in dem es herrlich duftenden Kaffee und frische Backwaren gab. Weil er eben erst aufgemacht hatte, konnten sie einen ruhigen Tisch in der Ecke ergattern, wo sie sich ungestört unterhalten konnten. Die meisten Gäste, die nach ihnen kamen, holten sich ihr Frühstück *to go* an der Theke und eilten wieder hinaus. Während Dublin also zur Arbeit hastete, begann Owen zu sprechen.

»Dieser Tobin ist ein Drecksack«, erklärte er. »Er schiebt Ex-Knackis, die unter seiner Aufsicht stehen, positive Drogentests unter und zwingt sie dann, für ihn krumme Dinger zu drehen.«

»Geht das denn so einfach?«, fragte Kelly verwundert, die mit Owens Einverständnis das Gespräch mit ihrem Handy aufnahm.

»Klar. Einmal die Woche müssen sie in einen Becher pissen, um nachzuweisen, dass sie keine Drogen nehmen. Es ist ein Kinderspiel für Tobin, die Proben zu manipulieren.«

»Und wenn sich einer auflehnt, heißt es vermutlich Aussage gegen Aussage«, brummte Brendan. »Und wem wird man eher glauben? Einem verurteilten Straftäter oder seinem Bewährungshelfer?« Er fluchte. »Was für ein Schwein!«

»Wie bist du an den geraten?«, wollte Kelly wissen. »Ist er dein Bewäh…«

»Nein!«, warf Owen ein. »Ich war noch nie im Knast.«

»Was einem Wunder gleichkommt«, stellte Brendan fest.

»Du sagst es, Bruder«, entgegnete Owen, der ihm die Bemerkung offenbar nicht übelnahm. Im Gegenteil. Stolz schwang in seiner Stimme mit.

»Wie bist du also da reingeraten?«, fragte Brendan. »Kirchenraub sieht dir gar nicht ähnlich.«

Owens braune Augen blitzten. »Ich würde mit heiligen Reliquien niemals Schindluder treiben. Mum würde sich im Grab umdrehen.« Er machte eine kurze Pause. »Versprecht mir, dass das, was ich euch gleich sagen werde, unter uns bleibt. Die Familie darf es auf keinen Fall erfahren.«

Brendan runzelte zwar verstimmt die Stirn, gab aber nach.

»Kelly?«, wandte sich Owen nun an sie.

Sie nickte. »Klar. Was immer du willst.«

»Gut.« Owen räusperte sich. »Vor sechs Monaten wurde ich dabei erwischt, wie ich zwei wertvolle Gemälde ins Land geschmuggelt habe, die in einer als Glaswolle deklarierten Lieferung aus China verborgen waren.«

Ein kurzer Seitenblick verriet Kelly, wie schwer es Brendan fiel, sich eine Bemerkung zu verbeißen. Fast hätte sie gelacht.

»Detective Mallory stellte mich vor die Wahl«, erzählte Owen weiter. »Kooperation oder Knast. Ihm waren die zunehmenden Kirchendiebstähle ein Dorn im Auge, also forderte er von mir, dass ich ihm die Bande ans Messer liefere.«

»Du bist sein Informant«, schloss Kelly.

Owen nickte. »Allerdings wusste ich nur wenig darüber. Also habe ich mich umgehört und erfahren, dass Josh, ein Typ, mit dem ich früher mal zu tun hatte, da mitmischte. Ich habe ihn kontaktiert und ihm erzählt, dass ich auf der Suche nach neuen Herausforderungen bin, und da hat er mich reingebracht. War eigentlich ganz einfach.«

»Du genießt in gewissen Kreisen eben einen kaum zu überbietenden Ruf«, bemerkte Brendan trocken.

»Du hast es erfasst, Bruder«, erwiderte Owen mit einem herausfordernden Funkeln in den Augen.

»Und Spencer Tobin leitet das Ganze?«, fragte Kelly rasch, ehe die beiden Brüder in einen handfesten Streit gerieten.

Wieder nickte Owen. »Das habe ich mit der Zeit herausgefunden. Dank dieser Info habe ich gedacht, ich wäre aus dem Schneider, aber Mallory hatte Blut geleckt. Plötzlich wollte er das ganze Netzwerk zerschlagen, also nicht nur Tobins Bande, sondern auch die Mittelsmänner und Abnehmer drankriegen. Er hat von mir verlangt, dass ich noch mehr Infos und Beweise für frühere Diebstähle sammele sowie die Verbindungen im In- und Ausland aufdecke. Was ich auch getan habe – bis ich vor vier Tagen verpfiffen wurde.«

»Von wem?«, fragte Brendan angespannt.

Owen zuckte mit den Achseln. »Ich tippe auf einen Bullen aus Mallorys Umfeld.«

»Mallory selbst vielleicht?«, mutmaßte Kelly.

Owen schüttelte energisch den Kopf. »Nein, auf keinen Fall! Er hat ein persönliches Interesse an der Sache. Sein Onkel ist Priester einer Gemeinde, die beraubt wurde.« Er blickte von Kelly zu Brendan und zurück. »Die Infos auf dem USB-Stick sind meine Freikarte. Ich will nicht, dass die Familie davon erfährt. In ihren Augen wäre es ein größeres Sakrileg, gemeinsame Sache mit den Bullen zu machen, als Kirchenschätze zu rauben.«

»Bist du sicher?«, fragte Kelly, die an den von Heiligenbildern überbordenden Wohnwagen des kranken Vaters dachte.

Owen lächelte matt. »Bei meiner Familie weiß man nie, aber ich will es nicht riskieren. Ich werde behaupten, dass mein Anwalt einen Deal ausgehandelt hat und ich deshalb mit Bewährung davonkomme.«

Kelly nickte. »Weißt du eigentlich, was mit George Donnelly geschehen ist?«

»Ja«, antwortete Owen. »Er ist zu seiner Schwester nach Edinburgh gefahren.«

»Was? Ohne Ben?«

»Seinen Kater, meinst du?« Owen lachte. »Er wusste, dass sich seine Nachbarin um ihn kümmern würde. Er wollte einer übereifrigen Journalistin unter allen Umständen aus dem Weg gehen. Als ich ihn angerufen habe, um ihm zu erzählen, dass du endlich nach Hause gefahren bist, hat er vor Erleichterung fast geheult, der arme Kerl. Trotzdem habe ich ihm geraten, noch ein paar Tage wegzubleiben. Ich habe diesen Funken in deinen hübschen Augen gesehen …«

»Prima!«, grätschte Brendan dazwischen. Ein grimmiger Zug lag um seine Mundwinkel. »Und welche Rolle hat George Donnelly in der ganzen Sache gespielt?«

»Er hat Tobins Bande entsprechende Tipps zugeschanzt«, antwortete Owen, von Brendans offensichtlichem Unmut ungerührt. »Wo sich ein Raub lohnte, zu welcher Zeit und wie man am besten unbemerkt in die Kirche gelangte, solche Dinge eben. Dafür hat Tobin Donnellys Spielschulden beglichen.«

»Wird er verhaftet werden?«, fragte Kelly, der der Organist ein wenig leidtat. Vielleicht machte sie sich auch nur Sorgen um Ben.

Owen zuckte mit den Schultern. »Nachdem ich mit Mallory gesprochen habe, ganz bestimmt.«

»Du hast noch mehr Infos als die in den Dateien, richtig?«, fragte Kelly.

»Natürlich«, antwortete Owen mit einem kleinen Lächeln. »Alles andere wäre dumm! Mallory bekommt erst dann alle Infos, wenn ich von ihm die schriftliche Bestätigung habe, dass ich das NBCI als freier Mann wieder verlasse.«

»Bekomme ich die Infos vorab?«, fragte Kelly und bedachte ihn mit einem ernsten Blick.

Owen sah sie lange an. »Es ist wichtig, dass du deine Story erst dann veröffentlichst, wenn du das Okay der Bullen hast. Sonst verschwinden die Typen auf Nimmerwiedersehen.«

Kelly nickte. »Natürlich«, erwiderte sie, doch Owen hatte sich bereits an seinen Bruder gewandt.

»Du sorgst dafür, dass sie sich an unsere Abmachung hält«, sagte er.

Kelly setzte zum Protest an, doch Brendan kam ihr zuvor. »Das muss ich nicht. Kelly ist absolut integer. Sie wird sich daran halten.«

Owen, dem man seinen inneren Kampf ansehen konnte, holte tief Luft. »Also gut«, sagte er an Kelly gewandt. »Ich will dem Urteil meines Bruders vertrauen. Du bekommst die Infos.«

Während Brendan kurz den Coffeeshop verließ, um einen USB-Stick zu besorgen, erfuhr Kelly alles über Tobins Netzwerk, das sich bis nach Osteuropa erstreckte. Am Ende blieben sie so lange am Tisch sitzen, dass der junge Mann hinter der Theke sie misstrauisch beäugte. Angesichts von Owens ramponiertem Äußeren nahm er vielleicht an, sie würden etwas Ungesetzliches aushecken. Seine Erleichterung war ihm jedenfalls deutlich anzusehen, als sie um die Mittagszeit den Laden verließen. Inzwischen hatte es zu regnen aufgehört, und einige Sonnenstrahlen hatten sich aus der Deckung gewagt. Zurück im Auto, rief Kelly erneut beim NBCI an und verlangte nach Detective Mallory, wobei sie die Dringlichkeit ihres Anrufs noch einmal betonte. Als sich kurz darauf eine tiefe Männerstimme mit den Worten »Hier Mallory« meldete, reichte Kelly das Handy an Owen weiter.

»Detective? Owen Hegarty hier. Ich habe, was Sie wollten … Nein. Ich komme erst rein, wenn Sie sich am Eingang zeigen … Ja, genau … Gut, bis gleich.«

Keine fünf Minuten später trat ein großer Kerl aus dem Haupteingang des mehrstöckigen Komplexes aus rotem Backstein und zündete sich eine Zigarette an. Der Beamte in Zivil wirkte massig, und in seinem kantigen Gesicht prangte ein buschiger weißer Schnauzer.

»Ist er das?«, fragte Brendan.

»Ja«, antwortete Owen und wandte sich erst an Kelly und anschließend an seinen Bruder. »Also dann. Danke für eure Hilfe! Und Kelly, wir haben einen Deal. Ich verlasse mich auf dich«, sagte er eindringlich.

Kelly lächelte und nickte.

»Und wie kommst du zurück nach Kilkee oder wo auch immer du hinwillst?«, fragte Brendan.

Ein schelmischer Ausdruck trat in Owens Augen. »Keine Sorge, kleiner Bruder, ich kenne Leute in Dublin, die mir helfen werden. Da wäre zum Beispiel diese langbeinige Krankenschwester, Rosanna, die mich zu gern verarzten wird …«

Brendan winkte ab. »Schon gut! Wir brauchen keine Details. Was immer dir Spaß macht!«

»Oh, Spaß wird es machen.«

Feixend stieg Owen aus dem Wagen und nickte ihnen zum Abschied noch einmal zu. Er überquerte im Laufschritt die Straße, und erst als sie sahen, wie Detective Mallory seine Kippe wegwarf und Owen mit Handschlag begrüßte, startete Brendan den Motor.

»Auf seine Art ist dein Bruder richtig sexy«, sagte Kelly.

»Wegen oder trotz der lädierten Visage?«, entgegnete Brendan mit einem säuerlichen Unterton, der Kelly innerlich frohlocken ließ.

In gespielter Empörung sah sie ihn an. »Das klingt aber nicht nach Bruderliebe!«

»Wir haben ihn befreit«, maulte Brendan und drückte so kräftig aufs Gaspedal, dass der Chevy einen heftigen Satz machte. »Das muss reichen!«

»Hmpf!«, entfuhr es Kelly, die sich am Griff oberhalb der Beifahrertür festgekrallt hatte.

Eine Weile fuhren sie die mehrspurige Straße entlang, bis Brendan das Schweigen brach.

»Und was jetzt?«, wollte er wissen.

»Was meinst du damit?« Kelly sah ihn überrascht an. »Ich dachte, wir fahren nach Hause.«

»Die Sonne scheint, und wir sind in Dublin. Es wäre schade, diese Chance vorüberziehen zu lassen, meinst du nicht?«

Kellys Puls beschleunigte sich ein wenig. »Was schwebt dir vor?«

»Zunächst einmal würde ich in einem netten Hotel einchecken wollen, um zu duschen«, sagte Brendan im Plauderton. »Ich weiß nicht, wie es dir geht, aber ich möchte den Dreck der letzten vierundzwanzig Stunden unbedingt loswerden. Danach machen wir einen kleinen Bummel durch die Stadt, wenn du magst, und suchen uns ein nettes Restaurant, wo wir zu Abend essen. Anschließend werden wir nach allen Regeln der Kunst miteinander vögeln. Wie klingt das für dich?«

Schockiert und überwältigt zugleich, und ja, auch erregt, starrte Kelly ihn an. »Äh.«

»Äh?« Brendan grinste und fuhr in eine Parklücke, die sich wie ein Wunder vor ihnen aufgetan hatte. »Vielleicht sollte ich bei deiner Entscheidungsfindung ein wenig nachhelfen.«

Mit ruhigen, kontrollierten Bewegungen stellte er den Motor ab, löste seinen Gurt und wandte sich Kelly zu. Ihr Herz schlug einen Purzelbaum, als sie in seine hungrigen Augen sah. Sekundenlang tauchten ihre Blicke ineinander, dann umfasste er ihr Gesicht mit beiden Händen. Kurz bevor sich ihre Lippen berührten, bebten ihre Lider und schlossen sich. Seine Bartstoppeln kratzten leicht über ihre Haut, als ihre Münder miteinander verschmolzen. Ein Seufzer entwich ihrer Kehle. Schnell fanden sich ihre Zungen zu einem sinnlichen Tanz, und Kelly glaubte, in diesem Kuss zu ertrinken …

Hinter ihnen hupte jemand. Ein rascher Blick durchs Heckfenster verriet ihnen, dass sie unberechtigterweise an einem Taxistand parkten. Brendan hob beschwichtigend den Arm, um dem Fahrer das Zeichen zu geben, dass er gleich verschwinden werde.

»Überredet«, krächzte Kelly, nachdem sie sich unter Aufbietung all ihrer Willenskraft von Brendan gelöst hatte.

Mit einem zufriedenen Laut lehnte sich dieser in seinem Sitz zurück, legte den Gurt an und fuhr los. Kelly schlotterten die Knie, überhaupt fühlte sich ihr ganzer Körper an, als würde sie in Daunen baden. Keine zehn Minuten später hielt Brendan vor einem kleinen Hotel im georgianischen Stil. Nachdem er ihre Taschen aus dem Kofferraum geholt hatte, gingen sie zum Eingang.

»Warst du schon mal hier?«, fragte Kelly ein wenig heiser.

»Ein-, zweimal«, antwortete er lächelnd.

»Aha.«

Mit einer anderen Frau?

»Allein, falls du es wissen willst.«

Ertappt sah sie ihn an, dann gab sie ein verächtliches Geräusch von sich. »Ist deine Sache. Das geht mich nichts an.«

Ein selbstzufriedener Ausdruck legte sich auf sein Gesicht, und am liebsten hätte sie der Versuchung nachgegeben und ihm gegen das Schienbein getreten, einfach nur, um das Grinsen von seinem Mund zu wischen. Als könnte er Gedanken lesen, legte er seinen Arm um ihre Taille und drückte sie fest an sich. Sie betraten die Lobby, und Kelly blickte sich bewundernd um. Dunkles Parkett, rot-weiße Tapisserien an den Wänden und bogenförmige Durchgänge mit Stuck sowie eine Empfangstheke mit Holzschnitzereien ließen den Charme längst vergangener Zeiten wieder aufleben.

»Ein Zimmer für zwei, bitte«, bat Brendan derweil an der Rezeption.

»Doppelbett oder zwei Einzelbetten?«, fragte die Mitarbeiterin im schlichten, aber eleganten dunkelroten Kleid.

»Doppelbett.« Brendans resolute Antwort versetzte Kellys Nervenenden in helle Aufregung.

Während er die Formalitäten erledigte, ging sie zu der Bildergalerie neben dem Treppenaufgang und betrachtete die ernst blickenden Menschen in ihrer gestärkten altmodischen Kleidung.

»Komm«, flüsterte Brendan kurz darauf in ihr Ohr, was ihr einen süßen Schauer bescherte.

Schweigend nahmen sie die Treppe nach oben in die erste Etage, gingen bis zum Ende des mit Teppich ausgelegten Gangs und öffneten mit der Schlüsselkarte das letzte Zimmer links. Kellys Herzschlag beschleunigte sich, als sie eintraten. Obwohl der Raum hübsch eingerichtet war, hatte sie nur Augen für das Bett. Es war riesig und wirkte sehr bequem.

»Vielleicht könnten wir nach der Dusche ein Nickerchen machen«, sinnierte sie laut.

»Ein Nickerchen?«, spottete Brendan und stellte die Taschen ab. »Mir schwebt so einiges vor, was wir hinterher machen können, Kel. Ein Nickerchen gehört nicht dazu.«

Kelly spürte, wie sie rot wurde. »Ich meine ja nur. Wir waren die ganze Nacht auf den Beinen.« Sie beschloss, den Spieß umzudrehen. »Du solltest ein wenig Energie tanken. Nicht dass du nachher schlappmachst!«

»Ich?«, rief Brendan mit einer übertriebenen Geste. »Ganz bestimmt nicht! Ich bin immer noch vollgepumpt mit Adrenalin, sodass ich gar nicht weiß, wohin damit.«

Dann wurde er schlagartig ernst, trat mit einem Ausdruck auf sie zu, der sie rückwärts stolpern ließ, bis die Wand in ihrem Rücken sie stoppte.

Seine Augen nagelten sie fest. »Ab unter die Dusche mit uns!«, sagte er mit leiser, etwas heiserer Stimme.

Sanft, aber bestimmt bugsierte er sie in das angrenzende Bad, zog ihr die Latzhose aus, dann das T-Shirt und die Schuhe. Kelly wehrte sich nicht, als er sich an ihrem BH zu schaffen machte und ihr das Höschen über den Hintern streifte. Obwohl ihr Herz flatterte wie ein Vogel im Käfig, begab sie sich vertrauensvoll in seine Hände. Als sich ihre Blicke begegneten, stand für einen Moment die Zeit still. Dann drehte Brendan die Dusche auf, bis das Wasser die richtige Temperatur hatte, und schob Kelly sachte in die Kabine. Rasch hatte er sich ebenfalls seiner Kleidung entledigt und gesellte sich zu ihr.

Während sie mit großen Augen zu ihm hochsah, ihr Hals war so trocken, dass sie keinen Laut herausbekam, nahm er einen Schwamm von der Ablage, gab etwas Duschgel darauf und stellte sich hinter sie, um ihren Rücken einzuseifen.

Langsam und sehr sanft zeichnete er ihre Kurven nach. Kellys Lider flatterten, und sie lehnte sich seufzend gegen seinen festen Körper, worauf er die Gelegenheit nutzte und den Schwamm über ihre Brüste und ihren Bauch gleiten ließ. Ihre Augen fielen endgültig zu, während sie seine Fürsorge und das warme Wasser genoss, das über ihren Körper rann. Ohne innezuhalten, führte er seine Lippen an ihr Ohr.

»Ich muss dir etwas sagen, Kel«, sagte er rau.

Eine eiserne Faust griff nach Kellys Herzen. Sie wollte seine Beichte nicht hören, wie immer sie auch lauten würde. *Nicht heute! Nicht jetzt!* Panisch versuchte sie, sich aus seinem Griff zu befreien, doch er ließ es nicht zu, packte sie sogar noch fester.

»Kel!«, sagte er. »Bitte.«

Er ist ein Mann, dachte Kelly. *Er will mit dir schlafen, also wird er dir nicht kurz vorher etwas auf die Nase binden, was du nicht hören willst. Bleib ruhig! Alles wird gut.*

Also gab sie ihren Widerstand auf und hielt still. Wie ein Reh, das angesichts der grellen Scheinwerfer eines sich nähernden Wagens erstarrt war. Als Brendan ihr zum Dank einen Kuss auf die Schläfe hauchte, sprang ihr das Herz fast aus der Brust vor Angst.

»Möglicherweise ist es zu spät, aber …« Er räusperte sich, dann stellte er die Dusche ab. Stille kehrte ein, das Einzige, was Kelly vernahm, war das Rauschen ihres wild pochenden Blutes in den Ohren. »Du sollst wissen, dass ich es inzwischen kapiert habe.«

»Was?«, murmelte sie.

»Dass du zu mir gehörst«, antwortete er ebenso leise. »Das hast du schon immer. Nur habe ich es nicht gesehen.«

In Kellys Hals bildete sich ein dicker Kloß, der sich nur sehr mühsam herunterschlucken ließ. Langsam wandte sie sich ihm zu und nahm ihm den Schwamm ab. »Dreh das Wasser bitte wieder auf«, raunte sie, was er auch tat.

Aus Furcht, in Tränen auszubrechen, wagte sie es nicht, ihm ins Gesicht zu schauen, als sie seinen Oberkörper wusch, die Schultern, die Brust, den Bauch, die Arme. Ihre Augen hefteten sich auf seine nassen Brusthaare, die ihm seltsamerweise etwas Verletzliches verliehen.

»Sag was, Kel«, bat er.

»Was willst du hören, Brendan?« Sie nahm einen tiefen Atemzug. Noch immer sah sie nicht zu ihm auf. »Dass ich dich liebe? Das habe ich schon immer, und daran wird sich so schnell nichts ändern, fürchte ich. Selbst dann nicht, wenn du dich wie ein Arsch benimmst. Ich habe wirklich alles versucht, um dich aus meinem Kopf zu kriegen …«

Sein gequältes Stöhnen hinterließ Gänsehaut auf ihrem Körper, und erst da schaute sie auf. Ihre Blicke trafen sich. Ihrer schwamm in Tränen, seiner war wild und dunkel.

»Es ist also nicht zu spät?«, krächzte er.

Sie schüttelte den Kopf. Da packte er sie und drückte sie gegen die Kacheln.

»Kel, ich …«, murmelte er, wusste dann aber nicht weiter und presste seinen Mund auf ihre bebenden Lippen.

Seine Zunge drängte sich in ihren Mund, und eine Welle der Lust schoss durch sie hindurch. Sie legte ihre Arme um seinen Nacken, drückte sich stöhnend an ihn, während das warme Wasser auf sie herunterprasselte. Schon bald verirrte sich seine Zungenspitze zu ihrem Ohr. »Ich will endlich wissen, wie du schmeckst.«

Wie ich schmecke?

Kelly brauchte einige Sekunden, um den Sinn hinter seinen Worten zu verstehen. Als er vor ihr in die Knie ging, gab es keine Zweifel darüber, was er zu tun gedachte. Seine großen Hände strichen innen über ihre Schenkel, um sie zu spreizen. Nicht dass es dazu viel Aufwand gebraucht hätte! Mit den Daumen strich er über Kellys Schamlippen. Keuchend schloss sie die

Augen, spürte, wie er über ihr angeschwollenes Geschlecht leckte und gierig ihre Lust trank. Es hatte nicht viel bedurft, um sie zu erregen. Dann trommelte er mit der Zunge gegen ihren Kitzler und saugte so fest daran, dass sie beinahe kam. Aus Angst, ihre Beine könnten sie nicht mehr tragen, lehnte sie sich an die Wand. Schon drang seine Zunge in rhythmischen Bewegungen in sie ein, während seine Finger um ihren Kitzler kreisten.

Je intensiver Brendan zu Werke ging, desto mehr breitete sich Hitze in Kellys Unterleib aus. Wollüstig schob sie ihm ihr Fleisch entgegen. Während seine Zunge sie stieß, trieben seine Finger sie immer mehr auf den Höhepunkt zu. Ihre Lust schraubte sich höher und höher, und als er den Druck auf ihre Lustperle verstärkte, begann sie unkontrolliert zu zittern. Ein beherzter Zungenschlag genügte, um sie über die Klippe zu stoßen. Während er mit seinem Daumen ihren Kitzler rieb, um ihren Orgasmus in die Länge zu ziehen, gab sie sich ihren Zuckungen hin. Sie keuchte, stöhnte, presste sich hemmungslos gegen ihn, bis ihr Höhepunkt abebbte. Ihr Herz trommelte wild gegen die Rippen, und sie ließ ermattet den Kopf hängen. Doch Brendan ließ ihr keine Zeit zum Durchatmen. Schon stand er wieder vor ihr, das Wasser rann über sein Gesicht, ein wilder, fast gehetzter Ausdruck lag darin. Sein aufragendes Geschlecht ließ keine Zweifel über seinen Zustand zu.

Ohne zu zögern, hob er sie auf seine Hüften – *Wie stark er ist!*, schoss es Kelly nicht zum ersten Mal durch den Kopf – und drang mit einem kräftigen Ruck in sie ein, was ihr einen leisen Schrei entlockte. Dann begann er, sie hart zu stoßen. Keuchend schlang sie ihre Arme und Beine um ihn und vergrub ihr Gesicht in seine Halskuhle.

»Du gehörst zu mir, Kel«, keuchte er.

Als sie nicht reagierte, griff er in ihre Locken und zwang sie, ihn anzusehen.

»Ist doch so? Oder nicht?«

Liebesglück und Lüsternheit hatten sich zu einem überwältigenden Gefühlscocktail vermischt, der Kelly die Atemluft kappte. Mehr als ein Nicken brachte sie nicht zustande, worauf ein triumphierender und sehr entschlossener Ausdruck in Brendans Augen trat. Ihr Stöhnen erstickte er mit einem Kuss. Ihre Zungen prallten erneut aufeinander und fochten einen sinnlichen Kampf aus, während er seine Stöße wieder aufnahm. Diesmal bewegten sich seine Hüften langsam vor und zurück, erzeugten süße Qualen und ein Feuer, das sich rasch ausweitete, als er ihre Haare losließ und mit dem Daumen ihren Kitzler zu reizen begann. Zunächst vorsichtig, dann immer schneller und fester. Seine nackte Haut auf ihrer, sein warmer Atem in ihrem Nacken und sein harter Griff schalteten ihren Verstand erneut aus. Raum und Zeit verschwammen. Ihre Zehen krümmten sich, ihr Schoß zog sich krampfartig zusammen. Ein kurzes Innehalten, dann brach das Universum auseinander, und sie wirbelte haltlos durch einen Orkan.

Ihr unkontrolliertes Zittern und Keuchen kosteten Brendan den letzten Rest Selbstbeherrschung, denn Kelly spürte, wie Schauder durch seine harten Muskeln liefen, ehe er sich mit einem dunklen Stöhnen in ihr ergoss. Als würden ihre beiden Leben davon abhängen, drückte sie ihn fest an sich und genoss sein Nachbeben und sein abgehacktes Keuchen an ihrem Ohr. Die Stirn gegen die Kachelwand gelehnt atmete er hinterher mehrmals tief durch, dann zog er sich ein Stück zurück und sie stellte ihre Füße auf den Boden. Als ihre Beine zu zittern begannen und sie den Halt zu verlieren drohte, legte er seine Arme um sie. Eine Weile blieben sie regungslos stehen, während das Wasser den Schweiß und die Lust von ihren Körpern spülte. *Wie eine Skulptur von Rodin,* dachte Kelly unwillkürlich.

»Uns werden noch Kiemen wachsen«, murmelte Brendan in ihr Ohr, und sie konnte das Lächeln in seiner Stimme hören. »Wir sollten rausgehen.«

Kelly nickte.

Nachdem sie aus der Dusche gestiegen waren, trocknete er sie mit einem großen Badetuch ab, in das er sie anschließend einwickelte. Kelly war einfach nur glücklich, was sie dennoch nicht daran hinderte, seinen nackten athletischen Körper zu bewundern, während er sich selbst abtrocknete.

»Hunger?«, fragte er, als sie in die Hotelbademäntel gehüllt ins Schlafzimmer zurückkehrten.

»Eigentlich nicht«, antwortete Kelly. »Ich bin immer noch von dem ganzen Kram satt, den wir im Café vertilgt haben. Und du?«

Er schüttelte den Kopf. »Ich habe auch keinen Hunger.« Dann schielte er auf das Bett mit der für Hotels typisch flauschigen weißen Wäsche und den vielen Kissen.

Kelly, die seinem Blick gefolgt war, lachte leise. »Komm, lass uns kuscheln!«

Brendans Augen leuchteten übermütig, dann sprang er mitten hinein in die Kissen. »Eine sehr gute Idee!«, rief er und sah ihr mit offenen Armen und weit aufklaffendem Bademantel entgegen.

Lachend sprang Kelly hinterher. Wie hätte sie einer solchen Einladung widerstehen können?

Sie liebten sich noch einmal, behutsam, tastend und voller Entdeckungsdrang. Danach lagen sie eng umschlungen in den zerwühlten Laken, und Kelly lauschte, wie Brendans Atem immer langsamer und schwerer wurde, bis er eingeschlafen war. Glücklich musterte sie sein Gesicht. Die hohe Stirn, die gerade Linie seiner Nase, der friedliche Zug um seinen Mund. Ihr Herz quoll über, so voller Liebe, dass es schmerzte. Sie schloss die Augen, genoss seine Nähe und wartete darauf, dass der Schlaf sie ebenfalls übermannte. Doch obwohl ihr Körper sich herrlich schwer anfühlte, war ihr Geist hellwach. Schließlich gab sie auf und löste sich vorsichtig aus Brendans Umarmung, worauf ein unverständliches Murmeln erklang, das sie mit einem zarten Kuss beantwortete, ohne dass er davon aufwachte. Dann glitt sie leise aus dem Bett und holte ihren Laptop aus der Tasche.

Nachdem sie ihn aufgeklappt hatte, blickte sie lange auf den bisherigen Entwurf ihrer Story, bevor sie entschieden das Fenster schloss. Das neue Dokument, das sie öffnete, zeigte weiße Leere. Sie würde ganz von vorne beginnen. Der Schwerpunkt ihrer Story würde nicht auf der Aufklärung der Kirchendiebstähle liegen, wie ursprünglich geplant. Kelly hatte sich daran erinnert, was einer ihrer Professoren an der Uni einmal gesagt hatte, nämlich dass investigative Journalisten sich den Menschen widmen sollten, die sich nicht wehren können. Die Motivation sollte darin bestehen, etwas verbessern oder verändern zu wollen. Sie würde also die Frage stellen, wie es zu einem Missstand hatte kommen können und wie sich so etwas in Zukunft verhindern ließ.

Kelly ließ ihren Kopf kreisen, ehe sie ihre Finger auf die Tastatur legte. Dann begann sie zu schreiben.

Wenn Helfer zu Tätern werden
Wie ein Bewährungshelfer über Jahre die Machtlosigkeit seiner Schützlinge ausnutzte, um ein kriminelles Netzwerk aufzubauen, das bis in Polizeikreise reicht …

Ein Unentschieden

An einem Tag kurz vor Weihnachten saß Kelly dick eingepackt auf der Steinbank hinter der Mühle, und Brendan saß neben ihr. Sie waren gekommen, um den USB-Stick, dessen Inhalt nicht mehr relevant war, zu bergen, und beobachteten, wie der Wind über ihren Köpfen mit den Wolken tanzte. Hin und wieder brach die Sonne durch, was zu dieser Jahreszeit beinahe an ein Wunder grenzte. Nicht dass sie für große Wärme sorgte, aber sie tauchte die Umgebung in ein magisches Licht, dem sich niemand entziehen konnte. Auch Kelly und Brendan nicht.

Erst letzte Woche war Kellys Artikel im Newsportal des Mirror erschienen, wie es ihr Ethan Woods zugesagt hatte, am 2. Januar würde Kelly ihre neue Stelle antreten. Ihre Story hatte sie früh abgeschlossen und dem Chefredakteur zeitnah vorgelegt, doch, wie sie Owen versprochen hatte, war diese erst veröffentlicht worden, nachdem Detective Mallory sein Einverständnis erteilt hatte. Inzwischen befanden sich Spencer Tobin und seine Bande in Untersuchungshaft, George Donnelly, den Organisten, hatten sie kurz nach seiner Rückkehr aus Edinburgh verhaftet. Die Nachbarin Shania würde sich wohl noch länger um den Kater Ben kümmern müssen. Einziger Wermutstropfen für Detective Mallory war die Tatsache, dass er den Maulwurf in seiner Einheit noch nicht ermittelt hatte.

Kellys Artikel hatte überregional für Aufsehen gesorgt, und von einem Tag auf den anderen bekundeten Zeitungen Interesse, die entweder nicht auf ihre Bewerbungen reagiert oder ihr bereits eine Absage erteilt hatten. Sogar die renommierte Irish Times meldete sich bei ihr. Doch Kelly lehnte dankend ab. Ethan Woods hatte ihr als Einziger eine Chance geboten, deshalb galt ihm ihre Loyalität. So schmeichelhaft die Anerkennung der Branche auch war, das für sie größte Kompliment stammte von ihrem Vater, der sie eines späten Abends angerufen hatte. In der Ferne war Artilleriefeuer zu hören gewesen, als er ihr gesagt hatte, wie hervorragend er ihren Artikel fand und dass er sehr stolz auf sie war. Sie hatte vor Glück so hemmungslos geweint, dass ihre Mutter ihn am Telefon deswegen angemault hatte. Dennoch war es unübersehbar gewesen, dass auch Elizabeth Dooney mit den Tränen der Rührung gekämpft hatte.

Die Unterzeichnung ihres Arbeitsvertrags hatte Kelly mit ihren Freunden in Danny's Bar ausgiebig gefeiert. Ihr Cousin Paddy und seine Freundin Emily waren mit von der Partie gewesen, Grace und Colm und selbstverständlich Brendan. Außerdem hatte Kelly Audrey eingeladen, die auch gekommen war. Zu Beginn war die Stimmung etwas verkrampft, doch als Mr Byrne dazustieß – schließlich hatte er Kelly maßgeblich unterstützt, wenngleich er seine Enttäuschung nicht verhehlte, zum Clou der Story nichts beigesteuert zu haben –, entspannte sich die Atmosphäre. Seine Anekdoten aus der Schulzeit brachten alle zum Lachen, und am Ende zog Grace Kelly zur Seite und brachte ihre Verwunderung zum Ausdruck, warum Audrey so lange ihre Feindin gewesen war. Sie sei doch eigentlich ganz nett.

»Fährst du Heiligabend nach Kilkee?«, fragte Kelly und wickelte sich den Schal enger um den Hals.

Brendan, der sich mit seiner Familie aussöhnen wollte, nickte. »Komm doch mit! Meine Geschwister würden sich freuen. Dad hat sich schon mehrmals nach dir erkundigt. Seit wir da waren, geht es ihm etwas besser, und er freut sich, mit allen Weihnachten zu feiern.«

»Ich würde gern mitkommen, ehrlich. Ich mag deine Familie, auch wenn sie echt schräg ist«, witzelte Kelly und wurde gleich wieder ernst. »Aber ich möchte Mum nicht allein lassen.«

»Sie kann uns doch begleiten!« Brendan sah sie fragend an. »Ronan spielt ganz passabel Dudelsack. Es wird Truthahn, Lachs und Plumpudding geben. Und natürlich darf das morgendliche Weihnachtsbaden im Atlantik nicht fehlen.«

Kelly schüttelte sich. »Nein, danke! Ich passe. Was das Baden betrifft, meine ich. Du kannst ja gern ins eiskalte Wasser springen, und ich winke dir vom Ufer fröhlich zu.«

Brendans Augen leuchteten. »Also kommst du mit?«

Sie lächelte. »Wir werden sehen.«

»Das ist ein Ja!«

»Das habe ich nicht gesagt.«

»Definitiv ein Ja.«

Kelly sah keine andere Möglichkeit, ihn zum Schweigen zu bringen, als ihn ausgiebig zu küssen, wogegen Brendan überhaupt nichts einzuwenden hatte.

»Letterkenny, hm?«, murmelte er etwas später und klang dabei ein wenig brummig.

Kelly knuffte ihn. »Was ist los, Prinzessin?«, zog sie ihn auf. »Du willst doch nicht etwa rumheulen? Letterkenny ist nicht London oder Paris. Wir werden uns häufig sehen, jedes Wochenende und immer, wenn ich in der Gegend zu tun habe.«

»Du nennst mich eine Prinzessin?«, knurrte Brendan so herrlich bedrohlich, packte sie und begrub sie unter sich auf der Bank.

Kelly schüttelte sich vor Lachen. »Lass mich! Ich bekomme keine Luft mehr!«

»Schön, dann redest du wenigstens keinen Unsinn! Und hör, verflucht noch mal auf, zu zappeln.«

»Nö.«

»Kelly«, warnte Brendan, dessen Augen verdächtig dunkel geworden waren.

Sie sah ihn mit gespielter Strenge an. »Du willst doch wohl nicht meinen heiligen Zufluchtsort auf diese Weise entweihen?«

Brendan brach in Lachen aus. »So reizvoll der Gedanke auch ist, dich hier und jetzt zu vernaschen, aber so erpicht bin ich nicht, mir den Hintern abzufrieren.«

»Dann ist es ja gut.«

Immer noch auf ihr liegend, umfasste er ihr Gesicht. »Ich liebe dich, Kelly Valentina Dooney.«

»Argh!«, entfuhr es Kelly »Woher weißt du von meinem schrecklichen zweiten Vornamen?«

Brendan grinste. »Deine Mum hat ihn mir verraten.«

Kelly zog die Stirn in Falten. »Sie kann doch nicht jedem Dahergelaufenen intime Details über mich erzählen. Ich werde mit ihr ein ernstes Wort reden müssen!«

Ihre freche Bemerkung wurde mit einem leidenschaftlichen Kuss bestraft. »Ich bin nicht jeder Dahergelaufene, Schätzchen«, sagte Brendan in gespielt schneidendem Ton.

Kelly, die etwas kurzatmig war, nickte ergeben. »Ich liebe dich auch, Brendan Wie-auch-immer-Hegarty.«

»Nur Brendan. Du liebst mich trotz meiner Poloshirts und hässlichen Möbel?«

»Gerade deswegen.«

Überwältigt küsste er sie erneut. »Aber ich liebe dich viel mehr«, raunte er an ihren Lippen.

Kellys Augenbrauen ruckten in die Höhe. »Unsinn! Meine Liebe ist tiefer und reifer.«

»Meine dafür frischer und noch voller Elan.«

Auf diese Bemerkung konnte es nur eine Antwort geben! Mit einem Kriegsgeheul warf sich Kelly gegen Brendan, um ihn von der Bank zu schubsen, was er natürlich nicht zuließ.

Ihr Scharmützel ging in eine wahre Kussorgie über, die am Ende nur auf ein einziges Ergebnis hinauslief: ein Unentschieden.

Nachwort

Liebe Leserin, lieber Leser,

wer meine Bücher kennt, weiß: Ohne Happy End geht bei mir gar nichts. Manchmal darf es gern ein wenig kitschig sein. Warum? Weil meine Figuren wie gute Freunde sind, denen ich das bestmögliche Finale wünsche. Als Autorin bin ich in der glücklichen Lage, es wahr werden zu lassen, und nutze diese Gabe deshalb schamlos aus. Wie im ersten Band der Reihe auch (»Wenn die Sonne den Felsen küsst«) spielt die Geschichte von Kelly, Brendan und all den anderen vorrangig in Cruinn in der Grafschaft Donegal. Cruinn wirst du allerdings vergeblich auf der Landkarte suchen, denn es ist ein fiktiver Ort, der stellvertretend für viele Ortschaften in Irland steht, samt Pubs, Kirche und Lebensmittellädchen. Ausgedacht ist natürlich auch alles, was damit zusammenhängt, wie das Gaelic-Football-Team, Valery's Cafè oder Danny's Bar. Was auch für das Chez Suzette, den Letterkenny Mirror und das Käseblatt Dia Duit Donegal gilt, was übrigens so viel heißt wie »Hallo Donegal«. Und weil wir gerade bei Fiktion sind: Das Märchen vom Fischer und der Feenkönigin ist ebenfalls frei erfunden, auch wenn sich darin klassische Elemente aus irischen Märchen wiederfinden. Auch Cliodhnas Schleier ist meiner Fantasie entsprungen.

Kirchendiebstähle sind in Irland in den letzten Jahren tatsächlich zum Problem geworden. Die Diebstähle in der Holy-Cross-Abtei und Christ Church Cathedral, wie ich sie beschrieben habe, haben wirklich stattgefunden, die anderen von mir aufgelisteten nicht. Auch die Kirchen Holy Trinity Church in Dublin, die St. Mary's Church in Limerick, die Holy Cross Church in Gorey, die St. Ignatius Church in Cork, die St. Joseph Church in Kilkenny sowie die Church of Corpus Christi in Sligo habe ich mir ausgedacht.

Ob es mich im nächsten Roman wieder nach Cruinn verschlägt, steht noch nicht ganz fest. Mehr dazu erfährst du beizeiten auf meinem Blog, auf Facebook oder Instagram. Wenn du auf dem Laufenden bleiben willst, zu Veröffentlichungen, interessanten Neuigkeiten oder Aktionen, lege ich dir meinen Newsletter ans Herz. Und keine Sorge: Abonnenten meines Newsletters werden nicht wöchentlich oder gar täglich zugemüllt, denn ein bisschen Zeit braucht es schon, um ein Buch zu schreiben. Registrieren lassen kannst du dich auf meiner Website www.amelieduval.com.

Ich wünsche dir und deiner Familie eine gute Zeit. Und bleibt gesund!

Deine Amélie Duval

DANKSAGUNG

Ist Schreiben ein einsamer Beruf? Ja und nein. Zum einen lebt man häufig am Leben vorbei, zum anderen steckt man so tief drin, dass man sich in den Gedanken seiner Protagonisten verlieren kann. Gerade jetzt, da Messebesuche, Lesungen und direkte Kontakte wegen Corona wegbrechen, durchlebe ich, wie alle anderen auch, eine schwierige Zeit. Umso dankbarer bin ich den Menschen, die mir beruflich und privat weiterhin beistehen, und wenn es nur virtuell ist. Allen voran natürlich meine treue Leserschaft, die mich bei all meinen Eskapaden begleitet, mir die Treue hält und sich auch nicht davor scheut, mich bei Bedarf aufzumuntern. Außerdem danke ich meinen Freunden bei Facebook und Instagram. Danke, dass ihr an der Entstehung und Verbreitung meiner Geschichten regen Anteil nehmt und mir mit euren persönlichen Nachrichten und Anregungen immer wieder das Gefühl gebt, auf dem richtigen Weg zu sein.

Mein großer Dank gilt – wieder einmal – dem Team von Amazon Publishing für die großartige Zusammenarbeit, ganz gleich, ob es sich ums Lektorat, um die Gestaltung des Covers oder ums Marketing handelt. Ohne die Argusaugen des Lektorats hätte Grace in ihrem Garten die *Hosen* zurückgeschnitten, Kelly hätte die *Kresse* gehabt und in ihrem Tagtraum einen *erdbeerengleichen* Skandal aufgedeckt. Speziell möchte ich Gisa Marehn danken, deren Korrekturen und Anregungen meinem Roman den Schliff verpasst haben, der notwendig gewesen ist, um ihn in ein kleines Juwel zu verwandeln. Ich bin wirklich froh, dass meine Geschichten bei Montlake erscheinen, und könnte mir keinen besseren Verlag wünschen.

Zum Schluss danke ich meiner Mutter für ihre Unterstützung aus der Ferne – der modernen Technik sei Dank! –, meiner Freundin Birgit für die geselligen Stunden auf ihrem Hausboot sowie meiner heiß geliebten Hündin Rosel. Mein kleiner Hauskobold sorgt wie immer dafür, dass mir nicht langweilig wird.

Hat Ihnen dieses Buch gefallen?

Möchten Sie informiert werden, wenn Amélie Duval ihr nächstes Buch veröffentlicht? **Dann folgen Sie der Autorin auf Amazon.de!**

1) Suchen Sie auf Amazon.de oder in der Amazon App nach dem eben gelesenen Buch.
2) Klicken Sie auf den Namen der Autorin, um auf die Autorenseite zu gelangen.
3) Klicken Sie auf den »Folgen«-Button.

Noch schneller gelangen Sie zur Autorenseite, indem Sie diesen QR-Code mit Ihrem Smartphone oder Tablet scannen:

Wenn Sie dieses Buch auf einem Kindle eReader oder in der Kindle App lesen, wird Ihnen automatisch angeboten, der Autorin zu folgen, sobald Sie die letzte Seite des Buches erreicht haben.

Zeitfracht Medien GmbH
Ferdinand-Jühlke-Straße 7
99095 Erfurt, Deutschland
produktsicherheit@kolibri360.de

Druck:
CPI Druckdienstleistungen GmbH
im Auftrag der
Zeitfracht Medien GmbH
Ein Unternehmen der Zeitfracht - Gruppe
Ferdinand-Jühlke-Str. 7
99095 Erfurt